工厂三部曲

工厂爱情

丁燕 著

中国工人出版社

目 录

C O N T E N T S

C O N T E N T S

第一章　初识荔枝路

对第一次外出打工的人来说，这里的一切都是簇新的——簇新的拉线（流水线），簇新的电子板，簇新的饭堂，簇新的分分秒秒。

一切都变成了扑朔迷离的光影。

随着轰隆声，巨大的车体驶出站台，随即像巨蛇般呼啸向前。轰隆轰隆……火车经过农田楼房，经过荒地棚屋，让窗景变成电影跟拍镜头。火车像小舟漂浮，被大海的万有引力驱使——那引力如此强悍，把并不相干的人和事搅在一起，旋转成放射状涟漪。轰隆轰隆……铁轨不断延伸，分歧交叉，在远处凝成黑点。

少年的脸浮在火车的窗框后，一动不动。

再见了，永安乡；再见了，爷爷。他一直瞪着眼，像面对照相机快门那般，耳朵成了最大的感受器。那轰隆声让他吃了颗定心丸——现在，他需要的就是速度、距离和远离。夜深了，他还不肯睡，虽然身子又冷又僵，像只铁蝙蝠，可他还是瞪着眼，辨认着站牌上的每一个字。他伸手触摸玻璃，感觉指尖处冰凉光滑。

也许，火车是和他最相配的工具，与他相配的还有那车站弥漫的怪味——让人不得其所，充满不确定的逃亡味。也许，他就是喜欢车头的独眼大灯，喜欢强光将周遭烧得焦黑；甚至，他还喜欢刹车时车轮的尖叫，像钢丝绳被抛到半空。轰隆轰隆……火车屈膝而行，每节车厢仿佛已耗尽体力，像即刻要断开。

每一声轰隆都像是在呼喊：向南方！向南方！向南方！

那呼喊一声比一声强，直撞得他的耳膜千疮百孔。

是的——“向南方”是他的名字。他一直怨这名字太怪，现在才明白，母亲定是在火车上找到了这三个字。这个在南方受孕的胚胎，注定要返回南方，像海员的子女总向往着大海。

2008 年，东莞清溪镇，荔枝路。彼时的荔枝路和后来的情景完全不同。

后来，荔枝路当仁不让的主角是工厂。

每一个工厂都一模一样——总是有一个封闭的院子，墙头拉扯着铁刺网；院内总是微缩着三四栋小矮楼，集车间、仓库、宿舍、饭堂于一体；门卫室总是在电子门之外，里面总是坐着一个穿制服的男人，口音土里土气；院墙上总是招牌混杂，信息交织——“进宿舍必须出示厂牌”“银行贷款”“独院厂房招租”“收锡钨钢”“办证”；路边的大王椰总是异常壮硕，爆炸梢头能跃至三楼，但嫣红的扶桑花却总是显得落伍，用尽气力也攀不到一楼；上班时分，街上总是没人——既没找工作的人，也没闲逛的人；台球案总是飘荡着灰尘，垃圾桶总是堆满着饭盒；各种声响总是此起彼伏——轰隆隆、刺啦啦、叮咚咚、咔嗒嗒。

而2008年，这里的主角却是泥土路。

那条红黄相间的直线总是不断延伸，两侧总是平坦稻田，田埂上总是冒着爬藤植物；路旁总是点缀着稀疏砖房，屋顶总是如拉低帽檐，墙根布满绿苔；总是没有路灯，看不到一辆车，敞着肚皮的老狗静睡如死；走在路上，泥土在鞋下总是造出像小孩吮吸糖果那般的声响。这条土路总是向前延伸，像要伸进天空的深处。时光在这里被调慢了，连构图也变得简单。芦苇总是湿润而翠绿，芭蕉叶总是沉默而硕大，荔枝树总是轮廓模糊，仿佛睡不醒的老人。在这偏僻到不能再偏僻的岭南乡村，总是仿佛能闻到一股途穷的味道。

那个戴墨镜、背双肩包、拖拉杆箱的少年，坐着火车来到了这里。

那个叫“向南方”的少年懵懂愣怔。

荔枝路和永安乡一样荒凉，荒凉得漫不经心，荒凉得昏昏欲睡，可这里却没有爷爷，不能爷孙俩一起看星星。来到这里的他，就像一颗小星星从天空坠落，已然破碎残废，根本无人理会。

在暑气熏蒸的傍晚，那少年挪步向前，探头辨别门牌。他足够英气，像从漫画里直接走出来的男主角：瘦长身型，白肤圆脸，长睫毛下暗黑的眼神仿佛能将人吞噬，颧骨如釉烧瓷瓶般光亮。预备敲门时，他望了望自己的右手——不晓得是因为想呕吐还是别的原因，那只手一直在微微颤抖——也许是因为过度饥饿和劳累。举起胳膊的少年顿住——敲还是不敲？他不知里面是不是传说中的黑工厂。突然他的太阳穴痛了起来，胸腔狂鼓，他想拔腿就逃。他被这条路吓坏了，仿佛车灯前那些受惊的小兽。和人头攒动如蚁穴的广州站相反，这里根本没有人。这条路像一截孤寂枯木，没有人也能吓死人。

“咔”的一声，门开了，闪出个人。那人两眼黑森，脸上露出笑容。

表叔梁俊杰和表侄向南方如一个模子刻出，但表叔是精致版遮幅大电影，而表侄是普通版小电视。同样的丹凤眼花瓣唇，在表叔脸上散发着艳异神韵，而表侄则逊色一筹。更何况，表叔狮子般高壮，表侄土狗般低矮。表叔将眉毛耸到额上：“南方吧？比小时候壮多了！”表叔咧着唇，眨着眼，手像老虎钳般搂紧少年的肩：“饿了吧？吃饭去！”那宠溺语气不容置疑，而且，那异样的亲昵让少年浑身温暖，脚步顺从。很好，非常好——表叔观察着少年，为自己的表演做着鉴定。看到情绪紧绷的少年已松弛，已跟定自己，这表演算是成功了。天哪，这样的荒僻之地，这样的破烂厂房，稍有经验的打工者看一眼便会掉头就跑！

“好好干，什么都会有的！”表叔的声音像糖浆那般甜。

所谓凯旋厂，就是那栋破旧农民房。黑黢黢的墙上，褐色雨痕像毛笔尖用力画下；布满青苔的墙根岌岌可危；窗户紧闭，像一块没有毛孔的黑皮肤，完全不存在呼吸。一旦进入这鬼魅之地，四周便陡然变黑——即使是盛夏正午的阳光，也能被迅疾收杀。这迷宫般的三层楼内，有的屋住人，有的屋做工——住人的屋有门，做工的屋挂着块布帘。大概因蜗居在暗处时间太久，那十几个工人看起来像鼹鼠，个个脸色黄灰，鼻孔漆黑，多牙多皱。

向南方已吃了饭，算妥协了第一次；若再住下来，便是妥协了第二次。如此下去，这黑洞农民房便会像野兽之口，将他整个吞入喉，咽入胃，消融于肠，渣都找不见。他的右手又抖了起来。火车把他丢下后，自顾自跑了，他就是想回四川老家，也得赚够返程的车票钱。况且，表婶那么热情，火辣辣地看着他，又拿凉席，又点蚊香，还递来块新毛巾。那毛巾柔软至极，将他旅行中沾染上的疲劳全部拭去——他注定是这里的一员。

夜里，那少年从窗户玻璃向外眺望，夜空蓝得发亮，像刚刚经过铸磨的铁器……

对第一次外出打工的人来说，这里的一切都是簇新的——簇新的拉线（流水线），簇新的电子板，簇新的饭堂，簇新的分分秒秒。在簇新里混日子原本就不难，况且他还是老板的表侄呢。梁总是谁啊！天底下最难惹的老板！不惹他时他就在半光火状态，被惹了后拎起手边重物便砸过去。梁总是天生的斗士，只恨没相配的对手。他的表侄也要躲开他，省得被莫名臭训。

干了几天，少年便已知晓，所谓“工厂”就是由人和机器组成的军营。机器每天沓沓运转，人便每天随着机器的节奏一起沓沓，像军营里的“一二三——四！”那般。一旦坐在拉线旁，人便变成了像枪、炮、手榴弹那样的物件。人若经常意识到自己是人时，便会生出恨意。混日子不能太聪明，要以傻卖傻——无须做到最好，只要没有失误，随大流，便能将日子混下去。表侄学着老油子吸溜空饭盆里的开水，根本不在乎油花。他翘着嘴角，眯起眼皮，像智者蔑视愚众。人只有变成了人壳子，才能把军营里的分分秒秒挨过去。

白天时，车间里秩序井然，完全臣服于纪律；到了夜晚，这个空间便变了味，像出售欢乐因子的黑据点。那些脸廓极深、肤色暗沉、头发焦黄的木讷工人，在又深又陡的楼梯上奔来跑去，噼里啪啦，稀里哗啦。少年惊诧地发现，那一截截矮木头般的工人离开拉线后，像琥珀从禁锢中被取出，说起笑话来一点也不干，油荤都蛮大的。深红色的液体不仅激荡在躯体内，还从瞳孔里溢出，连皱纹和头发都变成了红色。漫漫长夜，男工们喷着口水，尖着嗓子，相互咒骂。他们描述渴念中的女人，描述她们的骨架、手脚、眼梢和皮肤。那些小妞的味，光是闻着就直了；要是破鞋老娘们，就得用水好好洗洗。他们对待“她们”的态度一径是“做”“上”“干”，一派种马彪悍劲。少年咂巴着嘴唇，脑袋里像有只蟋蟀在挠，呼吸困难，心跳压在舌根下。

原本他可以一直混下去，但表叔的一句话，却令他大梦初醒。

出粮（发工资）那天，老板亲昵地拍打他的肩膀：“一年存一万，到二十五岁，你就有十万了！”而作为普工的他却像被针扎了般，错愕抬眼。他簌簌抖动，像风中的稻草人——为什么要这样羞辱我？他的内脏像泡在强酸溶液中。

原本他的日子可以一马平川——打工存钱，相亲结婚，当爹当爷。现在，他却像看到了地狱的缩影。此后的十年二十年，他都要像只拉磨的毛驴，被鞭子抽打，而收获却那么有限。他止不住地厌烦起来，像得了怪病，皮肤瘙痒，肌肉无力，脑袋昏沉。渐渐地，他明白表叔表婶笼络他，并非出于温情，而是这里根本留不住工人；渐渐地，他看出那对夫妻双簧戏里的无耻——总派他去干最难最烂的活，对别人却又提拔又加薪。

他是到荔枝路的第二年初和叶丹凤相识的。

那时他一心想要逃，根本没料到会恋爱。他不明白那女孩是怎样被爱情闪电击中的。最初，他对这个黧黑女孩并无任何想法。虽然她直溜溜的身材好到不行，浓黑长发扎成马尾，眉眼英秀，但她的鼻梁处有星点雀斑。同乡又怎样？他们的年龄差着三岁呢！是那逼仄空间令他们亲密起来的吗？他们像在一座宾馆的窄楼梯上相遇，一个要上，一个要下，便不得不眼对眼。

他把她截住——“听说你会唱歌，唱两句嘛！”

“唱就唱……”女孩抿唇，眼神濡湿，爆出泼辣笑声。

他们就这样一小一大，一白一黑，不平等地交往起来。女孩有个尖下颌，一说话就抬起来。那弧线这样一绕，那样一转，总能找到最佳的方位感。他们不断地见面，不断地用家乡话聊天。他们的成长经历颇为相似——长辈冷冰，同学蔫坏。对这些尖刺有着共同的反感，让他们产生了盟友般的亲切感。无论他怎样滔滔不绝，那女孩都乖顺至极，像主人脚下的小猫，虽无声，但每个毛孔都散发着驯服味。

然后呢？他不知她在想什么，但却清楚她喜欢自己，那喜欢因羞怯而异常浓烈。和少年比，这女孩在年龄、外貌和见识上，都有种强烈的自卑感。然后呢？原本，他口袋里不过是些破铜烂铁，可被女孩这样追问着，便像着了点金术的道，变成了金银珠宝，熠熠闪光。无论他描述的自己多么微小，简直如影子般虚浮，可那女孩总能看穿他狂暴外表下，跃动着一颗温柔的心。然后呢？他们天天在一起。他们当真进入了姐弟恋——或者，进入了姐弟恋的角色扮演？他们像亲人般熟稔，像旧鞋子般合适，无话不说，掏心掏肺。当他抱怨干活累、拿钱少、没朋友时，女孩一径地安慰，忍，一定要忍。女孩说她母亲要求她做任何事时，总是以命相求，动不动就宣布“我要上吊”“我要喝农药”。他大惊——他们的母亲何其相似！他母亲是“狂暴版”，而她母亲则是“哀婉版”，但内里想控制子女的心却一模一样。

日子越久，那种性的蛊惑力便越不可抵抗——即便没有褪下衣衫，那也是具漂亮躯体。他像欣赏一尊雕塑般，眼神沉醉。他渴望天天见到长颈子、尖下巴、流水肩，渴望瞩目那大腿和腰肢间的弧线，甚至渴望听到她的咳嗽声。对于女孩的那种羸弱和柔顺，娇憨和率真，他是很买账的。

女孩喜欢他更甚。她坚持给他洗衬衫、T恤、长裤、短裤和袜子——她能调度的资本实在有限。少年穿上干净衣衫，抬起袖子凑闻，洗衣粉里掺杂着甜腻。然而，这种不彻底的接触弄得他烦躁异常。当他看到那充盈笑意的面孔时，总能嗅到在女孩的可爱中潜藏着某种邪恶的味道。

你在诱惑我吗?

他像个迷雾中的旅人，举手投足都充满艰涩。他想伸开双臂，箍紧那女体，箍进肉里，箍进血里，可他却不敢造次。年轻女孩的心变幻莫测，谁能说得准？这一点小事会打动她们，可那一点小事又会刺痛她们。少年困惑着，拿不准这亲昵是否是爱情，但至少，枯寂生活已被打破。每天上班、下班、吃饭、睡觉的单调令他深感倦怠。一切都那么没劲。聊天、抽烟、上网吧也让他感觉没劲。所以每天和女孩见面，就成了他唯一的乐趣。

某个周日午后，女孩冲完凉，头发松散在肩头，丝丝缕缕地飘荡。女孩一努嘴：“去小桥边吧。”那眼瞳里的渴望像投鱼枪入水，唰，优美准确。他喉头一紧。这样的话，应该由他说出啊。她也被自己的邀约吓了一跳，忍不住笑起来。当她扭动身躯时，少年感到有什么柔软的东西——羽毛或笔尖——轻轻抚过胸口。他发现女人的狡猾就藏在这些柔软里。

岭南的六月不像北方，是刚入夏的模样，而像果实已到了成熟期。闷热让这片海边的土地像发烫的铁块，要吱吱冒出白烟来。田野旁有条小河，岸边长满杂树。风吹过来，湿润沉重，内里有股清洌花香。少年变成插科打诨的男人，而发出邀约的女孩反而变成害羞小女生，只安静聆听。他发现女孩在躲避，像干了亏心事，这让他平添了勇气。偶尔的一瞬，他与女孩的肩膀相互触碰，热力传递到皮肤，内脏已变得灼烫。火烧得不能再烧，一触便要爆发。女孩的指尖沿着他的眼睛、鼻子和下巴勾画："你的侧面比正面更好看哦。"

向南方内心里一声哀鸣——好看！这是他最不愿触及的话题——除了外貌，他还有什么。只有他自己知道，那张脸在夜深人静时，相当于空白。

当他们分手时，他的眼神变得朦胧，像被某种强刺反光损坏。整个世界都变得朦胧起来，包括那个离去的身影，包括整个岭南大地，包括整个南海水域。

第二章　皮鞋尖的记忆

长大后他无数次回头解读那个夜晚，那个皮鞋尖。他意识到，就是在那一刻——在他永生难忘、无法准确形容的那一刻——他的命运拐了弯。

向南方对女性的记忆，来自皮鞋尖。

那一年春节，他三岁，浑然不觉那突然降临的女人就是“妈妈”。

他弄坏了她坤包的搭扣，于是，她满面含嗔，杏眼带电，用憎恶的眼神瞪他，像看见什么不可思议的怪物。他注意到那女人皱起眉，呼吸粗暴，喉咙里正酝酿着天雷地火。而当他被鞋尖踹倒在地时——那鞋尖在短时间内翻动，移形换位，变更不同角度近距离追踪，几近歇斯底里——爷爷正在喝酒，像左轮上膛般一杯杯仰头而尽；叔叔伯伯们点烟的点烟，夹菜的夹菜。

那个恍神时刻，男孩骇异至极，感觉身上的每一个部位尽皆受损。他试图抵抗入侵，但鞋尖却用力翻搅，三角形掠过之处疼痛火辣。这流质场景太过强烈，以致他长大后一想起便禁不住打战，像电脑系统一瞬间被断了电，两眼发黑，两腿发软。他仿佛又看见那小男孩把头像鸵鸟般埋起，非常惨烈地抵抗着，而时间在那一刻被速冻凝滞。

怎么回事？怎么回事嘛！

“还敢不敢了！”她责难于他。

他不知费了多大力气才回过神来，心脏开始跳动，呼吸一起一伏。看到白墙变得铁青时，他的脑袋里徘徊着这样一句旁白——这女人绝对不是我亲妈。绝对。长大后他无数次回头解读那个夜晚，那个皮鞋尖。他意识到，就是在那一刻——在他永生难忘、无法准确形容的那一刻——他的命运拐了弯。

如果说母亲蓄谋毒打，倒也冤枉了她，但那场暴力事件对他的影响却甚为深远。一位母亲可以这样“爱”孩子？他诧异于在自己那样小的时候，因为那样一件事，母亲能表现出那样的厌弃和暴躁。当他反复在心里追问时，他感觉自己像条长满鳍的鱼离开水面挣扎着。

难道这件事，就是他长大后频繁失眠的祸根？当年那个懵懂无知的孩子在那一刻，像剥了壳的大虾，暴露出最柔软的内里，毫无抵御能力。这场景和他之后的经历有什么关系，他一直没有厘清。难道他已患上“恐女症”？好像灵魂的某处遭到损坏产生了故障——任何时候，他都感觉自己与女人格格不入。

父母在他头脑里是张过简的素描画——父亲因车祸早亡，母亲在深圳打工，每三年才返家一次。春节期间，母亲根本无法扮演温柔细腻的形象，而过于严肃刻板，像要将全部情感文件压缩至一张光盘，然而等到播放时，却因系统缠结而全成乱码。

示爱——不，启动爱，是何其艰难的事。

母亲和他总是无言以对。长期以来，他们是生活在不同轨道的星体，像两个平行的世界，缺乏感同身受的细节。当母亲用威严语调教训他时，常常说的是你不要、你不能、你不行……孩子总是大窘特窘，愣愣瞪视。那些词汇飘浮着，像一个个微型气球。大人的心思实在太过巨量浓稠，最终映入孩子心田的，只是些残渣碎影。

路上的树是母亲走后开始抽芽的，每一棵都高擎着一只嫩绿的碗。虽然永安乡的春寒冷得湿腻，可他的心情却异常轻松。母亲走了——这件事发生在他六岁、九岁、十二岁的春节后——他并不难过，只是有点怅惘。他发酵地成长，外形膨胀，但心灵却极稚嫩。他从小就格外漂亮。“漂亮”像胎记，就挂在他的脸上。不断有人说他“好漂亮啊”——这种赞美简直像是骚扰。他最恨人家盯着他看。他根本不愿照镜子，那会使他每每哀伤自己的处境和面孔之间差距太大。

这张脸简直就是美男子的模板，然而，它始终有点像女人。唉，“像女人”简直是他毕生的焦虑。其实，他连性格都像女人——敏感、害羞、寡言；甚至他的声音也像女人——柔嫩、稚气、胆怯。每当他因个子矮、力气小而被要弄时，都暗下决心，一定要强壮起来，那样等偷袭再次来临时，他就能奋力反抗。

他和母亲终于在永安乡之外的地方见了面。

2008 年的盛夏，戴墨镜的男孩驻足于深圳宝安区，瞪大眼睛。热风把榕树拂得沙沙响，街道上车来人往，跟过节似的。柏油路面雾气腾腾，厢式货车沉重碾过，各种内衣裤横挂半空，高架桥上爬满勒杜鹃（三角梅），宾馆旁的杂草有一人高。在这座被艳花毒果占据的城市上空，飘荡着一股黏稠味——汽车尾气的臭味，动物腐烂的尸味，大排档饭菜的馊味。

他俩终于见面了。

母亲的脸上要笑不笑，永远驻留着一股轻微的怒意——她对早逝的丈夫不满，对贫穷的永安乡不满，对苛刻的老板不满……现在，她对初中毕业不愿继续求学的儿子不满。她燃起根烟，挤出一丝笑容，话语里充满嘲讽——“还记得那次我打你的事吗？”少年意兴阑珊，被巨大的厌腻感包裹——好奇怪世上有这样的母亲！几年过去了，他俩仍然像以前那样——母子间维持着一种可望而不可即的距离。曾经貌美如花的母亲，有着那样的超能量，在龙蛇杂处的环境里摸爬滚打了多年，如今看起来好苍老好邋遢。母亲剪着高中生的蘑菇头，耳鬓露出银发根，眼袋青黑浮肿，眼睛如浊水玻璃球，法令纹把嘴角往下拽，身型失去腰线。母亲当然已不年轻，然而，这种刹不住车的衰老速度，却让少年惊恐。

“记得清清楚楚，就像昨天才发生。”他永远不会忘记那皮鞋尖、那杀气、那疼痛。

母亲喷出口白雾，嘴唇翕动，声调拔高——“你年龄小，进不了大厂！”少年在贬损中像团揉皱了的餐巾纸，想即刻钻入垃圾桶。她提议：“还是去你表叔那里吧。”少年千里迢迢来找她，可她又指使他去另一个城市，多么荒谬。

母亲的嘴角挂着苦笑：“那边查得不严。”

她忍不住叮咛：“去了就好好干，别给我丢人！”

少年直愣愣顶撞：“嫌我丢人为啥生我！”

“我哪知道生下来的是畜生！”

“那你把畜生宰了算了！”

“宰？我还嫌脏了我的刀！”母亲摁灭烟头，随即嚷道：“滚！”

好奇怪世上有这样的母子！存在于他们之间的，永远是对不上的时间、接不上的话题、处理不当的感情以及越努力越疏远的关系。

当少年和女工在河边散步的消息传至表叔耳中时，表叔按下震怒，先以“老板”身份单独警告叶丹凤“你俩不要走得太近”，又找表侄训话。后来，每当向南方回想起这一幕，就觉得可气可笑。他不知表叔出于何种古怪心理，独自一人那样耐烦地坐在黑色靠背椅中，像刑警般运用各种枯燥、细腻又深谙人性的侦破技巧，看那少年慌张地表演各种圆谎技术。

表叔到底想要了解什么？两人闷在气味浓郁的屋里，一个扮演高尚，一个扮演猥琐。及至后来，表叔昏困不已，端起茶杯猛灌浓茶提神，依旧不放疲惫的少年走人。那时傍晚已过，窗外一片漆黑，屋内白炽灯如初雪般刺眼。少年从下午被叫来询问，已过去五六个钟头。他回忆着恋爱经过，所交代的时间、地点和事件像松散珍珠，串不成完整样貌。

多年以后，少年依旧难解心底疑惑——表叔完全可直接打电话向他母亲告状，何苦要逼供那么久？他像完全不能相信所听所闻，要在一个个细节上反复盘桓逡巡，如侦探般敬业，直至全部精力耗光才肯罢手。

表叔彻底生气：“你以为我是笨蛋！”这个成年人对发生在眼皮底下的恋情充满怨毒：“你们就抱了一下，没干别的？”少年抬起头，像羚羊瞪圆眼看着黑洞洞的枪口——羚羊除了瞪视，无其他肢体语言。持枪人终于明白，这野生动物正传递着对他的绝对厌恶，因它识破了那子弹迟迟没射并非出于慈悲，而完全是狎昵、玩味和戏耍。

表叔如梦初醒：“啊？不是她勾引你！”

那意思是，难道我们白忙活一场，倒便宜了那个外人？

表叔慢悠悠向前：“你的意思是，你要娶她？”

少年倒也坦然：“我不知道。”

表叔认定那女工有心计有手腕，尽管才十八岁，但已相当成熟，知道少年是老板的表侄，便孤注一掷地扣牢他。表叔思索：“那就分手吧。”少年陷入反感：“不要你管！”气氛窒息起来。表叔像在荒野里乱走，东西南北一片混沌，陡然间被一阵潮腥气吹醒，猛地恢复了地理感。原来，那此前全部的剑拔弩张都不作数；原来，这小子只要找到机会就会发情。表叔唰地拉下脸，大叫：“我连你都管不了，怎么管别人！人人都拍拖（谈恋爱），我还交不交货！”

少年瞪大羚羊眼：“我们没耽误干活啊！”

叶丹凤一直是拉线上最能干的女工。

“我们？”表叔笑了起来。那笑声穿过胸腔，不知发生了怎样的异变，听起来毛骨悚然。“啊哈，现在就我们啦？！”

两个人再次陷入僵持，空气越发凝固。他们面对面望着，像是中间有座透明的大山。墙太白了，光线太耀眼了，椅子太硬了，钟表嘀嗒得太刺耳了。少年的太阳穴突突地跳，目光凝滞在对方身上——看侦探如何将胳膊肘支在桌上，额头倚在掌心；还有大人那耷拉的头发，幽暗的耳垂，发皱的白衬衣。这个大人实在陌生，像以前从未见过。

表叔终于耐不住，站起身，抄起电话，扩音机般告诉少年母亲——你儿子在厂里谈女朋友，整天不好好干活……这一堆堆的坏字眼，被战士集中火力地喷射出去。少年别过脸，不去看那发狂的成年人。他讨厌那个人的举动，甚感侮辱，几至猥亵。他向墙上望去时，喉咙里能感受到嘀嗒声。那钟表走的和他的心跳不是一个时间——那钟表显示的是一种具体的恐惧。那恐惧不是石头或木头，却能看见能闻到。恐惧挤压着他，试图让他变形，或干脆把他毁掉。他终于下定决心——奋力拉开门，逃窜而去。

随便你们拿我怎样。随便。

母亲的电话追来——婚姻大事，岂可儿戏？好赖也要了解下对方的家庭吧。当然，人品是第一位的。母亲惊慌失措地大喊大叫，让儿子保证以后不和她来往——你被蒙了！那女人年龄太大！不过是个普工！在老家还定过亲！少年的脑袋像被棒槌敲了一记——“定过亲”？

少年的世界瞬间坍塌，冰层溃裂，周围的一切都变得不真实。

原来叶丹凤不过是逢场作戏？原来他们的小世界，不过是被她藏匿起来而根本无法亮在阳光下的幽暗海底？原来她凝望他的深情，不过是表演，随便一阵风便能打着旋地吹走？

母亲在电话里一个劲吼叫“赶快停下来”。只要停下来，一切都能被原谅。可他怎么都不信，非要追问出答案。于是，他遭遇了这样一幕——那女孩抬起悲戚脸庞，眼神缥缈，但从舌尖上蹦出的字却清晰而明确：“是，是定过亲。”

是，是定过亲。

少年像被火燎到，双手挥舞着大喊：“为啥骗我！”扑通！

那女孩跪倒后，耳朵边框泛起玫瑰花瓣的晕红。她说那是她父母包办的，自己根本不喜欢那个人，可父母已经收了彩礼；她说她外出打工，就是为了把那些钱还回去。“我不会嫁给那个人的，死都不会……”她像念一首绕口令，反反复复地表白：“我只喜欢你，到死都只喜欢你一个人……”

女孩泪眼婆娑地仰头，凝视着她心目中的神——那张介乎成人和少年间的脸庞，正熠熠闪光。女孩等待着，等待着——那委屈强度必要对方有所表示才能平息。少年伸出手臂，揽住那具哀婉女体。瑟瑟发抖的女孩，像莲子里的嫩芽，就那样镶在了少年的胸腔上。女孩抬起脸，将嘴唇递来，吮咂时的疯狂，令少年汗毛竖立。那感觉实在难以形容——简直，简直像徒步者跋涉到枯旱之地，四周被炙热白光烤得瘫垂濒死。那个瞬间，他皮囊里所有的液体都被吸管大力抽走。

女孩突然从梦境中醒来，声音古怪：“我们一起跑吧！”她露出笑靥，一派烟视媚行的作风。原来，以往的她总被羞怯裹束，压抑着内心风暴，而在这全黑的夜晚，这躯体勃发出海啸激情，要超越理性防线。这女孩要推开一道门，从整个世界通过——从此，她和他便幸福地生活在远方。少年努力地镇住自己，忙乱地判断着处境。

“跑，还是不跑？”跑，意味着完全背离家庭；不跑，则死路一条。

他毛发倒竖，头痛欲裂，像孩童闯下大祸，体验到那种“从脚底凉上头皮”的惊悚。一旦决定跑，就像僧侣要破坏戒律，要付出太大代价！事情如此急转而下，令他慌手慌脚。啊，不，他根本没有准备好。无论如何，他才十五岁，根本无法承受如此深沉的爱恋。他像放学后划了根火柴丢进垃圾堆，没想到那火真的燃起来，还越烧越大，形成了一个火场。

他想过跑——即刻摆脱煎熬，投身新的生活——但却无法移动身躯，像被巨大的磁铁吸附住。他已提前看到万丈深渊，不觉噤声止步。“我还不到十八，出去找不到工作啊！”女孩勃发出野性蛮力，捏住少年的手腕：“我养你！”那少年像被按了暂停键，浑身无法动弹。到目前为止，他从未被这样热烈的眼神注目过。他听到对方喃喃表白——“没关系的，真的没关系，为了你，我刀山火海都愿去”。他承认他动了心——跑吧！重新开始吧！但那念头只跃窜了一秒，便被现实的雨水浇灭。

他别过脸拒绝：“不行，真的不行……”

她惨烈地哀求——“我死也不嫁，带我走，求你了……”

一想到出格举动引起的连锁反应，少年便瑟瑟发抖——我不敢啊！真的不敢！

女孩一脸狂迷，像脑额叶被放了迷魂麝香，突然发狠地揽住少年的肩膀，嘶嘶哑哑地哭泣着，试图感化他，而他却一再摇头。她将他的脑袋拉至胸前，双手箍住他的腰肢，嘴唇在他的脖颈处吮吸。她似乎要将一种魔力传递出去——跑吧，一起跑吧。而他则摇头大喊：“不行啊，真的不行！”女孩安静了下来，愣愣瞪视，好一会儿工夫都没弄明白他说的话。她站在那里一动不动。终于，那些否定的字眼连缀成片，让她明白过来。

“啊……”那是女孩受伤后的凄厉呼喊。

女孩跑出房间，跑出厂门，一直跑，一直跑，直到小桥上才停了下来。从桥面望出去，桥下波涛翻涌，姜黄浊水闪着磷光，像一堆玻璃碎片。当女孩想纵身一跃时，被少年死死拽住胳膊：

“冷静点，你冷静点！”女孩越试图挣脱束缚，男孩便越拉扯得用力。气氛变得顶真起来，场面颇显悲壮。女孩披散着头发，脸庞上混淆着泪水和汗水，瘫在桥面上，像一座颓败城池。她把嘴一撇，从胸腔里爆出歇斯底里的大笑：“我才不死呢！我还没活够呢！”

那一刻真的好奇怪——小桥上的一切都变得超出现实，像装置艺术般——那落日如黄铜大钟，那河流如妖冶红蛇；那一刻，桥上除了他们，很久都没走过行人；突然走来一群学生，整齐划一的校服陡然间让世界恢复了秩序。

母亲赶来，一口气连抽三根烟，噼里啪啦如爆豆般直陈利害——“人家定过亲啦”，而他反驳“她根本不喜欢那个人”。母亲瞪视的眼神，简直拿他当罪犯，仿佛他是破坏某种契约而站在整个社会对立面的罪犯。现在，他已成公敌、坏分子和畸形物。他实在需要好好反省。母亲的第六感相当准确——必要让两个昏头的人置身于单独空间，才能了结这孽缘。她拽他上车，拉至深圳宝安区后，手机被没收，人被反锁，每日只送来三餐。

“什么时候回厂，看你的表现！”

在那栋农民房六楼的小屋内，他苦熬苦煎了六十天。随着房门被“哐啷”反锁，这里的时空便与街市断开。“妈！”这个字反复喊出后，在半空中僵住，充满恨意。被困愁城的少年，像株盆栽搁在地下室，叶片焦枯，奄颓无神。他绝没想到，那野蛮怪诞狗血的影视剧情节，居然会发生在自己身上。他才十五岁！在别的孩子上学的年龄，他已傻乎乎进入成人世界，要和一条残忍、灵巧、健壮的蟒蛇对抗。

他终生都难忘那个充满惩戒味的空间。阳光照进来后，令所有物件都染上股难以言喻的老旧。这暗室里的鸦雀无声，恰与屋外暴晒的明亮喧嚣成反比。住久了，四周墙壁累聚的不是沙土水泥，而是层层叠叠的蚜虫尸体。他试着推开窗，但窗户被完全封死，窗外还有铁条把守。他在屋里抽烟，靠聆听走廊足迹打发时日。上班时分过去后，四周哑寂空洞。他用猫犬之眼观察街景，揣测那些涌动的黑乎乎的脑袋，是否也像他一样，翻腾着沸腾脑浆？

夜里睡不着，他在黑暗中睁眼，视线又被墙壁截住。楼下的店铺已打了烊，灭了灯，变成一个个洞穴，和他这间屋子并无二致。他躺着枯槁静默，如具木乃伊。虽然隔壁躺着母亲，但这里却不是他的“家”。这地方草滩般荒凉，弥漫着凄楚，怎么能算“家”！而母亲又是怎样一种生物！为什么那些白鸽少女，转瞬间就变成乌鸦老妇？

早晨，铁门再次“哐啷”关闭时，他的神经像通电般震荡了一下。那些神经末梢一直躁动着，要等“哐啷”声再次响起，才能稍微平复。他就这样一日挨一日，如赤脚漫步雪地，开始时冷得刺痛，继而麻木，最终僵硬。他无数次设想再次与叶丹凤见面的场景——他将会把这些经历体验，一字一句地倾吐出来。一字一句。

第三章　重返凯旋厂

最初的凯旋厂就像最初的人类，从嗷嗷待哺到学翻身、学坐、学走，到了一定年纪，就要开始跑了。凯旋厂真正的生活，是从“跑”开始计算的。

两个月后，向南方返回凯旋厂，哪里还有叶丹凤的影子！

看门的老赵叹息着说他被带走后，老板当即炒了叶丹凤的鱿鱼（解雇了她），还说那女孩拿着结算后的四千元到深圳去找他。第一次未果，又去了第二次。可怜她根本不知少年被关在哪栋楼，只站在路边四处张望，到宿舍楼下茫然打听。这种找人的概率，简直就是大海捞针！少年听完仿佛看到女孩头发好久没洗黏成团饼，脸上留着枕席压出的大片麻印，穿着发皱衣裤，站在路边，嘴唇泌出一圈汗渍。

老赵叹息：“她是熬不住才走的。”

叶丹凤在外面东躲西藏，到底还是被她家人找到。她母亲在电话里以死相逼，喊她回家。一进门，便被她父亲用绳子绑住，反锁在屋里。后来，这女孩在结婚前夜打来电话，哭喊着：“快来救我！快来救我！”那声音极凄惨，如猫咪被轮胎碾到，被石块砸着，被匕首戳破。

“快来救我！快来救我！”

在出租屋的房顶上，在塞满红色塑料凳的大排档内，在电子厂、塑胶厂、眼镜厂、服装厂的院墙中，仿佛到处都回荡着那个声音——快来救我！快来救我！

夜深了，少年辗转反侧，无法说服脑细胞放弃戒备状态松弛下来，整个人像被吞进鲸鱼胃囊，手脚僵硬不得解脱。他仿佛清楚地看到女孩在哭泣时，泪水不是慢慢涌流，而是猛然崩溃，如洪流决堤。手机再次响起时，窜出老男人粗声粗气的咆哮：“再和丹凤联系，我就让你断手断脚！”

那一瞬刻，他彻底告别了少年时代。

凯旋厂和少年离去时一模一样，厂门、车间和仓库都在老地方，只是少了叶丹凤。他被母亲拽入车中奋力呼喊的事，似乎只发生在几分钟前。他仿佛看到自己被拽入车厢内，根本无一人上前阻止。当出租车绝尘而去，厂门口看起来宁静而安详。

而他怎能忘记发生在这里的一切！管它是温馨的或痛苦的！现在，女孩的呼喊声似乎还盘旋在半空。他总感觉这样的结局是不洁的，自己是有罪的。他整日嘴不离烟，寡言阴鸷。原本他只是喜欢了个女孩，喜欢闻她身上的味道，看她转动尖下颌的模样，从未想过自己会穿廊绕室进入地藏迷宫，而那里又有着太多的机关、沟坎和暗道。

他回忆着整个过程，发现自己和女孩像是对白痴恋人，竟对外部风暴完全处于目盲耳聋状，而母亲、表叔和表婶配合默契，把这对小情侣整得团团转，像导演要弄临时演员一样。哦不……

不。也许真相并不如此绝对？也许母亲在那个瞬刻也充满矛盾？

让叶丹凤当儿媳妇，对母亲是天大的笑话——大三岁已非常羞耻，况且还在老家定过亲。若有男人寻来咒骂，岂不让祖宗也跟着受辱？母亲像是看到了儿子心中的怯弱，于是赶紧出手相助，让他从别人的控制中脱离开来。这样的一场梦，从一开始就破碎吧，并不可惜。

夜晚，少年一整夜睡不着，脑袋像电脑，虽切断了电源，拔掉了插头，可内存的某个区域还有非常小的部分没关机，反而启动了另一套运算程序。他的左耳充斥着“快来救我”的呼喊，右耳则是“断手断脚”的恐吓。两种声音交错响起，像鬼魂张开双手，在卡住他脖颈悬而未决之时，又抽身离去。等他刚能喘上口气，那声音又凑上耳膜，一左一右，轮番轰炸。每晚每夜，少年都干瞪着眼，熬到凌晨四五点。

起初向南方是懵懂的，继之困惑，转而愤怒起来。他和叶丹凤从不曾真正发生关系，但他们却亲密无间。那些沉默中的抚摸，耳鬓间的厮磨，完整地传达着他们对彼此的感情。他逐渐明白，自己是在没有任何交代的情况下，被别人硬生生地拔走了深情幼芽——那原本应由母亲馈赠的礼物，因一个女孩而诞生，现在又被残忍毁掉。

现在的他，对一切都失去了兴趣，眉尖总是紧蹙，嘴角总是下撇。他好像并没有受到惩罚，然而，惩罚却无处不在。惩罚有不同型号，有的像天空般广大，有的像叶片般微小；有的像正午般明晃刺眼，有的似午夜般幽暗窒息。

母亲在电话里说什么，他都回答“随便”；在车间，被安排干什么活他也都“随便”；在饭堂，打什么菜他更是“随便”。之后他所经历的种种，因长大而有了自愈能力，并不觉悲苦，而这段时间里的惶惶，却如冬日玻璃般冰凉，那可怕触觉一直停留在心尖。他不断陷入自我怀疑——是否从三岁起，他的生活已有了疯癫预兆？为何在前行的道路中，会有这么多歧路，让他分岔再分岔？

老赵半夜醒来，被同屋少年的眼瞳吓了一跳，偷着跑去对老板说：“你表侄中邪了，一夜一夜不睡觉啊！”梁总听完脸上的肌肉跳动了几下。他原本想说“多管闲事”，可舌尖里吐出的却是：“谁没失过恋啊……”老赵咧开多牙的笑容：“还是去医院看看吧。”

少年对医生说，他感到非常压抑，疲惫不堪，好像脑袋里的那根弦，像灯泡的保险丝被烧断了，整个人提不起精神，想睡，但又怎么都睡不着。医生甚为吃惊：“你年纪这么小，心理负担就这么重，要放松啊……”失眠是不快乐的信号——好像只有成年人才不快乐，而儿童总会找到让自己快乐的途径。现在，这个小男生要把细胞重新分配一下——要让眼皮能咔嗒闭上，像关上手提箱那般干脆。

返回荔枝路的途中，表婶反复叮嘱：“要放松啊，你还这么小……”表婶长得像是乡村模特出身，五官精致，双腿修长，一袭紧身裙显出华丽曲线，浑身无丁点赘肉，走起路来一起一伏。不知表婶是不想生孩子还是生不出，总之，她的小腹从未膨胀过。现在，那女人将节奏放慢，将眼神调整成关切状。也许，表婶的魅力除了身材外，那对豌豆眼时常含笑也是必要因素。她似乎顶喜欢笑——从和别人一见面开始，她便如沐春风地笑起来。她的美原本有些土气，可微笑时，眼珠清亮晶莹，整个人便鲜活起来。

听表婶赞他身体素质好，少年羞涩解释，以前在学校常被同学打，就拼命跑步、高抬腿、打沙袋。可后来，认了刚哥当大哥后，就练得少了。

表婶陡然顿足："哦，我们是同学……"

表婶和表叔是同学，而他们又和刚哥是同学——同班同学！

表婶朝远处的田野瞟去，不经意地问："刚哥咋样？"

"刚哥处处罩着我，不让别人打我；请我下馆子，不让我掏钱；他老娘瘫在床上，不然，以他的本事，到哪里都是条好汉；我出门时，他还送我一副墨镜，让我好好闯……"表婶的表情异常肃穆。表侄虽注意到这个表情，但却无法理解——他不仅难以理解表婶，也难以理解所有的成年女人。"女人"这座堡垒，对他来说太过神秘。

喝下医生开的药后，少年像收心的浪子，不再留恋街巷，努力闭上眼皮，陷入酣眠。但这只是假象。只要到了深夜的某个瞬刻，那藏在身体里的机关便会被打开，身体里的各个细胞像房间里的台灯、吊灯、壁灯全部亮起——他陡然睁开眼皮，看到四周像舞台般明亮。他怕自己这样瞪眼会吓到老赵，便躲进卫生间抽烟，再把烟蒂丢进马桶。他从小窗朝外看，圆月挂在大王椰枝头，像女孩哭到晕厥时的眼睛。那"眼睛"一眨不眨，紧紧地盯着他。他再次躺下，将双眼合上，进入梦乡。他像钻入火车车厢，一摇一晃，伴随着金属节奏，不晓得自己现在身处哪个地方，即将进入哪个地方。

没想到表叔主动给他介绍对象："吴香瑞哦！"

吴！香！瑞！哦！

男工感到老板的舌头在口腔内快速摩擦，像火车穿过山洞那湿度极高的苔藓壁面，继而爆发出一阵笑声——吴香瑞哦！

吴香瑞和他一般大，身形单薄似孩童，有着一头短发，苍白小脸像刚睡醒，从梦境走出而毫无现实感，瞪着两只好奇黑眼珠。可奇怪的是，从这具女体里爆发出的创造性，令众人大惊。刚进厂时，她不过是个普通女工，现在已连升三级成了生产主管。她是老板眼里的宝贝——又聪明又能干！表叔毫不掩饰目的："你们谈成了，对厂子可大有好处！"

最初的凯旋厂就像最初的人类，从嗷嗷待哺到学翻身、学坐、学走，到了一定年纪，就要开始跑了。凯旋厂真正的生活，是从"跑"开始计算的。虽然吉利厂是行业老大，以高薪挖走了凯旋厂的不少熟手，但凯旋厂即刻出台一系列奖励政策，刺激新手多干多得。

虽然工厂第一个月亏了，但亏了也要奖。继续奖！没有比奖励更好的办法了！奖励会让工人使出浑身解数。那都是真金白银啊——五百元等于很多青菜，一千元等于很多排骨，三千元等于一台彩电，如果能把一万元寄回老家，那简直是用闪电照亮全村！所以……必须奖励！果然……第二个月，利润就翻了倍。跑起来的凯旋厂一路领先，誓要成为同行翘楚。小舟即将变为轮船，还要化身航空母舰……老板勾画的未来图景里，那片海洋大得吓死人。老板开会——"两年内超过吉利，有没有信心？！"大家面面相觑，心底打鼓——哇，怎么可能？！

一般新手要半年后才能熟练到一天做五千个电感，但凯旋厂的新手第一个月便做到了五千——奖金是催情剂，令每个人都肾上腺素暴涨——有的员工中午晚上全不休息，苦干之下硬是超额完成任务。但所有的员工，都是吴香瑞的手下败将。

吴香瑞——奖金排行榜上永远的第一名！这个小户人家的女孩，节衣缩食地长大，平日里习惯性地板着面孔，被一股超出年纪的木讷包裹，举手投足都像老修女。可储存在她体内的能量实在诡异！她像那种酒量很大的人，喝多少都不醉，因她生来就是那种体质。根本没什么特殊原因，她天生就适合坐在拉线旁，手指飞舞。当别人还在复杂计算时，她已提前洞悉了答案。她无须考虑，只需凭借感觉，好像她在娘胎里已知道了这些。她的迅疾完全不可想象。一旦坐下来，她体内的那丛火就被点燃，然后，她只需要燃烧、燃烧，再燃烧。

只要一开工，吴香瑞即刻能将心跳和呼吸调节成同一频率。她有一种超然的本事，能一秒内将体内血管更换成金属管线，然后接受一切程序，让十指跟随与服从。此前那孱弱白皙的女孩，即刻化身为老猎人，一眼便能从体形上判断猎物的肉质，从奔跑姿态知其体重，从胸腔嘶吼明白其攻击角度。

表婶的堂哥堂婶成了吴香瑞的反面教材——不仅没完成定额，还和拉长吵架，影响生产。表婶一挥手，坚定地说道："结工资走人，别扯什么亲戚不亲戚。"奖金不是开玩笑，开除也不是开玩笑啊！上班时分，车间异常安静——唰唰唰，哧哧哧，咔咔咔，每个人都想变成吴香瑞，即便肚子饿也不去吃饭，即便尿急也强忍着。每个拉线上的人都像庙里的和尚，进入一种神秘的咒语练习状态。每个人都努力地变成机器人：冷淡、理性而准确。

吴香瑞第一眼就喜欢上了他——在粗陋的工厂，难得看到这样的美少年。

向南方当然晓得自己俊——即便世上所有的镜子都碎了，女人的眼神也会告诉他。他发现那个女标兵偷偷打量自己时，惬意地弯起嘴角——似乎任何女性对他的好感都在他的预料之中；似乎他对所有由他而生发的爱慕都感到乏味；似乎他已太习惯这种优势反而有些疲惫。

总之，他对这个女主管难生爱意。不，她不是他喜欢的那种类型。她长相平淡体型呆板，像张A4复印纸。她的全部优点，似乎都集中在声音上——那种类同女童的尖细嗓音，甜腻纤弱，像冷泉似薄荷。那声调介乎成年女人和小女孩间，像一根细细的黄金导线。

逛街时她喜欢进时装店。一开始只是左看右看，揣测衬衫或长裤套在身上的效果，直至发现宝蓝裙装——小巧的紧身上衣，奢华的莲蓬中裙，腰间系着一条姜黄皮带。听到标价一千五时，他惊愕得步子打飘，五官飞扬。他最贵的衣服才两百元。

“S码！”她像是在怄气，大声地宣布。

她说的是普通话，但却带着浓重的四川口音。她是他地地道道的老乡，但那又怎样？女孩进入试衣间后，他坐在沙发上等。这间时装店充满了梦幻色彩，到处都简洁优雅、精致高贵。长方形的穿衣镜，恰好将他的坐姿收纳进去，让他感觉自己是那四方框子里的囚徒。

裙摆在膝盖周围形成涡状，腰身托举出光滑曲线。她凝视着镜子，凝视着突然出现的乳房。在宽大的工装下，像是不存在凸起物，可现在，它们两个双双到达——不管它们经过怎样的长途奔袭，总算到达了终点。这裙子真是妥帖，像专门为她定制。她的手指摩挲着那条细皮带。“很合身啊，真的很合身！”

裙子是他付的款。那一刻他浑身燥热，鼻孔间像嗅到夏日大雨前的蒸热味。

在餐厅，她点了白灼虾、蟹饼、烤生蚝和蘑菇汤。她边吃边说：“裙子虽然贵，但它真的很好，是一条好裙子。”她还适时地把话题往深处引——“要想得到好东西，就得付出好价钱，就得加倍努力。”可她用餐巾纸擦拭嘴角时，一派不劳而获的样子。

饭钱也是他付的。他自然心痛，但已泥牛入海，态度反而萧然。

看电影时，两个人坐在椅子上，像一畦种着男性和女性的田地，活生生被埂子隔开，胳膊和胳膊间宛若银河。那男性微微侧脸，发现女性高抬的下巴处一片白茫茫，那冷漠倨傲让他大为不解。在已付出大量现金的基础上，他能否摸一下女性的手背？

大屏幕上的男女正激烈拥吻，画面像一把火，能烧透天地。面对那大段大段的欢爱场景，男性不得不合上眼皮。孤男寡女置身同一空间，并没有改变他们泾渭分明的关系。他和她，根本没有那种奇妙灼烧的感应。在他的体内，有个声音不断发出告诫——快离开！快离开！他们还没真的在一起，他却已感到了厌烦。总之，这是一次让他懊丧的约会。他耐着性子将女孩送到宿舍楼下，准备转身就跑时，女孩塞来一个信封：“别忘了你的东西。”

打开，是一沓现金——三千元！

他的心尖抽搐，面色又红又白。他这样一个荤腥不忌的人，居然被如此地戏耍了一番！他所遭受的伤害和耻辱，简直难以启齿！他那微张着嘴几乎要流出口水的模样，真的好傻好贱哦！他宁可当冤大头被女人宰上一刀，也不愿被损成这样！

唉。一切原有的秩序——那女人生出女儿，女儿变成家庭主妇，主妇再生下小女儿，再当主妇的秩序——都被工厂的奖励制度搅得涣散分离。对别人，车间像是个山洞，充斥着尖锐噪声，弥漫着塑胶、机油和橡皮的味道，但那所有的声音和气味，都不能影响女孩的准确性。她干得又快又好，像天生的厨娘，技艺炉火纯青。所以，她坦然地穿裙装，吃海鲜，看电影！虽然年纪一般大，可她未免也太成熟了吧！

那三个月，他和吴香瑞稀稀拉拉地约着会。自然，吃饭玩耍的费用，都由女方负担。她大鸣大放地掏出皮包，拿出现金，一点都不心疼。这种温和有礼的交往，让他们看起来都是彼此生活的漂亮加分。他们不断地走过热闹的店铺，宽敞的马路，栽种芭蕉林的小巷。两个人移动着，移动着，好像通过这种移动就能让彼此的心灵更贴近。

女孩打第一眼看到他，便喜欢上了。女孩一见他就笑。时间一久，女孩看出了他的软肋——不成熟！可她还是舍不得丢下。这让她对自己很生气。显然，这种交往既不合理也不公平，但她却没有办法——当那个男孩出现后，仿佛总有一束光打在他身上。

如果她不要总说那些混账话，总那么老气横秋——或者，她忍一忍，忍到结婚后再说——他未必不想要她。可她总忍不住，总那么絮叨——男的就要干点大事！要是能创业就好了！即便在厂里打工，也要当主管！哪能一辈子当普工！

女孩渴望变化，渴望卷入风暴，渴望用柔弱肩膀扛起汹涌波涛。描绘未来宏图时，那女孩根本不难看——短发又黑又直，瞳孔熠熠闪光，鼻梁挺秀，眼睫细长，整个人既单纯又炽热。女孩的自信全部源自车间，源自她对产品掌控的经验十足，源自她高居奖金排行榜榜首的位置。和她相反，他虽任劳任怨，勤勤恳恳，却总滞留生物链最低级，总处“毛糙幼畜级别”。唉，普工。普工根本不是人，而是这世上最细枝末节、最无足轻重的微小尘埃。

“哦，这样……”“哦，其实……”“呃，也许……”他的心理活动通过肢体语言层层过滤，再通过舌尖传达出来时，只剩下一堆模糊词汇。他会爱上她吗？可他感觉到的是越来越强的去意。女孩说的话当然没错，但不免让整个恋爱格调垮塌下来——她变成母亲，他变成儿子！

若站在另一个时间点上回望，女孩的权谋心计皆属正常，可他恰处于少年至青年的转折点——“皮鞋尖”事件令他对强悍女性异常反感——故，女孩构想的“未来图景”，非但没能激起他的男性斗志，反而让他感到生分。

和女孩在一起，有吃有喝有玩，时间并不难熬。如果他和她都有足够的耐心——男孩等待女孩的身体如青涩果子逐渐转熟，女孩等待男孩的心智如晨光划破暗夜豁然敞亮，那一切就刚刚好。可惜啊可惜。现在的两个人，是一条河流的左右两岸，一个世界的天上地下。

向南方向来是个敏感善妒的人。他非常介意自己的位置低于女人。当想到是普工在仰望主管时，总让他羞愧愤怒，当听到老赵无意间说出那句话——“吴香瑞准备跳槽去吉利厂，老板急得跳脚”——普工垂下眼皮。

人竟可以这样算计人!

他似乎看到表叔如饥饿鹰隼，在乱石堆里找寻猎物，眼神凌厉霸道。原来，他这个小之又小的普工，不过是老板棋盘上的一枚棋子，而那下棋之人却总以恩主自居——“我是为你好啊！”“你们要是成了该多好！”“你想想你有什么！”

第四章　工厂就像学校

工厂就像学校，一开始你并不喜欢它，但越往后，你便越离不开它。工厂意味着固定的工作、固定的收入，也意味着安全。

“分手吧？”向南方喃喃地对自己说，对方却听到了。

“为什么？”吴香瑞浑身一抖。

他爱她吗？她又爱他吗？他不知该如何定义这段感情，但他却知道这不是爱情。然而，如果这不是爱情，又是什么？无论是什么，既然不是爱情，就不能打着恋爱的旗号进行下去。想到这也许是最后一次见面，他的语气温柔了许多。

“我们不合适。”向南方强调着性格，试图将另一种残酷遮掩下去。

女孩那平淡的脸庞彻底晦暗下来：“我哪里做得不好？”连她的头发，她的额头，她的嘴唇，都替主人打抱不平。当生产主管沦为被挑选者时，显得尴尬而悲痛。这是女性的错。本来，她们应按历史安排的角色，等待男性来挑选，是她们自己先忤逆了这个原则，所以才被迫遭受这一劫。

“不是好和不好……”男孩努力地解释——不是因为她做得好或不好，而是他不想伤害她，可如果继续下去，那他就真的伤害了她，他怕这伤害会越来越深。“什么意思！”被贬值后，她的智商直线下降，不顾体面地喊叫起来。这是场无情的狩猎吗？猎人的处境甚至比猎物更不利？

世界根本没发生什么变化。这对男女在一起，不过是逛了街，吃了饭，看了电影，好像并没有发生什么更特别的事，但他惊诧地发现，这只是他个人的想法——对另一个人来说，一切都变了。才过去了三个月，周遭景物已和女孩记忆中有了差距。此刻，吴香瑞发现芭蕉树的叶片如刀戟，大王椰挺立成一杆枪，榕树的须子像幽灵部队的雷达。她不明白她才开始的爱情，为何以这样的方式结束？完全不应该变成这样啊。

“是我不好，配不上你……”男孩涌起巨大的疲惫感。

“我哪里不好？”女孩蹙起眉头，眼珠几乎有点斗鸡。

“是我配不上你……”男孩眼神空洞，简直想逃到月球上去。

浮游在他们之间的空气发生了异变，散发着一股说不出的辛辣，居然让眼球蒙上一层薄雾。原本，他和她可携起手来，像王子公主般进入新生活，但无法理解的断裂发生后，他和她像两块大陆，被海浪推搡着，日益分离。这种断裂简直是“一眨眼”就形成了——“一眨眼”，他就提出分手；“一眨眼”，女孩就像悲剧电影里的人物对他瞪大眼。

“可我是爱你的啊！”女孩颤声表白。“我对你不是喜欢，是爱啊。”她强调。女孩变成了预言家：“等有一天你也爱了，你就懂了。”男孩则顺水推舟：“等我懂得爱了，再做你的男朋友吧。”“哦？！”女孩的面孔奇怪地扭曲着，嘴唇一张一合，近乎痉挛。

“等我懂得爱了，再做你的男朋友吧”这句话包含以下几种意思——我还不懂得爱；我也许会懂得爱；我在懂得爱之后，也许会选择做你的男朋友，也许会选择做别人的男朋友。

女孩的精气神似已耗光：“难道你现在不是我的男朋友？”

她已变成一条鱼，吐出的句子是泡沫，遇风就碎。

“可我哪里做得不好？”可怜的女孩像台受潮的机器，浑身颤抖。

那个瞬刻，男孩居然感到一种古怪的甜蜜——啊哈，原来这个总是板着面孔的女体，像关机状态的电脑屏幕，其皮囊底层依旧藏着渴望被爱抚的孤寂细胞啊！原来她也是一把琴，渴望在别人的演奏中欲仙欲死啊！可在这之前，她的种种表现，根本是不屑与轻视啊！

“我们真的不合适……”他作势要走。他想要离开，想要逃跑。他不想被女孩的眼睛一寸寸盯视。悲哀已沦肌浃髓地侵入男孩的骨缝，所以，他一定要逃。

女孩伸出细小胳膊，一下圈住了他的脖子：“不要走！”

从她的体内似乎又派生出另一个她，比原本的这一个更狂放更率性。这个她紧紧地搂住男人，双手不断地摸索。那一刻，女体已不受大脑控制，在热血冲击下胡言乱语——“不要离开我”“不要丢下我”“不要剩我一个人”。女孩脸部线条歪斜，表情不是悲伤也不是懊丧，不是自责也不是欣喜，而是一种男孩无法分辨的模样，像有人把她体内最重要的神经大梁抽掉后，她已坍塌成一堆残骸。哀号不是从嘴里发出的，而是从头发里、指尖上、鼻息中。她的悲伤已接近疯狂。

她像从封印住的瓶子里钻出的妖精，面孔涂着霞光，眼神迷离，腰肢晃动。他一直以为她是青涩花苞，可转瞬间，那花已盛放，散发艳丽魅惑。他完全没料到，那纤细的躯体内，膨胀出潮水般的热力。“不要丢下我！”身陷风暴的女孩喃喃自语，痛不欲生。她疯了，她是疯了。她知道自己在发疯，却不可遏制。

他知道自己正被一个人毫无尊严地爱着，他知道她正以一种徒劳的方式表达着爱意，他知道这些动作下藏匿着强烈的情感……他全知道。有什么东西在他脑子里融化了，滚烫至极，就要溢出边界，让他忍不住叫起来。他真想就此沉坠，陷入某种幻境。可刹那间，眼前景象发生了翻转，他看到半空中悬出一张脸，眉眼英秀，皮肤黧黑，鼻梁布满雀斑。他听到那面孔发出呼喊——“快来救我！快来救我！”那声音像盆凉水兜头泼下，让他脑子里错乱的那些情绪——懊丧、悲痛、感伤，全都被定格，被冻死。

他冷静了下来，将黏在身上的女体剥开。

啊！女孩停止了所有的动作。那条鲜活扭动的鱼，一下子被撂在沙漠中，瞬间蒸发掉湿气，枯干僵硬。当他目睹到对方明晃晃的难堪时，比自己受到羞辱还难受。女孩迅速转身，轻飘离场，像一缕幽怨鬼魂。他们原本就极其微弱的关联，顷刻间就这样切断。

雨不知什么时候落了下来。当雨滴碰到皮肤时，他像是被戴上了手铐，即刻起了层鸡皮疙瘩。一切都结束了。陡然间，他变得老了许多。那瞬刻，他觉得自己是个有着年轻外貌的老年人。他的老已蛰伏在皮肤的沟壑中，就是用最顶配的真空吸尘器，也吸不出来。

“什么是快乐？自由就是快乐！”

向南方知道自己不满十八岁，进不了正规大厂，但他想摆脱凯旋厂的愿望却一日比一日强烈。有一次，当他在电话里表示想要离厂后，母亲的咆哮像捶墙工人的榔头——“好不容易才找到厂，你作死啊？！”

两次恋爱未果令他倍感难堪，一直滞留拉线当普工则是他的心病！他发现比自己来得晚干得差的人都当上了主管，而他被颐指气使时，才倒抽口凉气猛然醒悟——最好别进亲戚开的厂！做好了你是应该，做不好你给亲戚丢人；提拔的机会一定要留给别人，反正你又不会走！

接到向南方的辞工报告后，老板的五官像被偷偷挪移了位置，格外怪诞。在这栋农民房里，他这个“王”带着这群男孩女孩一起玩捉迷藏游戏，突然间，有个男孩要离场，让他的派对变了味道。他带着倨傲与负伤的语气规劝：“再做一年啦！就一年，我一定提拔你！”普工摇头时面颊涨红，像在游泳池深处奋力挥臂。在那个慢速时刻，男孩听到自己的语调平平：“我还是辞吧。”

“王”在瞬刻变得狰狞：“我不用你，哪个老板都不会用你！”“王”像在说一个声名狼藉的下三烂，而男孩知道，他这厢越是口沫横飞，内心里想挽留的愿望便越强烈。男孩已看穿那海市蜃楼的谎言把戏，坚决申明：“我真的想好了，还是辞吧。”两具身躯形成暴力对峙。从外表看，它们那么相似，只是一个型号大，一个型号小。那小的非逼大的恼羞成怒，说出残忍无情的话：“你就不是坐办公室的人！你到哪儿都是当普工的命！”

在男孩看来，这种歇斯底里颇具喜剧色彩：“你以前不也是普工？”

表叔惊诧瞪眼，瞳孔里像安装了灯泡：“你和我比？！”

他狰狞大笑：“也不撒泡尿看看，你有我命好！你个小屁孩，当初要不是我收留你，你只能到大街上去讨饭！”

够了，够了。表演到了这里，已达到极限——男孩的手臂上浮满了鸡皮疙瘩。虽然他的肩胛胸肚尚处孱瘦状，但这男孩已被彻底激怒：“那就让我去讨饭吧！”

这小子是疯了，是要造反，是要另起炉灶，而大人除了歇斯底里发火，根本无任何实质性的办法制裁。力量的抗衡完成在最后一刻——当那男孩推开门，迎着阳光阔步离去时，被抛弃的“王”用嘶哑怒吼来收场：“在我们这个圈子里，有没有你都无所谓！要滚就滚远点！小心我打断你的狗腿！”

从那一刻起，这个叫向南方的男孩才算真正地长大了。从此，他的生活不再有典范，不再有套式，不再有规律可循；从此，整个外部世界都将完全属于他一个人——无论是狰狞巨兽或香甜靓女，都独属于他一个人。

那四个月的流浪时光着实让他刻骨铭心。他像是做了一场梦，很快便从愉快的高点坠落，陷入失焦无序状。他的醒悟像误点火车，那车头大灯的光圈是逐渐加强的，他也是逐渐才明白——世上哪有什么真正的自由！有的只是拴在绳子上的自由！

最初时，他那样混沌无畏。在城市里，公交车可以载着人去想去的地方。凭借着地图，他将活动区域从荔枝路扩大到更远处。在四川老家，人们说海边的街道一尘不染，干净到简直可以用舌头去舔。现在，这失业男工浸淫在城市旋涡中，通体易感，荷尔蒙潮涌，耳聪目明地吸收着一切，陷入恍兮惚兮之境地。

他把准备好的硬币朝箱子里一丢，听着叮咚声在深处回响，感觉自己越来越像东莞人。偶尔，他会拐进各类免收门票的公园，凝视榕树牵绊的长须，瞩目紫荆花盛极而衰的坠落，让呼吸慢一点，再慢一点。他最喜欢的时刻，是傍晚华灯初上时——那由各种灯光组成的景象，是城市最具魅惑的一面。此前，他一直被拘束在迷宫的末端小路；现在，主动脉大道豁然敞开，像一条流淌金子的河流。

他终于发现，原来工业园是个巨型垃圾场——随处可见砖头瓦块，生锈马口铁；随处贴着牛皮癣小广告，堆着塑料袋方便筷；随处可见的行人皆胡子拉碴衣衫脏污，提着编织袋，拖着拉杆箱，被狼狈裹挟，像从一个战场败下阵来，又被驱逐到另一个战场的士兵。

那男人又高又瘦，略微谢顶，印花 T 恤，灰长裤，黑皮鞋擦得锃亮。男人快步走来，低声探寻：“你是不是在找厂啊？”“我？！”少年顿住脚步，取下墨镜，惊讶地眨着眼，不明白这陌生人为何恶作剧地变成老狗，那么偶然地寻到主人，整个低眉顺眼。可不管怎样，有人关心也好啊。于是，他愣愣点头。

那瘦高男人微笑起来，尽量装扮得文雅，却怎么都脱不了老狗的感觉。男人有一张胡子未刮、喉部有赘肉的脸，一口黄色牙齿。男人将嘴凑到向南方耳边：“我知道有个厂不错，跟我来吧。”黄牙齿像玉米磁铁，在歌唱，在催眠。“跟我来吧，”男人的眼神像一张蛛网，“走，到那边去……”男人热切地补充：“要填表啊。”失业者像喝了瓶白酒，昏晕地跟在瘦高男人身后，身体里的筋脉变成吊线，被无形之手操纵。向南方不得不这么做，因那玉米磁铁散发出的魅力，实在无法抵挡。

便利店后面的小巷里，放着张木桌，桌上搁着一沓 A4 复印纸。失业者填写着那些空格——姓名、年龄、籍贯、学历、工作经验——他未曾感到不妥。他像只刚进丛林的幼兽，对这种后来一眼便能识破的把戏匮乏穿透力。他是那样相信那张纸，相信纸上的黑字，相信黑字所代表的意义。当那瘦高男人很随意地说“再交三百块服装押金”时，他恍惚起来——不对，一定有什么地方不对。他只是看到了一张桌子，一沓纸，一些空格，并未见到真正的厂门和车间。他瞪着迷惑的眼睛，手指定格在裤兜中。

黄牙齿像琴键般演奏了起来：“这只是押金，等领到工装就退钱，一分不少哦。”那男人的眼睛不再像玻璃球般冷硬，而散发着火焰般的暖光，收钱的手指小心翼翼。失业者吃不准这男人到底有多大年纪，只是感慨那双手比它的主人更有礼貌，像历经了很多苦难，而又从中挺了过来。

当向南方在电话里喜滋滋地讲述时，母亲的声调陡然锐利：“骗人的！快回去让他退钱！”

他的心一落千丈——完了。他应该把钱像石头一样，紧紧地攥在手心里啊。

还是那条街，还是那张桌子，还是那沓纸，一切都没有变。当他趋前，结结巴巴地说出“我妈已帮我找好厂，我要退钱”时，才发现自己真的好天真！陡然间，周围不知怎么就凑出了六个男人，齐刷刷木棍般耸立，将他围在中心。他们像重案组的警察，又像被警察追捕的凶犯，个个彪悍冷血，眉宇间浮动杀气，眼神狡黠。

“不退！”那瘦高男人粗声粗气地大叫。

“我妈真的帮我找好厂了……”

那男人像活腻了般狞笑：“找好了也不退！怎么样？！”

向南方一个激灵恍然明白，传说中的恶棍、流氓、街霸和人渣，在此处一一现身。他喘不过气来，几乎被这场面压弯了腰。

“找好厂了好啊，还在乎这三百啊！”那男人说“三百”时，腔调上扬，既像是调侃，又像是诋毁。“三百很容易挣哦。”男人晃了晃手中的木棍。向南方压低怒火告诫自己——别动气，千万别动气，现在他们要的是三百，等一下他们要的是胳膊大腿。

就在此刻，路边涌出一群下班的人，扬起阵阵尘土。红灯亮起时，一辆车“吱呀”停住，差点撞到一位女士。她高声咒骂着，词语如蝴蝶翻飞。那些嘤嘤嗡嗡，让大汉们分心回头。瞅见人群里有个缝隙，他便奋力钻出，继而狂奔起来，嘴巴大张，瞳仁要爆裂开。跑出几步时，他已被踢了一脚；再跑出几步，又被踢了一脚。可是怪极了，他一点都不觉得痛。等绿灯亮起，拥塞车流开始蠕动，他便直接冲进了人海。扶墙站立了许久，他还惊魂未定。弯腰抚摸小腿时，疼痛如火焰般烧了起来。

以后再去找厂，他必要先冲凉，往头上喷发胶，将衣领拉直，把皮鞋擦亮。他要彻底抹掉异乡味——那味道残留在面部的肤色上、走路的姿态上、开腔后使用的词语上。他让自己走路保持匀速，让五官变得平坦，让身体像块设计精良的手表——嘀嗒、嘀嗒。碰到有人热络拉拢，他便不紧不慢地摇头摆手——“不要”“不用”“不想”。他绝不再轻易把钱拿出来。

他频繁跳槽，尝试各种职业——餐厅服务员、服装店导购、手机推销员、超市保安、仓库送货员……他漫无边际地寻找工作，简直，简直就是胡搞——他对这座城市的陌生感赤裸裸彰显。可那种闷头乱闯，时过境迁再想起，又觉奢侈甜美。碰到倒霉境遇时，他能用鬼脸、苦笑和咒骂去消解，而后又变得随遇而安，并不觉得自己有多惨。

整个夏季，他满目所及皆是大王椰——满满当当的大王椰，栽在街道两侧，公园草坪，花园小区。他稍微朝上一瞥，便觉魄眩神摇。尤其是黎明，当三五颗星辰闪烁树丛，那壮硕之树如阿拉伯神灯般让他惊诧。站在树下，能强烈感到树向上探索着出路——树比他更幸运，有条明显的上升之路；他虽有手有脚，俊美无瑕，却只能像无头苍蝇般乱撞。

他曾为自己设定的"未来"，不仅被打乱，更是被摧毁。现在，他根本没什么"未来"，他要解决的都是些最基本的问题——吃！喝！睡！可工作总是不稳定，钱总是用得飞快，令他愁云密布，郁郁寡欢。在他的耳畔，总是交织着两种声音——

就算离开凯旋厂是失败，我也无所谓；

太可怕了，你要这样晃下去就要废掉了。

天啊！多年过去，他仍记得那次的狼狈经历。

那一次，他从出租屋被赶出，口袋里只剩最后三块钱，只好整夜蹲坐在水泥墙角，用胳膊环抱住脑袋打盹儿。岭南的白天艳阳高照，但到了夜晚，气温也会无预警地下降，变得寒冷异常。他发抖时，四周连块破纸皮都找不到。可只是冷还不打紧，湿气才最叫人难受。那股黏糊气从脚底板一直钻入头发根、钻入骨髓缝和心脏瓣，让他忍不住浑身发抖。

伴随着寒冷而来的是寂寞。寂寞如路灯，将他的畸零状照得一览无余。他的衬衫实在太轻薄，根本无法抵挡湿寒。可在外面待久了，他居然变得麻木，好像所有的神经都喝醉了。他不觉得饥饿、干渴和困乏。他不说话也不动作，迟钝得像一尊石像。

对面楼房的每个单元窗里，都闪烁着晕黄光芒，让里面的人影像冬日套着羽绒服般安全温暖；而他却像杂草中的老鼠，被贬到路边，只能与垃圾为伍。他感到自己的青春真是场廉价大火，火色虽璀璨辉煌，却无法将热量转换成有用之物，而只是无限度地燃烧、再燃烧。

他看见月亮发出赤铜光芒，无声无息地挂在榕树梢。这月亮的颜色、形状和姿态，和永安乡的完全不同。这月亮像是被挡在玻璃后，他能看得到它的模样，却感受不到它的温度。这月亮像放大镜，将他的孤寂扩大了一百倍。那时他并不理解，他所置身的这座城市，像不同人群汇聚的丛林，高高低低各有位分。

那瞬刻——他一直记得那神魔的一刻。当他的目光从半空挪下，视觉里升腾起另一个月亮，是大写的金字“M”。哦，麦当劳。这都市妖兽，就那样蹲伏在半空。这个人造月亮反而比天空的真货更具蛊惑力。那瞬刻，他的眼里发出强光，像手机插上充电器后，持续的热量在内部耸动，令整个屏幕变得刺眼。

他怎能这么轻易认输？这座城市对他还是个未知异境。这里的奇花和异果，池塘和丘陵，他还没来得及观察，所以，他还不能失控，不能发疯，不能放弃。他要努力地拘住自己，坚持下去。有朝一日，他要牵着一个女孩的手，走进那玻璃小屋，笑眯眯望着对方，永不餍足地吃与喝，保持风度地微笑，用雪白餐巾纸擦拭嘴边残渣，再优雅地搂住细腰离去。

那几乎是他生命中最长的一个夜晚。

第二天凌晨，头发潮湿，身子像被锈住般展不开，呼吸道连同肺部都像是被冰镇过，喘出来的气里裹着冰渣子。当他试图迈开双腿时，深切地感到自己对这个城市来说，根本就是一个闯入者、多余者和破坏者。显然，他和街边晨练的市民有着完全不同的思维模式。闻到身上有股异样味时——后来，那味道整整一天都没散开——他才发现，原来昨夜蹲坐的那个墙角，是个露天小便池。他的心像被脚狠踹了几下，浑身燥热起来。他觉得自己很脏，像个行走的垃圾袋。

虽然外面的世界比他想象的要冷酷，但是他并不想给母亲打电话，也不想返回凯旋厂。他和母亲之间的精神脐带，一定要斩断。如果他现在妥协，从今往后的任何时间，只要他露出一丁点违逆神色，母亲就会翻出这笔旧账。第二天晚上，他靠鼻子找了个更干净的地方。第三天晚上，他看到了那张救命的《招工启事》。他盯着那些字发呆。他以为是幻觉，便用力揪自己的头发，直感觉到生疼。疼好啊！越疼，越说明这一切都是真的。

向南方以为自己是爱“自由”的，后来才知自己原来怕“自由”。

工厂就像学校，一开始你并不喜欢它，但越往后，你便越离不开它。工厂意味着固定的工作、固定的收入，也意味着安全。至少从表面看，工厂不是罪恶，不是惩罚，而显现着一种相对的公平。工厂永远都等在那里——只要你进入其中，便能看到它晦暗的围墙、晦暗的仓库、晦暗的饭堂，以及晦暗的制度和晦暗的薪水。工厂里的一切都是晦暗的，不像镇中心的街道那般璀璨，但工厂的这种写实风格，却也不会让身处其中的人罹患狂想病。

人啊，要等到离开工厂后才能看清，工厂生活像一挂轰隆隆的瀑布，裹挟着所有的小水珠，在那个时间段坠落而下。轰隆轰隆……每个人都翻涌炸裂，在轮回里遭遇劫难和幸运。当离开工厂后，瀑布背景荡然无存，前工人以为自己甩掉了枷锁，能从肩胛骨生出翅膀，一飞冲天，却惊诧地发现，自己连最初的平台都转眼不见。原来决定纵身一跃时，自己身处的是高处的水流；后来，却完全置身于荒漠。

四个月的流浪，让向南方瘦成一个薄影子，举着一张白痴脸，目光涣散，对什么都不感兴趣。那些原本让他亢奋的地方——餐厅、商场和公园——皆褪去颜色，失去光芒，像一幅单调的黑白画。他意识到自己弄错了，搞砸了——单凭他现在的这点能力，试图在这个城市过上光鲜生活，简直是妄想。那翻身的念头，像保险丝般被烧断，随后他的整个世界陡然变得黑暗。他发现在城市里生活，铁石心肠是正常心肠，若不能脱胎换骨，便会被赶回家乡。

那个救命的招工启事，是在他露宿街头的第三个夜晚出现的。借着朦胧晨光，那白纸上的黑字一点点显影——奋进电子厂要招熟练工。“我就是熟练工啊！”照着地址找去，一试，即刻被招进厂。进厂好啊！马上就分到了宿舍。宿舍好啊！虽不是星级宾馆，可有冷水有热水。他发狂地冲凉，仔细地刷牙。他的牙齿结满污垢，像水壶内壁那般。厂里还有食堂，能定时定点开饭，缕缕香气冒出时，久未规律饮食的他，胃却被引得泛出阵阵酸水。

第五章　原来恋爱真是谈出来的

开工后，车间虽喧嚣如火车站，但工人们能自由地传递信息，将每一寸空间转化成调情沃土。

在向南方重新进厂不久，郭云芳也来到奋进电子厂。

这个揭阳女孩不是丑，而是怪。这样的女孩，注定无法吸引异性关注，更别说惹人疼爱。她像一尊无从修复的捏坏了的陶瓷，像造物主潦草画出几笔的半成品。中等个儿，一头毛糙短发，大眼镜遮住眉眼，塌鼻厚唇，微凸肚腩，窄旧黄T恤在身上仿佛裹粽子，蓝裙下是双粗肥短腿。她是第一次外出打工。

他和她，怎么可能？怪就怪那车间！

车间是一栋三层楼，让一百多号人频繁接触，从早八点至晚十点。逼仄空间将触感扩大化后，人和人便异常亲密起来。开工后，车间虽喧嚣如火车站，但工人们能自由地传递信息，将每一寸空间转化成调情沃土。发现有双榆树叶眼盯视时，他翘嘴微笑。他窄窄的脊背暖意融融，好像那里安装了特殊感应器，能准确地察识他人企图。脊背发现每天都有一双眼，忽左忽右。脊背知道那眼总在找它的主人，却不知这是不是爱情。那眼的主人异常安静，不仅口里没话，似乎心里也没话。但有时，她拿着烙铁俯身焊锡，在锡点冒出白烟时，会将脑袋斜侧，抽着空眄脊背一眼。脊背将信息传递出去后，看到主人的嘴角戏谑一撇——她真的不是丑，而是怪哦。

然而，习惯的力量竟是那样巨大。神不知鬼不觉，那眼神已从偶然变成必然，进而变成必需。突然某一天，当眼神空缺时，脊背变得格外孤单，像空荡荡的午夜广场。

脊背主人发短信询问，回复是“感冒”。下班后，他以男同事的身份拎串香蕉去敲门，女孩则头发蓬乱，肩披外套，踢踏拖鞋，责备他“不要乱买东西”。那日，他和平日模样差不多，但头发的湿度和领子的硬度，却暴露了主人的精心修饰。女孩接过香蕉，向他粲然一笑。他坐在凳上，讲车间琐事，讲工友逸事，讲哪家大排档推出了新菜……但其实，他讲的是另一种语言——快点好起来吧，我希望你回到座位上，用你的眼睛继续看我的脊背。

三天后，女工郭云芳神采奕奕地来上班。午休时，在众目睽睽之下，她为男工向南方倒了杯白开水。整个车间一片哗然，所有眼神都像飞刀般锐利——她和他！

这可是头条新闻，这可是诡异日子里刮起的妖风。每个人都啧啧惊叹，看不出来啊看不出来。这俩人根本不般配——男人像钻石，举手投足闪烁耀眼华光；女人如碎屑，被随意抛在墙角街边。那女人和漂亮不搭界，甚至连周正都算不上。这样的搭配组合，像马戏团的丑母亲领着干儿子上场，让观众有种悬疑紧张感，浑身不舒服。

但男人却没有选择拒绝。

那女孩的笑从人丛缝隙中穿越而来，只为寻找他——那个单独的他，唯一的他。和此前流落街头那段日子里的被叱责被拒绝以及被寒冷和饥饿折磨相比，这种有人满眼微笑捧来开水的岁月静好，简直像电影情节。

他和她怎么能成一对？

她睁大眼睛望着他，脸上的神情表明——我知道！我懂的！我明白！我晓得！无论他说什么诳语绮言，她都微笑地接纳，全盘地相信。那瞬刻，他像站在莲蓬头下，周身沐浴在温水的洗涤中，无比舒服。他被信任抚慰着，感觉身上那些看不见的破损伤口，被她的目光一一弥合，而血液里残留的玻璃碎渣，也被一一清除。

他被需要着热爱着啊。

多么奇怪——还没靠近，就能感觉电暖炉的温度，就闻到了烤箱里的焦糖味。这感觉无法用数学、化学、物理的公式去拆解，而答案却又那样确定无疑——无论那男人做什么，那女孩都会预先原谅他——哪怕是野蛮而毫无道理的事。在女孩那里，这个男人永远是对的，是好的，是善的，是可以得到谅解的。郭云芳的脾气真是好得不能再好！换了别的女孩，早就扭头走开，绝不会给出这么多微笑。还有她的态度，那种什么都认的态度——无论命运、偶然或必然，她都全部认领。现在，这个她遇到的男人，就是她的天，她的地，她的空气。

一转眼到了春节，女孩原本可在老家待一周，但为了他，大年初一后便返回清溪镇。当她摊开大包小包的食物催他吃时，眼神像个小母亲，安宁丰足。他决定约她到楼顶天台。那个开阔处原本是晒衣宝地，但他在某个黄昏爬上来抽烟时，发现夕阳下的楼宇泛红，半空里飘荡着金色，树木浓黑如墨。之后，只要一有空闲，他便在黄昏时分凝立于此，边抽烟，边眺望远方。当小烟圈飘荡而出时，好像已荡进夕阳的大辐射圈里。他发现自己对脚下这熙攘的岭南小镇，似乎已有了热爱之情。

男人将玫瑰从口袋里掏出："做我的女朋友吧！"

女孩接过，沉默不语。她不信漂亮男人的许诺。漂亮男人像被宠坏的孩子，总是说话不算数。她看着那张脸，不觉悲从中来——他一定不是因为爱她才表白的。

后来，当向南方回忆起这个场景时，他像上帝从半空投下目光，仔细凝视那段慢动作。其实，不用清查也能发现——男人并非被爱情点燃，而只是出于习惯和依赖。他刚从一场难以言喻的劫难中逃出，害怕一个人和整个世界对抗。现在，只要寻到一点温暖和光亮，哪怕微若豆蔻，他都会毫不犹豫地扑上去。"离不开"是比亲密比热恋还要深沉的感情，类似生物概念里的"寄生"。只有在感到女孩那皮肤的热度，呼吸的频率，胸腔的轰响时，他才会觉得自己还没彻底沦落，还不至于一塌糊涂，还有一息尚存的希望。

黄灿灿的夕阳高悬，耀得人睁不开眼，可转瞬间，天色变得晦暗。不知从哪里涌来大片乌云，像接缝皮肤般狰狞，褶皱间已噼里啪啦打下豆大雨点。女孩站在暴雨里，浑身湿透，像电子板的线路被烧焦，头顶燃起一股白烟。陡然间，风小了，雨也停了。原来，是有把大伞撑了起来。

男人说："这种母子伞，刚好能装下两个人。"

女孩扑哧一笑："我是母啊？"

男人笑着说："你是女朋友啦！"

女孩仰脸撇嘴："谁答应你了！"

男人凝视着那张脸，眼神很重。他已忘记怎么说正经话，现在，即便他做的是正经事，也无法把词语调整到正经频道："谁说答应就是谁啦！"

他伸出胳膊去揽她的肩，他感觉那肩头一半在挣脱，一半在迎合。有两种力量同时作用于女孩体内，争执不下。他拽她去俯瞰楼下——那密密麻麻的伞阵移动着，烦乱着，挣扎着，而他俩却肩并肩站在高处。这是何等的幸运。他感到她的肩头不再抵抗，慢慢乖顺下来。他的手掌便揽得更紧，希望将澎湃热量传达出去。

他俯身去找她的唇。女孩将脸朝右边闪去，又朝左边躲来。"不要这样嘛。""那要哪样？"女孩哭笑不得："我不是这个意思啦。"男人不管她怎么辩白，一下子吻了起来。女孩马上挣开，下意识地用手背去揩。"擦不掉的啊！"他得意起来，"啊哈，已经亲过了啊！"女孩臊得挥拳砸来。

他俩就这么开始了拍拖（谈恋爱）。

午餐时一起在饭堂吃饭，晚班后到厂门口吃大排档，周末去镇中心逛超市。虽然已达成口头协议，但他俩之间还存在着某种紧张感——到底谁更需要温暖？行走在华丽大街，两人常处无语断档状。走累了，男友拣个木凳坐下，眯眼微笑，好脾气地抽着烟。有时抽得失神，让灰烬长长一截烧到滤嘴——那时的他，竟那样温柔。

原来恋爱真是谈出来的——谈着谈着，就找到了话题，还谈个没完。那女孩似乎天生是来听他讲话的——只要她望着他的脸，他便像水龙头被拧开，哗啦啦，源源不断掏出心窝子里的话。女孩的脸上有种特别专注的神情，好像能以凝视表情带你重回现场。于是，他忍不住地说啊说，哪怕是最难堪困窘的事，也能顺溜地说出来。

那一天聊得太过起劲，一看手机，已深夜两点。啊！这时候回去，厂门早就关了。若让保安来开门，定会成为第二天的头条。他提议到附近的小宾馆凑合一下。她想拒绝，又想不出更好的法子。房间里的那张床，令两个人尴尬至极。听到男友说“你睡床，我坐着”时，女孩摇头，枯坐板凳愁眉不展。于是，他随便说着调笑的话，试图缓解气氛。不，根本不像人们臆想的那样——男女开房后，即刻陷入淫乱狂欢——这对男女虽身处闭室，却拘谨忸怩。他俩被看不见的戒律盯视，压抑得直喘粗气。

他把手放在女孩膝盖，隔着裤子轻揉膝头。他的手不像他的脸那样华美：皮肤粗糙，骨节粗大，指甲姜黄。然而，那些硬木棍却充满柔情，不停地旋转着。他絮絮叨叨，一会儿童年小城，一会儿爷孙趣事，努力延展开话题的幅度而不致冷场。女孩支颐聆听，表情肃穆，偶尔回应几句，亦轻声细气。那时，他根本不理解女孩的手足无措——她是完全不知该如何应对和男性独处的艰涩时段。

这段恍如搁浅停顿的时光，形成了一幅静谧的图画——好像电视机被打开，自顾自上演一场节目，不管有无观众。他和女孩的距离如此之近，能清晰地看到对方的眼梢鼻尖，乃至脖颈胸脯。他闻到自己鼻孔中泛出焦味——那是脑细胞在高速翻滚时释放出来的味道。他试图让手指攀缘而上，却被女孩止住。他真的不知该怎么办——他在这方面无任何可调度的实战经验。他不断地扭动脖颈，说连日加班，令整个后背钝痛僵硬。女孩说，她跟着老中医学过点按摩，如不嫌弃，可练习一下。于是，他盘腿坐在床上，女孩跪在他身后。

他不信她能按出什么花样，然而，他错了。

女孩的两枚拇指摁进后颈那两条扯紧的龙筋时，一股痛，让脚底板向内抽搐，但之后，古怪的酥麻扩散开来，搅得五脏六腑都沸腾起来。“哎哟”——他是忍不住才呻吟出声的。好像，他的身体是一页公文，啪嗒，被盖上了大红章子后，便进入了奇异之境。

天哪——那双手像钳子，把闷窒在肌肉束里的酸痛，像剥着荔枝皮那般，奇妙地除掉。天哪——这哪是按摩，简直是拆卸。那双手仿佛在拆卸一座宫殿——将檩子椽子都抽空，堆放在骨肉血液的另一边。现在，这女孩通过指尖，和这男人进行着一场秘密交流。每一次按下与拔出，都不疾不徐，像给肌肉涂抹某种特殊的黏合剂。他每天积攒起来的疲倦感，被拇指一一捏破时，发出扑哧扑哧的声响。

她在诱惑我吗？他想，这女孩一直处于极自卑状态，总带着无尽的羞怯；然而，她的体内又蕴藏着一种野性未驯的躁动。现在，根本不是她在诱惑他，而是她本身就是诱惑——关于这一点，她自己根本没察觉。现在，她用手指挑动着他的神经，使他周身不安。虽然他们还是有一搭没一搭地讲着话，可女孩的声调越发柔媚。

在这个单调枯索的房间里，这对男女压抑地喘息着，让空中因飞满荷尔蒙因子而变得颓靡馨香。生平第一次，他产生了强烈的愿望——他要拥有这个女孩。他必须拥有她！他再也无法忍受那长时间的寂寞和无聊，所以，他一定要做点什么。

他要好好地看看，好好地认认她。在小宾馆晕黄的灯光下，这男人看见那比想象中要美的女体后，惊得手指痉挛。他像走进电影院，眼前的一切影像都硕大飘浮，带着惊心动魄的光芒。

可怜哦可怜！这女孩的面孔虽那样粗陋，但乳峰凸起，腰肢柔韧，有着一种浑圆之美。他将嘴角翘得老高："你挺好看的啊！"

男人的赞美丝毫没有增加女孩的优越感，反而让她越发羞愧。她回望他："你才好看呢！"他笑得更厉害。他"好看"的时间太久太久了，却很少听到这种直愣愣的赞美。

他们都是第一次。

狂风暴浪后，女孩捂着脸呜咽说疼。"我好怕……"女孩的嗓音像散黄鸡蛋。她怕得发抖——怕他以后会变心，不要她，让她像小舟般沉陷漆黑海底。男人不断劝慰、解释和许诺，反复强调"我们会在一起的"，依旧未能让她平复。女孩害怕那太好的节奏感，太匀称的体格，太巧夺天工的抚触，都只是昙花一现。她甚至希望他能鲁莽些、笨拙些、粗糙些，最好能用煤黑抹脸，以藏起他的优点。女孩试图对他冷淡一些，少爱恋一些，免得造化窥伺，一妒之下将他掳走。

那一夜，两个人都没睡着。

第二天返回车间，他俩躲得远远的，一整天都没说话，连眼神都不愿触碰一下。两个人像回到某个过去不认识的时刻，像失足跌入黝黑洞穴。

不……不要看到我的悲哀恐惧，让我一个人静静；不……不要询问我、关心我，让我一个人发呆。

下了夜班，他发出短信："不舒服吗？要不要看医生？"

"不用不用。"那简短的四个字他不愿细读细想，因为他的心已粉碎成渣滓。

一周后再约，女孩居然毫无反抗，乖顺无言地进入小宾馆。

此前，向南方不断地发短信，不断地许诺——"我喜欢你。我知道自己在做什么。我们一定会在一起的。你要相信我。我非要和你在一起。你要放心啊。不，那一夜不是随便的意外；不，让我们拥有彼此吧，真正地拥有。"

几个月前他还踯躅大街，此刻却搂抱着全须全尾的一具发热女体，这是何等的美事！男人刻意斩断所有光线的源头——拉上窗帘后，也阖闭上女孩的眼皮。他希望她沉浸在人造黑夜中，不致太过紧张。他心疼地发现，那女体如可怜黄蜂，在他的巴掌里瑟瑟发抖。他舞动十指，像抚拨琴键般灵敏操纵，令女体发出沉郁回响，持续不断，而他自己也感觉所到之处，皆是不尽之愉悦。

他尚无足够的经验，不知该如何处置诡秘难辨的细节。他那样笨拙，站在海边，只扑通一下，便跌入液体的深处。他根本来不及多想。不……也许，他根本不打算多想。奇异之事出现了——当他跌入暗黑，四周逼仄后，声音清晰了，嗅觉灵敏了，触感也强烈了。

女孩睁开眼后，紧紧盯住男人，让他落进自己的眼眶里。没想到，她的眼眶子那么浅，一下子就涨了潮，让液体肆意起来。男人耸着肩调侃："做一次哭一次，以后都不敢做了……""没人会像我这样……"女孩认真的表白，"这样喜欢你……"

他知道对白必须你来我往，嘴里便敷衍着："我知道，我知道……"他燃起根烟，却躲不过女孩的深邃眼眸。从小到大，他因漂亮而获得了一堆消化不了的赞美，如今，他迷恋的女人，不仅不漂亮，甚而丑陋。这是奖赏，还是惩罚？

女孩眼皮一挑，眼神里闪着刺人光芒。显然，她对他的敷衍并不满意。从一开始，他们之间的情感分量就不对等。他的脸陡然滚烫，但脊背却又暗暗发凉。她当然不能明着怨他，所以只能痴情地一笑，就替他解了围；她当然知道，对面的这个男人实在是孤独——是孤独把他推搡给自己。你看看他，哪里都那样好看——正面好看侧面更好看，转身好看弯腰也好看，好看到了这种程度，简直想让她大哭一场。

她满腹心事，但又结结巴巴，无法把词语捋顺了说出来。她的表白带着哭腔："不是因为你好看，而是因为你是你……"男人脸上的肌肉痉挛着——他但愿自己没听到这些表白；他但愿自己没被那双眼给罩住；他但愿自己还是只鸟儿能自由飞翔，而不是被扯住的风筝。他揽紧她的肩头："别说傻话了。"

"那你，是不是真的爱我？"

他知道这个状态下的任何女孩，都是需要承诺的，可那句话一出口，居然把自己都吓了一跳。"当然爱啦，傻瓜！"女孩像收到大礼包般开心咧嘴。唉！如果她那么在意，就给她好了。可对于什么是爱什么是不爱，其实，他并不知道；他只知道自己其实又懒又馋，对万事都不认真，有时甚至觉得连心脏起搏都很麻烦。他这样的一个人，怎么会去爱别人？可对面那女孩眼巴巴望着他的样子，像一缕孤魂眺望人间。

搬进厂里的夫妻房后，他发现郭云芳是个永不厌烦的小妈妈。她包揽了全部家务——做饭、洗衣、打扫卫生、采购日用品。可那时，他们真是穷啊——全部资产加起来不过几百元！每晚下班回来，他俩都交流午饭吃了什么。女孩说她吃了八元套餐，有肉有菜——其实，只是一碗两元的凉皮。她要省下钱来，让她的男人吃好穿好。

晚饭后的娱乐是一起看电视——这项活动被女孩视为幸福家庭的标志。有时，男人会觉得看电视对自己是种微妙的惩罚，但他还是坚持地坐下来。每当屏幕上有什么可耻或可怕的事要发生，女孩便焦躁不安——她有种为别人着急的博大胸怀——她会借故离开，直至那场面差不多结束才返回。可那些电视剧在他看来，真的好白痴好狗血。

若世上只有两个相爱的人存在，那生活会简单很多。可惜，只要一出门，人便会碰到别人，便要承受陌生目光的打量。摆在他们面前的现实是——不论他俩如何感觉，从外表看，这对男女非但不登对，反而有种说相声般的滑稽感。

第六章　第一次当老板

他知道，凯旋厂也是靠复制而诞生的。事实上，那个程序的操作密码是相同的，只是位置不同，规模不同，人员不同而已。

向南方的母亲第一眼看见郭云芳，整个人都骇呆了。那瞬刻，母亲的脸像冰岩，眼睛瞪到超过正常尺寸。她像看到了原始人，不仅嫌恶，甚而厌弃。那情绪毫不遮掩，令他猛打寒战。

母亲曾设想过儿媳妇的各种形象，但现在要面对的岂止是丑，简直是——怪！这对她是灭顶之灾——眼瞅着豪门公主被换成丑陋灰衣女，而那女人还要拽着儿子一起过灰扑扑的生活，甚至连未来孙子也是张灰扑脏兮脸。母亲的脸上没有任何表情。她的没有表情，就是她的表情！他了解她，知道她的安静比狂躁更可怕。母亲的驻颜术就是不安静——抱怨啊，牢骚啊，一天到晚地絮叨不停啊。当年在村里，母亲的表姐是第一号美女，她排第二。现在，母亲发胖了，曾经的妩媚轻盈不见了，转而变得丰腴。这中年女人的脸庞，偶尔会出现极难看的瞬间，但有时，又会亮出绝美的刹那。

这场小规模遭遇战充满了戏剧性。当未来儿媳从抽象虚空变幻成真时，母亲强忍着没发火。为了按住自己，她拼命地吸烟，拼得全身筋骨和牙根都变得酸楚，脸颊肌肉微微抽动。她要吐出千丝万缕的白雾，才能把自己兜得住兜得牢。这样的女孩让母亲难为情，像捧着个烫手山芋，要赶快丢出去。

等女孩离开，母亲恶狠狠地摊牌：“从哪儿捡来这么个怪东西？”

他的脑袋一声“轰”。

其实，从女孩出现那刻起，这对母子就已斗了起来——两个人心中已过了好几回招式——现在终于当面锣，对面鼓地敲了起来。母亲把汹涌咒骂往肚子里咽，违着心，细声细气说教——“她长成那个样子啊，你俩根本不配。”“别忘了，你是我的独子耶。”母亲盯着他的脸，像病人盯着心电图。他蠕动嘴唇：“长得不好看不是她的错！她对我很好啊！”

他自然没少给母亲惹麻烦，现在，他的忤逆又激活了母亲的回忆。她想起为了让儿子吃好喝好，她打工二十多年所经历的辛酸和委屈。她刚到深圳时住在桥洞下，晚上野风吹来，冷得瑟缩发抖。等搬到工厂宿舍，无论拉长脸色多么难看，她都咬牙挺住，死也不换厂，愣从牙缝里省出钱，寄回老家。那些片段实在太过跌宕，连缀在一起播放时，令母亲的面孔凝成一张水泥板——眼神的热力消失，鼻梁的高度坍塌，嘴角的弧度抹平。这张水泥板面孔懒得多说那寒碜年代的寒碜经历，只发出决绝指令：“不行，近视眼要遗传的，等生下来小孩，还要戴眼镜！”

他并不想破坏他和母亲间那脆薄的信任，但在这一刻，他感到脊背和手臂，大腿和肚腩，都出奇瘙痒。他像久卧病榻的患者，打腔体深处发出请求："妈……"他的感伤，他的悲恸，他的无奈，林林总总都在这声请求里了。可母亲根本不理睬，面孔还是僵硬水泥板："她家在农村！她只是个普工！"

向南方终于忍无可忍。

他看了母亲一眼——非常刻薄尖锐——"我家也在农村！我也是个普工！"

"你为啥不能找个条件好的？"母亲的冰冷语气里充满怨憎。不是母亲痴狂，那例子就活生生摆在眼前："你表叔能找上表婶，你咋不行？！"

"我条件那么差，怎么找得到？"向南方听到身体里被禁锁的灵魂，正发出咆哮。离开凯旋厂，他在外面河道里晃悠了一圈，深刻地懂得自己只是个渺小虾米，和滑溜鲨鱼根本没法比。况且，还有超级大鲸鱼，深潜海底，他连面都没照过。向南方恍然发觉，原来母亲的心结不在于他，而在表叔——既然表叔能因表婶而改变命运，儿子为何不可？

向南方的嘴角下弯，将表情快速切换至尖酸刻薄状："我哪能跟表叔比……"他对自己的俊朗外表当然骄傲，但说句真心话，表叔是他迄今见过的活人里，最帅的那一个！就像从电影屏幕里直接走出来，直走到你面前。他深知自己不过是个赝品、残次品，是个黯淡的群众演员，是乌鸦麻雀那种，而表叔才是堂堂正正的精品，是赤艳妖厉的男主角，是能应和鼓笙翩然起舞的白鹤与天鹅。

"让你到凯旋厂，就是让你跟表叔学，你啥都没学到，反而惹下一堆麻烦……"母亲的拇指朝向南方逼近。那指尖已戳进鼻头？戳进眼珠？或者干脆，直接戳进蜗居心脏的灵魂算了！

他惨笑反抗："那也得能学会啊！"表叔的厚黑学，他连百分之一都没学到。"那种学，要怎样费尽心机扭曲变态，老妈你知道吗？你懂吗？"母亲在激烈处悬崖勒马——软禁事件后的冷战已让她尝尽苦头——"你们在一起玩玩可以，但是，绝不能结婚！"

向南方的心脏怦怦狂跳："真的？"

母亲注意到儿子嘴角浮出的笑意。不，不是在嘲笑她，更像是在自嘲。母亲提出附加条件："但是，你们得回凯旋厂！""啊？"他惊呼。回凯旋厂！转了这么一个大圈，就这样子回去？"不要啊！"他感到颊上被甩了一掌。当初，是他撕破脸皮说要出去闯；现在，灰溜溜返回，还带着个丑兮兮女友，明摆着让表叔嘲笑。他惊惶地盯住母亲，眼神像被打断小腿的羚羊。

"小半年晃过去了，还是收收心吧。"母亲知道儿子不甘心，但眼前的一切都表明，他根本没存下什么钱——看看那满脸菜色！那破旧衣衫！那丑陋女孩！母亲说他没定性，一个厂待不了多久就要换，滚石不生苔。她说凯旋厂已搬了家，有个大项目，工人加班加点都做不过来。"你只管回去，别的事不要管。"

他尖叫："我不想回！"

他嘴上嚷嚷着，可气焰明显地落了下去。那些流浪岁月里所遭受的酸苦，他虽没向母亲提及，但他知道母亲知道。也许返回凯旋厂，根本不是母亲的执意，而是她洞悉了儿子内心的隐秘，帮他做出了这个决定。

凯旋厂还在荔枝路，只是搬进一栋单独院落——三栋楼房呈品字形，集车间、仓库、宿舍于一体。看着货柜车出出进进，让前员工不觉生出时空错置、颠倒迷离、今夕何夕之感。才过去了多久，这路上的景物便与他记忆中的有了差距，像杂志上的照片，看起来轮廓相似，但内里的细节全被置换掉。一切都安静而确定地存在着，一切都“岁月静好”地忙碌着，进行着代谢和发展，然而，一切变得和从前不一样。

表叔一身亚麻色休闲西装，白皮鞋跷起，在黑皮椅中喷烟开腔：“来了就好！去上班吧！”那俊逸外表内藏着的情绪，向南方根本看不懂，但他能清晰地捕捉到一丝恐惧。现在，表叔待他像任何一个求职者——剔除掉私密关系后，声音干净爽利。现在，表叔的面孔就那么袒露着——无任何表情，任何心思。

呵呵，你这个不起眼的小棋子！呵呵，多你一个不多，少你一个不少！呵呵，你真是说来就来，说走就走！

老板盯着求职者，让对方喘不上气来，几乎要溺毙——不是在水里，而是在虚空里。这一刻的安静让他觉得好残忍——他宁可表叔发飙、嘲笑和讥讽。他陡然打了个寒战——不知母亲在表叔面前，怎样的卑躬屈膝！

从办公室出来，他没命地跑了起来。他搞不懂为何自己一直破旧寒酸，也搞不懂为何表叔一直鲜衣怒冠。他跑过摇曳的灌木，跑过落满灰尘的榕树，跑过垃圾桶和铁栅栏，跑过水泥接缝处的枯黄杂草。他只是没命地跑啊跑，根本没有目的地。跑啊跑。跑起来就能把表叔那张脸给丢到脑后。跑起来的年轻人像着火的冥纸，在冷空气里蝶翅般翻滚。好在还有郭云芳。

在那段恍如静止的时光里，女孩不断炖肉、煎鱼、煲汤，把男人煨得暖暖的，让他安惬舒适。晚饭后散步看月亮，并不多话。夜里躺在床上，女孩的身体像琴弦，在绵长的兴奋中颤抖不已。那个时候，他居然能整夜索取不停。天啊！他食量惊人，性欲亦惊人。时常，她因加班而浑身疲乏，但他的指尖舌尖还是追来。她随时都能被挑起，变得和他一样永不餍足。他俩在肉体上越来越契合，相辅相成得不可言喻。偶尔在凌晨醒来，男人努力辨析着屋内的一切，好像这不过是一场美梦。

他俩自己过得美气，周围的人却看着糟心——这个男人，举止文雅，谈吐风趣，怎么找了个蟾蜍女友？有一天，喝多了的小兄弟没管住嘴，将那句徘徊心头的话拎了出来："大哥，你是啥眼神！那女人长成那样，送给我我都不要啊！"他的脸皮像被硬生生撕去一层，毛细血管直接裸露在外。他也不恼，只是叹息："兄弟，再混上几年，你就不这么想了！"

那之后，他与外界的联系逐渐淡漠起来。他想得出别人会怎么说，知道"找了个丑女人"已是他的记号。如果他自己长得普通，甚至粗糙，他女友的长相也许算不得是问题，可谁叫他生着张明星脸，在人群中出众倨傲？每当他一出场，人人都像遭遇核辐射，陷溺于自惭形秽的沥青不能自拔。现在好了，人人都无须嫉妒他。母亲来出租屋巡查，准儿媳便热络招呼，一刻不停地弄吃弄喝，以掩饰羞怯紧张。等母子二人吃起来，她才用怯生生的眼神细察屋中动静，有需求即刻供应。等她忙无可忙，便兀自弯着嘴角微笑，进入厨房或卫生间擦洗整理，让各类器具绽放洁净色泽。这一切，母亲若不想看见便真的看不见。母亲看不见这女孩处心积虑地筑营，希望蜜蜂巢城能更加坚固。

啊，爱情！

是爱情让女孩变得如此胆小，而且，越来越胆小！本来是受束缚的一条命，现在，又背负上了另一条。女孩陷入负疚，一个劲地减损和割舍——因她已越界而获得了太多。她要努力善用余生，使恩泽被及他人。而男人的母亲竟毫不怜惜，眼里野野的星芒带着尖刺。母亲早已把女孩看透看扁，认定她是个窃贼强盗。等母亲抽完烟，浑身顺畅，雄赳赳出门时，女孩敛身站立在暗影中，怀璧有罪地谦让着、卑微着，小心翼翼。

外部力量越强大，这对小男女过得越甜蜜。男人正常上班，正常生活，而女孩因男人的笃定，对他的依赖感越发强烈。时间在这座农民房里被拉长，空气里飘荡着无尽欢欣。只要关起门，一切都变得温馨甜美。只要男人说，女孩便静心聆听。这对男女以为自己盖了座城堡，却不知底座下是沙滩——上面的物体越快速加高，下面的沙子便越快速流失。那时的他绝对想不到，惬意日子会以那样的方式，被那样突兀地打断。

简直像一声闷雷响过，一道闪电劈过。

一眨眼时间来到了与郭云芳相识的第三个年头。

那年二月底，岭南在有过一次短暂回暖后，最低气温一直盘旋在 10℃。在户外走动时并不觉得冷，但要在屋内坐着看电视，腿上必要搭个薄毛毯。钻进被窝前，还要灌个热水袋。这种湿寒阴冷的天气，很容易让人生出怨气。

郭云芳在拉线上随便说了句感慨，被旁边女工捡拾到，又经过一根根舌头的加工，等到了男人的母亲耳畔，已从白银童话屋变成一座热腾腾狗屎房。

“老板娘浑身上下都整过！”

“根本就是个野模！”

“订单全是睡出来的！”

母亲赶到出租屋来找他俩，未果，又到旁边超市里去寻。看到戴墨镜的儿子身旁，是提着米袋的胖女孩，便一脚踹过去。白花花大米漫流一地，像牛奶泉在不断喷涌。母亲的咒骂如小碎鼓：“你这个怪东西！整天蛊惑我儿子还不够，还到处说闲话！你还让不让我们活！”

“没有啊……”女孩愕然。

那一幕男人永生难忘——两个女人披头散发，一个在前面跑，一个在后面追。整个超市里的人——收银员、送货员、购物者——全都瞪大眼，像看一场即兴表演秀。那中年女人癫狂着，不断谩骂——打死你个怪东西！而那小的抱着脑袋一个劲哭喊——我没有说啊！这场景引得围观者哈哈大笑，直至保安出面才叫了停。

他对那个薄面含嗔、媚眼斜吊、舞动双臂的中年女人，原本很陌生，可那姿态他实在熟悉，又启封了他记忆库中的那一幕——春节返家，那女人用力踢打三岁小儿，将他踢成个皮球，在地上不断打滚。那皮鞋尖传导出来的疼痛，一直盘桓在他的脑际，从未消失。

“真的不是我说的啊！”女孩走形的声音火烧火燎。

他当然知道女孩笨嘴拙舌，绝不是搬弄是非的人。可无论如何，凯旋厂是不能干了。他头痛欲裂，索性出门到大排档，仰头灌下一瓶瓶啤酒，再燃起一根根烟。没人知道他在“这里”，也没人知道他“为何在这里”。关掉手机后，他彻底处于“孤岛”状态。

陡然间打了个激灵，他想到了解决的办法！这办法太灼烫，甚至把他自己都烧了一下，像无数只小虫爬在身上，到处痒痒。然而，他却能听到鲜血把太阳穴敲得砰砰作响。女孩像困在冰窖里的囚犯，看到男人踅晃归来，眼露欢欣。男人晃动着她的肩膀，眼神柔软而濡湿：“我要开厂！我要创业！我要复制个凯旋厂出来！”

他知道，凯旋厂也是靠复制而诞生的。事实上，那个程序的操作密码是相同的，只是位置不同，规模不同，人员不同而已。他向女孩描述着自己的狂想——租厂房、找订单、做电感……根本不是什么难事！只要开始干，就能挣到钱！根本无须注册，只要能拉到单子！

女孩两眼晶亮地聆听，一个劲点头。点头、点头再点头。直到这时男人才发现，女孩额头上游移着一层薄光，像菩萨那般。于是，男人醉汉般傻笑，用吻把对方推了又推，推成一个软体，再细细叮啄。他将他们之间的空气挤得一丝不剩。

男人水深火热地陷入女孩的迷宫，从恣意挑衅到乱暴狂攻，激起蛙声一片。他延宕着欢愉，乙醚味从细胞深处放恣而出，令整个空间迷乱。越沉沦便越粗暴，越粗暴又越沉沦。这根本不是一场欢爱，而是一次重生。

在珠三角，大家叫电感厂老板不是“做电感的”，而是“绕电感的”。

“绕”是个核心词——将绝缘导线绕制成各种线圈，不同电感量绕的圈数不同。这工作貌似简单，但要让生手绕得既稳定又精确，得花一两个月。

如果珠三角是个大草原，这些“绕电感的”小黑厂便是根根青草，春雨后顺势耸出地皮。若遇到大旱天，有些草儿便会枯成姜黄，委顿成棕褐尘埃。这些“绕电感的”根本不去工商局注册，因电感的需求量实在太大，简直让人眼花缭乱——无论是手机、数字机顶盒、蓝牙耳机、液晶电视，或汽车、工业控制等，到处都需要它。

只有当了老板，才会发现老板的眼睛其实是个过滤器，能消除掉一切枝丫，看清原来到处都需要花钱。租厂房（不是正规厂房，而是普通民房）、买设备（二手的）、找工人（从生手开始培养）之类的费用一压再压，也得十几万元，准老板向南方简单算算就感觉不妙，心脏跳在舌根，衣服里捂得全是汗。他挠着头皮做着加减法——自己有三万，郭云芳有两万，母亲赞助了三万，还需问亲戚朋友借四万。

一切顺风顺水地转了起来。刚开始跑业务，这小老板理了个老气的小平头，穿着老气的翻领衬衫——他的身架骨和胸膛还没发育满实，却已套上正装，开始模仿大人了。别人拿出图纸，他根本看不懂英文——他上的小学没开英语课，初中根本是瞎混——但他先是装着很懂，再买包烟去问别人，让老手指点暗道机关。原来电感器就是 Inductor；原来电感器能把电能转化为磁能存储起来，实现振荡、调谐、滤波、延迟和偏转；原来电感器类似变压器，好像用物理学的方式在执行中庸之道耶。

他是在一种完全没有根基，连脉络都没有厘清的状态下，一头扎进生意场的。他本是个羞涩之人，现在，却被命运一把从幕后推至前台，不得不演起来。他惊诧地发现自己的口才越变越好。那时，一个月开销一万都不够……赚到了钱就投资买设备……半年就发展到有二十几个工人……他苦熬苦干了一整年，完全不觉自己已癫狂。唉，农村人的平台真是低！奇怪，他承认自己是农村人时，那样的坦然。客户总是拖欠款，而老板却不能拖欠工人工资。若扩张招人，便要拿出更多的垫付资金。若资金链断裂，根本无任何回旋余地，只能选择放弃。他最后不仅没赚上钱，还欠了一屁股债。

要过上好几年，他才能明确地意识到——是自己弄错了，搞砸了。

可那时的他，总试图翻盘重建。他不知管道为何总出岔子，总挟拐着他，到了另一条有故障的路上。他不知上苍已在他的生命里输入了既定模式。他的暴烈是一点点积攒的，以致最后连五官都发生了位移。当他走向自己的“变形记”时，根本没意识到他已成为男版祥林嫂，被苦难榨得变了形。唉，那些黑洞往事就像一张地毯，线头越扯越长，从各个角落剥离，最终完全走了样。

令他痛心的并非只是创业失败，还有郭云芳……谁能料到，那女孩的生命短暂如夜空焰火——真的只是一恍惚，一弹指，那具女体便消失殆尽，像按了一下开关，灯光瞬刻便被黑暗吞噬，色彩亦全然不见。

真是见了鬼。

那时，他忙得像打陀螺，连一丝一毫的预感都不曾有。直至当年盛夏的某夜，女孩说有点拉肚子时，他全然不知死神已莅临门前。第二天，两人去小诊所拿了药。吃了没见效，女孩都快拉脱形了。“真的好痛！好丢脸啊！”不行不行，还是要看医生哦。从中医院回来，男人守着砂锅熬药，满屋子草药味。可女孩一喝就吐，根本咽不下去。

那时，他的心里可有预感？唉，是真的没有。他浑然不觉，完全不知女孩已站在冥界渡口，被死神牢盯。他以为女孩只是累了，身体出现了衰退现象。他眼瞅着女孩像脑袋供血不足，闷喊一声，从椅子上摔倒在地。他着了慌，背着女孩出门，打出租车到镇医院检查。医生说化验单要拿去广州分析，让他们等三天。那蜡黄瘦脸的白大褂不无担忧地说："如果是 SLE，就麻烦了。"

SLE 是个什么鬼？

红斑狼疮哦！

第二天，郭云芳上吐下泻，气若游丝，整个人虚脱成薄纸片。哪里还能等三天？！即刻又打出租车去广州，挂急症。检查结果一点都不拐弯抹角，正是——SLE！男人惊呆："怎么可能！"他像莽撞的孩子做了错事，两眼通红。医生解释，红斑狼疮以女性发病率最高，年龄从十五岁至四十岁，一般都和遗传基因有关。

"遗传基因？"他陷入五里迷雾。

谜底由郭云芳的哥哥解开。那个男人脸廓线条严正瘦削，言谈举止散发着乡村男子内化于心的诚挚。他说有一年村里来了个妇人，抱着个婴儿，问有无人家收养。应是郭云芳的亲生母亲有病，担心遗传，便把她给遗弃了。在女孩的成长过程中，没发现任何疾病的痕迹——她从未怀疑过自己和父母的关系——而那些可怕的细胞，貌似被放了鸽子，却一直潜伏着，等待突变时刻的到来。一旦起义，整个身体便像多米诺骨牌，层层倒塌，彻底倾覆。

办理住院时，男人只告诉女孩，"急性肠胃炎，很快就能出院"。可目睹生命凋谢的过程着实可怕！毋庸置疑，人都会死去，可人到老了死去是一种解脱。那时，各种器官皆已退化，像狮王完成了奔跑、撕咬、求偶、交配和喂养等一系列程序，最终皮毛褪色，羞于守护巢穴，而远走旷野，在一个无人知晓的角落静等咽气。

可这女孩根本没有丰沛地盛开，只是初春的蓓蕾啊。她的病灶逐渐扩散，蔓延全身。医生开了一个又一个的会，说全世界都没有特效药，说即便做了手术，最多也只能活十年。眼瞅着白床单上的女体一天比一天虚弱——像工人一铲一铲将煤块从炉膛里铲出，火车车速越来越慢——那女孩脸颊消瘦，眼眶塌陷。她和死亡间的距离越来越近，好像一翻身，那根把她拴在这世上的丝线就会被扯断。

女孩看到男人胡子拉碴，深感抱歉，劝他去理一理。女孩捏着他的手，脸庞晕出一团红，展开滟滟的笑——那真是一种极限光焰般的笑——自伤自恋道："唉，你说，你爱我吗？""你爱我吗？"他含糊其词地应着，"当然爱啊"，却不忍看那枯叶手掌。

没想到那么快——甚至，连十个星期都没熬到，更别说十年！

那一天手机炸响，接通电话后向南方惊诧得张大嘴——是郭云芳。她说她马上就要出院了，让他在家里等。他一喜，好啊好啊。随后，她哥哥打来电话，声音哽咽："别听她乱讲。"男人的脸色陡然黯淡，知道女孩应是回光返照，即刻搭上出租车朝广州赶。

病房安静至极，但却像刮着看不见的风，下着看不见的雪，令行人走路吃力。从掉发、厌食、呕吐到昏迷、沉睡，其过程如桃花盛开又凋谢，点点粉瓣被扑哧吹落。那女孩再也没有醒来。

躺在被子里，仿佛一张薄薄的纸片。

从此，他和郭云芳阴阳两隔。

当他和照片上女孩的眼神对视时，电光石火——其惊怖，无异于天机泄露。他看到了不该看到的事实，想迅疾掩住，却已经迟了——原来两年间，他已被女孩宠得像个巨婴，早已丧失独立生活的能力。现在，他手足无措，根本不知该如何一个人生活。他和女孩从未对等地相爱过——从第一次见面起，那女孩就变成花痴，傻傻地尾随在他身后。现在，那一路跟着主人的小犬彻底不见；现在，那极自恋的男人一回头，便生出深深恐惧；现在，那银行卡与提款机间的求索关系，已宣告终结！

他小心翼翼地捧着骨灰盒，从东莞到揭阳。一路上，他像维护一盒放射性元素，直捧到手腿麻软。大山里的那户人家，住着两位白发老人，不断地向他道谢，说他对云芳那么好，他母亲对云芳也那么好，可惜云芳福薄……男人不觉愣怔。原来，女孩从未向父母抱怨过自己母亲暴戾薄情。而他，怎能从脑海中抹去那惊悚一幕——那白花花大米漫流一地！

傍晚的深山已有了寒意。冷风吹拂，烟雾交织；黯黑天空，星斗灿亮。向南方噤着呼吸，看纸蝴蝶由青白至橘黄到枯灰，最终萎成亮黑碎屑。他曾见过别人烧纸，可从未读懂背后的讯息——直至这一刻。

第七章　头牌女友出现了

长久以来，这男工非常变态地发展出一整套评判系统，用以评判身旁的女孩。

生活继续爬行，像一只被堵在巢穴里的兽。

向南方一个人吃饭，一个人逛街，一个人站在树下发呆。抬头望月，觉得郭云芳已变成广寒宫执帚嫦娥。那女孩跟着他的这两年，没吃好，没穿好，甚至也没有获得他对等的爱意，他只是习惯性地接受她的照顾。她从未对他撒娇耍赖，一直在小母亲的角色里忙得兴冲冲，幸福地炸煮煎蒸，源源不断地供应食物和爱意，而他总是袖手旁观。现在，天地变色露出狰狞面目——原来这样的幸福生活是有截止日期的啊。

失眠症再次爆发——哦，他居然以为已痊愈。他深陷颓靡，感觉自己就要完蛋了！这次病症，比以往任何时候都狰狞，像寒穴燃起火把，所有被火光辐射到的物件皆坍塌溶解，丧失抵抗力。他像往常那般躺在床上——躺在床的右半边，却总是睡不着。

母亲赶来看他，却又幸灾乐祸："当初叫你和她不要在一起，看看吧，这就是天意！"她撇着嘴："快把她忘掉吧。"他歇斯底里狂喊："人都走了，你还这么说！"一位母亲要想折磨儿子，是件多么容易的事。母亲对女孩的死亡流露出如此快意，是因为她憎恶儿子在情感上的背叛吗？是因为她心底里埋藏着岩浆般的爱意吗？唉，母亲怎能理解儿子和丑女孩之间的爱！母亲怎能知晓，郭云芳乃世间之珍品！

母亲离开出租屋后，他赶紧关上房门。这个空间充满了郭云芳的一切——粉红拖鞋、碎花睡衣、蝴蝶发卡……一个莫名的念头使他浑身震颤：当深爱着的人死去时，真该带上她的所有东西。现在，那些剩余物摆在屋里，像一件褪掉的青春皮囊。现在，他总算明白，古代那些帝王，何以发癫般寻找长生不老之药。

床头摆着他们常用的棉被——白底上撒着浅粉碎花。他将被子摊开，将面孔整个埋进去，尽情地嗅起来。他的肩膀奇怪地耸动着，呜呜咽咽。那棉被上残留着的气息，是郭云芳留给他的情分。

苏小苏算是他的头牌女友。

连他自己都觉得奇怪极了——他的女友间好像有一条神秘网络，让她们以一个串一个的方式出现，第一个串第二个再串第三个……不同脸孔在不同空间闪现。

那一日在医院，郭云芳感觉肩头发凉，想起披肩借给工友，便让他去取。在厂门口等待时，男人忽觉眼前一亮：一个细细的嫩葫芦腰身飘来，深蓝西装裙下摆处，胫骨长度绝非一般同类可比；整个身形完全不受重力束缚地跃动，乳房在白衬衣下坚挺。

这是一个真正的、罕见的满分级美人……

他奇怪那女孩的皮肤又薄又白，简直比水还剔透，仿佛青色血管亦隐约可见。她像舞蹈演员，束起的黑发髻和尖下巴细眼睛工整地对称着，菱角嘴弧线分明。这种美，大大方方不折不扣，可从任何角度去挑剔。那一刻，他被咒魇住，果冻般一脸愣怔。

“是云芳让你来的吧？”他像被命运的手指按在琴键上，脑袋嗡的一声——这女人应该是我的。没有道理，也无须道理——她应该属于我而不是别人。他像看到卡通玩具的孩子，满脑子充斥着独占欲。她应该是我的。两个人的目光碰上后，形成一种古怪的僵局——安静填塞在他们中间。那安静膨胀到硕大，令女孩慌张无力，面颊兀自绯红起来。

后来，女孩这样向男孩描述那一刻——那一刻，当她看到萧索男人抬眼，面孔如刀凿在石材上，浑身散发奇异魅力时，整个人犹如触电。她感觉自己在下坠，要坠到无底深渊。她的周围并非没有追求者——她那么美——但这个男人却引发了她的强烈兴趣。她感到恐惧，像看到一个人拿着手枪步步紧逼，而她并不想逃跑，反而迎了上去。

“谢谢你。”他伸手接过塑料袋。

“不客气。”她缩回了自己的手。

然而，他俩的双手不再属于从前，变得沉重起来，好像随时都能从身上坠下来。他俩应该就此告别，从此人海茫茫，老死不相往来。然而，两个人都舍不得这样说再见。他俩那样的美！人人都爱美，这是人类的弱点。弱点之所以成为弱点，就在于你越想回避它，它越以各种方式顽固存在。

男人熟练地补充：“留个电话吧？”“啊？”女孩浑身一抖，好像内心的呼唤已被对方听到。男人压低声调：“说不定还会再打……”她想他说的有道理。他小心翼翼地往手机上摁着号码，眼皮一直垂着，心脏一直跳着。电话果然打来——声音异常微弱。苏小苏吸了口气，调整着耳膜，试图听懂那声音的含义。男人重复了一遍，控制不住，哽咽起来。女孩也止不住呜咽。这对男女通过一根电话线，哀哀地流着泪。他俩共同感知着生之无力死之诡异。他俩互相安慰着，节哀顺变，节哀顺变啊。

唉，如此不祥——是死神促成了他俩的相识！

那时，他俩根本没有想到，死神的能量会像涟漪般越扩越大，直至把两个人渐次旋入黑洞，然后，在那个小宇宙里不停地旋转。而他俩的结局居然是——在最后时刻——像弹珠被弹出轨道，两人再次变成陌路人。再次见面是在医院。

苏小苏的脸庞在小黑裙的映衬下像朵白菊花，干净完整，没经过任何风霜，也无任何遗憾扭曲。她对他说“保重”时，声音里有种额外的关怀。男人想回谢她，但又哽住了，只是点点头。但即刻，他又惭愧起来，好像这样一点头，就卸下了对郭云芳的全部责任。他不是那种无情的人，心里拧巴着，脸色变得铁青，屋里弥漫着无法戳破的缄默。

这份感情来得实在焦急，像蚕蛹熬成蛾，急不可待咬破茧子，要飞出去。就在医院里，就在那一问一答举手投足间，蛾子已咬断茧丝，扑腾出来。整个空间的一切都变得虚晃起来——人影、物件、声音——只剩下怦怦心跳。后来，她坦然地告诉男人，当时的她被一种古怪情绪牵引，在心中暗暗祈祷——“老天，让我陪他走完后半生吧！”

一个月后的黄昏，他约苏小苏喝咖啡，她并未推辞。

在露天阳台的座位，他取下墨镜眯眼，调整焦距。袅袅婷婷，一身米色掐腰西装短套裙，迷死人的大长腿。夕阳罩住女体，闪烁着透明的蛊惑——那头发、那睫毛、那肩膀……每一样，都显得易碎而柔媚，让他生出想要保护想要哄慰的愿望。

当女孩朝他走来，周围桌上的男性面孔皆起了变化，像溪流泛起波纹，让他即刻生出得意感。他实在太敏感太脆弱，身体已浓缩成一个红外线感应器。

他单刀直入："做我的女朋友吧！"

整个咖啡馆岑寂无声。

不必解释，不必铺垫，不必搞那些你来我往的前戏，不必说疯话、傻话和痴话，不必搞歌哭啼笑那一套，他的邀约如箭似刀，直抵核心。现在的他，一点也不像那个留守儿童，孤僻地躲在小屋里，一张嘴就结结巴巴；现在的他，大胆、狂妄而自信。

女孩凝神屏息，陷入犹豫惶惑——是哪里出了问题，才把这个男人推到自己面前？按既定人际交往圈，他俩本不该相识，而他俩的介绍人却是死神！她止不住地发抖，像看到夜空中燃烧的烟火般，看到了未来的某种可怕预兆。然而，惭愧啊惭愧，她的理性实在软弱，即便一次次警告感性，这明摆着是昏头选择，可感性还是占了上风。

男人用甜腻嗓音嚷道："行就行，不行就不行嘛！"

这是他一贯的风格——别婆妈，别推辞，别叽叽歪歪，别慢吞吞和稀泥。他才不会发一条条短信，送一朵朵玫瑰花，等一个个夜晚。他的表达荤腥不忌，一泻千里。他就那么着急，逼迫着对方在片刻内决定命运，无任何回旋余地。

他和她就这样——面对面，眼对眼，鼻对鼻。好像那瞬刻，整个咖啡馆的木桌木椅尽皆消失无踪，只剩这对男女。他是她唯一的选择吗？他敲打桌面的指尖传递着烦躁；他的样子看上去沉痛阴郁，有种和整个环境脱节的颓废；他像一颗天边的星，拖着微弱光尾，对一切都充满淡淡的嫌恶和吹毛求疵。显然，他和她此前遇到的那些异性完全不同；显然，她无法抗拒对方释放出的魅惑，浑身轻飘飘，像吸食了大麻。

女孩原本已习惯冷漠端矜，现在，被这男人盯得浑身发烫。她当然知道自己美，所以更加明白，能遇到同品质异性，实属难事。那是张怎样的面孔啊——像破烂贮藏室里独有的精品，像碎石瓦砾堆中的一颗宝石。于是，那尖下巴女孩乖顺道：“好吧……”

女孩跟着男人，走向小宾馆。外面是一个低温的靛蓝夜晚，街灯释放出昏昧光芒。女孩像没了魂，一点异议都没有，就那么跟着走。

在这间小宾馆的钟点房里，充斥着工业园掩不住的嘈杂声——货柜车的哼哧声，公交车的喇叭声，小商贩的叫卖声，手机店的音乐声……现在，再加上男人的喘息声。那喘息像咖啡上的泡沫，悬浮在浓黑汁液上。当喘息声越来越大，盖过周边所有的杂音时，便形成了一层完整的苍穹。

某种改变发生了。怎么说呢？从今往后，他之所以还活着，是因为他已在这女孩面前塑造出一个神的形象。当男神裸着身子，燃起烟时，女孩乖顺如猫咪，静静躺着。此前，这具冰凉女体从不知欲望为何，好像身体的每个部分都各自独立成长，自生自灭，而现在，被一根导线串联成网，散发出璀璨光芒。她躺在他的臂弯，凝视那张剪影浓重的侧面——和平视时完全不同，那构图里的五官，被烘托得立体饱满。

女孩用纤细花茎般的手指，缓缓滑过那些凸起凹陷——颧骨、眉边、睫毛、鼻翼、腮肉、耳际、上唇、下巴、胡须……她不动声色地享用着她的想象。在她的手指下，这男人变成了很多个复制人，看起来十分相似；当那些人重叠在一起后，综合出来的那一个，浓缩了所有的精华。

当女孩谈及“以后”时，一股莫名伤感从男人大脑泄漏：“唉，我的钱很少哦……”女孩两眼灼灼：“钱多钱少无所谓，开心就好。”

女孩惊讶地接着说道：“那时候啊！你看着好伤心哦……”男人坦白：“是真的……”他认为自己不正常，像身上多背了几个哗啦啦的水袋。他很快昏睡过去。醒来时，发现女孩瞪大眼，定定看他。他虽然很困，但被这样盯视，怎能接着再睡？将身子倚靠在床头，他用手臂揽住女孩的肩头。大概所有的女人在委身后，都需要这样理会理会。

2013 年 1 月，他俩搬到一起住后，所有的人都说——他和她要多般配有多般配！都是漂亮的瓷白人，站在一起珠联璧合，整个画面好协调，如明星走过红地毯。

苏小苏像荒野玫瑰，能让魔鬼停下脚步，令锈蚀老钟再度鸣响。她的秀发如瀑披散，下颌精致动人，足踝惊心动魄。当她走动时，身子摆动如发光水母。这种美像锋利快刀，能瞬间划破空气，令人窒息。就连挑剔老妈也瞪大双眼，手中烟卷静止不动，直夸“好好好”。苏小苏人漂亮，手脚勤快，能挣钱，当然“好好好”。老妈给准儿媳送项链买镯子，叮嘱她好好过日子。

在这个时间段里，一切都显得太过明亮，像太阳和月亮同时显现，万事万物都被不真实的喜洋洋感笼罩，没有一丝阴影。后来他却说，他们并没有谈恋爱，而只是凭动物本能，因对方美丽而认定是同类，迅速地黏在一起。人真的不了解自己。认识你自己——这简直是个可爱幻觉。你所描绘的你根本不是你，而是你的虚构。只有别人才了解你；或者，只有等你长大了，才能看清年轻时的你。

据说旧时言情小说男女拉手要在三十页后——那时人们用来相思的时间是五年或十年。而对男工向南方来说，“上一个女友和下一个女友间隔的时间，最长为一个月”。一对男女原本陌生，同居后，随着彼此吸引力的减退，对待对方的态度日趋生硬，乃至残忍。

若他俩没那么快同居，拍拖的时间长一些，也许恋情会更持久些？然而，仅凭外表的吸引力，两人便住在了一起。他俩的生活，像把光圈由最大转至最小，在短短数十秒内，便目睹了浓缩的惊天动地。

也许那女孩爱的不是这男人，而是一种幻觉？也许，她需要恋爱就像她需要一顶帽子？她看中了那帽子的外形便拿了过来，戴在头上。那帽子让她显得更美丽，而她也知道自己很美丽。也许那男人知道自己像帽子般被看中，便懒得积蓄情感浓度，索性顺水推舟，一泻千里。

长久以来，这男工非常变态地发展出一整套评判系统，用以评判身旁的女孩。就说叶丹凤吧，能为他洗衣做饭便乐得开怀，像受到皇帝恩宠；而郭云芳，永远都在省吃俭用，让他吃好穿好。和女友在一起时，他是绝对的君王。可苏小苏却不一样。

每次逛街，听她抱怨说别人家的男人又拎包又付账时，他都想一走了之。然而，苏小苏的美令所有男性万分嫉妒，又令他颇为得意。

唉，苏小苏根本不是“小母亲”，而是“冰川女”。

这女孩也是留守儿童出身，一个人孤独地长大，所以她总感觉四周空空荡荡，喜欢用物来填满。她不喜欢逛超市，而是喜欢精品店（手袋店、皮鞋店、手机专卖店）。她对那些喑哑和光滑交织，似木质像水痕的横压纹坤包；对那些尖头圆头，芋紫、香草白、孔雀蓝的皮鞋；对那些能自拍，且带有从一级到十级美颜功能的手机，都极爱极爱……她虽赤手空拳，却能用眼神盯牢那些货物——好像它们是动物园笼子里的猛兽——怕那货物瞬间消失。

女孩的妆容是精致的——粉底、遮瑕膏和蜜粉将皮肤包裹，眼影、眼线和睫毛膏强调着眼部，腮红、唇线和口红是同一色系，香水则清淡优雅，黑皮鞋总细高袅娜。女孩鄙视所有廉价的物品，好像超市里那种特价的黄标红标会泄露她可悲的过去。她希望吃穿用度都有质量保证，都有品牌，都师出名门。她向男人坦言她的梦想——拥有一间有浴缸的房子。在白浴缸前定格，脱下鞋子，褪下浴袍，将整个身体泡进水中后抹上泡泡，再捏着杯葡萄酒，耳畔响着钢琴曲。

她耗资五千元买了款心仪手机——花光当月工资三千，又借债两千。男人的嘴角像被冰碴儿冻住。他和她之间已构成冲突，只是这冲突仅像草履虫般微小。他留心不让彼此的目光对上，唯恐泄露原来他和她并非同类的秘密。他发现她的购物带着股自虐味，像在报复着什么。她像跳高运动员，总一点点地提高横梁，让自己再向上一些。

他挑高眼帘，如老父般疼惜地说："不要太拼哦。"

苏小苏虽然好强虚荣，但男人却深信爱情的钥匙掌握在自己手中。他知这女孩爱他爱得发狂——只要他不厌弃她，让她走，她是不会离开他的。这种生活原本可一直延续下去，直至结婚生子，终老一生。然而，男人并不知道，悲剧上演时，总是以喜剧的方式开头。

第八章　三十万打了水漂

事实上，他企图改变命运的努力，就像小虫子努力跋涉，但有成千上万张叶片等在路边阻拦一样。

当整场事件结束，向南方回头检阅往事，总觉自己在观赏一部古老黑白片——无论哪个人物出场或谢幕，都带着股浓浓悲情味——原来，悲情是有味道的。

那天下午，大概也是那种悲情的天色吧。不，他不可能记得那么清楚，因为那时他刚从外面回来，根本顾不上抬头望天。他在椅子上坐定，燃起根烟，试图通过大口吞吐来消解郁闷。资金链出现了断裂——工人的薪水要当月发，可货款却要三个月后才能结算，中间的时间差要作为老板的他搞掂。他四处借款，才把二十多个工人的工资凑齐。

有人怯生生敲门。进来的是老赵——他从凯旋厂跳槽而来，他低声道："向总，有个事想和你说说。""说吧。"向南方用力弹着烟灰。"我们挣钱，全靠加班费啊！"老赵的头发几乎全白了，他从不承认自己为茶米油盐着急生气，可他的头发承认，还有他的肠胃也承认。作为熟手，老赵月工资不到三千，令他出现一种滑稽的生理反应——平均几分钟就打一次嗝。现在，他边打嗝边盯紧老板——那个比他儿子还小的年轻人。

向南方被盯得面颊绯红，肩膀不觉向内萎缩："大单来了一定加！"

老赵点着头，并不怀疑，但却猛然一俯身，将脸凑过来。一股浓烈的味道汹涌而来——那是由不洗漱的口腔，溃烂得快要坏死的牙周，肠胃里消化不良的食物渣子，因恐惧而催生出的热汗共同组成的味道，像一块厚实的抹布，一下子就蒙在了向南方的鼻孔上。

一个热乎乎的警告敲打向南方的耳膜："向总啊，你哪能这样死扛！"

这话激得年轻人汗毛直竖，手指无意间碰到桌面鼠标，又像被蜜蜂蜇了般抽回。这老小子是疯了吧？你是在说我蠢吗？你还想不想干了？不想干就滚蛋！老赵的嗝又来了。他大力地吸着气，努力摆出笑容。他要赶在下一个嗝爆发前，抢着把那句长话说完："你给你表叔梁总打个电话嘛！谁不知道凯旋厂背景深，利润高，根本不用抢单，坐着就有得赚哦！"

这员工知道自己要适可而止，啰唆了会让老板生厌，所以说完这句，便将笑容收了回去。笑容虽然停止了，但由于肉厚一时没渗下去，就那么浅浅地堆在皮肤表面。"凯旋厂指头缝里掉点渣渣，就够我们吃一年啊！"

员工走后，老板把对话在心里来来回回播放了几遍。难道钢丝绳就要撑不住，咔嗒断掉了吗？那张俊朗的脸，恍神间陷入泥沼。现在，这小黑厂的小老板异常紧张，就像一只跑错方向的羚羊，在别人的丛林里陷入盲区。他心里有刺，怕表叔会一脸蛮横地拒绝，然而，他就这样坐等着完蛋吗？

唉，人一世物一世，都是一眨眼的事，说不定表叔早已原谅了他。他用指尖拢了拢碎发——为了不让自己的形象太过颓废——平平地喘了口气，拨通电话。音乐响起的刹那，他发现自己心里一直潜伏着这个愿望，只是他太好面子，没有主动去做，于是，老赵便赶来点醒他。是啊，放着这么好的资源干什么不用！怎么说，血都浓于水啊。

“喂？”

那声来自地狱的呼唤，能把人的三魂七魄给吸去，能让骷髅头长出黑发。当音符的饶舌终于停止，那公子哥式的慵懒男中音让向南方太阳穴乱跳。“是你啊！”声音掩不住厌烦，一点也不客气地催促，“哦！有什么事拣重点的说，我在开车呢。”

可向南方的心理承受力远不如他的外表那么潇洒。是的。他是陡然间变老的。陡然间，他的背驼了，眼浊了，手臂上的鸡皮疙瘩凉飕飕窜流。直觉警告他——赶快挂断电话！直觉的雷达已捕捉到浓烈敌意，释放出提示信号，但主人却觍着脸没羞没臊，敢死队员般勇往直前：“表叔，以前是我不懂事，你就原谅我吧！你哪天有空，我请你吃饭啊！”

“吃饭？饭这个东西嘛天天都在吃，有什么好吃的！”

其实，向南方的任何心思都能通过字词的软硬轻重，语调的上扬下陷，表达得清清楚楚。现在，表叔的声音一点都不含混，像蛟龙作恶般翻腾着戾气。

“好久没见了，叙叙旧嘛！”

“叙旧？我和你有旧可叙吗？！”声音像巴掌，从电话那端打过来，打得向南方半边脸发麻。他的脸色泛白，小腹轻微痉挛，膀胱鼓胀，尿意尖锐。

表叔在电话里仿佛已看到了向南方的羞臊，突然间口气变软：“听说你当老板了，嗯，干得不错吧？”老板！从向南方的黑眼珠里，慢慢升腾起一对飞蛾，在风中摇摇晃晃，找不到栖息地。“没有没有，才刚刚起步……”那层护佑灵魂的外皮被撕掉，整个躯体光溜溜，无一根丝线防卫。那长辈突然来了兴致，变得语重心长起来：“你呀，不要错过任何能赚钱的机会哦！”那声音礼貌而冷静。不等对方作出反应，声音旋即变尖，类同钢丝绳被抛到半空，充满蛊惑：“要赚钱，就要不择手段哦！”

向南方打了一个激灵，像身上潜伏的恶还没发酵，便被表叔慧眼识珠地看了出来；像他们那共同的祖先，已在血液里播散下某种痼疾，只要在合适的时间和地点，便会大暴发。他单刀直入，说自己实在困难，养了二十几个工人，可是没有订单，希望表叔能帮个忙。

“啊？！”声音虽然大惊小怪，但只是虚张声势，“不可能呀！没订单也敢开厂！也敢养人！”那声音强迫小老板睁开眼睛，从梦境中醒来，走到一个常规的世界里。“刚开始是有单子的，现在有些困难……”向南方试图拿出百分之百的诚恳，却被折磨得眼眶发红，鼻子发酸。一个人不可能随便改写他的命运，这点他是清楚的，可他要的不多，不过是想动动手脚，找点吃喝罢了。

“老板可不是这样当的啊！”

为什么听说他倒了霉，对方会感到遮掩不住的愉快？他和表叔是前世的冤家吗？为什么他的命运里偏要出现这样一个人，这样死死地压着他，让他喘不上气来！每一次，当他试图循例顽抗，都会以失败告终。可恶的是，那人却总是一身雪白，站在阳光下，似一颗明珠熠熠闪光。表叔的坚毅刚强，恰好对比出他的纤弱阴柔。

突然，那声音又良心大发，充满长辈般的宠溺怜爱："好啦好啦，过去的事都过去了，我也不记得了……"当话语的秒针一点点逼近整点时，向南方的心像被掐紧的气球，兴奋得要裂开。他清清楚楚地听到——"饭就不吃了，看在一家人的情分上，我帮你！"阳光伸出千万根手指，争相抚摸小老板的脑袋。"下个月吧，我帮你找些单。"黑白片陡然有了颜色，所有的人和动物都活跃了起来，在激越的音乐中舞蹈。

后来，当向南方回想起这一幕时，不得不承认自己是快活的。那一刻，他的眼瞪得溜圆，生怕一眨巴，所有的美好都消失殆尽。他何以一点都没察觉这只是表叔的一时兴起，是他因太憎恶而搞的鬼把戏？他以为通过亲情电话，便可轻松扫除嫌隙，却不知憎恶蠕虫的数量实在巨大，简直成吨上亿。这一切都以反高潮的方式进行，而他却信以为真。他以为表叔不再是飞扬跋扈的公子哥，而是纯粹的长者——宽厚、大度、慷慨；他以为他们已越过电话线紧紧相拥——血浓于水啊。

唉，傻瓜男人相信自己不再是吊在悬丝上的傀儡，一切都可重来，却不知屋顶已坍塌，墙基已洞空。傻瓜男人信心满满地留下工人，添置设备，盼望大单挽救工厂于水火，从此飞腾。

时间一天天从日历上划去，让第一天和第二天看起来有所不同，但实际上，却一模一样！每一天都是在烧钱哦。每一天的成本都在扩大，利润都在缩小！每一天，他都过得胆战心惊，走到哪里都捏着电话，睡觉也开着机。他在等表叔的电话。从他胸腔里迸发出的怨念如滔滔江水，能倾覆整座城市。

他实在憋不住——像吸血鬼明知不能见阳光，却忍不住从海底淤泥中挣扎而出——用枯干手指拨动号码。他怕接下来是场冷笑话，但是，不，表叔的声音慢悠悠，又恢复成公子哥风范——“哦，找客户也需要时间，急什么急哪！”好像此刻，他和表叔完全置换了年龄档——表叔属年轻一代，意气风发，斗志昂扬，而他已堕入中年，衰芜阴郁，自艾自怨。

他努力镇定着五官，让它们不要从各自的位置上掉下来，颤声道：“好吧。”他那种人，钞票当被子盖，哪知冬天的冷。他长喘口气，感觉整个内脏火辣辣的，宛如炉中炭火。表叔此前对他充满兴味的探寻全然不见，而多了份古怪的生疏。

并非他一人受苦——偏偏这时，苏小苏怀孕了！

她下载了可爱男孩做屏保，时不时拿出手机瞅个没完，嘴里念念叨叨，整个人像佛陀在灯下陷入自我。在这个女孩的内心，又多出另一个世界，男人讪讪站在外围，无法进入。

孕妇的变化是瞬间完成的——随着脸色发暗，眼神游离，那具女体被一种巨大情感改造着，居然，居然贞洁起来。即便男人阿谀调侃，说低俗笑话，伸手摸她，她都不为所动。男人从此知道了这个秘密——改变女人的不是男人，而是孩子。

孕妇沉浸在准妈妈的美梦里，眼前一片混沌——除了胎儿，还是胎儿。孕妇根本不在乎是否漂亮，随便穿条宽松棉质裤，还担心裤腰是否过紧。孕妇的表情时而甜蜜，时而焦虑。她说一个女人不生孩子，就像一粒种子没有发芽，到老了两手空空。她说鸟儿虫儿都要生它们的宝宝，更何况是人。

母爱让这个女孩发昏发晕，而男人却清晰地看到周围已暗礁密布——发工资要钱，结婚办酒席要钱，生孩子住院还要钱，请保姆也要钱。思前想后，他能找到的救星只有一个——他诚心诚意地央求母亲："孩子生下来，先放在你那儿？"

母亲连连摆手，好像那软乎婴孩不仅是烫手山芋，还是定时炸弹："别别别……"即便已四十多岁，老妈还是个漂亮人，那黑眉、大眼和白肤组合在一起，有种丹凤朝阳的浓艳美。虽然皮肤有些褶皱，但美人的架子一直端得很牢。那老美人挤出个抱歉笑容："先让小苏她妈带吧，等孩子两岁，能放在车里了再送来！"

"可她妈在带孙子啊……"儿子嗫嚅。

母亲像被一层痛苦薄膜罩住，浑身承受着看不清的酸楚，声音陡然高亢起来："不行！真的不行！"难道她要劝儿子放弃孙子？噢！她真的像焰火般，爆出一堆质疑——"你不到结婚年龄，现在回老家根本领不上结婚证！没结婚证就办不了出生证！等孩子上户口又要交一笔罚款！"

借口，都是借口。他心里一阵冷笑。唉，母亲根本不愿当奶奶，不愿洗尿布。年轻时她就把这些事给省略了，现在却又烦她！现在让她去哺育一块软肉——那肉要吃，要喝，要拉，要生病——简直是索她的老命！唉，谁说母爱与生俱来？若没有一天天养育的积累，即便是亲生母子，也会变得母亲不像母亲，儿子不像儿子！

当他向女孩解释时，没想到孕妇反应那样激烈，当即便哭号起来：“那怎么办！那怎么办！”男人一脸苦相，无法接茬。女孩抽抽搭搭闹了一阵，趿踏着拖鞋去了卫生间。一抬眼，她惊诧地发现自己变老了——才多大一会儿！镜子里是张尖下巴的死灰脸，两眼空洞，嘴唇干裂，发髻毛糙。

女孩哭累了躺下后，身躯枯槁僵硬，像电脑死机后停止了运转。现在，出租屋的床变成了独木舟，在暴风雨中晃悠。月光盖在孕妇的身上，像层薄薄的水波。奇怪，她的睡衣下没有一点起伏——就连那种一般女性的轻微起伏也没有。

男人柔声劝解：“等有钱了，咱们生四五个！”他抚摸着女孩的腰肢，上下游动。女孩的长腿异常冰凉，像从大象躯体上脱落的象牙。他尽量不让手指触碰她的肚腩，好像那里已进驻了新的主人。

孕妇低低叹息：“就没别的法子吗？”难道上帝将那可改变命运的钥匙，藏在更为复杂的迷阵中，需他们潜心寻找才行？一旦有了疏忽，便错身而过，跌入万劫不复之深渊？男人低声重复：“等我们有钱了……”

孕妇起身，趿踏着拖鞋倚靠窗边。窗外的一轮圆月，剔透清亮，像婴孩的面庞。朦胧的月色如常地罩着岭南大地，让这个工业小镇在沸腾了一天后，享受着难得的清凉。这样的月色对孕妇来说，有着说不出的酸楚——月亮的光芒与她无关，因为它走不到屋子里，只能逗留在外面，像一层薄而亮的锡纸。

在未来的很多时日中，苏小苏都会想起这一夜的月色。

男人以为自己把爱的游戏练到完美，练到无懈可击，因此，他根本不在意，觉得用不着对女孩太上心。然而，就是这样，一点点加一点点，他最终丧失掉了爱情。

女孩在两个月之内，连做了三次人流！第一次做完后的第二个月，她再次怀孕。这一次，男人连眼皮也没眨地说："打掉吧。"第二次做完后复查，却说"没做干净"，又做了第三次。

男人不知道小诊所是个怎样的地方，他甚至没有仔细打量过那条幽暗走廊，那些脱漆门窗，那个白色房间。从头至尾，他都心不在焉——他陪着女孩心不在焉地来，心不在焉地走。如果命运是头野兽，那一定是老虎、狮子或猎豹，然而，当它们首次现身时，大多会幻化成猫咪或哈巴狗的形象。它们是在伪装中逼近猎物的。它们像固定镜头般很少移动，就那么死死地盯着猎物，不让自己太唐突。

后来向南方梳理回忆，发现那些街头小诊所的功效，简直类同黑网吧，能把人的精魄全都吸走。从那里走过一遭的人，再也返回不到现实生活。可那时，他的全部注意力都放在找订单上。那时的他，何止焦头烂额，简直是烈火焚身，以致神经末梢的敏感度退化为零。那时的他根本没察觉女友的体内，已发生了激烈嬗变。

小诊所像是个梦世界——出现在这里的人都呈游移状，虽穿着衣衫但实际裸透；出现在这里的词语，和柴米油盐无关，而是骨头、血管、脏器的数据和指标。从这个场所走出的人，就像从地狱里归来，重见阳光，欣喜疲惫。

从瓷白到惨白，是女病人的显著变化。女病人走在风中，走在月色中，瘦肩膀扛不动衣服，背影佝偻。女病人曾那样坚强，绝不随意撒娇，但那惨叫却一声又一声，像寒风吹刮枯木，像钝刀切割案板。唉，她一定疼得翻江倒海吧？等女病人靠着长椅，面如蜡纸牙关紧闭，浑身抖得跟筛糠时，男人才跺脚痛骂：“这是什么破医院！”

男人只觉这里的医术太差，自己太倒霉，却没有细细深想。虽然，无穷因果似一团乱麻，但牵一发而动全身，若仔细聆听，还是可以收悉到弦外之音的。是的——她的器官都好好的，像没有受到什么损害，但整个身形却迟钝呆板。

世上的事，从来都是祸不单行。

出粮后的第二天，拉线上变得空空荡荡——工人全跑了，因为没人信老板会拉到大单。做老板的脊梁骨像被打折，脸上一傻，颓然瘫坐在凳子上。他用目光扫射车间——不对，是用光辐射：拉线、胶箱、电感、开水器……该在的都在，只是少了工人的水杯——那些罐头瓶、饮料瓶、塑料杯全然不见。那一刻，他心里一阵凄惶，杂味纷呈，枝枯叶落。那一刻，四周变成万籁俱寂的漆黑地狱，没有空气，没有呼吸。

他掏出手机，翻出表叔电话时，面孔像一丛野火，暗暗燃烧。听到那句平平淡淡的“不好意思”时，他发现自己是那样讨厌这四个字。一句“不好意思”，就能把所有的责任一笔带过吗？藏在“不好意思”背后的厚颜和无耻，仿佛因为主人早于你给了自己仲裁，你便无法把责备说出口。

向南方感觉自己真是那只传说中的青蛙——日复一日，被逐渐滚烫的水最终烫死。他踉踉跄跄地挪步，想走到窗口，脚背碰到了胶箱，疼得简直要落下泪。他浑身发寒，像五脏六腑被塞入冰箱。拖起胶箱，举过头顶，用力摔下去，那“砰”的一声爆响，才把他憋闷之气顺了下来。直到这时他才醒悟——在他和表叔的牌局中，自始至终，他手里只有一张小牌。只要表叔将“大王”丢下，便像启动了原子弹，整个城市都会隐没于汪洋，而他根本无任何渠道找寻对方。

他从楼上狂奔而下，一通乱走。公交车上吊挂着的上班族，像老腊肉吊在铁环上；骑自行车的学生，耳孔里塞着随身听；大排档老板的身躯，移动在红色塑料凳间；榕树下，白发老人正打着太极。每个人都在他该在的位分上，而他的位分在哪里？

他原本有个位分叫表侄——向南方啊向南方，你实在太健忘！你难道不记得表叔脸上的冷眉冷眼皆因你而起？他恨你恨得浑身发抖，你却像飞蛾扑火，自动送上门！你难道忘了那些咆哮——“你在我这里干不了，到哪里去都是普工！”“你就不是坐办公室的人！”“我们厂不用你，哪个老板都不会用你！”“在我们这个圈子里，有没有你都无所谓！”……显然，表叔从来都没忘记他。他是表叔的翻版、表叔的克隆、表叔寒酸青春的写照。只要他还存在，就会触动表叔内心隐痛的按钮。

“事情差一点就成了，差一点啊！”向南方哽咽起来。他的眼里闪出一道火光，微弱如夜空流星。他的脑海里奔驰着一列火车，轰隆轰隆。到底，他还是扮上了创业失败者的戏码。现在，他突然将电感厂视作天敌——幸好他没有与它结缘太深而不能自拔！幸好它是个能随时抛弃的东西！

他重返车间，开始打电话——让房东来办退房，让中介来收二手设备，让清洁工来捡垃圾。无论是盘点库存或整理票据，还是核对流水，都尽量不放过微末细节。他是在搬运设备时——

四万多买的电感绕线机折价后才值五百——才发现自己手指关节灼痛，像被炉火烫着。

每打理一个胶箱，他都要停下来大口地喘气。他尽量不去接近窗户，不看那些芭蕉树大王椰，而只顺着墙边移动。那个时刻，玻璃窗是最柔软易碎的东西，只要轻轻一碰，便会炸出洞来。他心惊肉跳，感觉自己的四肢会和主干分离，再一块块从窗口飘移出去。

将烂摊子清理完毕，他终于靠近了窗户。探头而下，街面仿佛一幅繁织错绣的清明上河图。他叹息着，抑制着体内巨大的溃解感，踉跄下楼。这时的他，只感觉自己运气太差。他不甘心，实在是不甘心。他相信一切都可重来，自己不会永远背时。

然而，站在另一个时间段回望——那时的他，可从更高更开阔的视角来观察此前谜团——他绝望而清晰地看到了答案。事实上，他企图改变命运的努力，就像小虫子努力跋涉，但有成千上万张叶片等在路边阻拦一样。他所干的一切，也许是祖先早已试验过的事。也许他的父亲、他的爷爷，都曾试图逆势攀援，让生命之河离开原来地表，蜿蜒到另一处，然而，他们越是努力，离目标便越遥远，最终仓皇孑然，两手空荡。

等这个男人对社会有了足够判读能力后，居然对当时的自己生出满满敬意——那个年轻人真是无知无畏啊！而后来，年龄越大，那种试图通过创业突围的冲动，就越来越小！

三十万——仅用了半年，三十万便通通打了水漂。

如果你这辈子总是在和一角、五角、一元打交道，不分白天黑夜地像驴子般干活，而这般辛苦下来一个月最多能挣三四千，你就会知道攒三十万着实不易。有一天清晨，在出租屋大睡后醒来，向南方看到镜子里映出的那张脸，居然浮肿蜡黄。唉，他从小就为自己的长相得意，可到头来，还要失去这个长处。失败到谷底的闲人晃在街上，像个泼皮无赖。那高楼立面嵌着一个个窗框，像无数只眼睛。那些屋子里到底住着怎样的人啊！

手机铃声响起——是阿荣，就在附近的茶餐厅。

阿荣是佛山人，普通话说得别别扭扭，身材像干木棍。这男人没有胡须，一管小鼻子，黑眼晶亮，衬着小平头，越发精明灵活。人们并不清楚他的来历——有人说他原来开过歌厅，又有人说他开过网吧。向南方认识阿荣时，他在开电子厂。他总是特别有礼貌，胁肩谄笑，腰一直拱着。阿荣发出邀约："来我们广元当生产主管吧！月薪五千块！"

"哦，哦……"他像真正的口吃患者般结舌。他在倍感屈辱的同时，又体会到一种近乎耻辱的快乐。此前，他哪会想到自己给阿荣当差！然而此一时彼一时。"生产主管"和"月薪五千块"，听着都那么诱人！如此说来，他并不是无用到极点的那个人。他的脑袋里噼噼啪啪，响着计算器加减的声音。再熬一年，攒上钱就回老家结婚！到那时，自己能领上结婚证，孩子也能报上户口，一切都变得顺顺当当。

"来吧！来吧！"阿荣看起来那样真诚，甚至还伸出双手，将热力通过掌心传递过来。这一握像是盖了章子般郑重："说定了！不许反悔！那个乱七八糟的厂子需要你，需要你把它弄得整整齐齐。即便不整齐，也不耽误你每个月到点领钱。你不用太操心，因为它好或它坏，和你没太大关系。你现在要做的，就是点点头。点点头就有钱拿哦。"

“好吧。”总闷在屋里闲躺枯卧算怎么回事，他得先挣点钱养家。

第九章　出租屋里的争吵

他感觉他和女孩的爱之树已遭遇台风，被连根拔起，树形还在，但叶子已蔫萎，根须已枯干。

向南方是在广元厂宿舍发现姜国强的。

这男孩虽木讷羞涩，但却是他地地道道的老乡。那段时间，宿舍里没有别人，总是他和姜国强。于是，便一起聊天，一起吃饭，形影不离；于是姜国强变成了他的影子，比狗还忠诚。

第一个月发薪，向南方发现五千缩水成四千。“哎呀这个月太困难了！”当冷面老痞阿荣大大咧咧解释时，他的内心树影翻飞——并非只是少了一千元，而是被活生生诓骗！阿荣对姜国强等普工更为严苛——根本不按时发工资，每月只结两三百生活费，说是等有钱了一起结。姜国强胆小怕事，可还是忍不住地阵阵爆发——“我实在憋不住了！”“这日子过不下去了！”在姜国强的脑袋里，想法如跑马灯般疯狂旋转，可他却像无腿人，根本没胆找老板说理。

向南方是从别人身上，而不是从自己身上，看到了属于自己的小幸福。他说服自己要好好收心，好好干活，好好攒钱。此前，他总是忙着当老板，把日子都过废了，现在，他要重新捡回快乐。

可是晚了——一切都晚了。

这个家已日趋古怪——主人还没有走，荒凉已提前到达。窗帘的环被拉脱，角耷拉了下来；卫生间的镜子，不知何时裂开一道缝；女孩的眼睛还是那么大，可眼神钝然，身形单薄，总是流涕咳嗽。一咳就是一个月，把胸腔都咳空了，连身高都咳得缩了下去。

女孩半夜醒来，说听到有婴儿哭，说哭声一直不停，像大雨下个没完。男人便搂住纤弱肩膀安抚："梦啊，那是梦！"他让她躺下继续睡。可没过十分钟，女孩再次睁眼，说还是能听到哭声。她在床上歪着，颧骨似刀削过，刘海湿漉漉贴在额上，眼窝灰扑扑塌着。她哀哀抽泣，说那些孩子总是缠着她不放："有两个……"有两个孩子总是来找她，而不是他！

女孩开始是如泣如诉地絮叨，后来便越来越离谱，变成悲情控诉。她用一种喉咙像被烧毁的枯槁声音嘶喊——"我像是在和一个小孩谈恋爱！为什么你总是听你妈的！你知道打掉孩子对女人的伤害吗！我真觉得活着没什么意思！"

男人纳了闷——打孩子是两个人商量后的结果，她怎么变得如此不可理喻？但还是忍着性子劝慰："你不要这么神经质好吗！"他向她灌输心灵鸡汤："人啊，越是心情不好的时候，就越不能抱怨。"三番五次折腾后，翻腾的脑浆拍击着脑壳，男人终于把脸一沉，决定发火。整个空间发生了奇妙的化学反应——大风尚未刮起，可温度和湿度已促成了凶暴闪电。只需一秒，便可将光焰之剑劈下去。

“闹够了没有！大半夜的，闹够了没有！”利剑醺醺然砍下，城池瘫软成废墟，“别再扯什么孩子！没完没了！还让不让人活！”男人在车间里煎熬了一整天，累得浑身散架，还要打听哪里有大单，盘算着怎么把债还上。男人掀起被子，将脑袋严严地蒙住。女孩僵卧着，隐隐地咽下口气。借着月光，她看着身旁的那个人，把他直看得前心透后背——“没用的东西！结婚没钱，养孩子没钱，甚至连承认没钱的勇气都没有！”

为了逃避女孩唠叨，男人在外面熬到困得不行才回家，一进门倒在床上。两个人虽并肩躺着，但彼此间的距离越来越远。女孩的悲伤变成了独舞，只能将暴躁和疼痛折叠在静默中。女孩变得一点分量都没有，单褂般轻飘。观察女人？狂狷孟浪的男人，从没这个习惯。

好不容易熬到周末，男人说去公园，女孩却摇头。

男人对女孩提出“三不准”——不准K歌！不准喝酒！不准逛街！

当正常走向不正常时，总会有个临界点——就像某种胶囊，一旦被捏破，喷洒出的汁液会把文明腐蚀得一团糟。事实上，这对恋人已从正常状态漂浮出去，到了危险边缘。从炽热到冰冷，让两个人都像泡在强酸液体中，极为不舒服。是哪个步骤没踩对？男人陷入纳闷。怎么才能从一团线头里扯出那最初的导火索？现在，他心虚极了，感觉事情已发展到最坏的地步；现在，他们总为各种事情争论不休，而且总是强对强、硬对硬。

晚归的女孩一进门，便跌入钗贬洛阳价的地步。男人不断追问——和谁？去了哪？吃完饭又干了什么？说好的十一点为什么搞到十二点？

他不理她，查她的坤包，将所有的东西一股脑儿倒出，再一个个细细拨拉——唇膏、粉盒、钥匙、纸巾、卡包。但凡找到任何蛛丝马迹，他都要她解释，可她说了他又不信。

男人举起拳头发狠：“你要撒谎我就扁死你！”

女孩发抖：“你神经病啊！你变态啊！”

男人瞪大眼：“你才神经病！你才变态！”

男人的火气越来越大，发怒简直像泻便，憋到绝望时就进厕所，就着坑长舒口气尽情地敞开自己。怒得有多深，便感就有多强烈。喝酒不行！K歌不好！逛街危险！可女孩还是出门而去——逛了街，喝了酒，K了歌。

他和女孩根本就是两个世界，干吗非要凑在一起？他胳膊里的骨头像铁丝，扯得掌心发痒，总想用力拍下去。唉，他这样看管着她，并非出于深爱，而只是出于不自信。但感情是有临界点的——平时感觉不到存在，一旦碰着，便会将内里的嫉妒、怀疑和怨毒发泄出来。

他感觉他和女孩的爱之树已遭遇台风，被连根拔起，树形还在，但叶子已蔫萎，根须已枯干。

某个周一凌晨，见她匆忙洗漱要赶去上班，他顺嘴说了句“不如你搬到宿舍住吧”。那时她正在镜前梳头，提在半空的手臂僵住，顿了顿便说声“也好”。

他原以为拉开距离可减少争吵，可不知罅隙却变得越来越大。从周一至周五，这么长的时间不在一起，不知能生出多少事端？周六拥抱时，他发现对方简直像人体标本——外表貌似毫无变化，内里却诡异至极。好像……那股支撑皮肤轮廓的热力被抽空了；好像，她一旦对他生出分离之心，躯体便因隐藏着秘密而别扭异常。

那瞬刻，向南方清楚地看到一条裂缝，从脚到头，蛇形般趴在那只情感瓷瓶上。他根本无须使用窃听器、追踪定位仪、拍照、查电话账单……只需触摸皮肤，便能从温度的高低解读变化。

男人止不住幻想，若在另一种状况下认识她，他俩的情路一定不会像现在这么颠簸。分手已成定局——两个人都明明白白。

那个周日深夜，女孩的电话响了——当然是振动，可那嗡嗡声也吵醒了他——她起身去阳台。他卧在床上眯眼望去，像一个躲在暗处的观众，在瞩目舞台上唯一的舞者：那慵懒长发，凌乱睡袍，斜侧而出的腴白大腿……

女孩低声道："嗯，好，爱啊，当然啊……"

什么意思？！他迷惑瞪大眼，觉得身体像沙漏，正从某个缝隙里遗失着什么。他闭了闭眼，以为是在做梦；再次睁开时，确定自己双臂赤裸地躺在床上。他感觉脑袋神经质地疼痛，便用力挠着头皮，不知这世界到底出了什么错。人怎么会在同一时间和两个人——或两个以上的人——说"爱"？

女孩无声无息地挂了电话，无声无息地返回床榻，无声无息地将身形收缩成团。男人应该装睡还是清醒过来？可他怎能忍得住！他早已习惯控制对方，习惯当她的君王。

"谁？"声带抖着颤音。

"女朋友。"他当然不信，而她垂下漆黑的睫毛重复。

他诧笑："不会吧？！"一种清晰的痛，像春节时的第一声鞭炮，真的响了起来，然后噼啪成串。"真是一个女朋友失恋了，喝醉了……"她挺直上半身。

"哦，喝醉了找你干吗？让你娶她啊！"

"别那么无聊行吗！"女孩的声音变尖。

男人愤怒哀号："那你说清楚，什么是爱啊，什么是当然啊？！"

出租屋的墙壁几乎是透明的，能听得清农田里牛蛙的鸣叫。如果继续这样吵下去，第二天，整栋楼的人都会知道他的女人有了外遇。她疾言厉色："明天还要上班呢！"躺下后，那女体脆弱得像蝴蝶翅翼。她将被子拉到脖颈处，好像这样就不用害怕，不用发抖。

男人陷入极大的犹疑和不安中。他想分手，但想到众人——尤其是他的母亲——又有些犹豫。母亲对他此前的女友都甚为不满，直至看到苏小苏，才破天荒眉开眼笑。这样的女孩让她脸上有光。可现在的苏小苏，已和过去的那个完全不同。他用他的锐气砂纸打磨掉她的斑痕疵点，使她从毛糙变得光润，可到最后，要享受她熟稔的，却不是他。

太阳穴一扯一扯，像小榔头轮番砸着核桃。嫉妒像天空飘下的种子，一旦落地，便会生根，便会无法控制地乱长。这嫉妒令他心痛不已。他一千个一万个不愿意朝那边去想，可一旦开始，便停止不了。他猜想任何一个男人看到她都会变得贪婪。他苦苦生恨，被无边的想象吞噬得欲罢不能但又无计可施。他根本无法控制狂暴因子，任由它们变成癌细胞，在体内肆意流窜……

呆笨的姜国强劝愤怒大哥："小苏对你是真心的哦！"

可他却怪声怪调："是吗！是吗！"

他脑袋里那些鸣金击鼓的响声弄得他头疼欲裂——千百种关于欢爱的幻想，梦魇般缠着他，让他丧失了秩序感。他以为"电话事件"的阴影会慢慢淡化，他和女孩终会回到初识的状态，然而，那强烈的嫉妒感却让他六神无主，感觉他和女孩相爱的世界已塌缩变形。

他想到人好像是为了获得某个漂亮东西才来世上一遭的。可苏小苏是个反例——她实在太炫目太耀眼——她一出场，别人就成了出土文物。他越来越绝望，觉得自己像是根咸菜叶，浑身黏涩，快要发臭发烂。现在，他既抓不住任何证据，又抓不住她的心，还抓不住她的腿——从周一到周五的那些夜晚，她都去了哪里？

难道自己不过是备胎或垫档？难道真的到了"飞鸟尽，良弓藏"的时候？难道已是且饮一口冷咖啡，且告退，且离去之际？他知道，他无法接受这个事实，并非因为自己多么爱她，实在是，他感觉控制力变弱了。按照他的逻辑——女人不可能、不可以不爱他；而他，却当然可以甩掉她。

到了又一个周六傍晚，他去厂门口接她，可左等右等都不见人影。这是要分手的节奏吗？这念头在内心如闪电不止，瞬现既灭，复又乍亮。现在，他这台望远镜看到的只是一片黑暗，根本无法跟踪到任何悬浮物，而那东西在过去是明确存在着的；现在，好像他和女孩之间的信任钢弦，不知何时被人动了手脚，早已断裂。

他气呼呼返回出租屋，却发现女孩愣愣凝立窗前，眺望天际。他陡然想起那个夜晚，她接电话时也站在那里。可奇怪的是，一切都恍如那个夜晚，简直一模一样啊——她身纤细，长发垂坠肩膀，与腰肢构成共振之美，整个身形有着蛇鳞般的流动感。难道她不知自己是贵金属宝石，充满放射性元素，完全迥异于碎石瓦砾吗？女孩转过脸庞，眉宇紧锁，眸似黑井，嘴唇苍白。

她和他像蚂蚁用须子交换信息般，眼神窸窣一触，便完成了交流。他看到她的眼瞳里写着“分手”两个字。曾经是连体婴儿的这对男女，就要变成陌路人了吗？他和女孩到底是在哪个路口走岔了，才变得渐行渐远？

像被鬼推了一把，男人脱口而出：“你是不是有话要说？”整个空间僵硬了起来。女孩点头：“我说了你不要生气。”“我不生气……”男人的心跳加速起来，像坐在大巴车从窗口眺望，目睹到盘山路下是万丈深渊。“要不，今天先算了，改天再说。”那鬼又推了男人一把：“你是不是想分手？”有些事你永远都不要去试探。只要轻轻一碰，便越过了界限，你便不再是你。

女孩抬起母马般濡湿的黑眼珠——那瞬刻真是惊悚——盯视着他。她居然，居然清晰地从喉咙深处发出一声感叹，像海底传来的迟缓声呐：“嗯！”天哪！这女人要甩了我！他的脑子像断了电，变得漆黑静止——这是种心理休克——经过短暂挣扎，大脑主机再次启动，但却接错了线，开启了另一个秘而不宣的暗室，所有的影像都恢复了，但却不是从前的模样。那个不祥之感就这样固化在了眼前——分崩离析的时刻到了。

“分手可以，给我个理由。”他需要用“理由”来熨实自己。

他难以相信，这就是那个第一眼便爱上自己，一个月后便和自己同居，一直对自己百依百顺的女孩。他迷迷糊糊地感到，她可能是自己这一生认识的最靓的女孩。她原本乖顺如奴，现在却翻身为主，梗着脖颈倔强着。

“就是想分了，没什么理由。”男人的心跳由弱渐强，声音喑哑地问道：“你是不是搭上别人了？”“你把我想成什么人了！”她大喊。“那你到底是什么人？”“你根本就不信任我啊！”“直说了吧，你是不是有人了？”“不关你的事！”男人的心跳像敲鼓，整个人烧了起来，恍如千军万马浪潮涌动。他像被核辐射给烧融，眼前一片灿白。他稳了稳神，翘起嘴角，露出虎牙：“哈，那就是真的喽！”

他怎能眼看着白天鹅飞过头顶，弃自己而去？唉，遗弃，他悲恸地认领了这个词。看来，苏小苏是要真的遗弃自己，从此人间蒸发了。此刻的他，真想变成条宠物狗，瞪着温柔小眼，轻扯主人裤管，提醒那人类不能让它独自面对洪荒生活。可这些幽怨经过心房的辗转后，却以古怪的方式爆发出来：“好啊！以后不用半夜两点爱来爱去，想啥时候爱就啥时候爱！”

女孩的脸在单管日光灯的照射下越发惨白：“什么半夜两点？你胡说什么？你根本就不相信我！”“呵，鬼才信呢！”那女孩被激得发抖：“爱信不信！”男人亦发狠：“我信我看到的听到的！”那女孩彻底爆发起来：“养孩子的钱都挣不来，还要乱猜忌，你到底是不是个男人！”“劈腿就劈腿，扯什么男人不男人！”向南方已陷入流氓状。

女孩脊背僵直，粉瓷少女脸反射着冰冷的光芒，如月下刀锋。女孩憋足力气大喊：“劈了！就是劈了！怎么样！”可这种明显的负气之语怎能当真？那瞬刻，男人根本无法控制自己，像袋囊赤红的斗鸡，怒意勃发。覆盖在他脸上的人模面具被撕开，裸出内里的残暴。那瞬刻核爆后，全世界都陷入末日场景，全人类尽皆消失，只剩下最后一人。男人独自行走，深感自己无所依傍。疯了，他是疯了。他看到自己的右手从大腿侧面出发，在向上运动的过程中，逐渐形成一个弧形。那弧形拍打的真是又稳又准又狠。

一下！一下！又一下！

男人的手像在翻牌，拿起一张，又拿起另一张。每一张牌经过手掌时都备受蹂躏——从通体光润到筋断骨折，最终发糕般红肿。当他揍着这个满分级美女时，对方根本不躲闪——她知道躲也躲不过。可男人还嫌掴耳光不痛快，居然绷紧脚尖，将力量发射出去——一脚！一脚！又一脚！他曾那样痛恨暴力——恨三岁时母亲向他踢来的皮鞋尖——可现在，他却像染上暴力病，控制不住地要发作。他的眼睛发直，浑身辐射电波，试图将周围一切倾倒打翻。

女孩手脚变凉，眼眶发黑，疼痛像草丛里的蚊子，“嗡”地一下，全都奔腾而出。她想起连续三次进入白房子所叠加的痛，比此刻的痛更硕大一万倍——那种痛，男人哪能想象！所以现在，她只需把自己变成一株植物，一只爬虫，便不觉得有多难受。在她的头脑里秘藏着许多销魂时刻——那些美轮美奂的瞬间就像巧克力，一片又一片——此刻，全都变苦变涩地搅拌成一摊泥。她并不哀号求饶，只梨花带雨，悲抑瞪视。

男人进入可怕循环——将五指攥紧，朝女孩击去：“让你劈腿！让你劈腿！”他已将自己放在了祭台上！他要如何下场？

他慌不择路地一抬手："滚！"这个字一出口，他马上就意识到——这么冷的天怎么可能！可他已让那个字脱口而出，便继续甩出一串丑话："给我滚！十分钟内消失！"

那个岭南冬日的夜晚，他像别的男人一样，吃完晚饭后去街头散步。煎熬了半个小时返回出租屋，他发现整场表演已宣告结束。他是男主角，想要占尽风头，演好这场男性遗弃女性的大戏，而现在，女孩当真离去后，他又倍觉荒凉。当女孩将那些属于她的物件——彩色照片、蕾丝花边围巾、红黄提包、紫蓝皮鞋——全都拿走后，这个空间简化成黑白老照片。

事情发展得实在太快，而他又心急火燎，试图把底牌翻开，便丧失了最后商榷的机会。他感觉身上掠过一阵实实在在的痛，简直像钳子活生生从嘴里拔出颗好牙。他陡然发现，事实上，苏小苏在他的生活中已具有符号般意味。他的灵魂像从麻醉药里慢慢苏醒，意识到自己已铸成大错——就在刚才，他失去了生命中最珍贵的东西！

他试图为自己辩解——这全是因为爱！他那样发飙，以粗暴方式对待她的理由是——"他爱她"！他浑身打了个寒战，咚咚地跑下楼。他奔到工厂，敲开宿舍门，喊她出来。两个人站在路灯下，面对面不说话。最后，他扯下脸皮求她："回家吧，我刚才说的是气话。"

女孩摇着脑袋，好像精神已崩溃，但躯体还要挣扎着活下来："不可能了。"男人还想扮演大孩子，语气里带着讹诈和撒泼，以为覆水能收回："别闹了！回家吧！""算了吧！"她甩开胳膊，"我们真的不可能了！""回家去！"他的嘴唇使劲地绷在牙齿上，绷得太紧了，都绷白了。她盯住他低低询问："我只问你一句，你爱过我吗？"

"你爱过我吗？"这句话太像个圈套！为什么所有的女人都要这样问！

从相识到同居，一切的发生都像是电影情节，容不得他多犹豫。所有的人都称赞他们是金童玉女，所以，他根本不知道自己是"爱"还是"不爱"。"爱"好像是那种经过马拉松后才能得到的奖牌，可对他和女孩而言，这个结果得来的太过容易。

女孩像是打开了一个密封的箱子，对着男人点点头："我明白了。"

他不知道自己是否"爱"这个女人。他只是习惯于生活中有她，但却不能确定那逐渐产生的占有欲，那因亲密接触而感到虚空的状态，就是——"爱"？

爱吗？

当他张口结舌时，想到的居然是母亲的皮鞋尖。那锥状物戳在他的身上，好像戳坏了他体内感受"爱"的开关。

是的，他的心已经废了；是的，他根本不会爱；是的，多少次，他在心里恶狠狠地发誓——不爱！永远都不爱！现在，眼瞅着要失去她，他又满嘴道歉："我错了，我再也不动手了，我改，我真的改……"

女孩攒足了力气大喊："你不知道爱不爱我，但我告诉你，以前我爱你，现在已经不爱了！"

女孩转身走进厂门，影子被黑暗吞噬。她走得那样迅疾，那样果断。她不愿再和他有任何冲突——你就对着那个空缺的位置大发醋意吧。

彼时虽然是深夜，四周无人，可男人还是恨不得将脸藏进裤裆里。他把拳头捏紧，砸向电线杆，一下又一下。他的外套上全是倒挂的褶皱，裤子的膝头松泡泡地荡着。唉，这身衣服比它的主人还要疲惫。

第十章　爱的施与者

他整个的身心都沉浸在恋爱氛围里——此前，他一直是个忙碌的接受者；现在，他试图变成施与者。

听闻金童玉女分手，向南方的亲友们大惊，试图劝说男人再上场，将女孩唤回。他的母亲也按捺不住，用电话长鞭将儿子一通暴揍。他委屈顶嘴："我们根本不合适！我是为了你才坚持这么久的！"母亲原本就气性大，现在嗓门更加洪亮，简直如穿云裂帛，直震得他耳膜嗡嗡响："你活着就是害人！我就当没生过你！"

向南方顺从地"哦"了一声，不解释，也不顶嘴。他非常不好意思——又白白糟蹋了母亲的一堆钱。唉，他欠母亲的债越积越多，但他和苏小苏的感情确实已走到了尽头。从某个层面看，他和女孩躺在床上时，不再激发起任何探索兴趣——像台旧电脑，即便通了电，启动了主机，但硬盘转速太慢，内存太小，CPU（中央处理器）占用太多，鼠标点一下要等好久。

后来——为什么"后来"总是来得那么晚——当他从他的

小弟姜国强处获悉真相，像被刀刃切到指头，明晃晃的痛在脑门炸开。原来，第三次补做手术后，导致女孩输卵管不通而无法生育！

男人的脸颊抽搐了起来。他终于明白了那些词语揭开表皮后的内涵——“我已经不再是从前的我！”“我现在只希望你痛苦！”“你越痛苦我越开心！”

当其时，他感觉自己被肢解在血河中，殊不知，女孩比他痛苦一万倍；当其时，女孩将温婉玉女的形象抛掉，丧失了宽容忍耐，用夸奇粗俗的口气怒吼时，他虽感觉异样，但并未深究。其实，在那些控诉里，充满了妖艳劲悍的性暗示。

没过多久，他便阴着脸告诉小弟——苏小苏被包养了。

证据明晃晃——从女孩发在 QQ 空间的照片可知，她住的房子相当豪华，简直像时尚杂志上的豪宅，而图片说明是“在家里好无聊啊”。他心底响铃般“叮咚”了一声；隔天，一张蛋糕图的说明是“这就是传说中的提拉米苏”。他从未见过什么“提拉米苏”，连听都没听过；之后的图片，有各类衣衫、坤包和鞋子，以及一个硕大白浴缸。

事情发展得太快了——简直要把所有底牌都露出来，一览无余。

他似乎已看到豆蔻女子被折磨成黄脸老妇的结局。他拿不准是否应打电话劝阻——真的你不能掉进去！真的那人在利用你的年轻和美丽！但他忍了又忍——他已丧失了说这话的权利。

有一天，图片是一堵肃静的白墙，说明文字是“住院好久了”。他的心脏像被一双手握紧，挤缩成核桃大小。他抵抗着恐惧——也许打开舱门，会涌进大量潮水般的羞辱——还是拨通了电话。说到底，她和之前的女友们不同——他和她曾共同孕育过两个胚胎。

苏小苏艰涩地说出——“疏通输卵管”。

“疼吗？”

“很疼很疼……”那声音既像撒娇又像调情。她一疼，她就恨他。她对他的恨，不是简单的恨，而是恨与恨的叠加。当冰凉工具在她腔体内部动作时，像钢锥用力钻进水泥地面，女孩疼得要死。现在，电话里的声音暗哑，说“分手也许是老天注定的”。她坦言，刚开始谈恋爱时，她曾偷偷跑去樟木头镇的观音山，算命老头说“这段情只能维持一年”，劝她“早早了断”。她不忍舍弃，追问缘由，那老头只冷言冷语道，“你们是死结，解不开的”。

向南方吓了一跳——太可怕了！

时空错置，今夕何夕。男人终于明白——那洁净透亮的女孩，曾那样刻骨地爱过自己，甚至连老天的提醒都不顾。而她，从未表现出已受到了明示——像《红楼梦》女子看到吃谵自己命运的书籍——总是安静地蜗居出租屋，将那里视为灿亮宫殿。她曾那样笃定，抚摸着小腹，将温暖传递给胎儿。她根本不怕身上透着尿布和奶水的味道，她甚至已听到孩子的呼唤。她曾那样期待成为母亲，期待她的命和孩子连在一起。

她真是太天真了，以为可以把那个预言封印，但其实，等时间一到，她和男人这一对金童玉女就会陷入万劫不复之深渊。

果然——从上一个元旦到下一个元旦，正好一整年。

和苏小苏分手后，这男人与多个女孩交往，男人的母亲说他谈对象“像换衣服一样”，但都没谈成——“不是人家嫌他，就是他嫌人家”。那种在肉体森林里冒险伏击，捕着谁就是谁的状态，过后，连他自己都充满感伤。

母亲骂他“怎么这么随便”，“捡一个是一个”。他并不否认自己随便。他轮番更换着身旁的女伴——八个、九个、十个！在众人眼中，他已变成花心善变、游戏人间、把感情当成换季换衫的登徒子。他追逐女性，并非出于对她们的热爱，而实在是，他太难抵御孤独的侵蚀。找女孩就像买碗方便面，分手就是把面碗丢进垃圾桶。

有件事，他一直没对姜国强提及——他和苏小苏是见过面的。

他将这件事埋藏心底，想起来便有种说不出的嫌恶。那次见面充满暗示——是不祥？是变态？然而当其时，他并未察觉，及至后来回忆，电光石火一闪，那些锋利细节重新滑过大脑褶皱后，他才感到深深的痛。这次见面，让男人对女孩的愧疚感奇异地消失了，好像灵魂里有什么东西被哗哗地冲掉。

一开始，他并不相信真的是她，但他没删她的手机号，而她也没有换号。于是，那些字便明晃晃闪耀：“你还在清溪吗？”虽然隔着千里万里，但那女孩依然在放电，释放出魅人强光。“是啊……”男人满脸傻气，憨厚到被卖还帮着数钱。

“见个面吧？”女孩占据上风，即刻接管整个局面。

他被搞迷糊了。当初，她那样决绝地要分手，让他们的关系像保险丝般被烧断，而现在又发出如此赤裸裸的邀约。他的脑海一片灿亮——难道事情有了转机？后来，男人悔得直跺脚。那时他应该说“分手了就别再来找我”，可他像被线绳扯控的布偶，乖顺地吐出："好吧。"好像，好像他根本无法甩离她的怨念跟踪。

午后的岭南大地闷热无比。咖啡馆完全像梦中场景——灯光是超现实的晕黄，音乐是缥缈的萨克斯，木桌木椅失魂落魄地隐匿于黑暗。从二楼靠窗位往下看的男人，像鼹鼠般神经质地探头出洞穴。他设想此次约会的最坏可能——苏小苏根本不出现，而是遥控几个壮汉将他暴揍一顿。据他此前罄竹难书的罪行，她完全有理由这样做。

然而，她来了。黑风衣，银白长裙，V领镶银边，脖颈修长，胸脯陡峭。其实，她并不算高，但尖下巴一抬，多抬起了两寸。他和她之间仿佛地震后，海洋与陆地已发生了挪移——粗犷的他变得内敛，温婉的她却变得霸气。她在哪儿上班？结婚了吗？幸福吗？男人心酸地发现，当他像老父亲般关心着女孩时，对方却梗着冰冷脖颈。

她用汤匙搅着咖啡："没什么事，就想看看你。"

他无言啜饮青苹果奶昔——他永远的最爱。

他发现她有一搭没一搭的讲述简直是自言自语。她说她终于"明白了生活""知道了生活""懂得了生活"。她说此前的日子只能叫"生存"。她的脸上有种毒瘾女人般的颓废风情。她絮叨时，根本无须对方回答。这段日子里，她积累的感受就像葡萄串，此刻被一粒粒捏破，汁液横流，波澜震荡。

她措辞激烈："是男人就要有点野心！""有钱没有办不到的事！""做人一定要有钱！"她打量着眼前的男人——那五官、衣领、指甲、裤缝和皮鞋——将对方逼视得几乎窒息。她的眼睛像搜索器，一览无余地映照出男人的寒酸与胆怯。这根本是堆废铜烂铁，应该赶紧送至垃圾场。

难道她被外星人抓走过？以前她总说“钱多钱少无所谓，只要开心就好”。他问：“钱，不一定那么重要吧？”

女孩将眉毛一扬：“你错了！”

她几乎哽咽：“以前我真是太傻了……”

什么意思！是说她应将他这无用盲肠早早切割丢弃？！

她承认是自己先喜欢上他的，心甘情愿跟了他一年，可这些，全都是贱到家的行为，所以她要凭吊和盘点。她的耳朵支棱着，像动物遇到险情。她的口气越来越激愤，像龙卷风飙起一个个漩涡。她反复强调：“我太傻了，我真是太傻了……”

唉，她的脑袋里运行着一个怎样的微型宇宙？她纠缠在往事里，试图剥开那个伤痛之疤，但身体却异常难受。虽然他也后悔“打掉孩子”的决定，但被这样指责，却倍感委屈。当初他劝她打掉时，根本没多想，只觉事业更重要。他觉得自己的童年过得那么委屈，不想让孩子再受苦。而现在，前女友又陷入恶性循环的链条中——“你不知道一个女人有了孩子有多高兴！”“你只想你自己的事！”“你只听你妈的话！”“你根本就没长大！”这女孩张牙舞爪地发着飙，像狙击手从高处射击。

他发现，这女孩说话的内容、理论和腔调，竟都如此贫乏、空洞和无趣，完全不像她这个年龄的人。她的躯干依旧年轻，焕然发光，但神情却有了提前衰老的迹象。男人抱歉起身：“我去方便一下……”他想逃走。可从卫生间走出，他又改了主意，再次返回刑场，男人将脖颈一低再低，把属于自己的罪愆——以及不属于自己的——都弓腰承受了下来。他和他的阴影完全融为一体。男人凝视白瓷杯——那浑圆边际，曲折把柄，细腻弧线，全都映衬着他们谈话的粗陋！他那样难受，想着还不如干脆被几个壮汉揍得鲜血横流。看女孩渐趋平静，他小心探寻：“我们，重新来过？”

女孩的目光遥远得像隔了数个世纪：“可能吗？！”

男人凄惨一笑：“就算你同意，我也觉得没意思。”他的语调那样悲凉：“现在我们对幸福的理解完全不同，根本不可能在一起。”奇怪的是，女孩刚才那炮筒般的嘴唇，突然间又静默下来——那随时准备辩论，随时准备说不，随时准备咬人的嘴唇，像被按了暂停键。

他不甘心：“你是不是要结婚了？”

女孩摇头：“等二十五六岁再说吧。”她突然诡秘一笑，说破了一件事——她的不孕症是可以治愈的，但要花三十万。男人骇得全身僵硬：“三十万！”女孩的脸已经变丑，索性丑到底——有个老板想包她，每月三万。那老板还说帮她治病，医药费全包。

“你疯了！”他从座位上弹跳起来。

“你答应了？”男人随即又像濒死老马从鼻腔深处发出哀鸣。

女孩盯视着他，瞳孔里叠印着更多的瞳孔，像苍蝇复眼：“答应了啊！”看他蜡像般静止不动，她忍俊不禁，“扑哧”一声笑出来：“干吗不答应啊！”那笑声像电视里的卡通角色发出的，一下子令全世界都处于漫画情境中。男人的鼻孔里冒出焦煳味，像插线板漏了电。他戒惧地盯着她。她竟是那样说——“干吗不答应啊！”他羞耻至极，想把头塞进裤裆里。没料到这冷傲天鹅女，出售起自己来如此无畏。

他忍不住劝解：“你不要觉得自己年轻，有几分姿色就胡乱选择，你要后悔的。”

苏小苏手起刀落：“你管不着！”说完就扭过头看向窗外，摆出个不想被侵犯的靓女之姿。她一直都试图处于焦点位置，所以比起那些甘于平凡的女孩，她便更显孤单。他劝她不要这么随便，当小三有什么好结果！他坦言就算自己是混蛋，你也不能冲动啊。

女孩的眼白里有着一种婴儿才有的骨瓷蓝。她淡淡一笑：“那我该怎么办？”“怎么办也不能被人包啊！”他用恋人才会用的腔调进行规劝。

她又笑了：“其实，那个人对我还不坏。”

男人激进起来：“不坏就很好吗？”

女孩像看着一个满脸嫩气的学生：“能不坏已经很好了。”

男人像中弹般浑身瘫软：“那我……算很坏了？”

“唉，你这个傻子。”她摇头叹息。

可是，事情不应该是这样的——她对他所施与的宽容让他羞愧。事情真是太怪异太残忍了——转瞬间，有人替代了你的存在，夺走了你的东西，而那个人不过是个“不坏”的人。女孩用睫毛遮住眼睛，“我实在太累了……”

男人的悲痛骤增——这女孩根本不是苏小苏，而是个外形酷似她但内里全然不同的人。是谁把骄傲的她变得如此卑微？“可你根本不爱他啊！”男人低吼，“当初我那么爱你，结果又怎样！不是非要爱得水深火热才能在一起，到现在你还不明白吗！”

只能到这里了，真的要结束了。事实上，他和女孩的恋情已告一段落，只是彼此都放不下，反反复复地跑上舞台，拖拉着不肯谢幕。那女孩站起身，苦笑道：“以后我们不要联系了。”她像呛到水般痛苦呻吟："你会害死我的。"

重新开始太难了。如果吵架，一翻老账，把那么多事摊在眼皮子底下，两个人都会尴尬得受不了。那丑死人的一刻，谁都不想看到。现在这样最好——也许他和她的缘分就是一年，也许他和她之间就是死结。

那个夜晚，那个他曾刻意回避所以貌似已经忘记的夜晚，突然从冰层中破裂浮现——那一夜，她背对着他，站在窗前看大白月亮，流着泪准备去打胎。那时，房间里的光线昏暗，所有的物体都歪歪斜斜。也许就在那一刻，女孩和他之间内在的情感蕊心已发生断裂；也许就在那一刻，恋人间的离别已开始上演；也许就在那一刻，女孩被一股无形的力量拖曳着，一点点远离了他。她曾慌张地和那可怖的力量搏斗过，但最终，她还是屈从了命运。

老赵回了趟四川老家，返回后求向南方帮找工作。于是生产主管给老板打电话举荐普工，几分钟便搞掂。老赵双手抱拳："大恩不言谢啊。"那老男人礼貌地递给向南方根烟，自己也燃起一根，挤眉弄眼地扯起来："你猜我碰到了谁？"

叶丹凤？！

听到这三个字，简直像拉开那如歌如泣、史诗般壮丽的初恋的帷幕，蛰伏体内的情愫陡然爆发，让生产主管充满亢奋。他的瞳孔发光，像能穿透层层时光壁垒，一下子回到过去。那个青涩少年已长大，可那种叛逆苦闷感并没有消散离场，一直盘桓心头。他浑身一抖："她过得咋样？"想起在深圳被软禁的两个月，呼吸像被巫魔封锁住。

老赵说女孩结婚前像螃蟹被绑，结婚后一个劲哭闹，发疯地想跑想逃，被锁在屋里关了大半年才放出来。生下孩子后，叶丹凤慢慢转了心思，安静了下来。她发了福，脸油光得像红苹果。可是怪得很，那娃娃一直不开口说话。两口子准备一起外出打工挣看病的钱，把娃娃留给奶奶管。“唉，作孽哦！”老赵叹息，“肯定是怀娃娃的时候出了岔子……”

向南方喷了口烟，手指微颤，好像头顶开了个天窗，能看见云层里有张含泪的脸。在街角拨打电话后，他浑身发抖，怕听筒那边像堤坝炸开“快来救我”。

“是我啊……”他艰涩开口。电话那端的人倒更豁达，客套了几句后，居然爽朗地笑了起来。那笑声陌生而不相识——那是种极干净的笑，像月光下河水里的涟漪。叶丹凤的关心赤诚火辣，仿佛他们从不曾被时间阻隔。听说前男友不仅尚未结婚，甚至还没女友时，即刻道：“那可不行哦！”她好像已站在了他面前，用含情脉脉的眼神注视他，试探地说道：“要介绍吗？”

他哭笑不得：“怎么？有合适的？”他二十岁出头，个子挺拔，皮肤白皙，五官绝美，却沦落到要初恋女友来“介绍”？

对方沉默片刻，又追问“到底要不要”，于是他顺水推舟：“要啊，当然要。”

他说“要”的时候，身子轻微地扭动，像孩子想要玩具时对母亲做出的动作。在他和她搭讪打诨之际，空气里有了种亲密氛围。苏小苏固然美丽，但她的美里藏着一种可怕的冰凉。无论苏小苏端平肩膀，或举起头颅时，在她那修长得接近完美的躯体内部，都埋藏着一座冷艳的广寒宫。而叶丹凤是火，是焰，是熊熊燃烧的火焰。

“真没想到，还能给你打电话……”向南方不免感伤。

他怎样才能让她懂他？当初“不跑”，后来“不救”，这些他在青春期犯下的罪行，都是迫不得已？可如果现在他滔滔不绝为自己辩护，他又会觉得实在矫情，所以，他只是说些家常话。他让自己待在安全的词语里，为了给自己留条后路。他沉浸在一种神秘的濡湿状态，像身体里正在下着场小雨，各处都蠕动抽搐。带来湿润感的这个女人不是别人，而是这男人生命某一切面的最好鉴赏者啊！就是这个女人——她曾经看到、听到、触摸到他的全部优点啊！

他喁喁低语，询问她孩子的病情，有无良方，要不要帮忙。她说已去过医院，按时吃药就好，就是药太贵。他话锋一转，说自己被关在深圳时，每一刻都在想她。“唉……”话筒里传来女人轻轻的叹息。

现在，他和她的关系已不再是恋人，而像是亲人。她说她看到厨房里有把斩肉的板刀，实在太重。还有把切水果的长刀，比较顺手。她想，如果对准那黝黑脊背给上一刀，血就会溅出来。她捏起了刀，但却没有让血溅出来——她若是去坐牢，她爸妈怎么活？她每天都想死，觉得自己被绑在刑具上，身体被生拉硬扯着，快要裂成两半。她是在吐了口酸水后，才慢慢绝了想死的念头。等孩子生下来发现有病后，她就更不能死了。男人张了张嘴，但一个字也没吐出。

三天后，叶丹凤打来电话，说有个远房表妹叫杜米亚，十七岁，还没对象。

杜米亚在电话里咯咯笑时，男人大吃一惊——这声音简直就是年轻版叶丹凤啊！

女孩的大方坦荡，像一缕阳光毫无遮掩地射了过来，让男人——那幽暗小屋里的游魂——倍感温暖。女孩说早就知道他，早就听说那个“传说中表姐的帅男友”，还问他：“当年表姐闹得好凶，亲戚们都知道，怎么现在倒落了单？”

两人在 QQ 上互发近照后，女孩一个劲赞他“比传说中还帅”。他叹息年轻女孩真是直接，毫不拐弯，像要给自己挑洋娃娃，点名要样子好看的。虽然他对女孩的外形也很满意，但却维持着“长者”尊严，不予评判。

杜米亚在长沙的超市当收银员——她大姐是超市经理。两个人每天在 QQ 上嘁嘁交谈，谈得风生水起，欢欣亢奋。杜米亚所扮演的，是介乎恶童与魔女间的精灵角色。一旦进入她的心灵场域，就像是踏入童话世界，到处是铺天盖地的哈哈大笑，并无伤害力的戏耍挑逗，花粉般随处飘荡的情色暧昧。就像精神错乱者可推卸责任般，你可自由飞行，可奔跑，可玩乐，乃至可恶戏及破坏。时间变得松弛，不必齿轮般咬紧，无所谓非要这样，无所谓不能那样。

词语经过她大脑主机箱的处理，从黑白小鸟变成妖蓝炮弹，以不同弧线飞翔，伴随着“啊哦”的畅快声，在男人耳畔炸开焰火。男人明知这些痴狂疯话已被夸饰，但却像瘾君子，每天不畅快地聊那么一阵，那么日子简直像是不放盐的汤，根本喝不下去。他整个的身心都沉浸在恋爱氛围里——此前，他一直是个忙碌的接受者；现在，他试图变成施与者。

这对向南方这个浪荡子来说，真是开天辟地第一次！他每天都蹂躏着手机。他不仅迷恋女孩敲打下的各种词语，咂给他的一连串响吻，还包括她的系列自拍照。哦，不是惯常的圆眼红唇，而是另一种类型。

先是手。

拿着玩具，捏着被子，竖着V字，抚着脸颊，点着货物的……各种各样的手。这些手因陷入遮挡物的暗影，而有了翳绰之感。从肩头到臂弯到指尖，那些奇怪的不对称构图，有时是自己搂自己脖颈的暧昧姿势，有时又是翻到脑袋上扮猴子的模样……这一切皆让他惊叹。手是画面里的第一主角。这些曲线和造型，具有女巫的蛊惑力，好像所有人类都在大爆炸时消失殆尽，整个世界由塞壬之手来主宰。手已脱离主人的控制，像河底水草般即兴舞蹈。

然后是脚。

那双赤白小脚的顶端，滋生出十颗珍珠，在阳光下晶莹剔透。两只脚互相叠搭，像两个好朋友，你挨我蹭，白皙弧线高贵风流。脚不像手那样公开化，不参与社交礼仪，故而当两只脚撩骚搓弄时，比手更有魅惑力。深夜，他难以入眠，感到下腹阵阵抽搐。

然后是脚指甲盖。

从酱紫到宝蓝到粉红，从浓黑到墨绿到姜黄。有时，十种不同颜色一起绽开。强烈的色彩让他感到眩晕，好像各种花朵、各类天空、各个山坡，全都硬生生搅拌在一起，形成了一种色彩幻境。他终于明白古人为何说女人的脚不能看。

对着手机屏幕，隔着上千公里，两个人把面对面说不出口的词，悉数倾倒。他和她玩疯了。她的各种犯规，各种不近人情和不讲道理，都让他感觉痛快，好像他从没享受过这种孩童式的快乐。他沉溺在一种无忧的氛围中，像在游乐场里享受免费戏耍。他是在补课——男人对女孩的追逐课。在一片荒野中，雄性正奋力追逐雌性，直追得呼吸困难，要晕厥过去。

女孩不喜欢自己的蜂蜜肤色，一心想要晒黑它，以符合新时代之健康标准。男人说在岭南看到了太多的糖醋排骨，还是喜欢粉蒸肉。她挑衅："什么什么！难道我是粉蒸肉？"继而娇滴滴引诱："那你，敢不敢来吃？"哦，老天——吃肉……他鼻孔里传出的空气呈旋涡状，嘴里溢满着汁液。

第十一章　打工多舒服

他委屈在别人的厂里，居然体会到“退一步海阔天空”的舒服——打工多舒服——干好自己的活，下班睡大觉，根本不用操闲心。

终于，向南方还是决定要辞职。

一个月工资从说好的五千块变成了四千块，他怎能忍下来？他忍着，是因为天下“绕电感的”都是一家，谁杀出来谁就是赢家。杀出来容易——只要能拉到单，拉到大单！他忍辱负重，像米粒沤在污水池，相信总有一天自己会翻身。他做梦都想着翻身，想着再当上老赵口中的“向总”，但他已尝到朝金字塔尖端攀爬时被当头一棒打下来的滋味。所以这一次，他不能急。

他委屈在别人的厂里，居然体会到“退一步海阔天空”的舒服——打工多舒服——干好自己的活，下班睡大觉，根本不用操闲心。可他又像小偷般惦记着那件事——哪里有大单？这念头让他总感觉十分别扭，见了老板阿荣态度亦格外尊敬，从不提薪水何以少了一千。

从表面看，他早到晚走，将手头之事打理得清清爽爽，但其实，他被隐秘欲望灼烧，眼里总闪着贼光。大单，大单，真正的大单！他像个无能的父亲，在荒野里丢失了亲生孩子，陷入茫然但又异常坚定的找寻之路。他拿出全部的耐心、体力和智商，投入工作，下班后四处联系销售员，海阔天空地撒网，常常是将全身各器官折腾到异常疲乏，才倒在床上。

那段发狂时间里，他居然不再失眠；他如此工作，让同事陷入悲愤，甚至有人拉他喝酒警告，对他说不必太努力，挣再多都是老板的。当他截下那个热乎乎的大单后，仿佛自己被蛇发女妖的眼神盯住，整个人石化成雕塑。那真是惊险至极的一刻。坐困愁城的孙悟空终于等到有人帮他扯下符咒。要自己单干吗？上次被打入地狱的可怕磨难依旧历历在目，他还没受够惊吓，没被搞得如疯如狂，变成半人半兽的残次品吗？

可当他真的走向老板的办公室。阿荣的瘦脸突然唰地结冰，语气冷淡，像事先知道此事般笃定："辞工哦？"继而礼貌性地挽留："不再考虑考虑？"然后单刀直入："有厂挖你啊？"他堆出浅笑："谈了个女朋友在外地，没办法啊。"

抵达长沙火车站，愣怔凝立时，有人拍他的肩头。杜米亚出现了：一盘珍珠里最明亮的那粒，正使出全力凝视他。女孩比他想的要矮。她的身躯——手臂、肩胛、胯骨、小腿——皆比一般人的尺寸略小，但这种小并不显寒酸，反而更灵巧，像折骨小阳伞，可随时收拢，有种秾纤合宜之感。

她穿着黑长袖T恤，黑夹克衫镶银链，石墨蓝牛仔裤，白色运动鞋缀宝蓝鞋带。这装扮让她浑身散发着一股梦游之气，像从未来之城闲逛到地球的女超人。她有张俊俏的圆脸，微黄皮肤，细致得像没有毛孔，大眼清澈漆黑，鼻头坚挺。这青春玉女没涂口红，只抹了无色润唇膏，像个翘课女学生。她说话的语调细声细气，带着浓烈童稚味，一听就知道从小备受宠溺。她的瞳仁里有种猫科动物般的好奇与警觉——当你看它时它亦在看你，甚至，还会反过来追着咬你。你若逃不及，会被它撵上一大截。

平生第一次，他感觉自己是老的，旧的，被用过的。可他是谁啊！他是腥荤不忌的浪荡子啊，是酷到不能再酷的负心汉啊，是女孩看一眼就不想挪步的超级帅哥啊！那一刻，他的心脏虚弱，阴茎耷拉。他曾像刺猬般恨人恨己，总是骂骂咧咧，到处死皮赖脸，可那一刻，他却卑贱如尘埃。碰到这女孩简直是场灾难——还没有开战，他便败下阵来。显然，这女孩是绝对的强者。面对她，他只能把自己当成贡品乖乖奉上，别无选择。

他已经输了。朝火车站旁的小宾馆走去时，两具躯体挨得很近，甚至连生物电的交流都能感觉到。那瞬刻仿佛时光倒流，他又回到了十四岁半，而女孩则变成了年轻版叶丹凤——可叶丹凤像黄牛般倔强，这女孩却如羚羊般机敏。

男人冲凉时，女孩倚在床头玩手机。等他收拾停当出来，那张搪瓷娃娃脸便绽出笑容，泄出两点酒窝。这女孩好像属人类文明发育前的原始时代——甚至早于伊甸园——那混沌女体给自己挂上树叶后，朝男人粲然一笑。这笑容干净得像蒸馏水，令男人捉摸不定。难道她已经忘了吗？那些手，那些脚，那些彩色的指甲盖，难道只是男人的一场梦？

这当儿，他竟像没见过世面的小男生，窘得面颊火烫。晚餐吃的是街口一家当地菜。也许有炒腊肉、大碗花菜、红糖糍粑之类的东西，但吃的时候和吃过之后，他都没注意吃了什么——他只知道，自己吃得心满意足满嘴留香。朝小宾馆走去时，天空落下雨滴，淅淅沥沥。整个长沙城留给他的印象，就是这种从头到脚的湿漉感。

现在的她，完全不像膨胀着爱欲的充气娃娃，倒更像是披着黄金甲胄的女战士。难道手机里的一切，都是一场少女恶戏？

在整个见面的过程里，那女孩自始至终都像一只野生动物，行为谨慎，眼神狡黠，处处抗拒。然而，他越不能得到她，便越想得到她。深夜在床上辗转，他陷入无边沮丧。一切都那么不可思议。那粉唇比照片上更饱满，那身躯比照片上更灵活。他像个武功全废的高手，脊背瑟缩发抖，怕被别人发现了自己的短处。

第二天去公园。

整个路上行人稀少。满树挂着粉红雪白的花蕾，屋檐和斜塔倒映在水面，湖边木桥寂寥沉默，树丛暗影低垂。明明是上午但却像是傍晚的奇怪阳光里行走。鸟儿飞得很慢，像用羽毛在天空中写字。女孩蹲在花丛旁，将脸凑过去。他惊诧地发现，原来，连她的耳垂也是粉红色的。

她坐在秋千上摇来荡去，一派惬意模样。她让他推，“推得再高点，再高点嘛”。阳光泼洒在她的身上，撩拨着她的淡黄脖颈和鼓突胸乳。他奇怪她怎么能笑成那样，像一种三合一的洗发水——既有天使女孩的纯真懵懂，又混合了成熟妖妇的缠绵致密，还有青春男孩的爽朗刚毅。

男人用手机镜头一次次捉到那个躯体，那荧光乌贼般的小躯体。通过相框裁剪后展露的线条，华丽得让他无法呼吸。那腴软的身架，泛黄的皮肤，粉唇边的酒窝，都鲜嫩至极。那蝶翼睫毛下的眼神亮了又黯，像钻石闪出锐光，又因停电而陷入暗黑。

女孩笑得格外嘹亮，额头熠熠生辉。那种笑，是从里到外笑透了的笑——那笑让他生出抽风般的快乐，像刚好挠到痒处。他以为自己已足够了解女性——女人的机关暗道他已熟门熟路，可现在，他知道自己错了。那女孩像光芒四射的舞者，带着他在舞台上旋转时，令他如梦似仙。他第一次发现，原来女性如此神秘，如此神圣不可侵犯。

他坐在她身旁的秋千架上，用脚蹭着地皮，也荡了起来。他努力迎合着她的频率，力图让双脚一起虚悬半空。某个瞬刻，他陷入恍惚，总觉此刻的一切——散漫的草坪，秋千架，架上晃荡的女孩，女孩的笑声，女孩额头上闪烁的光芒，眼神里一亮一亮的晶莹——他以前都曾见过。怎么可能！现在的事怎么可能之前就会预见？但他真的有这种感觉。

挥手告别时，他有种快到嘴边的草莓被人硬夺走的痛感——杜米亚就是那草莓，那像草莓一样的性感果肉啊。在不为人知的草原上，那些被不为人知的阳光雨露滋润着，又不为人知地成熟起来的野草莓，有着怎样的甘甜？

第三天去看电影。

两个人坐在晦暗光线中，像怒海巨浪中摇摆的两叶孤舟。屏幕上演着古装男女的悲欢情爱：一条山路，一座古庙，一个痴傻和尚受到妖女蛊惑，却坚信那女孩纯洁、可爱和正义，以至连妖女都被深深感动，孵化出体内潜藏的善意，最后居然在危急关头要解救那傻和尚。

晚餐吃麦当劳是男人的建议。他没对女孩说，“麦当劳晚餐”是他在流浪街头时做的一个梦。当他小心翼翼提出后，女孩旋即点头，火飙飙右手举成V，“耶，我要吃麦趣鸡盒，还要吃草莓味的麦旋风！”这个空间和影院恰好相反——到处是亮光、色彩和香味。女孩又吃又喝，用粉唇品尝各类滋味。两个人在热腾腾的屋子里变成动物园小兽，一脸蠢相地傻笑着。

女孩的眼如猫之夜瞳闪着碎光，让他像踩在甲板上般眩晕。他真想立刻抱她上床，让那双眼闭起，沉浸在暗黑世界的深处。但他怎么才能突破那些衣衫，抵达她的内里，像真正的海边饕餮者，用品尝鱼头中交错多变奇美滋味的舌头去品尝她呢？他将一根根热乎乎的薯条蘸上番茄酱，再送入口中。及至最后，将剩下的碎屑全部倒入嘴里。

分别时，他们只是礼貌地拥抱了一下。他根本不敢造次——这女孩像只利齿母猫，完全有别于同龄女孩。她貌似有着销魂夺魄的外貌，但却难以捉摸、变幻不定、阴险狡黠。别的女孩在这个年龄，对世界尚有依赖感，而她已像个小主人，能笃定指挥全局。是什么样的能量给了她这样的气场？她也是个在城里打工的乡下女孩啊！

让他不敢造次的另一个原因，是这个城市。长沙让他有种湿漉漉的冰凉感，这和网上介绍的完全不同——楼房那样暗黑，街巷那样弯曲，人群那样混杂。展现在他眼前的，根本不像现实生活，而像科幻片的外景地。

第四天大雨倾覆，哪都去不成，索性窝在屋里。

那天中午去巷口吃饭时，他用带自己体温的衣衫将女孩裹紧，让她像胎儿包在子宫里。返回房间，女孩说昨晚没睡好，要借他的床一用。他赶忙笑着说：“借人也可以。”女孩兀自躺下，让凹凸曲线展露。男人只静坐椅中，聆听喘息一起一伏。他生出幻觉——也许这青春少女在一觉后，就变成佝偻老太，步履蹒跚。他有些害怕，遂轻轻揭开被单，用目光一点点检查，然后又轻轻盖上。

女孩醒来，嘀咕着说要回去了。他心里虽有不舍，却不得不起身送她。女孩走到门口，准备转动门把手时，男人突然将手掌按在女孩肩头，呻吟着："不要走……"他把声音降到最低，好像有人在偷听。接着不知怎的，那女孩一个转身，便跌入他的怀中，而他则顺势用胳膊将她环住。

这件事看起来像是巧合，但其实并非如此。后来，男人不断地回忆着这一幕，不断地生出心痛——在这场恋爱关系中，他始终处于弱势地位。现在，那女孩软软地酥在怀中，让男人浑身僵硬——像一个生疏烹饪的人，不知该如何对付锅里的鱼。他害怕破坏它的完整性。从女人脖颈和耳垂间散发出的香味，令男人解除了警戒。但他依然不敢妄动——他不相信自己会如此幸运。

没想到——是她转过脸，先吮住了他的唇。于是，他进行了反搜索。那女妖发出的叹息，像热带花朵盛开，令他脑浆炸裂。这呻吟标志着转折——像有口仙气进入他的体内，穿透了他的全身，让全部经络被打通，他终于走出了自身皮肤的包裹，能随心所欲起来。他疯狂地回吻。

他惊诧地发现，嘴唇可以说出谎言，但嘴唇和嘴唇接触时说的唇语，却无法作假。她爱我！她正在发狂地爱着我！此前，这个男人吻过，也被吻过；此前，这男人爱过，也被爱过。但这一次，像飓风席卷海滩，所有的感受都异常强烈。这女孩带给他的舒畅，是其他女人完全无法比拟的。

毫无疑问，她也不是第一次。可问题是——她怎么能积攒下如此丰富的经验？这么年轻的女孩，怎么会这么老练！怎么能这么敏捷！不不不！他并非主角。从一开始，他就是配角。他一直责备自己不专心，无法全身心投入爱女人的事业中，这一次，当他真的爱起来后，却体验到一种可怕的毁灭感。他集中精力反攻，却始终处于弱势。

他的眼里闪着光，捏紧她的手问道："你怎么那么香？"原来，有一种香水叫粉钻。他不得不艰难咽下梗在喉头的猜忌。

她送他去火车站时，和五天前极为相似，依然是一个女孩和一个男孩并肩行走。然而，他们已从网友变成了恋人。她将粉唇凑到他的耳边——"等我两个月。"

等上了火车他才陡然想起，一直没来得及细看她的脚——他沉浸在迎合她的过程中，完全丧失了自我。"难道这就是爱情？"如果这样疯狂都不叫爱情，那爱情应该是怎样的表现？现在，他愿拔掉咬人的利牙齿，改变刻薄讥诮的说话风格，不再用鄙夷的眼神注目世界；现在，他要变得宽厚、温和而善良，像一棵树顶起一片天。

第十二章　第二次创业

一切都要从头来：租厂房，买设备，招工人。他在车间里隔出个办公室——虽逼仄狭小，但老板桌、靠背椅、电脑、茶几样样俱全。

当他准备再搞电感厂时，母亲劝他“没有百分之百的把握就不要干”，他听了嘿嘿直笑：“哪有百分之百成功的生意？！”这一次，他只求资助两万便可。母亲“嗯”了一声，抬眼看了儿子一下，脸色冰凉，声音锋利如剃刀：“这两万要是打了水漂，别再想要一个子儿！”

一切都要从头来：租厂房，买设备，招工人。他在车间里隔出个办公室——虽逼仄狭小，但老板桌、靠背椅、电脑、茶几样样俱全。这些物件组合在一起，仿佛形成了个温暖的襁褓，使得老板干什么都显得十分恰当。现在，他已是生意场的老江湖——老江湖绝不会在事情未成之前，给外人泄露一点底。

放鞭炮时，他的心也跟着噼啪响。看到工人们齐刷刷站在拉线旁，他胳膊一挥——开工！返回办公室后，第一个登门拜访的居然是阿荣。人未到，笑声先嘎嘎响起，像船桨下河激起一群野鸭。阿荣大大方方地送来一对发财树，用力拍打着他的肩膀：“什么长沙女朋友！我看你是想自己当老板吧！”

他赶忙掏出手机，翻出亲密大头照：“真的哦！”

阿荣盯视那女孩：“你小子好福气！”

阿荣捶来一拳，原本是那种开玩笑的花拳，但让他感觉胸口生痛。这痛让他迷惑。他不明白阿荣为何如此分裂——又偏狭又大度。他也挥出一拳，就砸在那咧开的大嘴上。

当老板容易吗？当老板凭智慧挣钱！凭辛苦，凭人缘，凭风险挣钱！

上一次失败的教训历历在目——欠账太多。东墙、西墙都拆了，可南墙仍然补不回来。这一次，他要戒骄戒躁，励精图治。现在的他，白天忙得像陀螺，晚上像瘫痪了般无力。闭目反刍时，他想杜米亚——他激烈地想她。他怎能抹去那丝质肌肤擦过身体时留下的印痕？

他努力地忍耐着，好像他在为她守贞。啊！守贞！守贞的感觉真好，像米兰只为夜里赏花人绽开。这浪荡子甘愿约束自己。他要把自己最完整的激情留给她；他要让她明白——他只要她！他只有她！他只爱她！他在 QQ 上留言——“想你想到要烧死了”。他实在找不到别的字，只觉“烧”这个字如庄稼入仓、钱财落袋般直抵核心。

他捏着粉钻在半空喷洒，再将面部探进织物嗅闻。他像猎人在搜索，口腔唾液分泌旺盛，肾上腺素激增。日复一日地，他等待再等待。他念他的经，挨渡他的风暴，在他的幻觉里如疯如魔。

仅仅过了二十天。那水晶玻璃人突然打来电话，说已订了飞深圳宝安机场的票。他摇头苦笑——十七岁女孩总喜欢夸张。然而，她发来张截图：确确实实，是深圳宝安机场！他百感交集，不知自己为何总置身幸福浪尖。

机场大厅，她冒了出来，还是原来那个样子，那个不成熟的样子。“耶！”粉唇里发出尖叫，右手比画着V字，像只快乐小螃蟹。她过分迎合乃至谄媚：“我没骗你吧？”她是张A4复印纸，根本没学会遮掩心情，哗啦啦地笑着，毫不防卫。然而，这种作风让他倍感舒爽。她紧紧揽住他：“我不走了。”她打算在东莞待两年，等到了结婚年龄和他一起回老家办婚事。

在机场大巴上，两个人手携手五指交叉，眼睛里的光芒纠缠再纠缠。一进屋，他就把门关上……

一觉醒来，发现女人根本没睡，反而瞪着大眼看他。她说舍不得睡，就是想看他。

“你的侧影更好看耶。”

他伸手抚摸那短翘黑发，喉头哽咽。他像被这女体下了蛊，既不知所措，又不能自拔。他摊手摊脚地横在床上，懒洋洋地疲惫着，而她却一派不餍足模样。她那美目大睁，能切换出多种幽微之光。他惊诧地发现：用力追来的女人才是珍宝，主动扑来的女人都是野草啊。他将女孩揽入怀内，他感觉自己就是江洋大盗，突然间走了狗屎运，真就得手了个夜明珠。

饿到干瘪，两人出门去寻饭。工业园里那些昏暗的大排档，第一次显露出明晃晃的寒酸令男人的脸色赤红，心尖嫩肉似被钢丝扯拽。他想，他能拿得出手的，实在可怜。两个人在塑料凳上等炒粉，看黑胖女老板娘忙碌，熟练地移动在煤气灶和案板间。食物的气味迷离浓烈，让他俩有了越发强烈的亲密感。返回屋中，女孩没注意新床单新枕套和粉钻的香味，反而将小身子倚在靠垫上，奇怪发问："怎么连网线都不牵一条？！"

他的新生活模式就此启动。

恋爱的人就是疯子，被某种情绪控制着，哪怕肉身是笨重石磨，也会被驴子拉得飞快旋转，不知疲倦。上班时，他一边走，一边哼小曲。休息时分，他会调度出欢快记忆在脑海中播放，像小孩低头舔糖，细细品咂女人的袅婷、婆娑与呢喃。已经像白糖一样甜了，但他还想着再加点蜂蜜。那眼神怎能美艳成那样？他想着想着，便小腹抽动，着急上火。若和女孩一起走路，两个人就像丛林小兽互相嗅闻。及至夜晚，他终于逮住她，一失足便跌进她的海洋，奋力地遨游，直游得气喘吁吁。他完全耽溺在淋漓、痛快和销魂的享受中，人将要飞出去。

厂子百废待兴，正缺人手，男人便让女友到车间来帮忙。令他沮丧的是，杜米亚是个好女友，但却不是个好员工。她总是睡到上午十点才上班，下午六点就嚷着要回去——工人要加班到晚上九点。男人对她的消极怠工无任何脾气。他对她满怀疼爱和偏爱。他的态度告诉所有人——我就是喜欢她，她就是合我胃口。下班后，男人发现厨房里冰锅冷灶，而卧室里却如火如荼。屏幕上的模拟世界像万花筒，充满花花绿绿的诱惑。他不知她玩的是什么，而她说他已经 OUT 了。"什么是 OUT？"她一阵颤笑："有没有搞错！连这个也不懂！"

有时他俩懒得做饭就去大排档，吃粉吃面吃炒菜。女孩最喜欢炒田螺，眼一垂嘴一抿，吮得满脸跑味道，一派呆萌。女孩记得很多段子，说起来毫不扭捏。她说有个小保姆嗓门特别大，男主人叮嘱小保姆说今晚来客，说话声音要小。晚饭后，主人陪客人玩牌，小保姆便凑到主人耳边说："那我先睡了。"客人全部惊呆。

哈哈。男人用一种混杂着爱慕和钦羡的眼光看着女友，觉得她真应该去当演员。

夜里，她套着男人的宽大白衬衫，蹑手蹑脚到厨房找东西吃时，他会跟踪而来，从后面绕住她的腰身。她噘起薄嘴唇，发出一连串的嗯嗯。他把她的头扳过来，望着她的眼发问："嗯什么，还没吃饱！"她浑身扭成蛇，满嘴嘀咕："没饱……"两个人又黏在一起。他将她钉牢在墙壁，再穿透她。他感觉自己像烧红的铁棍，而女孩则是一张脆薄的白纸。

他和女孩的欢爱像一部科幻电影，充满了超现实的诡谲气味。他和女孩像两个深海生物，浸泡在甜蜜的汁液里，晃动摇荡，轻柔细密。女孩在激越时，总是满嘴呢喃。那些词语真是奇怪极了——全然不像日常状态的话语，而是些高高低低的哀叹，一旦发出就立刻消失，像从来不曾存在，但又在半空中飘荡着奇异的蛊惑味。越是感觉快活，犯罪感就越强。

杜米亚总是闹着要出去玩——到镇中心玩，到公园玩。嗨！原来她喜欢"天天玩""天天谈恋爱"。她喜欢这世上所有的好东西——好车子、好房子、好衣服、好吃食。"给我点钱，我想吃雪糕！""给我点钱，我想吃土豆片！"他跟在她身后，看她蹦来跳去，总有种错幻感——自己简直是个怪叔叔。

是职业使然吗？杜米亚异常迷恋超市。一旦进入那个硕大空间，就像演员走向舞台，欢欣鼓舞。她喜欢那一排排货架，痴迷于那些或方或圆的商品。那些商品似乎在不断提醒着顾客：你缺这个，你缺那个。当她恋恋不舍地放下被舍弃的物件时，简直像在做一场生离死别。当她拎着货物返回出租屋，不断查看它们的重量、体积和说明文字时，好像这些东西真的能带给她奇异的抚慰。

当他带她去菜市场，她却完全迈不开腿。那些穿破旧汗衫的男女拎着塑料袋，在蔬菜鱼肉摊前停留，讨价还价后，又踮起脚尖走出，不让鞋底粘上鸡鸭羽毛，鱼虾鳞片，牛羊血迹。在来到这个小市场之前，女孩所知道的肉类，都出现在超市的大冰柜中，切成一块块，被保鲜膜裹着。在男人的帮助下，她慢慢适应了站在摊位前，指着排骨说要那一根。她说这里的味道实在难闻，她一点也不喜欢。可她还是继续住了下去。她喜欢他。她当然喜欢他，要不，怎会巴巴地跑来？然而，喧嚣破败的菜市场，似乎对她形成了某种恐吓，让她的热情降低了几度。她的言语里出现了挑衅。

他说：“有生之年，能有辆奥迪 A4 就够了！”女孩瞪眼：“奥迪不够好！我喜欢兰博基尼！”他惊诧：“太不靠谱了吧？！”她满脸不屑：“你太落伍了！我大姐开的都是保时捷！”

大姐!

男人的心一沉，脸上立马下了层霜。“大姐”是他和她之间的魔障。

女孩若真的发起嗲来，他可挡不住——那嗓音媚人地往上一扬，他便即刻要投降。他在别的女人那里威风凛凛，到了她面前，却俯首帖耳。她像是上帝派来的克星，专门来治理他。她说她喜欢看夜里闪着霓虹灯的高楼，感觉那些楼房是在用灯光聊天。她说等她有钱了，就建很多很多座高楼，每一座的平台上都有飞机场。她坐着飞机环游世界时，从机舱窗口往外一瞧——“哎呀，底下全是我的楼！”

可在向南方眼里，这个城市是别人的城市，这些高楼是别人的高楼。他感慨她真是年龄小，劝她别做白日梦，可她却反驳，我大姐说了，人首先要有梦想才能去实现梦想。他说以前他表叔也说给他送房送车，其实根本不是那回事！他脸色沉郁：“那都是骗你多干活的把戏。”两个人都把脸垮了下来，越说越不对劲。当天晚上躺在床上，第一次，背对背。

那沉缓如绿苔的女中音一点都不拐弯抹角：“你是向南方吧？”

“我不同意你和米亚在一起。”杜米亚的大姐下了结论。

男人垂下眼帘：“你凭啥要破坏别人的好事？”对方笃定道：“米亚是我小妹，我当然要管。”“那你去管你小妹好了，给我打什么电话。”“像你这种人，根本不值得别人喜欢！”男人心里的火苗烧了起来：“我才不会求别人喜欢我，自有喜欢我的人送上门！”对方言词轻蔑：“你这种人！”他愈加反感：“我这种人咋啦？！”对方撕破脸皮：“你不就是个破普工吗！”

那被点到死穴的痛，在脑袋里嗡嗡回响，桀骜不驯的血往复潮涌。普工就是比普通人更低一等的人渣吗？他浑身紧绷，从喉咙里迸出大笑：“我是破普工，可我也没拿绳子绑，是你小妹自己来找我的啊！”

“你简直是个无赖！”

他果断地挂机——咔嚓。就这么方便！

他将那个意欲训斥他、贬低他、羞辱他的人丢到了时空的另一端。

但他被杜米亚纠缠的，不是“普工是不是普通人”，而是“你到底谈过几个女朋友”。她闪动睫毛，黯然神伤：“不止一个哦……”女孩的脸隐在暗影里，好像已经知道了些什么。他怎能捂得住苏小苏——喂，你们同居了一整年哦！还有那大红大绿的初恋，那美与丑的生死恋……

他要怎么对女孩解释？那时，他只需要肉体的温暖，而无须灵魂的震颤，所以，他认为自己根本不会爱上别人。于是，他只承认了苏小苏。他轻言细语，以概略方式讲述了那段恋情，并再三强调，分手是因为“性格不合”。这种讲述令他百感交集——才过去了多久，他和苏小苏的事便已成为历史？已像被窖藏在地下室的那些红酒瓶？

女孩喘了口气，洋娃娃般的面庞爬满惊诧：“我以为你的女友是丹凤姐……”他的脸陡然涨红。为摆脱羞愧，他主动坦白，说自己最讨厌和苏小苏那种小资女人谈恋爱。动不动就摆谱，酸酸地要讲什么情调；动不动就去咖啡馆蛋糕屋。杜米亚瞪大眼睛：“那你喜欢怎样？”他嘿嘿着，手已伸到了女孩的衣领处。女孩木木地任他拨弄：“你会不会也和我性格不合？”

星垂平野阔，月涌大江流。女孩天眼洞开，发现自己不过是个可怜备胎。她以为自己不是“第一”就是“第二”，后来发现连“第三”都排不上。这简直糟糕透顶。她盯视男人，怕他是一表人才的败类，玩弄女性的人渣，暴打女友的无赖。于是乎，她变成了女版福尔摩斯。当搜查到男人 QQ 里尚存“苏小苏”三个字时，那张小圆脸充血涨红，嗔怒埋怨："分都分了，为啥还要加她？"男人的内心涌起巨大疲惫感："做普通朋友也没关系啊！"过了几天，她问他要了QQ密码，登录后，把苏小苏删掉——他发现后，又加上。女孩为此闷闷不乐，责问他是不是忘不了旧情人，把自己当候补，招之即来，挥之即去？女孩的眼睛像透明的玻璃杯，什么都不掩藏，痛苦满满地盛在那里。

本来，他和她出于本能，被最简单的好感所吸引，做最简单的男女之事，而现在，他俩的关系变得复杂，比例也失了衡。男人张口结舌，无法向女孩厘清自己的过去，很难说出"你看到的只是冰层表面，却不知内里"这样的托词，而女孩却在提出"候补问题"后，又提出了无数个破碎问题——

从一开始你就在骗我，是吧？

你肯定有过很多女朋友，是吧？

你压根就没想跟我过日子，是吧？

你从来都没想过和我结婚，是吧？

怎么回事？到底是怎么回事嘛！他烦得用手掌捂住耳朵。

这当儿，他不可遏制地恨起那个"大姐"来。他想对女孩大喝一声"闭嘴"，但旋即又意识到，这女孩是怕遭遗弃怕得发抖。过去，他是她笃定的男人，所以她整个身心都处于安然状态。现在，那种恋人间建立的"无论何时何地，遇到何等事情，我们都在一起"的合约，似乎被提前解除了。他模仿老浪子，伸手揽过女孩："好了好了，最爱的是你，别闹了。"女孩虽缴械地软在他怀里，但瞳孔深处依旧残留着阴影。女孩不再纠缠候补与备胎，但对他的情感浓度却发生了改变。原本，她是只活泼的鸟儿，受到粗暴惊吓后，肝胆俱裂，便敛起翅膀，在巢里瑟瑟发抖。

自怨自艾了几天，再次出门，女孩站在阳光下眯起眼，嚷着要去镇中心玩。“有没有搞错！上班时间去玩啊？”可她却说：“你不是老板嘛！”唉，在他这里，杜米亚不像是女友，不像是恋人，而像是——女儿。她从小就养成了这种易嗔易怒的女儿特质。她的率性行为堪比幼畜嗷嗷乞食。她真的不知道，男人在车间里进行的是耗竭心力、高速运转的猎杀大战。在与魔与兽交易的过程中，充满了虚与委蛇和对峙厮杀。那可都是血淋淋的场面——不是你弄死我，就是我弄死你啊！男人疲惫瞪眼：“真要去啊？”女孩噘嘴：“粉钻用完了哦……”两个人你喷我我喷你，硬生生把粉钻香水当自来水给喷完了。

睡裙是新买的：粉红色，吊带低胸，长至脚踝。她旋转起来，问他好看吗。他说好看，什么都不穿更好看。于是，他们又纠缠在了一起。紧紧地搂住女孩时，他居然闪出这样的念头——他就是在她的里面生了根，她也会红杏出墙的。她早晚要走。现在，虽然她的眼睛和嘴角都挂着笑，然而，这只是她的一个替身，真正的她则更为强大、成熟和遥不可及。这样一想，他便更要疯狂地占有她。

日子就像唱片，一张转完再换另一张，似乎可永远地换下去，只要设备不出故障。虽然往昔恋情已如雾似风，但男人依旧慢慢地廓清了这个事实——杜米亚和苏小苏，根本是两个物种，全然没有可比性。男人和苏小苏根本没有谈恋爱——没有浪漫，没有等待。男人只用了一句话便追到了女孩。从头至尾，他和她都没有火烧火燎地期待过，也没有撕心裂肺地狂恋过。他和她像海难后的幸存者，被命运冲在一起，便黏上了。

而杜米亚！杜米亚啊杜米亚！杜米亚是他用力追来的哦！“追”是一种状态：一个在前面跑，一个在后面跟，中间有距离横亘。那距离所代表的阻力，能神奇地转化为动力——向前，向前，再向前。这条向前之路，宛若梦之途。千难万险地跑下来，男人不免得意——总算在一起了！然而可笑！所谓“在一起”，不过只是四十天而已！事实上，他和杜米亚根本是两块大陆，毫无瓜葛，中间隔着汹涌海洋。他俩仅仅用了四十天便摸清了对方底细，暗自惊诧后，重新规划起来。

是女孩决定先撤离现场的。

等男主角被抛在舞台上，左旋右转，看不到搭戏的人时，才发现自己出了丑。男人痛定思痛咬牙切齿——女人真是好讨厌啊。他想起此前的那些恋爱，不过是因为孤独，凑合着和别人住在一起。可杜米亚是个例外啊——她让他体验到的生命高潮，是他从未遇到过的。

从长沙到东莞，向南方这个傻瓜男人一直爱得全心全意。唉，他实在匮乏警觉。一面是因为太忙——他如牛轭负重埋头工作；另一面是太过自信——他以为启动了爱的程序，那机器便会一直转下去，没料到齿轮里会卡上石子。已经到了终结的时刻吗？当女孩安静下来，他庆幸她不再闹腾发疯说尖酸刻薄的词语时，根本不知对方已生出去意。

第十三章　祸不单行

傻瓜男人回到傻瓜工厂，继续他的傻瓜工作，陷入傻瓜般的思念……

事情何以发展至此？如此吊诡！

杜米亚和苏小苏居然成了闺蜜！

那一日，向南方早归，看女友不见踪影但电脑打开着，扫了眼 QQ 聊天，惊诧发现她的好友里居然有——苏小苏。苏！小！苏！这三个字寥寥数笔，但男人却如徒步者看到青石戈壁，噤声呆立。他知道自己是畜生，十恶不赦；他知道自己让那女孩的肉体和灵魂，皆受到严重损害，然而，直到现在他才明白，哪怕你像精明的罪犯，以为抹去了指纹、毛发和鞋印，但你制造的罪行却一直尾随着你，一旦到了合适时节，便显形出来讨债。

杜米亚从卫生间出来，他坦荡荡质问她："怎么回事？你和苏小苏？！"

美少女坦然承认："看你对她恋恋不舍，我就加她当好友，随便聊聊。"

"随便聊聊？"他深知苏小苏对自己的恨已如雀巢速溶咖啡

那般，将糖、奶和咖啡混为一片，从表面上根本辨析不出来，但只要尝上一口，就立刻知道哪个成分更多。他柔声婉劝女友“别这样”，可她甚为委屈：“就是随便聊聊啊。”那无辜圆眼和无辜圆嘴，皆让他无法将训斥进行下去。他自知理亏——到底是他不删苏小苏的QQ在前——便将冒蹿的火苗捻灭，不再追问。

如果，如果这男人能留个心眼，点开女孩的聊天记录，便会发现那个惊天秘密——杜米亚找苏小苏聊天时的身份，居然是“分手女友”。“你认识向南方吗？”“认识。”“我和他刚刚分手。”“哦？我们早就分了。”

于是，在另一个时间段和空间段里，两个同病相怜的女孩，惺惺相惜起来；于是，星尘往事借尸还魂，海量般喷涌过来。苏小苏像职业女巫，练就了一种一目重瞳的神功，能清晰概括那些往事碎片。苏小苏这样规劝——其实啊，他不过是个失败者。他无情无义，惯于欺骗，不负责任；他暴躁易怒，见异思迁，喜新厌旧；他会因嫉妒而暴力相向，还会动辄去打群架。总之，他是个好吃懒做的无用之人！

是的，他帅——这当然是问题最强悍的外表，可如果能击碎这个外壳，你就会发现，他的内里根本不值一窥。你要穿透其“帅”的外壳，才能看透其破絮本质。苏小苏热心叮嘱：“你早早放弃是对的，不像我，为他吃了那么多苦。”

早早放弃——拉下眼帘，戒慎，免得看到城池被水淹被火焚，雾蒙蒙一片废墟。对，要“早早放弃”——省得那男人热病爆发，耳光追来，拳头跑来，脚尖踢来；省得自己变成神经病花痴疯子，深夜狂奔街头，赤裸双足，头发飘零，没命地跑啊跑。那个样子实在是，实在是令人看了太心碎了。

“记住，你千万不要把自己搞成那样。”苏小苏观察他，如动物学家观察一只残次品兽类，“记住，他会表演后悔的。他会打自己的耳光，发毒誓，写保证书，表白自己再也不打女人，但请你千万不要相信。他根本控制不了他的热病，他已病入膏肓。他的五脏六腑早已坏死，根本没得救。说甜言蜜语的是那根舌头，说脏话狠话的还是那根舌头；抚摸你像抚摸和田玉的是那双手，最后拿玉当瓦摔碎的还是那双手。”

杜米亚的脸色越来越白，可那些巫言巫语还在继续。“哦不，不要被爱情之火吞噬，否则，你会输得很惨。何止是温水煮青蛙，简直是枯干木乃伊，完全没了人形。”苏小苏发狠数落——刚开始，他一派奴才样，后来就变成了主子，最后便是暴君。哦，在他那华美的外表下，其实隐藏着一个暴力怪物。你要提前喊“停”。你要在那个颠倒时刻到来之前，先大喝一声——“停”！

杜米亚敲打键盘的手指已趋僵硬：“我们已经……分手了。”苏小苏遂发来鼓掌图标，赞女孩英明：“不要惨到不能再惨，才顿悟觉悟和醒悟啊……”也许最初，杜米亚是做好了两个人一起生活的准备，但这些信息汇聚在一起，将她的情感悉数镇压了下去。

那时，男人根本不知这女孩会把自己耍得滴溜溜转。陷入爱情的男人是那样盲目，完全是只发情野马，只知狂奔草原，丝毫没料到危险已蔓延开来。和杜米亚在一起的四十天，每一天他都沉浸在全心全意的爱中，像庄稼汉看着有好收成的田地，总是两眼泛光。而杜米亚实在是个好演员——永远的青春小鸟，永远的夸张动漫。及至女孩离开后失踪，解除恋爱装置，男人才触电般明白——哦，原来是这样啊！哦，原来她是跑来玩的，不是来和我一起打拼的！

时光荏苒如白驹过隙。那时——当女孩对男人说回长沙办点事时——是一派松垮无聊样。“真的，我很快就会回来……”他期待更明确的许诺，但她却转身消失于机场大厅，只留下嗡嗡话语半空悬荡。那时，这男人浑然不觉自己已输得赤条条白茫茫。

离别前的那一夜，他像老猎犬般意识到，那张精致面孔里充满诡异，有种让他陌生到说不出的艳丽——那面庞那样绯红，那双瞳那样明亮，那发丝那样迷离。他从她那里体会到了一种全新的感情——他不仅想要得到她的肉身，更希望钻进她的灵魂。此前，他从未将自己的整颗心交出过，他给予女人的是打了对折的体贴和温存，现在，他想要百分之百地付出和得到，想要和杜米亚形影相随一生一世。

傻瓜男人回到傻瓜工厂，继续他的傻瓜工作，陷入傻瓜般的思念。

从女孩离开的那刻起，他便扯起思念之帆，可在收到对方“平安到达”的短信后，她便彻底失了联。那情形堪比大地震后的满目疮痍——电话不通，短信不回，QQ 不亮。时间变得漫长而空洞，生活停止了摆动，傻瓜男人痴痴等待。无论刷牙、洗脸、吃饭和睡觉，他都变得磨磨蹭蹭，仿佛神形分离。

难道她被外星人抓走了？或是——他最害怕的是另一个场景——在大姐的羞辱下，她翻窗而逃，失足跌落，断手断脚，瘫痪在床？总之，女孩古怪地不见了！总之，让男人揪心扯肺的女孩，如白烟般消散在天际线之外！十五个日日夜夜！男人闭上眼，后腰刺痛，像有成群小坦克爬过脊柱。拉开浴帘，挂环摩擦着撑杆，发出锐利尖叫。往门口走时他紧盯着地板，好像那里会留下女孩的脚印。

他百思不得其解！她何以用这种方式告别？

显然，这不是暂别，而是消失。当她在收拾衣服、鞋子、坤包和化妆品时，早已打定了消失的主意。女孩让关于自己的一切都变得无迹可寻，让自己从时间和空间的十字架上逃遁隐身。一直以来，女孩和他之间的基调都沿用着公主和追求者的范例——她是那个不断提各种要求的公主——她可以大鸣大放地宣布退场，根本犯不着这样畏首畏尾！这种做法让男人备感屈辱，甚而还有种被猥亵之感。他简直要羞愧至死。这是有生以来，他遭遇到的最大挫败！

在他们相处的四十天里，他不是没有叹过气，但分手的想法总是一晃而过。他未料到，有一天女友会随便找个破理由，随便出门而去，只为走开、走远、走离这段恋情。他将烟蒂七扭八折地摁死后，胸口依然发闷。他的嘴巴在荷尔蒙作乱时，能滋生出各种调情之语，撩拨得所有女人浑身发烫乃至骚乱，而现在，那两片小肉却被万能胶水紧紧黏住。

他和杜米亚的感情何时生出裂缝？答案根本无从得知。从认识以来，他和杜米亚常常吵架，为各种事情争论，脾气是硬碰硬强对强，但每一次他都念及她年龄小而让着她。他在她面前分外自卑——不仅因为金钱，更因为年龄。面对别的女人他从未觉得自己老，而面对那张紧绷如鼓面的脸颊，他打心眼里狂喊——天哪，这才叫年轻！现在，他反思自己为何如此迟钝！是因为工厂太忙而忽略了她，还是他俩原本就积淀不深的情感根本经不起考验？而当她离开时，脸庞上挂着的，是百分之百恋人的微笑啊！

那女孩要多么训练有素，才能遏制住诀别的心思，向他挥手？

他和杜米亚把一对夫妻一生的磨合，在四十天里进行了强力压缩。唉，命运之神已敲击过钢琴键，已预言过厄运，但他却无知无觉；唉，原来他和她，不过是两个旅人在草坪上野餐一顿，对方已拔营走人，只留下熄火炉灶，只留下他还在痴痴地等。

“知道女朋友为什么回信息慢吗？因为，她有一个比你更重要的人要陪！”当他在QQ空间敲下这句留言时，好像在说分手宣誓——亲爱的，我和你的世界已崩盘。如果你真的好忙，那我们便各自散去吧。从此，你是你，我是我；从此，尘归尘，土归土。

半个月后女孩来电话。月光射在墨色海平面上，如射来一道神迹。他忍不住怒斥：“什么意思！是不是要分手？把话说清楚啊！犯不着玩失踪！”女孩当然气虚：“你太激动了，我还是发短信给你吧……”那短信实在太长，大意是——“我还太小，不懂事，我们在一起不会幸福的。我们还是朋友。相逢是缘，但有缘不一定能在一起，所以再见吧。”那些词语的组合方式很奇怪：虽然每一个字都清楚地摆在了那里，但整个句子却显得四分五裂。

男人终于领悟——在爱情中被当成破烂而丢弃，是人间最悲惨的一件事，简直像老女人的眼袋，无任何眼霜可遮掩。他们上演的是一场老戏——遗弃；重复的是一个老主题——伤害；但和传统戏剧相比，那被贱蔑的对象，从女性变成了男性。现在的男人，像王子被拿走金冠锦衣，显出其平民本色。

男人眼珠冒火，当即按下删除键。他的身体变得空空荡荡，像某一部分燃成青烟飞走了。难道人世间的爱从来都是如此——从来都是不对等的！

他在此前，从不知道疼惜——他可以随意拥有，所以他浪费，他糟蹋，他任意丢弃！辜负别人简直就是他的专长。他挥霍着到手的幸福，像受蛊的赌徒，非要倾家荡产才肯下赌桌。输得两手光光又如何？一切他都不在意，因为一切都来得太容易。所以现在，命运要大大地捉弄他一回。唉，此身何身，此时何时？他的睡眠薄得像水面上的油花，任何一阵微风，都能将油迹吹散。男人发狠地合上眼皮——为什么要在乎别人呢！从此，他将拿出浪荡子的笑容和腔调，不伤感，不缅怀，不动情。

一个多月后，杜米亚的大姐那绿苔女中音再次启动话筒："米亚怀孕了。""不可能！"他浑身颤抖，感觉分外恶心。"你现在就打一万块过来……"对方说女孩要做手术，要休养。男人即刻炸锅："你让杜米亚接电话！""她不舒服……""她想要什么，让她自己跟我讲。"咒骂声如蝗虫般铺天盖地："我早就料到你这种人靠不住，不会负责任，根本不配和我们米亚在一起……"男人感觉眼前发黑，像天空打了个黑色闪电。他当即掐断了电话——他根本没能力去对付这个中年女人。

他和杜米亚原本有着上上卦的开始，却收获了下下卦的结局。

一周后，杜米亚来电话："那是我大姐想出来的招，要试一试你的真心。""试一试"这词语冲击着他的听力几乎让他耳鸣。他喃喃自语，根本不相信。他下意识地用手揪住头发往下扯，试图用疼痛来证明存在。他悲哀地思忖——难道你们都疯了吗？

他以为自己是百分之百的真爱，到头来，不过是"试一试"

的游戏。多么奇怪啊。当他发现自己错了时，根本没办法说出“错”这个字。他此前的那些女友，个个把他当宝贝，他怎能受得了这般羞辱？他像被拳击手殴打了几十下，脸颊、鼻骨、心肺皆痛得锥心。

他的帅就像一道极光，令女孩根本无法忘怀。他那让人中毒的眼神，天花乱坠的调情……那些无法复制的美妙，到哪里去找！然而，整个世界的光度被调暗，他惊诧地发现——她与他的位置居然被调了包！现在，那女孩像浮花浪蕊的女版登徒子；现在，那被蕾丝花边包裹的美少女，正常细胞已全部被癌化，心神皆发生大改变；现在，被遗弃的不是抽泣女子，而是惊诧男人。

他的脑海里浮现出一幅画面——在杜米亚的大姐打电话之时，她就在侧旁，脸上浮现着同样的试探与猜度，同样的恶作剧表情……为什么开始骗我，后来还要再耍我？他长长地喘了一口气。原来，一个人输到精光也是件幸事。听到女孩嗲声嗲气许诺“我真的很喜欢你，我一有空就会去看你”时，他森森然咧开白牙冷笑。谁稀罕！此表白绝非人语倒像符咒。这样的“喜欢”不要也罢。

“算了吧……”

世上的事从来都是祸不单行。杜米亚弃向南方而去的两个月后，电感厂亦悲惨倒闭。他的第二次创业宣告失败。

做工厂其实很简单，简单得像蚕宝宝吃桑叶。一旦停止食物供应，那窸窣啃食的声音便也会停止。很快，那些胖嘟嘟的小生物便会集体发黑发乌僵硬成塑料。故而，当那个他截下来的大单做完后，笼罩在小厂上空的幻丽彩虹也随之消散。他四处疯跑，到处找单。一旦接到单子，就催工人连夜加班。可连续两次重创，让这个不足月便出生的婴儿彻底停止了呼吸。第一次是因为工人培训不到位，QC（质检员）把关不严，导致产品不良率超标，致使整批货物被退回；第二次，由于下单员把电感参数下错，导致整批产品报废，又白白搭上一笔钱。因无法按时交货，还要缴纳一笔不菲的赔偿金。钱！钱！钱！到处都要交钱，但根本没有进项。摆在他面前的只有一条路——关门。

他眼瞅着和他一般大的年轻人开厂，拉线滚动不停，一路向前，高歌猛进。人家的父母给钱让他们折腾，不怕失败，就是要多攒些经验；又有叔叔伯伯、姑姑姨姨的关系网以及老师同学、老乡朋友的信息源。一旦入行，他们便进入良性循环的轨道，再加上机灵肯干，三五年便成了气候。

而他和那些人永远都隔着层钢化玻璃！他看人家堂而皇之地当上老板，自己却囚犯般坐困愁城——即便他强悍坚韧，能死赖活赖地撒泼打滚，有钻地缝般的意志，能在丛林世界里找出条道，可说到底，他不过是个穿老气白衬衫的小年轻，逞强地在成人世界里打了个转，即刻被打回原形。

厂子又倒了，可他的母亲一点都不吃惊："哦。"听说他打算去当普工，母亲居然有些高兴："好啊！"母亲一个劲地劝他："年纪不小了，快找个女朋友吧！"而他领去的女孩在母亲眼里，全都是有毛病的——眼睛太大，眼睛太小；太爱说话，太不爱说话。母亲的标准是：不高不矮，不胖不瘦，又温顺又能干。男人觉得这简直是精神病院的谵言妄语，而母亲却振振有词："我只有你这么一个儿子！你要给我找个顺心的！"

母亲的更年期到了；一定是。男人眉头深锁："女朋友不是拿来看的啊！”他悲恸至极：“人家凭什么跟我？除了帅点，我不过是个穷鬼！”到这时他才发现，原来，十八九岁是打工族谈恋爱的最佳年龄——从十四五岁进厂开始交友，三四年时间就谈得差不多。一旦过了二十，一切便截然不同。二十岁的工厂女孩不是已婚便是已有男友。若二十岁的男人找十五六岁的女孩，便是让自己被迫升格为“怪叔叔”，哪哪都不对劲。他像演员般感慨自己已过全盛期，镜子里的眼睛不是眼睛，鼻子不是鼻子。“唉，年轻时嫌这个不好看，嫌那个不顺眼，现在的标准越来越低，只要有个女人愿意跟我就行。”

从来都是女孩先喜欢他，而现在，连连溃败让他脆如苏打饼干。难道真是“谁付出得越多，谁伤得越深”？他苦笑着在QQ空间留言，“唉，谁对我的感情，能像对人民币一样坚定？”

向南方躺在床上听手机里播放的《大悲咒》。虽不解那喃喃词语，但有节奏的音符循环往复，似秋日溪水滑过山涧。一遍遍聆听，一遍遍洗刷，让各种伤痛像邮局包裹，在被盖上戳后，寄到遥远他乡，永不再回来。

他在QQ空间的留言，集中围绕着“睡”字展开——“心情不好睡不着”“眼看天都要亮了，可还是没睡着”“侧卧睡、仰躺睡都睡不着”……他感觉自己快要废掉了，像熬煮在坩埚里的渣滓，时间如流沙，汩汩将他覆没。漫漫长夜，他是一秒秒数着过的，每一秒的嘀嗒都有其特殊质感，都让心脏、血液和毛孔处于警戒状态。

他每日晃荡在街上，像醉到茫然的酒鬼，眼睛变成无神三角白，身体是不放电的绝缘体。他看厂房晦涩不明，看电线杆高耸狰狞，看榕树拖曳胡须。他狂暴疾走，试图让肉身疲倦到极点，再轰然坍塌，如沙堡崩溃。

有时，他借故和大排档老板吵架，因那突然爆发的烦闷，像女性月经前的歇斯底里不可控制。无论是气压、磁场或温度，任何一点细微改变，都能引发他的躁狂。一通发作后，他又委顿下去，继而后悔不迭。他惊诧自己如此猥琐，冲那些可怜的小贩们撒野。他感慨自己这辈子就是这样了——他原本就是块破铜烂铁，怎么可能转变成金银珠宝。

此间，他的身旁总是黏着姜国强。平生第一次，他发现自己如此孤单，需傍着他人依偎取暖。孤僧如他，不能免俗，瞅着那影子人黏过来，便安然默许。影子人虽无言，却并非无知无觉。姜国强的确存在，如水渍洇湿厚纸，虽扩展速度极慢，但依然改变了另一个人内心的气候。

那日，他近乎中魔般地狂走，等大雨滂沱时，才发觉自己两手空空没拿伞。被冷雨浇透，只是重感冒的表面原因，实在是他的内里早已崩溃，任何病菌都能轻易侵入。半夜时，发烧流涕打喷嚏，身子像倒空布袋软绵下垂。他躺在铺上发抖，热汗冷汗重复迭出，怪味发酵得快要招苍蝇了。此间，忙碌倒水、买粥、盖被者，皆为影子人；此间，颤巍巍扶他到厕所呕吐，将各种秽物打扫干净者，亦为影子人。现在的影子人，已失去作为独立个体的全部特点，而单纯地只是一个好小弟——走哪跟哪，指东不西。

后来，当看到杜米亚的短信“过几天我要去东莞”时，男人把眼神从屏幕上移开，瞪着窗外大王椰看了很久，直把绿色看得泛白。她居然——在说过那样的无情之语后——还要再来试探他！

他的心脏陡然抽筋，悲哀和愤怒搅和在一起，如钱塘江大潮般火辣辣翻滚。那个像蛊虫般窝藏在脑额叶里的女孩，居然这么健忘！她已忘记了不久前她所制造的伤害吗？那个等她来解救的“卖火柴的小男孩”，就那样被凄凉甩在冰天雪地！而现在，她又像丛林小鸟发出低鸣，自信能收获到同频率的回复；而现在，她又要“试一试”，看他这条哈巴狗，能否摇着尾巴等主人喂食？

他特意在三天后以蜗牛般慢吞吞的速度回复：“哦，到东莞哪里啊？”几分钟后，她回信息：“没去东莞，改去昆明玩了。”他翘起嘴角笑了。他曾捧出整颗红心，而她对他却像谈一桩情感生意——她总纠缠于自己的利益，并试图说服对方，她是为他好才离开的。这种戴高帽子、灌迷魂汤的做法实在可笑。现在，一切都变得没有意思。想到自己曾为她跑东跑西、扒肝扒肺，实在可笑。现在，即便她已枕侧有伴，将他淡忘，他也不会怪她。可她为何要一再地戏耍他？

确实到了该切割的时候了。他当即在手机上删掉了她的 QQ 号！这是他认为的，最狠最狠，狠到极点的行为！要知道，苏小苏那样牙尖嘴利刻薄无情，他都留着她的号。那一刻，他身体里某个像臼齿样的硬物被钳子夹住，用力引体向上，给生生拔掉。

毫无疑问，向南方栽在这野马般的女孩身上，而这女孩，才十七岁耶！他的大脑像宽幕电影，逐一播放过往女友。总是他残忍地遗弃了她们，将伤害复制了一次又一次，直至，直至这回他遇到杜米亚。对他有情的人，他用无情待之；对他无情的人，他却用有情待之。荒谬啊荒谬。现在的他何止惆怅，简直悲凉。

他发觉，他对郭云芳、苏小苏的感情浓度都低于杜米亚——他对她们的好，没有她们对他的一半好。那时，他觉得女友对自己好是应该的，他以为别人的女友都这样。那时，他不是拿她们当女友，而是当女佣人。而当杜米亚指责他“怎么这么懒！不会洗衣！不会做饭！”时，他瞪大了眼。他的依赖性那么强，首先是郭云芳惯的，后来是苏小苏。郭云芳永远都在忙碌，勤劳地照顾着他，愿意忍辱负重而谢绝平等——郭云芳需要的就是男人对她牺牲的领情。苏小苏会时不时地闹点小情绪，但还是包揽了全部家务。可杜米亚？这头野生的小兽，最终选择了遗弃他。

如果他晚上生了病，郭云芳就是赤脚踩拖鞋也要到外面去买药；苏小苏会说，等天亮吧；而杜米亚却会认为，没什么大不了的。如果他晚上出门去玩，郭云芳会百分之百信任他；苏小苏会不断地追问，和谁，在哪，吃完饭又去了哪；而杜米亚则会大怒、甩脸、摔门。

唉，郭云芳真是稀世珍品！不可能再有另一个郭云芳了！不可能再获得那“百分之百的真爱”了！现在，他终于明白“被别人爱特别幸福”。现在，他万分后悔自己对郭云芳从未全身心付出；同时，也万分后悔没有珍惜苏小苏的爱。然而晚了，一切都晚了。

第十四章　落入骗局

对男工们来说，打工不仅只为薪水，更为寻找生活在城市的感觉。

向南方决定去合肥——见在“有缘网”上认识的林冬青。林冬青像潮汐里溅出的一滴水，扑哧，烫到他的手背上。和其他时段在网上瞎聊不同，这一次，他恰处被遗弃状，急于渴求新恋情来治愈内伤，故而便投入了更多激情。

十指上下翻飞，词语密麻舞动。词语比主人更胆大。词语没有年龄，没有彼此因身份而造成的自卑——词语和词语能恋爱，能发情，能酿出死去活来的快感，还能把那快感传导给主人。一句问，一句答，逐步升级、加热直至高温，像绿豆在高压锅里熬到一定程度，必会瘫软为泥。

他问她做什么，她说开了家服装店。她发来张图片，四方形小店，墙上挂满女装——对于那样一张网上随便下载的图，他居然深信不疑。她坦言自己已二十六，并询问他父母是否介意（这女子似已提前进入准儿媳状态），他说没问题——好像他能做得了母亲的主。他说他喜欢比自己大的女子——他渴望被爱抚被保护。他明知林冬青大自己五岁，也觉无妨——她有店耶！

忍不住打电话时，他浑身麻酥酥像喝了白酒。林冬青的声音异常娇嫩，不断使用颤音嗲音，那声音能让男人的心脏从喉咙里弹跳出来，那声音绝对是充满强烈电力的欢爱的召唤！从十分钟到半小时，两小时，直打得耳膜发疼。那些饱含诱惑力的对话，是明目张胆的勾引！和前女友杜米亚的网聊，是和白纱裙小公主的游戏，而和林冬青，则是与狐媚蛇妖的缠斗！

那样的电话不是电话，是嘴唇和嘴唇隔着时空长廊在狂吻。那些调侃的暧昧腔调，让皮肤像布料被熨斗烫过：刺啦……刺啦……他们噘起双唇，通过电波推送至耳膜的那一声“啵”，竟比热汗淋淋颠鸾倒凤的男女真把式还要销魂。随着一声声“啵”“啵”，两个人的身体隔空发热，肆无忌惮地着火。

什么是刚刚好？你正疲惫，对方说“躺一下吧”；你正饥饿，对方说“吃点东西吧”。当被遗弃者正处于自伤自恋状态时，来自异性的任何一点肯定和赞美，都能让他变成风中芦苇，浑身激荡。于是，每一个晚上他都安静等待，等待那聊斋女施施然从画轴走下；于是，每一个夜晚他的肉身都不再属于自己，而属于林冬青。

那个自云中城堡而来的仙女已和他建立亲密关系，并强烈渴望见到他。她给予他的赞美，像手指敲打大脑前额的快感区，让他浑身激爽。他逐渐摆脱掉此前所受的羞辱，慢慢重拾信心——原来我并非破铜烂铁，怪只怪你是眼盲，看不到我的光芒。

那段时间他的日子实在晦暗——杜米亚不告而别，二次创业失败，钱包已干瘪成纸……他像一栋废弃旧屋，身体里最重要的精气神皆被掏光，止不住发抖，充满屈辱和愤怒。转机就发生在那一刻。林冬青像穿过玻璃窗的一束阳光，虽光束里仍浮动着灰尘，但毕竟带来了一丝暖意。

他动了和林冬青一起做生意的念头。这一次劝告他的母亲那样温柔。苍老女中音在电话里低吟，“安徽那边有好多人搞传销，小心上当啊”，可他不甘心，嚷了起来，“即便是上当，我也要去！”这年轻人是疯了。他当真被一种疯魔情绪掌控，完全丧失了判断力。那疯魔因子本来就藏在他的细胞壁里，到了合适时段便大面积爆发。原来他的肉身那样狂野，甚至比他的理智狂野一百倍。

火车抵达合肥站。

有个女子蠕蠕前行后定格在向南方眼前：“就在这里啦！别东看西看啦！”他望着那女人骇异惊诧，怎么都张不开嘴——词语结成饼滚成球，却没法理出个句子来。林冬青向他走来之时，像仙女处于“变形记”之时刻：她每向前走一步，整个身体的样貌就发生一次微型蜕变，直至，直至真实地展现出原型——似蟾蜍似暴龙。

这女人和照片上完全不同。照片上的她脸盘丰满，看不出身高——而其实，她仅有一米五，顶着一头不伦不类的短发，虽眼睛鼻子眉毛哪个零件都不缺，但五官的位置皆被挪移。这女人真是既勇敢又机敏，能通过自拍杆制造出视觉差，将丑陋女仆转换成香肩女王，要风有风，要水有水。

出租车驶向市区后，穿过一条条陈旧凋敝、俗丽肮脏的暗黑巷道，在一栋老式楼房前停住。女人说先吃饭再上楼吧。吃完炒菜后，又到便利店买了毛巾牙膏，才上到六楼房间。出乎意料地，她的房间是狭小的儿童房，内置一张单人床。女人叮嘱他先洗澡，等晚上再约几个朋友打牌。见她要走，男人忍不住问——“你的店在哪？”她泰然一笑——“不急，明天再去看喽”。

洗漱完躺下，左等右等不见人，越发感觉屋子的气氛古怪别扭。他知道林冬青就住在隔壁，但如果她不来敲门，他是不会主动的。曾笼罩在他与她之间的那层迤逦幻术，在他们第一眼对视时，便已陡然消亡。他熬不住困倦，倒在小床上陷入深眠。

第二天早饭后，她语调平缓地说道：“钱是挣不完的，先玩一天再说。”在去公园的路上，她不断介绍街边住宅怎么怎么不同凡响，某领导某大人物曾住过耶。有什么文件什么决定，就在那些屋子里诞生。那些政策可不得了，影响了一代又一代的中国人，直到现在，那影响还继续着。林冬青一溜烟径直地说下去，好像她的嘴是条秘密通道，能直接抵达那些屋子的核心部位。

但问题的重点不在这里，而是他和这个女人之间的关系已发生了深刻异变。他和女人好像陡然间变成了母子——儿子处于青春期叛逆苦闷状，和母亲是两个完全陌生而难以理解的单独个体。他对她的全部梦想，皆散溃、破裂、粉碎。

第三天清晨吃过早饭，他又摊牌——“该去看看店了吧”，看她点头答应，他心底一阵狂喜——即便做不成恋人，当合伙人也好啊。出门不用打车，一直步行，走到侧旁另一栋灰楼下，她停住脚步道：“楼上有个朋友，先上去坐坐。”他只好跟着爬上六楼——总是六楼！一枯干黑瘦妇女拉开门，一迭声“进进进”，安顿他们坐在客厅，端来茶和花生米。举杯间，此老妇却已开口谈起政策和未来、国家和命运，说得喧嘈热闹眼花缭乱，令他眉头紧皱，暗地叫苦：这些破政策和我有啥关系。他想即刻起身就走，但被林冬青拽住袖子，低声哀求，“听完再走也不迟哦。”

老妇啰唆完后去上卫生间，从另一个房间闪出个中年男——奇怪得很，这男人亦枯干黑瘦，和前面的老妇像是一对姐弟。中年男就坐在刚才枯槁女之位置，换了个茶杯，接着聊，所幸话题有所改变——从国家大事转向投资。他喟叹，男人就是要建功立业。林冬青咯咯地笑着，时不时撩拨额前短发。不论那中年男说到哪里，她都那么咯咯咯、咯咯咯地回应着，直笑得他汗毛直竖。他吞下口茶，尽量把自己的体温调整到恒温状态。那中年男终于压低声调，回到正题，说现在有项伟大事业，先投资六万九千八百元——一分不多一分不少，三年后准赚一千零四十万元——这都是精算师算好的，绝对准确，绝对科学。

当中年男俯身在纸上演算起公式时，整个上半身像块柔软面团粘在桌面上。那个瞬刻，雷电焦炸，火焰蔽空，翻江倒海。向南方这才大梦初醒——搞传销的！再看林冬青，像恐怖片里的吸血鬼，即刻会伸出舌头龇出獠牙。巨大的愤怒像触电让他自燃，甚至能闻到口中的焦臭味。他的躁郁情绪像按了电梯一直升到楼顶，一切都变得不可控起来，都处于轻微颤抖状，要破裂，要粉碎；但同时，又有一种细小而尖锐的恐惧感，慢慢地、慢慢地，像被无形针管推送进血液——他知道此时此刻还不能爆发。咯吱咯吱，他咬碎口中的花生米，甚至还慢慢咀嚼起来。他彻底凉透，像置身核爆现场的死灰异境。

趁中年男去厨房添水，他用阴鸷眼神盯视女人：“这就是你的生意啊？”女人理亏地垂下眼皮——那是双敏感而冷傲的单眼皮。他们之间的沉默一点点绷紧，像根钢弦，就要拉扯断了。突然，女人扑哧地笑开来：“哎呀，这些都是善意的谎言哦！”她的身子向前倾，两只手捧住尖削下巴，像个听话的乖女仆。可就是这么个丑陋而微不足道的人，却做了个爱情圈套让他钻！

他的脑袋被抽空，手脚止不住发抖，想朝那张性别似是而非的脸上啐唾沫。无论从哪个方面看，这女人都不是他的对手，可他这样一个俊朗白皙的靓仔，却被这矮丑女侏儒玩得团团转。这是个恶搞游戏吗？连他母亲都预感到了危险，可他却像天线宝宝般痴呆，愣往圈套里钻。现在，他和女人的目光碰在了一起——如同山路上两对车灯相遇，双方都感到有翻下公路的危险，但却互不相让，也不熄灯——坠入深渊就坠入深渊。

或许，这个林冬青就是这么直接，根本不屑调情（电话里的虚与委蛇纯粹是为了引诱他来），比那个躲在无辜假童贞中的前女友还强。至少，她让他遭的罪不算多（她骗他骗得并不深），而前女友，兜售色情，沉湎色情，并用色情这把枪狠狠射中他的心脏，而色情在林冬青这里，只是烟幕弹。林冬青看出他想逃，口气里充满怜悯讥诮："来了就先听一听，无论对错！你人生地不熟的，不要乱走啊！"他索性将计就计，该听课听课，该吃饭吃饭。

他每天都去听课——上午两小时，下午两小时。饭菜寡淡，但吃饭时众人的筷子纵横交错，又让这屋子充满集体温暖感。而他和林冬青的关系却如隔夜茶，味道已全然不对。现在，他和女人的肉体仅隔堵水泥墙，却像小人被困金属壳而不能逾越半厘。白天时分，女人见到他时总是低头，一派认罪状。

那段时间合肥不是下雨就是拉雾，天若有情天亦老，眼看这座城就要发霉，而蜗居灰旧老屋子的两个人，亦如阴湿天井旁的蘑菇，永远隐在暗处。他变得讪讪，将那些讥讽酸话藏在肚腩深处，和大家集体进入一种装神弄鬼疯魔状——好像他真的可以共感那灵魂燃烧的震荡。他和坐在一起的人不断点头再点头，像一群秋风中的枯干落叶，惊恐地点头再点头。

偶然眼神对到眼神时，那女人冲他像水锅煮沸般咧开笑脸。啊，这侏儒女，像他的姐姐、同事或合作伙伴，唯独不像恋人。她永远都戴着一个蝴蝶结发卡，像个幼稚、可爱、易感的小女生，总是七嘴八舌，抢着发言，笑得咯咯咯。但无论这场戏装扮得多么质朴、和善，甚而崇高，向南方都深感自己陷入地狱不能自拔。他当然想逃，但无论他走到哪，身后总是黏着个十七八岁的男孩大毛，甚至他去便利店买饮料和方便面，一回头，也能看到大毛。

短短两周内，便有二十多人轮番上课——每个人都是现身说法，说自己以前是干部、军人、医生、教授之类，现在都放弃了原来的职业，转入这项伟大事业。这些男女，不论各种年龄和阶层，看起来都像压力很大的样子，总是忙着打电话——那种电话，向南方听着便直冒鸡皮疙瘩。他们不断称对方为“大哥、三姐、表弟、堂妹”，其态度之谦恭有礼，简直像面对万能上帝；其巧舌如簧的各种说辞，总在展现一幅时尚华美的画面。他们对着话筒微笑再微笑。有时说累了，便各自吞云吐雾地吸根烟，喝口茶。他们总是各就各位，各忙各的。

他好奇，问他们做的是什么生意，得到的答案总是很统一：“要加入才能知道！”“加入”是什么意思？先拿六万九千八百元——多一分不要，少一分不行，再详说怎么挣回一千零四十万元！他知道，林冬青已交过钱。此前，她曾在佛山老家的制衣厂当主管——所以在电话里，她才能像知心大姐般劝慰困顿小弟。

她拿着存下的辛苦钱到了合肥，一心一意要做这项大生意。他向她摊牌："这不是生意，是传销啊！"她瞪大眼，一脸孩子似的诚实，眼神里有一丝委屈——明明她没有做坏事，反而要赖到她头上，质问道："传销怎么啦？"她解释，"传销"是个普通的专有名词，没有任何褒义或贬义。她说话的模样从容笃定，持着教授般的仪态与语调，有种超脱感。

他慢慢晓得了这个组织的厉害。他知道一时半会儿逃不走，又不甘心让自己变成温水青蛙，而林冬青的笃定模样又令他骇异。想到此前这女人每天打一两个小时电话给自己，便心头一软，忍不住劝起来："你还是走吧！"女人嗓音嘶哑："唉，我刚来时也想走，可过了几天就变了！"是的，她不像他；是的，她已经都给了出去——她的六万九千八百元！她要是走了，会比现在更一无所有。

他心里有种水沟里浮起污渣的悲哀。他已知晓，这屋子是个必须靠说谎来建构的秘密花园。谎言在虚空中搭建了另一个不同的国度，拥有不同时差、不同币值、不同价值。只要开启了第一个谎言，说谎人便要付出再说十个谎去圆它的代价，而这十个谎，又需启动另外一百个。如此循环，屋子里就都充满了谎言尘埃。每个人都说谎不眨眼，都像盛夏日光曝晒的柏油路面上，那些被热空气扭曲的景物，歪歪斜斜，恍恍惚惚。而他和女人，像两个游魂般默契：一起听课，一起吃饭，各自安眠，井水不犯河水。

那一天他对女人说自己想通了，要"叫朋友一起来做生意"时，内心打摆子似的忽冷忽热。他给姜国强打电话，让他来合肥——他想着去车站接人时趁机逃走。而林冬青早有准备，派大毛跟他一起去。在车站等人时，他不小心瞥见大毛的手腕上，布满了烫点——那是在绝望崩溃的夜晚，这个男孩用烟头小刀一下一下自残的结果。

与其说他深切地同情这男孩，不如说他在同情自己。当他絮叨“千万不要丧失信心啦”“没有过不去的坎啦”“咬咬牙一切都会变好的啦”时，不曾想这些廉价安慰，像一撮能改变大脑内部化学反应的白色粉末，改变了这个监视者的立场。大毛盯住他说道：“你是不是想跑？”他又惊又气。愣怔片刻，索性点头。大毛更干脆：“现在不要跑，不要连累我。”

接到姜国强返回住处，他和平常一样——吃炒菜，买牙膏毛巾，睡觉。

第二天凌晨五点二十分，他摇醒姜国强。两个人蹑手蹑脚地推门而出——大毛已提前将门打开。这幢旧宅的楼梯又深又陡，像个大音箱，能把各种声音传递出去。两个人下楼后，以鱼死网破的速度冲向柏油路面。没想到外面正在下雨，他们没有伞，就那么赤裸地伫立在马路牙子。毛毛细雨濡湿了大哥的面颊，让他看什么都像是带着泪——带泪的街道，带泪的树木，带泪的天空，带泪的水洼，带泪的红绿灯。

在举手召唤出租车那一刻，他意识到自己从不了解自己的肉体——他压根不知道这肉体被鬼魂附体后，会疯成怎样，野成怎样。好像在他的体内，一直藏着个智力、能量、意志都远超出人类的怪物，那家伙能撕裂创造它的人体，而把那些人体碎片像香蕉皮般丢在街边。是的，那怪物的力量能摧毁一支陆战队，能让一座城市夷为平地。出租车疾驰而去时，他朝那栋灰扑扑的鬼宅眺望而去。那片火柴盒小楼房像被巫婆下过咒语，罩在灰色大网中陷入昏迷。当他离开之时，那座用谎言堆砌的梦幻大厦，便彻底腴软坍塌，成灰成烟。

雨中的合肥火车站飘浮着一股迷离气息，仿佛一张古老的黑白照片。街道冰凉湿漉，景物泛着油光。来往的行人撑着伞，伞面上跳跃着水花。微风吹过，头皮发麻。别人起早贪黑，千辛万苦，都有所收获，而他这般忙碌，不但两手空空，还倒贴不少。他浑身发痛，像是梦醒后回到了现实。此前，他一直被什么东西附上身，混混沌沌。他知道自己尚未发狂，尚未崩溃，但他同时还知道，身上的气力像气球挨了针刺，全都被放掉了，好疲倦。

他深深地吸了口气，猛然晃了晃脑袋，决定打个电话。他的母亲对他被骗既不吃惊也不责备，只问他还剩多少钱。他咬着嘴唇道“最后的五百元”。母亲在电话那头沉吟，片刻后道：“不如就近去南通，那边有厂。”

南通如林冬青的长相，和想象中完全不同。

东莞是年轻人的世界——无论空气、街道、熙来攘往的人群，都饱含热量。而南通，却像个老年皇帝统治的王国，处处刻板僵硬。也许是因工厂邻近郊区，晚上八点下班后，连路灯都全部熄灭，走路要自己打手电筒。到市场上买水果，发现别人都穿得比自己厚，才知到处是年纪偏大的人。兜兜转转，看不到一个水萝卜女孩。

晚上八点，东莞的夜生活才刚开始，在这里只能去睡觉。多余的时间如何消耗？躺在床上发呆吗？那藏匿在皮肤下的澎湃荷尔蒙该何等委屈！对男工来说，打工不仅只为薪水，更为寻找生活在城市的感觉。城市那万千灯火组成的珍珠项链，能焕发出比星空更神秘绚烂的光芒，那光芒多姿多彩不断变化，让年轻人感到分外愉悦。

这边工厂都是“押一付一”（干满两个月才能领到一个月的工资，另一个月的钱要当押金）。仅剩的五百元，哪能让两个人熬够六十天？！可他们没得选择，先干着再说吧。于是便进了一家印刷厂，一天工作八小时，不加班——可他们多么想加班，那样能多赚钱。

夜深人静，他会想起林冬青——他是在结识了这个女人后，才栽种下这棵错误之树的。那么多征兆显示这女人根本是个骗子，连他母亲都察觉到了，他却那样执拗，像心田投射下一道幻影，认定那女人漂亮、能干、温情。真的——他信那腴软甜蜜的“我好想你哦”，他信。他信得那样笃定，直到那中年男低头演算公式，才明白自己深陷谎言大网。

后来，他慢慢明白何以在合肥的每个夜晚，一墙之隔的林冬青都对他不闻不问，实在是，她又忙着对另一个男人复述着那些甜蜜的话儿。那些词语完全像外太空飞行船里的各种纸张、杯子、盘子……完全处于飘浮状态，根本没被地球重力所吸引。他无法生出妒意，而只觉愤怒。这女人每天都在网上搜寻那些飘忽不定的可怜虫，对他们进行情感投资，用性暗示来蛊惑和怂恿，直至将他们召唤而来，黏附在自己的大网中。

两周后，他接到林冬青的电话，问他过得好不好，他说“好惨”。林冬青埋怨：“谁让你要走！”她说那天凌晨五点二十分他们离开时，她躺在床上哭了。他吓了一跳：“你知道啊？！”女人说她什么都知道。

“那你干吗不拦我？”

“你心意已决，拦你也没用。”

两个男人在南通的日子像枯水期的河床，只剩一堆光秃秃的大石头。没钱了？真没钱了……真的真的没钱了！他们苦苦撑了一个月。每天超强体力劳动后，只吃一顿饭。这种流浪汉加劳工的苦日子，让两个人都变成了灰老鼠。饥饿将他们脸上的嫩皮揭掉后，新皮又变得粗糙和僵硬起来。饥饿苦口婆心地劝他们——走吧，快走吧。有一天，向南方下楼时重心不稳，几乎是连栽带滑地下来了。止步后，那男人才猛然觉醒——真是到了该走的时候？若再晚点，怕是要饿晕饿死在这里。

两个人又苦撑了十天，口袋里只剩下最后五十元。他苦苦哀求主管：“能不能提前支取点现金？在东莞，这是常事啊！”可主管——一个长得像师爷，眯着细长眼，留着八字胡的人，急急摆手：“不行！开厂二十年，我们从来没有这样的先例！绝对不行！”这斩钉截铁让他一震，感到自己像雪人遇到烈日，瞬间便融化成水，蔓延成海，囚困于汪洋不能自拔，只能愈陷愈深。两个人像一棵错误之树上的错误叶片，在秋风里瑟瑟发抖。一切都是错误——错误的女人，错误的合肥，错误的南通，错误的主管。这是个错误连环套。现在，那错误的套子像绳索，紧紧地勒住他们的脖颈。

姜国强憋不住了，终于开腔，向大哥提了个建议。那声音像甘蔗渣，已被榨汁机过滤掉全部水分。

“要不要去抢？！”

他的脸一阵阵抽搐，连眉头都蹙了起来。他意识到自己像踩着滑板疾行在湖面，却突然闯到了一片冰层裂开的领域。他的心怦怦跳着，手足无措，不知该如何对付那些冰窟窿。他曾那样骄傲而自尊，节制而自律，发愤而图强！他感觉心脏已飞出了胸腔，浑身瘫软，对一切都失去了掌控。他不由得用双手揪住头发，用力扯拽。他知道这动作既无用又愚蠢，可还是拔了又拔。

陡然间起了一脊背鸡皮疙瘩，他摇头再摇头。“不行啊不行！”他的肾上腺素在拼命分泌，脉搏跳动相当于一个长跑运动员。头脑中的火车猛地一震，吱嘎嘎启动，将铁轨旁的低矮房屋、篱笆和荒地一一抛在身后。他能感觉到那股速度的可怕——那种坚硬的、弃之不顾的速度。他不断地摇头，艰难地挣扎。不行啊不行！关键时刻，他不能任由每个毛孔随意怒放，活生生把自己驱赶到黑暗小巷的尽头，再也回不了头。

他稳住神，像八旬老翁般从肺部缓缓提起口气，再沧桑吐出：“挺一挺就过去了。”他艰涩地劝着小弟，说人在饿的时候真的会变得糊涂，因为人的生理需求太强烈了。可是真的不行。他像被蜜蜂蜇了般连连摇头：“打架是冲动，可如果是抢劫，性质就变了。拘留所的日子太可怕了！”他曾听刚哥说过那里的饭菜和那里的铁床，还听说那里的一天等于一年。“总会有办法的！没有过不去的坎。”他给母亲打电话，艰难地开口，面孔上的皮像被揭去般火辣辣。

“两千元够不够？”

“够了够了。”

“你打算去哪？”

“不知道啊！”

“不如去东莞那边的樟木头，听说那边厂子多。”

两个人以“自离”的方式逃出南通——唉，在印刷厂白白干了四十天。坐大巴至南京后，又坐上去广州的火车。车速越来越快，窗外的景色像被用力甩在身后。一下子，街景便不见了；一下子，视线里便出现了辽阔天地。好像是做了场春秋大梦，南通就这样蓦然不见了，他们的青春残骸就这样蓦然不见了。

而从广州坐动车至东莞樟木头，仅需四十分钟。

樟木头！樟木头！

绿油油的山包上闪出岭南特有的瓦房，看起来居然有种神秘的秀丽；高架桥下一片片小块农田像百衲衣，地埂上长着稀疏芦苇；大片大片的香蕉林，像被某种光晕催眠，硕大叶片上闪动着墨绿色的忧伤。

第十五章　从电子厂到塑胶厂

他检索出樟洋有条工厂路，工厂路上有个电子厂，便朗声补充："工厂路！电子厂！"

裹挟在人流中，从验票闸口涌出，天光哗地照亮视线。他——黑呢外套，黑窄腿裤，黑尖头鞋，黑短发，黑墨镜……浑身黑得凛然；他——龟壳双肩包，方形拉杆箱，身形像极了阴柔版张国荣；他——下意识地顿住脚步，长舒口气。

眼前这小镇就是樟木头？眼前的一切都真实可触——那些具体的人具体的楼，都看得见摸得着。眼前的一切都有其充分的奠基，有其该有的温度和质感，有其独属的历史渊源和爱恨情仇。在这块画布上，每个人都分了一小片微薄的空间。已如此高分贝的世界，还需新人再来增添噪声？

这个火车站很像广州站，但尺寸缩小了不少。穿过小广场便能看到侧旁的主街。街上涌动着小轿车、货柜车、三轮车和自行车，针锋相对互不相让，在路口混乱打结。唉，每一个火车站都一模一样的混乱。不但混乱，还充满焦躁、疯狂和诡异多变。往事就像急流中的冰块，随波旋转，沉渣泛起。

正当向南方向前张望时，陡然仿佛看到人群里迎面走来个少年，也——黑衣黑裤黑墨镜，也——龟壳双肩包方形拉杆箱，也——清瘦倔强。那个十四岁半的少年顿住脚步，英气的脸上夹杂着稚气。那一刻，他和他都静止不动。之后，年轻者矜持谢幕，年长者摇晃向前。茫茫时空，他再也找不回那个少年了。是的——某个沉沉的夜晚，那少年的命运已被替换掉。

那一刻，他不禁驻足哽咽。七年过去了，他折磨、剥削、苛刻着自己，如苦僧念经，骡马拉磨。他手拉、肩扛、蹲低、站起，苦熬苦干，可依然没钱坐飞机。七年过去了，他还是火车来火车去。

其实，他并非一个人。当他燃起烟，朝半空吐白圈时，小弟一点都不着急，只耐心等待。岭南的天空那样蓝，蓝得过分充实、厚重和饱满。那些硕大的树木——那些大王椰、棕榈树、杧果树——个个密覆浓荫，散发着热带植物的静谧。

小弟耐心地等待着，等待他手上的烟变得像指甲盖。小弟的眼眶很小，上下眼皮浮肿，眼神死呆呆的，总是过了很久还不见眼珠转一转。眉毛倒粗实，但脸色焦黄，像蒙了层油布。五官潦草倒也罢了，主要是个头矮——最多一米五六。

小弟凝视着大哥向南方——比自己高，比自己白，比自己有能耐的人。小弟依赖向南方，须臾不离。小弟一点也不在乎等待——那短暂的时刻，简直像羽毛搔了下皮肤。小弟像患严重锰中毒的人，离开了别人的帮助，便脸部僵硬，口齿不清，手脚颤抖。

蓝天下走来个黑大汉，嘴里嚷嚷着“到哪到哪”，胳膊挥舞着让大家“上车上车”，像即刻要掀起洪流，将两个呆头呆脑的外地男人裹住，裹到他的波纹里旋转。那黑大汉像尊铁塔，眼神冰冷，语气锐利。当他和他的倒影一同向前逼近时。小弟紧张极了，用力眨眼："怎么办？"那长久不转的脑袋一旦转起来，便会生生发痛。小弟的躯干原本运转得很正常——听得到货柜车的轰鸣，看得到紫荆花的艳红，闻得到垃圾的腐烂——可突然间却像中弹般弯下去。小弟用手按住腹部，想要发呕。

就在那一刻，向南方伸手扯住小弟的衣领，逼着直直站定。那一刻，他将脑袋侧偏，墨镜像两块小黑板，面对大汉如面对空气，不拒绝，不发声，亦不表示鄙夷。他心里发笑——这点本事也想出来混？！

那黑大汉像被按了暂停键，整个身形凝固起来，不再阔步向前。

向南方驻足在路边的香蕉摊，觉得那脸塌脖皱的老人很像自己的爷爷。他取下墨镜，大方地买下一把，挑出个最有形状的剥开，递给小弟，自己也剥了一个，三口两口便吃完。他吃得那么急，简直噎得要呛出泪花。

"这里比南通好多了！"小弟扑哧一笑，"那个鬼地方，啥都买不到！""嗨，打工还是要到东莞来啊！"吃完香蕉的大哥变成了婴孩，满脸堆着纯真的笑："大爷，这附近哪有工业区呀？"老人陡然间被人尊敬，遂生出豪迈，将眉毛一挑："樟洋啊。"

"出租车！"挤进后座，他笃定道："樟洋。"在逼仄的车厢里，他飞快地搜索。手机屏幕上翻滚着的各类信息，像超市货架上一排排的货物，按不同性质、容量和折扣归档，只等顾客确定后置于手推车上。他检索出樟洋有条工厂路，工厂路上有个电子厂，便朗声补充："工厂路！电子厂！"

驶出镇区后，街道两侧是稀疏的草坡矮树，看不到任何建筑。又驶了两三公里后，绿山包上闪出一栋栋带院子的别墅。在十字路口等红灯时，有人用手指敲打车窗玻璃。那人穿着白衬衣黑西裤，抹了摩丝的头发闪着波光，司机却将脸侧向一旁。

他忍不住发问："他是干什么的？"司机解释："推销房子的。"司机补充："这些房子原来七八千元一平，现在都涨到两万多元了。"他的嗓音发颤："干这活，还真的需要勇气啊！"司机大笑："勇气？！这是他的工作啊！"

那个人每天都要穿着白衬衫黑西裤，抹上摩丝，将自己装扮得像律师、教授和外交官，可干的却是推销员的活。他满脸迷惑："要是有人开窗大骂，那他的脸往哪搁？"司机又大笑："可那是他的工作耶！"

所有的羞耻之水都能被"工作"这个铁壳包住，而不能沸腾。因为，这是工作耶。"工作"二字如烙铁，让他的心尖冒白烟，两眼雾腾腾。他坐着火车来来去去，不就是为了工作！"工作"像个老虎钳，牢牢地卡住他的喉头，让他疼得要流出泪，但又要用力地把液体挤回去。

阳光照在工厂路上，让整条街像临时搭建的外景地。一栋栋厂房如鱼骨，分布在街道左右两侧。那些素朴的四方楼宇安静矗立，被围墙包裹，形成一个个独立院落。水泥楼房像士兵，无任何个性，好像从建成之初就从未簇新过。这些楼宇虽无精打采，却也散发着威严。红色横幅拉扯在院墙外——本厂现招大量男女普工。街角处贴着各类小广告——焊锡、招租、假证……

工厂路的地形是两头高中间低，三个大厂占据其最重要位置——电子厂在最西头，服装厂在最东头，中间凹陷部位是塑胶厂，其余眼镜厂、五金厂、电镀厂、磨具厂等，皆夹杂其中。工厂路的风一点都不硬，在塑胶味、油漆味和汽油味中，还混杂了幽微的泥腥味。穿过那些街边厂房，能看到一块块百衲衣般的农田。

找厂的大多是十七八岁的男孩，虽来自不同省份，但模样却像从同一个学校毕业，有种古怪的阴性味——窄肩窄髋骨细长脖，白肤黄发银耳钉，黑T恤尖头鞋，走起路来摇摇摆摆，说起话来一股娘娘腔。

耗费四天，向南方和姜国强才成为电子厂的普工——经过了填表、体检、新人培训、考试、领工衣厂牌——新生活正式开始。夜里躺在宿舍，整间屋子都弥漫着潮热——这里只有风扇，没有空调。在汗湿中，两个男人互相打气，快点睡，每天要开工！

凌晨，手机铃声叮咚。他睁开眼，等视线越来越清晰后，终于确定自己是在电子厂的宿舍。匆匆洗漱时，看见镜子里有个陌生人，乌黑瞳眸里充满戒备。那一刻他惊得无话可说，心脏内里有块柔软的地方被击中了。他看到了自己最不想看到的事实——那白皙皮肤，丹凤大眼，略带嘲讽的微笑，都和母亲很是相似。其实，他百分之百地遗传了母亲的基因，根本无可逃遁；甚至，母亲还把那讨厌的大胆狂妄、盲目自信、人来疯等性格，也无遮无拦地遗传给了他。

饭堂里的情形远远超乎他的想象——上千人在仓皇中攒动，形成一片湖蓝色海洋。一碗炒粉三块——细粉被酱油拌成棕褐色，点缀着几缕莲花白，几点绿葱花。每一口下咽都油腻异常，像钻地螺旋锥试图戳破胃黏膜。穿过电子检测门进入车间，便是从杂乱进入有序，那感觉好像是——进入宫殿的内城。普工只要走进内里，便能即刻感到一种隐秘与古怪。上午上班——八点至十二点；下午上班——两点至九点，而将下午称为“直落”实在生动——好像电梯朝地狱一直落下去，中间根本不停顿。

问题不仅仅是工作十一小时，还有，“站立式”工作。如果你是“站着”打量车间，你将面对的是一个完全陌生的空间——每一样物品都需重新辨认。车间从来没有真正的白天——即便是上白班，也都关窗亮灯。一旦进入车间，一切都变得敞开——身体敞开，手指敞开，货物敞开，气味敞开。在这里的时间，总是满得要溢出来，尤其是你感觉已到了下班时分，可那时间又杀了个回马枪，让你倍感煎熬。

当普工向南方把最后一个电子板放入胶箱时，他同时听到了下班的铃声。往门口走去时，他的骨头缝里发出奇异的沙沙声。靠在墙角顿住，缓缓地喘口气，慢慢让身子松弛下来后，他才走出了大门。

第一天站了十一小时后，脚底变厚，脚背肿胀。第二天、第三天，膝盖僵硬，脚背膨大得像气垫，脚趾像被电钻穿过。疼痛先是渗进整个脚底，再钻入骨髓、血液和皮肤。站立的人变得摇摇晃晃，屈腰驼背。站久了的人像猿猴那般，腿部比例短得出奇，面孔却阴鸷得无法细看。

大哥和小弟不在一条拉线上，只能约在刀削面摊前见面。饭毕，听到大哥的建议，小弟张口结舌，神色惊慌。当大哥河蚬吐沙般艰涩说出“辞工吧”时，眼里燃着一团火——那独属于他的不逊、狂野和机敏，皆在这眼神里。“真的要辞？”沉默坐在他们俩之间，就像是第三个人。小弟脑袋里的转速类同蜗牛爬行，什么表情到了他那里，都会变成慢动作。

“辞！”暗影里，大哥的眉骨、鼻梁和下巴立体而棱突，眼瞳如猫科动物般警觉。他坚决辞工的理由居然是——“太闲了”。他的那条线活太少，每天都不加班，还双休，如此下去根本拿不到加班工资。当他打听到周围老员工上个月才拿两千四百元时，辞工念头就强烈了起来。小弟虽一脸迷惑，可还是点点头——无论大哥做什么决定，他都会无条件点头。

两个人本来无比懊丧，可一旦达成辞工决意，目光所及的这条路陡然间就变得好看起来。那榕树叶间洒着的细碎月光，居然有了温馨感。

一阵热风吹来，卷起路面沙土，扑在脸上像层粗纱布。大颗粒的雨滴扑簌簌落下后，整条路便被漫天淫雨包裹。一前一后，两个人从街边逃回宿舍，衣裤被体热和雨水搅拌出霉潮味。冲过凉后，躺在床上呈大字形。暗夜里，风扇不断地旋转着，床上的人不断地翻身。接近黎明时，两个人才陷入深眠。领工钱时，向南方惊诧地发现，同一天进厂的人领到的工资完全不同——五百元、七百元、八百五十元。他以为自己能领到一千多元，但他数了数，才七百五十元!

周一到塑胶厂上班，师傅只教了十分钟：“学会的留下，学不会的走人。”可这活对他们来说，根本没什么难度，三下两下便搞掂，办了入职手续。大哥在 QQ 空间里贴出张自拍照——摘下墨镜露出五官，戴上一顶土黄色工帽，穿土黄色工装，眼神里有股淡然。天哪，他居然坦然接受了那软塌塌的鸭舌帽，左胸绣英文字母的宽大衣衫！他这样留言："生容易，活容易，生活不容易，看似简单，却十分心酸！"

此前，在南通印刷厂工作时，他贴出的自拍照是另一种风格——白衬衫、黑西装、黑短发、黑墨镜。那时的留言是："心底的酸楚和脸上的笑容，早就合二为一了！"他喜欢家乡的刚哥送给他的墨镜。在鼻梁上架起它，既能营造出一种不动声色的霸气，又像是架起了一堵墙，把更多的自我遮蔽起来。他在模拟古惑仔或教父，但嘴角微笑的弧度，又透露着稚嫩。

发生在他脸上的变化，是一种缓蚀过程——柔和是一点点消失的，僵硬是一点点扩大的。那面孔像是根本没有皮肤保护，任何外部变化都会直接刺入细胞核心。原来，他的成长如此被迫。现在，他的气质已从阴郁升级为阴鸷。他还是很少哭，哪怕眼泪已盈满眼眶，他还要笑。他所有的自拍照，都一律保持微笑。

在工厂路待久了，普工向南方慢慢发现了独属于这里的特点。原来，樟木头镇和清溪镇一样，是二十世纪八十年代才繁荣起来的岭南小镇，而它恰好盘踞在从广州至深圳的动车途中。它不比类似的小镇差多少，但也不比别人好多少。这个靠近南海的小镇总是潮乎乎黏答答。到了回南天，墙上的瓷砖凝着水滴，像是进入湿蒸房。小镇的冬天没有暖气，但只要套件羽绒服便不觉得冷。原本这里以种植水稻和香蕉为主，后来，大片农田被平整，盖起了一栋栋厂房。

工厂路是条灰色地带，这里既藏龙卧虎，又藏污纳垢。所有来到这里的人都信心满满，自以为未来会变得更好——工厂路上有工厂，工厂需要大量工人，工人的底薪和加班费都明确地写在厂门口。和终日盘亘田间，到年底还是囊中羞涩的乡村生活比，这月月来钱的日子，是实在而确凿的。

时间久了他发现，实际上工厂路上的人并没有看起来那么多。好像这条路具有一种神奇功能，能把每个人都无限量地复制一番。每个人都是另一个人的分饰。你很难说清他们谁是正品谁是赝品。每个人的构造都那么充分，都有着该有的温度和质感，但都奇怪地相似着，表情一模一样的木然。

塑胶厂虽然留下了他们，但却并不喜欢他们。

因为他们是——男性！

真的对不起啦！同样的工种，同样的工时，女工每小时比男工多拿一块钱！这么算下来，一个月就多三百块耶！这是什么可恶的规定！男工向南方如针锥刺股，怒意勃勃，但又毫无办法！原来，男性生来就和工厂帝国格格不入！原来，工厂主通过各种实验获悉，女性对纪律有着天然的驯服感，对精密技术有着天然的亲和力，恰和男性对重复劳动有着天然的忤逆感成反比。在田野里，男性因体力强壮而倍受赞誉，而车间是个颠倒的世界——你以前拥有的优势，恰是你现在的劣势。

在这个妖丽纷乱的帝国，柔软女体有着原始的雌性优势——像母马、母鹿、母狮子、母熊——生下来就能当强者哦。当女性进入车间，只需像芭比娃娃般微笑，便能将唇上长须的男性挤进阴沟。鄙视无须用嘴说出，因为它就藏在各个角落。当主管嚷嚷“就是多一块，没什么道理，想干就干，不干走人”时，男性压抑着腔内暴躁，瞳孔燃成两个火球。

即便这样，从电子厂到塑胶厂，工作体验还是完全不一样——就像从地狱到了天堂。在塑胶厂——上班可以带手机；八小时后的加班可以坐下来，甚至还可以聊天，就像是在打麻将；宿舍铺的是地板砖；一个月放两天假；上厕所不用拿离岗证。而在之前的电子厂，每个人都在痛苦地思考，怎么还没响下班铃？手里干着活，眼里盯着钟，情绪紧绷，苦熬苦煎。

显然，塑胶厂管理者的素质更高。看到姜国强先封箱后贴标签时，主管耐心教他按步骤干："改过来就好啊。"看他四处闲晃，又好言相劝："这边做完去那边做，不能总是晃悠啊！"若在之前的电子厂，做错事后，主管直接开骂："你想怎样就怎样啊！你以为这是你家啊！"看到你闲晃，他会愤怒得像躁郁症患者，抄起个物件便甩来，不管是砸到额头或太阳穴。

最最重要的是——塑胶厂到处是女孩！

塑胶厂以高薪吸引女性，导致三分之二员工为女孩。唉，和那些腴白芬芳的花朵相比，男工简直是油锅底凝聚而成的傻愣渣滓。向南方所在的车间有两百多人，只有一位主管，一位拉长，一位助拉——在电子厂，一条十几个人的拉线上就有一位拉长、一位助拉。

包装车间里的女孩更为集中。那些与男工咫尺比邻、错擦而过的，皆为各年龄段之女性。想想看，边打包装边聊天，说的全是四川话；想想看，女子们嬉笑着，令整个空间弥漫着学生宿舍的轻松氛围；想想看，那些软香气味，轻飘发丝，浑圆胸脯所组成的画面，会令男性怎样地拉长脖颈，瞪大眼珠。

男工们越来越酸楚地意识到——一旦没有异性环绕，他们身体里的水分就像被抽水马桶卷吸掉，整个人变得枯干，像沙漠古堡。所有的激越、欣喜与亢奋，所有的莽撞、惶恐与痉挛，所有上天赠予男性体内荷尔蒙澎湃时的反应，全都被咒语给魇住、封住、塞住，像果冻般凝固住。每晚躺在床上，男工们悲恸万分——唉，身边全是清一色大老爷们，一派眼球浑浊的呆傻相！

目睹那一群美妙辣妹从身旁走过，每一个都艳光四射时，男工即刻变成翩翩绅士，不断搭讪，围绕着“生命中的巧合性”展开对谈。哦，调情就是提拉米苏，单吃它自然不饱，但那小巧的模样，看着就可爱，尝上一口，便终生难忘其香甜润滑。

小弟姜国强在车间里跑来跑去。女工们把零件像拼图般组装起来，再喊他过来贴标签。向南方干的也是封箱，可他的嘴实在甜，看到大龄女便喊“大姐”（绝不喊“阿姨”），年轻女则喊“靓女”（不管到底靓不靓），所以，女工们心情大爽，将零件组装好后，顺手就放进了箱子，他只要封口便可。

小弟认真总结：“封箱也是技术！箱子不能皱，不能张口，要平整，没有凹凸。”向南方的嘴角下弯，睥睨一笑：“你封箱技术好，老板会表扬你哦！”唉，这对活宝不仅相貌迥异，且很难进行一次同等高度的心灵对话，可居然成了形影不离的兄弟！

向南方果断决定，称自己的车间主管为“老大”。那是个中年妇女，四十来岁，面黑腰粗，五官平淡，扎在人堆里像盐溶于水，可干起活来，怎么看都带着股“大妈你太拼了”的疲惫辛酸劲。第一次听到这称呼，那女人浑身感觉不自在：“啊？你才是老大啊！”可紧蹙的眉尖到底舒展开，整张脸都荡着笑容。

向南方向老大请假，要“少加一小时班”，她既惊诧又艳羡。塑胶厂人人都想加班——又有加班费，时间又过得快，可这些“90后”根本不拿加班费当回事。她用类似母亲的语调劝慰：“天天晚上都有事，啥时候才能存下钱！”

第十六章　难兄难弟

也许，“当老板”不过是普工缘于痴念而滋生出的童话——合同、进账、名牌西装、酒店、KTV、牛排……

向南方兄弟俩走出塑胶厂大门时，就像说相声的搭档：一白一黑，一瘦一胖，一高一矮。其实，向南方并不高大，但那修拔身材在实际身高外，总给人一种继续向上的错觉。他很会穿衣服——湖蓝色连帽衫、牛仔裤、白色运动鞋、颈挂玉石小项链，周身清爽利落。他习惯性地将双手揣在上衣口袋，并非因为他觉得那样帅，而是他的手没法见人。唉，手是男神躯体上最惨不忍睹的部位——除了粗短手指、干瘦骨架、粗糙皮肤外，那凹凸指甲实在可怕！那有限的四方形是一个个烂泥坑，储存了太多关于腐蚀、碾压和灼烧的记忆。

在路上，小弟忍不住询问大哥向南方何以要发那样的 QQ 留言——“回到老家的感觉真好”。大哥说怪得很，在别处——无论是深圳或是南通，他都会感觉慌张、害怕和焦虑，像演员在另一个地方登台，整个声调和体型都会变得不自在，可一回到东莞，他的心便安静了下来——像推开玻璃旋转门，有一种神秘的、不可视的更换在那个瞬刻完成了。

老家？他认定东莞是他的老家？

湖南大碗菜像个地下溶洞，光线暗暝，让桌椅像粗粝乱石，拖着长长阴影。外间大厅的四张小方桌上空荡无人，里间包厢的一张大圆桌却满满当当，盆栽般一个挨一个挤着土黄工装人。那些粗脖、圆肚、头顶稀疏的中年男女，应是塑胶厂的小中层吧？他们劝酒劝菜，音量尖锐，词语火爆，举止夸张。

向南方和小弟选择了外间的一张方桌。刚坐定，就见三个男人朝兄弟俩走来。金天业是他们在电子厂的舍友，今天过生日。他不仅点了两瓶赖茅，菜也面面俱到——有鸡、鱼、肥肠、牛肉，还有莲藕、豆角、土豆丝和皮蛋。他热络地招呼大家“动筷子动筷子”。他是湖北十堰人，高个圆脸，虽已过二十五岁，却是第一次外出打工。此前，他跟着父亲在新疆乌鲁木齐搞装修。他说一起干活的都是男人，烦，所以跑来东莞，想在电子厂找个女朋友。

小周二十岁，陕西榆林人，粗壮身材，方形黑脸，细长眼，紫黑唇。他的脑袋里活跃着各种成语、俚语、俗语和禅语，被陕北腔浸泡后再从舌尖爆出，字字如弹药般铿锵——做人做事口才一定要好！要高调做事，低调做人！不怕失败，就怕爬不起来！在外面，多个朋友多条路！聚在一起，实属不易！

小曾十六岁半，来自江西赣州，瘦高个，身形单薄像刀片，棕色夹克晃里晃荡。他像个翘课中学生，细白脸，尖下巴，分头姜黄。在大家的怂恿下，小曾抽了平生的第一根烟。当他把烟圈从鼻孔喷出时，众人大笑，像看到了自己的青涩版。小曾端起酒杯，“一定要喝完吗？”“随意啊！”但他发狠喊了句“我靠”，用力一仰脖，全部喝光。他居然上了瘾，一连喝下七八杯——据说之后他整夜没睡，吐个不停。

小周瞧不上小曾喜欢的那类娱乐节目，觉得幼稚可笑，他力推古装片，“那里面有大道理，有天时地利人和的大秘密”。他说别的名著他都“不赞同”，他只“赞同”《三国演义》。他连看三遍电视剧，对赵子龙、刘备、诸葛亮等人中翘楚痴迷至极。他此前在西安打工，后回老家榆林做生意，上个月才南下东莞。他说他要在南方“立地成佛”后才回家。他盯住金天业，一脸肃然：“遇到好老板吃穿不愁，遇到坏老板，只能当乞丐。”他一挥手：“总之，一定要跟对人！”他说以前在深圳福永镇的电子厂，老板是湖南人，“过年时等着给大家派红包哦！”“还聚餐！还K歌哦！”但他绝口不提为何离开，而只是强调“年轻人必须要有斗志！”“没有斗志就成不了远古的一条龙！”姜国强不解：“为啥是远古的一条龙？”小周眯眼微笑，避而不答。

一阵喧闹后，金天业突然插话，说想从电子厂辞工——“那样站，谁受得了！”小周即刻附和：“你辞我也辞！”金天业并不打算回乌鲁木齐干老本行——他嫌父亲太唠叨。他说有个同学在延安搞装修，说那边来钱快，他准备在电子厂熬过春节去看看。

“延安？”小周两眼放光，像匹发情种马，乌鸦嗓子里带着淫邪味：“听说那边的姑娘很好看啊！”向南方的眼里瞥过一道亮晃晃的闪电，横过小周。事实上，即便他缄默不语，周围的人也只能做他的陪衬！他只那么轻瞥一眼，便精准地射穿了小周的五脏六腑。小周和他见过的那些惫懒男子并无差异，他根本不屑多看，而小周亦不看他。这两个男工像磁场互斥的绝缘体，彼此都回避着对方。

向南方劝金天业“不如来塑胶厂试试，真的很好”。姜国强表示，愿旷一天工，带金天业去找劳务公司——若工人直接到塑胶厂门卫处找工作，厂里是不收的。以前他们这些打工仔通过中介找工作，要交三四百元介绍费，现在到处缺工，中介已不再收费。小周再次找到了能显摆的话题：“在深圳，如果中介收了钱，便保证能让你进厂。”他说深圳有种工作可日结，“能天天拿到钱哦”。缺心眼的姜国强认真补充道：“我在深圳平湖做时，就是天天拿钱的。”

多数时候，向南方只聆听不插话，但他偶然的一句话，却像旧线头，被金天业拽住。“拉客户时，我说我是八八年的。”“啊？干吗把自己搞得那么老？”向南方讪讪一笑，摆出“还是不细说了”的姿态。姜国强说自己大哥混个主管没问题，不用非得干普工。可大哥讪讪一笑：“普工虽然工资低，可当老板压力太大了哦。”

金天业错愕：“你当过老板？！”

在向南方寥寥几句的描述中，他在清溪镇“当老板”的经历，简直像一场大地震，各类险象环生，而他最终还是如蚁虫般丧失了家园、庇护和尊严。他苦笑：“真的好辛苦，要操心房租、货款、周转，一个月一万元都不够！”而现在，“两三千元也能过”。

创业何其艰难！生活好像被浓缩到一纸账单上——进货出

货！进货出货！当其时，他每天只睡三小时，像个充足电的玩具人；当其时，他对任何琐碎之事都十分耐烦，对每个客户都拿出十二万分的尊敬，对任何一点发财机会都不会放过，如荒原狼般敏感。而整个过程，却像是一个玩笑——多米诺骨牌被无知童稚轻轻一推，便整个儿毁掉了。

也许，“当老板”不过是普工缘于痴念而滋生出的童话——合同、进账、名牌西装、酒店、KTV、牛排……当这些深植记忆的念想被删除后，向南方终于从迷雾中清醒，看到了自己的真实处境。现在，早八点进车间，晚九点半下班，十二点睡觉，多么完美的生活！

金天业疑惑：“你真的不想再创业了？”向南方说自己虽然还年轻，可若想再开厂，却是难上加难，不仅以前的雄心没了，现在的经济形势亦越变越难，即便筹到三五万元开厂，也很难有利润，不如安心当普工，找个女人结婚实在。“既然当普工，干吗不在清溪？”金天业奇怪。向南方黯然：“唉，不想再回伤心地……”

他对樟木头旁的清溪实在熟悉——是那个镇里的人和事启蒙了他的城市经验和恋爱经验。他在那里经历的惨痛，如银白细薄的锯齿，闪着锐利的光芒。既然已物是人非，何必再回头？

当这个前老板颔首叹息时，其眼角眉梢闪动的迷离，真是美得炫目。奇怪极了——他的五官需在一种死灰境界中，才能将动人之处发挥到最佳。他很少爽朗大笑，总是沉默着，嘴角习惯性地向下弯曲——他总是处于自嘲状态。“农村孩子的起点太低，不能和别人比，我们没资本，家底太薄了。”他像灰姑娘看到橱窗内昂贵的衣饰后发出喟叹：“如果当时再有三万元，我就能翻身。”金天业惊诧：“干吗不贷款？”

向南方惨烈一笑，像听到“没馒头为何不吃蛋糕”。他喷烟沧桑解释，他开的小黑厂根本没注册，且他无房、无车、无任何资产，他母亲的积蓄所剩无几，爷爷在乡下艰难度日，同学们多在打工……总之，在他周围环绕的，都是极贫苦之人。当他试图病急乱投医地找人借钱——“拜托啊大哥大姐——”对方笑容瞬收，脸色变换成阴暗嫌恶状，告诉他“真的没钱，可以找别人试试，不必在这里浪费时间”。他饮鸩止渴地找到地下钱庄，想借笔高利贷，在被更干脆地拒绝后，才彻底清醒——原来自己走在一条浮桥上，两边无任何抓手，随便一阵风，都能将他吹进漩涡深处。

然后，他干了“这辈子最后悔的一件事”——他居然那样轻信了自己表叔的许诺，而那个许诺根本就是个玩笑。姜国强叹息：“唉，你真不应该！”大哥的脊椎处发出筋弦崩断的声音，手臂浮起鸡皮疙瘩。他真的有问题。他的问题是——他太骄傲；他的另一个问题是——他的骄傲来自于他那和普工不配套的华丽外表；他一直存在的实质问题是——他的外表对他的生活根本无任何帮助，反而造成了一系列负面影响。

金天业和小周辞工后，向南方催他们赶快来塑胶厂，可两个失业者说要多玩两天（所谓“玩”其实很简单——晚上在网吧熬通宵，白天睡大觉）。等第三天来到塑胶厂后，制造部包装车间已不要人，便把他们分配到注塑部干喷漆。

两个人干了十分钟便想逃。接到金天业的短信，向南方赶忙去找老大，说两个朋友想来包装车间。老大摇头：“男工能进塑胶厂已经不错了，还挑三拣四！”制造部编制九十二，现已九十七，不可能再进人。老大建议他的朋友边干边等，这边有人辞工了再调他们来。

可金天业说等不了——油漆和塑胶混在一起的味儿实在难闻。向南方对此哭笑不得：“打工挣的就是辛苦钱。环境像咖啡馆，那叫打工吗！”他纳闷金天业那样强壮，怎么一点苦都不肯吃？金天业的短信又追来：“那味儿对身体绝对有害！”从手机屏幕抬起头的那瞬刻，向南方的脸冷了下来，五官僵硬，嘴角拉直。向南方感觉胸口像蒙了块湿布，要长长地吐出一口气，才能让整个呼吸系统正常起来。显然——金天业还没有山穷水尽。等人真的穷疯了，没饭吃，没地儿住，就啥味道都闻不到了。

在他明白自己比金天业更窘促的刹那，他像看到海洋底部般，看到了整个生存场的秘密——大鱼和小鱼鳞次游动，看起来毫无章法，但其实各有位分。偶尔，有条大鱼滑至小鱼区域，感觉这里的水温和光线与原来不同，但说到底，这条大鱼总会有办法回到自己的航线，而将这次经历视为一次偶然事故。而那些小鱼，永远在既定的场域里，不能越轨，也无法越轨。现在，他和姜国强，就是小鱼，深陷冰冷海洋，即便周身疼痛，心有不甘，也得龇牙咧嘴地向前游。

向南方不是没到过网吧，可早上八点前步入其中，还是被震撼住。默立几秒，他抵抗着那种强酸腐蚀内脏的不适感，脚步犹疑，神情恍惚。

唉，网吧，到底是个怎样的魔窟？对男工形成了怎样的蛊惑？老板们什么都想到了——头发用帽子裹紧，工装马甲用不同颜色的绲边代表不同阶层，宿舍床板的蟑螂要及时清理，饭堂里有米饭有馒头……但就是忘了这件事——人到底是人，是肉做的血灌的，是一张皮肤包裹的敏感之躯，不是有吃有住有钱就能满足全部需求。人在空闲时，总要找点乐子安慰自己。没钱吃大餐、K歌、旅游和桑拿，男工们能安慰自己的礼物，就是通宵上网。

宿舍里没电视，饭堂里的电视内容是别人规定好的——不是古老港台片，就是油腻韩国片——是无聊逼着男工到网吧里去。硕大榕树枝丫横斜，掩映着那栋三层小楼，楼顶霓虹灯织出“网吧”二字，瑰丽妖幻，懒洋洋里透着股狠劲，令男性肾上腺素飙升。

屋外晨光灰蒙，屋内吊挂窗帘。长条桌上两排电脑对放，靠背椅大红、翠绿、深紫、宝蓝。这个空间既像卡夫卡的城堡，又像密闭的俄罗斯火车车厢。满地散落着槟榔渣、瓜子皮、花生壳。走动时，鞋底黏腻，是可乐、雪碧、咖啡和红牛的残渍。

穴居人缩坐在靠背椅的模样，既像坐困愁城的战败者，又像一个个立体睡袋。他们或戴耳机，或叼烟，或嘴角向上牵出傻笑，或眉头紧锁。穴居人的身影漆黑，头脸青白，像好奇顽童，添加枪炮炸弹后，发射爆炸，跌倒汲血后，又复活重生。这大战酣畅淋漓，打得骨头筋络发疼，像被活剥了皮般，肉的毛细血管和神经网络直接蹭在光秃秃的板凳上。一小时、两小时；八小时、十小时。时间变成漆黑一片，伸手不见五指。有的穴居人，虽戴耳机瘫坐，但其实已睡死过去——眼皮闭合，手脚松软，像领了孟婆汤的游魂。网吧的时间不是用来珍惜的，而是用来耗费的。

贵宾区的会员价一小时四元，非会员四元五角（电子厂门口的小摊前，一个加蛋加香肠的饼才三元），但上通宵的优惠价格（晚八点至早八点，一小时一元）却狐媚着男工。是的，男工。在这个空间，此时此刻，百分之百都是男工。有的人甚至没把工装脱下，胸前还挂着厂牌。他们一下班便疾步来到梦幻屋，被蜜黄暖光罩住，燃起根烟，先顾盼自雄一番，然后变身为妖魔异族，开始战斗。

有个男人（大约二十岁，黝黑精瘦）像参加了一场幽灵战役后负伤，颊肉一上一下跃动，满嘴“他 × 的”脏话。他像饶舌歌手加二人转，不断循环播放，像启动了大脑中的诅咒反射区。瘦男人的愤怒那样真实，像一只压力壶，从眼珠、鼻孔、耳朵和发梢，流泻着吱吱呀呀的鼓噪。

进入卫生间，尿骚味在狭小空间被压缩，以核爆方式扩散，逼得向南方想即刻逃离。墙上到处都是招贴画。无一例外，全是前凸后翘的美女门板上布满了密密麻麻的小洞，皆焦枯深褐。哦，定是有人无聊，伸出燃烧的烟卷，耐心地一个个烫下去。小洞旁挤满各种小广告和炭笔写的小纸条，昭示着各种诱惑。

早上八点是个界限——天亮了。

天亮了后，穴居人哗啦起身，让整个空间变得开阔——就像那些坐大巴去拉萨的长途旅行者，被高原反应折磨得天人五衰，神形分离，终于在天亮时分到站，逃窜下车。那二十来岁的服务员，穿米黄色夹克，将烟蒂倒入垃圾桶，把耳机挂在屏幕后的钩子上；那五十多岁的扫地阿姨，亦米黄色夹克，慈祥老妈般唰唰挥动扫把。

向南方终于找到角落里昏睡的小弟——青春痘被汗腌红，头发凌乱，外套搭在椅背上，白衬衫领口发黄。大哥克制着颤抖，不愿用正眼看小弟，告诫自己不要发火。就要开工了——这一天，不能在早上就败了兴。小弟睁开眼，神经尚处木讷恢复期，像旧电脑刚启动，发出嗡嗡声。小弟终于清醒，嘴角弯起好看的笑容："我错了。我错了还不行吗。我听你的。从今往后，我全听你的。"

网吧里的空气黏糊糊的，像万人过手后的钞票。一旦离开洞穴，风便顺畅如流水。两个男普工一同穿过厂门进入车间后，新的一天开始了。大哥以为这样的日子可一直重复，却不知疲惫因子像网吧卫生间门上的那些洞，一个挨一个烫了下去，在慢慢侵蚀，缓缓腐烂，让小弟姜国强的小身体变得如一堆棉絮，内里烂糟糟，根本不堪一击。

谁都没想到，爆炸时刻那么迫近，就在今天！

小弟被开除了！

干包装根本没什么技术性，只需把货贴好标签，分类摆放在箱子里，密封好便可。但是，这个动作的完成需一个人清醒操作。当小弟在网吧连续奋战三夜，如战士厮杀疆场——手臂挥舞大刀，用力勒住马缰绳，点燃帐篷，清理黄金——体内能量早被掏空，像具尸骸般摇摇晃晃。疲惫因子如谷麦发酵，释放出醉意，让身体变成摇晃的米酒桶。小弟在车间干活时，手是软的，眼是花的，腿是晃的。迷糊间，那普工犯下了大错误。

车间老大气得发抖："三十年来，塑胶厂从没出现过这么低级的错误！"六十个空格里只装了五十七个货！无论如何，一定要解雇这个男工！让他走！现在就走！永远不能再进厂！

与金天业和小周未能成为同事算不得什么，可失去姜国强就是失去臂膀，大哥刚刚回暖的日子又陷入霜冻。没想到哼哈二将的静好岁月就这样戛然而止。小弟自是懊悔不已。他真是迟钝，对潜伏在体内的赌徒基因无清晰认知。那基因埋伏得真好，就连他自己都被瞒了过去。他母亲从不和他联系，难道已洞穿了他和他父亲一样，拥有那可怕的赌徒本性？

老大找向南方摊牌："如果解雇姜国强，你会不会跟着走？！"这是个俗滥电影套路吗？这句话本身就是一种暴力。那瞬刻，在老大和大哥之间，时间被削去了，两个人皆如蜡像，静止不动。有两个声音在大哥耳畔打架：走？不走！走？不走！事情太突兀了。大哥根本来不及调整面部表情。

按惯例，像他们俩这样搭伴来的男工，一定也会搭伴走。按江湖道义，怎么可能让兄弟落单！可向南方却像速冻饺子，浑身僵硬。若换在以往，他会即刻点头，回宿舍收拾东西走人。可现在，他九曲十八弯地来到塑胶厂，若冲动离去，后果不堪设想。遭遇了那么多跌宕事故，这男工深知，能再回到东莞，进入大厂，实属不易。塑胶厂着实让他留恋——能轻松干活且工资还不少的厂，不是任何时候都能碰到的。若意气离厂，并非找不到工作，但若想马上找到当月拿上钱的，也非易事。想到银两捉襟见肘，这男人便浑身紧缩，像双手套在枷锁中。

他的生活一直是沿着盘山路挪步，差一分一毫，便会跌入崖底。饥饿告诉他——兄弟义气重要，吃饭更重要。况且，老大对他相当满意，还给他支招，希望他能尽快变为正式工。这些唾手可得的幸福，不能轻易丧失。大哥甚至转念一想，如果自己有收入，还可接济小弟，不致让两人都像干滩上的鱼。其实，他已经下定了决心——“不走”；其实，他已经知道了结果——他和姜国强从此将分道扬镳！

唉，一想到第一次在广元厂见到姜国强，他的心就隐隐作痛。当他们俩相遇后，一种陌生的情感便显露了出来。那情感的力量在当时还很模糊，后来便越来越明显——兄弟情义。那时，阿荣告诉向南方：“姜国强好小气的，我请他吃过好多顿饭，可他连瓶水都不买。”在广元厂，姜国强没有一个朋友，孤独地工作，孤独地生活。这小男工总是闷闷不乐，半天不说一句话，一开口就带着抱怨情绪，总感觉处处不公平。

奇怪的是，向南方搬进广元厂宿舍后的那段时间，那个屋子里只有他和他。他们俩的性格原本风马牛不相及，可姜国强是他真正的老乡，又那么柔弱木讷，令向南方心生怜惜。出去吃饭叫他，到公园带他，买东西也多他一份。慢慢地，向南方知道姜国强的父母早已离异，且都不和他联系。

在小弟的手机里——只有大哥向南方一个人的电话号码！

手机丢失后，向南方劝小弟赶快再买一个，哪怕是最老款的。“我总怕走散了找不到你”，可小弟却一直犹犹豫豫——他是个用不用手机都无所谓的人！后来，花了九十元买了款旧手机，内里就只存了一个电话号码。唉，向南方是姜国强的“全部联系人”。可这种团结紧密的生活，就要被塑胶厂打断了。两个人若不在一个厂，便会对对方生活完全不了解。无论是在樟木头的哪个厂，或在周边镇的厂，性质都一样——兄弟从此要分离。你上班时我也上班，可下班的时间不一样，还要休息，两个人很难再碰到一起。

对在珠江三角洲打工的男人来说，工厂规模的大小，宿舍地板是水泥或木板，快餐的油水稠或稀，都不如和朋友住在一起重要。虽然干的工作不一样，但可向宿管要求住在一起。他们知道，进厂后就是身陷机械劳作，能找到一个说话的人很不容易。所以大多数时候，男工们都是结伴而来，结伴而走。

向南方的脑袋里像大风在呼啸。他只想待在塑胶厂，不想再漂泊。他需要一份工作，一间宿舍，即便工作辛苦，宿舍简陋。他终于对小弟说出了这句话："我真的不能乱跑了！"

小弟点头："就是你要走，我也不让你走！"

第十七章　小弟的身世

命运像是一片潮水，呼啦啦冲走了小弟的母亲和父亲，剩下他如孤儿……

金天业和小周从电子厂辞工后还赖在宿舍，姜国强便跑去和他们挤。失业后的姜国强还是原来的模样——短发卷曲焦黄，黑色窄肩西装，白衬衣，黑皮鞋，但却像水里放了盐，形状还在，里面却发咸发朽。他的脸色暗黑，精神萎靡，声音像从脑后发出，甚至有了嗡嗡回声。

小周明知故问："咋不在塑胶厂干了？"姜国强的面皮像被揭掉一层，臊得低头："出了点问题，厂里人又多，就不要我了。""是不是你犯错了？"小周笑眯眯戏谑。姜国强不点头也不摇头，像煤灰渣脏了脸的老头，眼睛苦涩地干瞪着，任自己在时光中老去，一点点变臭变旧。"一点小错啦……"他并不打算全盘认领。

然而，三个人挤电子厂宿舍的好日子很快终结。宿管阿坚有双鹰般的眼睛，从半空俯瞰，一下子便穿透了他们的伎俩。他利爪向下，将被子和枕头抓起，用力丢在门外，"滚！"辞工后厂里会收回工衣和厂牌。没这两样凭证，便无权住在宿舍。无奈，他们只能租住在街边的小宾馆。找了间电脑房，金天业嫌网速太慢，说不如住个便宜的日租房，省下钱去网吧。日租房一天二十五元，只是个逼仄单间，只有一张床——比单人床稍宽，类同母子床。

连续几天打不通姜国强的电话，向南方便知小弟一定弹尽粮绝，没钱充值。他不知小弟搬去哪个小宾馆，只好下班后到网吧寻找。找了几次未果，才猛然一个激灵，想起了街边黑网吧。

在工厂路，哪个小店老板都知道，卖什么都不如摆几台电脑来钱快，所以，即便很可能被镇文化执法大队的人逮着，没收掉电脑，也要顶风作案。有的老板又哭又闹，一心想把电脑要回去；有的干脆再买一批新的，继续开。正规网吧明晃晃，黑网吧乌漆漆，这两个物件是平行存在的，就像一条大街由高楼和下水道共同组成那般。大多数人想不起下水道的存在，但它的功能却极为活跃。

晚上，向南方沿着工厂路和樟深路交界处的丁字路口，顺着路灯朝东，一直找到那排农民房。这里的底层房间被改造成小店——便利店、汽修店、小宾馆、小餐厅、蛋糕店、照相馆——黑网吧就像毒蘑菇，就依附在那些小店的内部。从外观看，这些小店着实普通——普通的招牌，普通的门板，普通的灯光。然而，那些堆在货架上的方便面和火腿肠，挂在墙上的鸡爪子和豆腐干，挤在冰柜里的矿泉水和可乐红茶，全都是幌子，柜台旁的小道后才是真正的舞台。

向南方沿着街边往前，一家家找过去。有家店的灯光格外雪白，透过玻璃窗能看到被褥、箱子和洗发水。这小店如此坦白，绝不是黑网吧。就在那个刹那，他发现自己真傻——也许那些男工根本不用一家家找，只看灯光便知。

另一家便利店不仅灯光昏黄，除卖各类日用品外，还卖蔬菜、咸菜和肉制品，整个店内弥漫着复杂的怪味——是各种新鲜的、陈腐的、沤黑的味道的混合。好像那些味道不仅从货架的食物上发出，还从空货架上发出；好像货物被拿走后，货物的气味还一直存活着，在膨胀和发酵。

果然，这是一家黑网吧。柜台前的空间只占这屋子的四分之一，背后的四分之三如洞穴，潜伏着七八个黑影，毛茸茸趴在桌前，抱着发光玩具，手指噼噼啪啪，像原始人钻燧取火。这里没有网管开机，也没有清洁阿姨扫地；没有姜黄吸顶灯，也没有酱紫翠绿靠背椅；这里的一切都是粗陋的——粗陋的电线、粗陋的板凳、粗陋的台面。

金天业正卖力地活动鼠标，眼神直勾勾，身体紧绷，像个狙击手。小周坐在侧旁，自己不开机，只盯视着金天业厮杀——显然他已山穷水尽，到了没网费的惨境。金天业二十五岁，有几万元存款；小周浪迹江湖，有老乡有人脉。他们过得再狼狈，也不关向南方什么事。让他们陷入疯狂吧，让他们生他们死，向南方只会缄默凝视，绝不发出劝解之声。

金天业猛抬头，看到张熟悉的脸，蓦地从兽状恢复成人形，嘴角挤出个难为情的笑容。然而，他的手指却毫无廉耻，不顾脸上的难堪，依旧按既定程序，自顾自地敲打着！于是，这个人被分成上下两截，上半截凝滞不动，下半截噼啪作响。“找姜国强啊，在舒心宾馆二〇二……”金天业投来复杂的一瞥，好像，那张狗皮膏药是向南方粘给他的。

当金天业将眼神收回，再次盯视屏幕时，瞳孔的光迅疾发生了改变——又从礼貌的人变成了疯狂的兽。那兽再次出征。整个空间和时间凝固了起来。向南方尴尬而难堪，真想让自己隐形。这瞬刻的别扭，简直像看到一对男女正在颠鸾倒凤，狂情荡欲。人家那样酣畅淋漓，哪有闲暇理你？唉，那虚拟暴力所焕发的迷醉，和真实性欲所勃发的激越根本相差无几，都会让当事人热汗漫流，喘息深重，好像血管被切开，里面爬满酥闪发浪的虫子。

突然，一声嘶吼从水底浮出："买啥啊？！"声音尖锐如刀，一下挑开耳膜，直捅心窝。这是在下逐客令啊！向南方揣测，那站在暗处的老板手里定捏着粗木棍，像古代战士准备好打野兽般，所以，他赶忙低头出门。被外面的风一吹，浑身禁不住哆嗦。

街道边那一间间小宾馆列队欢迎，模样傻哈哈，似乎诚心实意地要给客人提供一个美好到虚假的环境。店名展示出一个个暖心场面：回家、姐妹、温馨、甜蜜、怡人……而这些店名，恰好揭示了这里所缺损的元素。"舒心"就挤在里面，门口的灯箱像只胳膊，要用力将所有行人揽入怀中。底层门厅逼仄幽黑，让视线黯淡下来。暗影里浮出张圆弧小桌，能辨认其上摆着电脑、电扇和账本。

二房东是个中年妇女，正埋身屏幕后，噼啪打牌，懒得将脸弹出，却能看到四五个粉红发卷。楼梯幽深斑驳，一步步上行时，居然像一步步下行，简直要下到井底淤泥，大海滩涂处。二楼走廊如地下管道，从小窗射进重铅色光线。左右对冲五六张小铁门，银白幕布般反着光，铁锁硕大。门口架子上的运动鞋、拖鞋和皮鞋散发出的臭味，与垃圾桶的剩饭味混合。

小弟打开门，睡眼惺忪，面色蜡黄，像青春的叶片提前进入秋季，从头到脚衰败得刺目。看到房间里只有一张床，向南方困惑："这怎么睡？"一个人的空间分成三份，到处都充满羁绊，碰着胳膊撞着腿。小弟闷声道："他们睡时我看电视，反正，一看电视就不瞌睡了。"别人躺着打呼噜，小弟像牧羊犬般瞪大眼。唉，向南方皱眉时掀起的疼痛如涟漪，搅得小屋躁动不安。胳膊一挥："吃饭去！"向南方的脚步沉重有力，扑通扑通；小弟如孩童般尾随，脚步轻如猫咪。离开小宾馆，像离开一节火车车厢，从超现实的噩梦长廊里走出。

街边大排档是喧闹的：忙碌的小老板，等待的食客，互相凝视的情侣，带孩子的母亲……所有的人都因别人的存在而显得更加真实，像大锅汤圆般那样挨挤着的真实。等刀削面的当儿，向南方燃起烟，岿然不动。小弟主动坦言，昨天饿了一整天，直饿到肚子绞痛，今天索性睡觉，把饿给彻底忘掉。唉，小弟就是这么一种人：不苟言笑，拙于交际，行为偏执，即便身无分文，也死都不开口求救，只是硬扛着，困兽犹斗。小弟就是这么脆弱，总处于怨愤之中，这种情绪像常年堆积的垃圾，堵截了正常的感觉通道。

命运像是一片潮水，呼啦啦冲走了小弟的母亲和父亲（他母亲手掌通红，总处在干活状态；他父亲的手掌也通红，总是敲打着桌子叫嚣），剩下他如孤儿。他的记忆是块蛀满虫眼的木头，岁月在上面流过，随意地塞了些泥垢。日子一久，他根本分不清哪是木头，哪是泥垢。

小弟叹了口气，烟云般在向南方耳膜擦了一擦，却擦出了道伤痕。向南方知道小弟打工这几年，根本没存下什么钱。第一年在深圳时完全白干——老乡叫他出来，说先干，没钱时拿两三百元用，等春节时一次性结清。等老乡人间蒸发后，他才发现自己的工资被冒领；到清溪的广元厂，他的境遇好了一些，包吃包住，但还是不能按月拿到工资，还是“等走的时候一起结”。苦熬苦干了两年，等走时去结，才发现东扣西扣，所剩无几。

面端来后，小弟张开嘴就往里稀里哗啦拖。他吃得那样急切，像在吸食救命丹，还不忘抬眼对大哥一笑。当笑容收敛后，那吃相便更加肆无忌惮，也更加惨不忍睹。那饿透了的贫贱相真是不能细看——嘴就搁在碗沿边，把面条直接往喉咙里倒，口里呼啦呼啦，形成视觉和听觉的双重污染。

小弟饿成了一张空壳，像太阳底下晒脆的煎饼，一揭就成渣。小弟一直没找到新厂。天哪，那三个家伙！晚上在网吧熬通宵，早晨在路上随便走走，顺嘴问问。没走几家，瞌睡来袭，便掉头去睡觉。到了傍晚，起床吃碗面，又直奔网吧。听说他们找到家五金厂，条件待遇都不错，可小弟还是放弃了。“金天业和小周都觉得不好。”小弟想和他们进一个厂，那样才好玩啊！

向南方哭笑不得：“你已山穷水尽没饭吃，还想着好玩！”向南方如老母亲般苦口婆心——你有什么资本和别人比？如果你包里有钱，就不用辛苦去找工作了。你要认清形势。你现在是天时地利人不和。没钱，就气短半截。向南方还举了小曾的例子——在电子厂没钱吃饭，去劳务公司阿彪处借钱，押上身份证，才借到了五十元，那真叫个羞死人啊。

向南方劝解：“晚上玩通宵，白天睡到自然醒，那是放假时的安排，你现在是在找厂啊！”小弟嘴硬反驳：“我上午找了啊！”这话像小铁锥，在向南方脑皮层上扎开个缺口，让惊诧汩汩流出：“你说的找厂，就是从网吧出来，在回宾馆的路上随便问问吧！”小弟被戳到疼处，脸烫了起来，眼珠瞪大：“白天到处逛，要花更多的钱哦！白天的日子太无聊，我会想东想西的！”

无聊？！这也是向南方的暗疾，长在心底深处，不小心碰着了，会连筋带骨地痛。向南方忍不住皱眉：“想什么想啊？！想六合彩开什么号码啊！你这样下去，别说找厂，连身体也会拖垮的啊！”小弟鼓胀的气囊身子软下去，蜷成个团，低眉嘀咕：“这样过一天很轻松啊！”“轻松？！”向南方尖叫：“你真是昏了头啊！”见向南方真要发火，小弟缓和下来：“白天不上班，真的好无聊，日子没法过啊！”小弟甚感委屈：“我也想在一个厂一直做，可没办法啊！”小弟坦言，他每天到提款机上查十几次，可塑胶厂的工资还没到账。他给劳务公司打电话未果，便直接去厂里总务室询问。去了几次，门卫烦了，看到他便不让进。这个懦弱的男人咬牙切齿，发狠地举起拳头：“我要来硬的！如果明天还没到账，就只好打电话报警了！”

小弟对向南方所说“大厂不会少你几百块”的劝解听不进去，陷入怨恨连环套——因工资没到账，所以没钱，所以没法到远处去找厂，所以白天难熬，所以晚上到网吧熬通宵。他们已变成语言互不相通的人，却以为嗓门大些再大些，就能彼此听见彼此理解。

可大哥到底是大哥，于心不忍，缓声劝他不要再和那两个人一起找工作，“你的问题不是挣多少，而是先解决吃住。找厂不能挑三拣四，哪有既轻松又钱多的工作！”小弟的眼皮耷拉了下来，声调微颤：“嗯，金天业也在催我！”金天业准备回湖北十堰去相亲；而小周前几天过生日，在大吃一顿后宣布自己已彻底没钱。向南方“哦”了一声，把半截惊讶吞进肚里。空气像块凝固钢板。云雾散去，真相山峦凸现——金天业一走，小弟连住都成问题!

向南方提出建议——不如先在附近找个长期工做做，能包吃包住就行，工资要押就押，等自己月底拿到钱，可维持两个人的生活。如此，两人便又可笑迎风霜，傲对冰雪。

然而，分开后整整一周，没有任何小弟的消息。向南方忍不住给小周发短信，却没收到回复。他揣测，也许上班时间不让带手机，便在晚上九点后打电话。还是那熟悉的乌鸦嗓陕北腔：“是向南方啊！”小周说他在清溪，有朋友帮他找到了工作，还说金天业回老家后，他就和姜国强分开了，他也不知道他去了哪里。

向南方的嘴角弯了起来，挂出那招牌式的嘲讽笑容，心里打鼓——怎么可能！他知道小弟的生存能力极差——他简直像婴儿，根本离不开大人。现在，小弟一定和这个市井泼皮在一起。想到小弟龟缩在小周身后，一脸谦恭跟班样，向南方便隐隐不快。但他转念一想，又感觉释然：小弟一定是拿到了工资才走的。

当姜国强像影子般跟着小周后，向南方的身旁也多了个影子——小七。唉，这个小七，怎么说才好呢？简直就是狗皮膏药。当小七发现自己和向南方是同乡时，即刻唤他为“大哥”，宠物狗般跟定主人。向南方对小七的感情正负夹杂——正面是怜悯，负面是鄙夷。小七亦精瘦矮小，黑色板寸，和姜国强有几分相似。可小七太机敏油滑，眼神骨碌碌游移，而姜国强是块憨实木头。小七越黏向南方，他便越想念姜国强。

老大调向南方去新工位：查货。打包装毫无技术含量，任何人都能干（专属时工）；查货要经过培训，要能辨认出不良品，确认货物，在工单上填写日期。他学得认真，干得仔细。可过了几日，他的心情又跌入低谷。据他观察，厂里提拔人不是靠能力而是靠工龄——老大是小学毕业，干了十八年，自己要熬到什么时候才能出头？

终于，姜国强在失踪三周后打来电话，说在清溪找了家五金厂，一天干十五个小时，一小时九块五——这比塑胶厂工作时间长，工资低。他承认自己和小周在一起，却说是在清溪找厂时碰到的。向南方的脑袋里即刻显出那两个字——撒谎！小周刚从陕北来，对东莞各镇区一头雾水，怎么会晓得清溪镇的工业区？而那个五金厂的所在地，他曾带小弟去过几次。

向南方抽了口烟，用力喷出白雾，感觉鼻孔辛辣，眼睛蜇痛。但他还是重复地吸，重复地喷。这样的吞吐运动，让他感觉体内窝藏的不快，也随之排泄而出。唉，他和小弟的情感强度总是不对等——他太敏感，小弟太愚钝，所以他付出得更多。

“塑胶厂真有那么好？！”

向南方已成为这个厂的笑话。“你是第一次出来做工吧？你从没进过大厂吧？你能在这里的饭菜中找出一滴油吗？”虽然老员工这样嘲笑，可他依旧只微笑不反驳。通过劳务公司进厂的临时工，干够一个月便要走人，但向南方却陷入着魔状——他想要留下来，变成正式工。在向南方饱尝颠簸之酸苦，辗转之惶恐后，他的身体透支得太厉害，现在，他只想做一棵安静的树，扎根下来。此前的经历像一部公路电影，确实该下片了。经历了血与火，他终要直面自己的现实——你不过是个小普工，如星辰似沙粒。你曾经的左冲右撞，不过是梦游者的一场荒诞戏而已。现在，好好当你的普工吧。

老大和向南方商量——干到月底先辞工，在外面玩两天，再自己进厂（说是老大介绍的便可），这样就能和劳务公司脱开干系，转为正式工。临时工是外人，工资由劳务公司发，而正式工是自家人，工资由厂里发，不会欠薪拖薪。临时工按小时算工资，正式工则按劳动法算——不仅加班按双倍工资计算，每月还多两百五十元的伙食费。他摩拳擦掌，连春节都想要加班！拿钱多还轻松，到哪里找这样的厂！而且，他还在这里搞掂了一个女孩哦！

他的泡妞行动，完全像电影情节。他居然同时约两个女孩喝饮料（一个大三岁，一个小三岁）。他邀约的理由一模一样："碰到老乡不容易哦。"他想慢慢来，慢慢地水到渠成。若是以前，他定会暗中选出一个，直接告诉对方"我喜欢你，做我的女朋友好吗"。

三个人从晚上九点聊到十二点还意犹未尽。回到宿舍，两个女孩发来的 QQ 留言极为相似——谢谢你的奶茶，今晚过得很开心，以后多联系。又一夜，三个人去消夜，其中一个女孩徐安然坚持付钱："你刚进厂，手头肯定紧，还是我来吧。"那个瞬刻，他和女孩之间的空气发生了微妙的改变，像毛衣上静电发出针刺般的微小刺啦。他明显地意识到，女孩说话时，声带震动的位置像被细线吊起，比原来的刻度要高出一点。挥手告别时，三个人都在微笑，而在徐安然的笑容里，增补了些虚实交错的“话中有话”，像一阵风在城市上空虚晃一枪，那风的毛发擦拭过树枝、楼尖和湖面后，让它们有了轻微走样。

躺在床上，他满脑子都是——“女大三抱金砖”。他原来觉得“徐安然”这个名字念起来拗口，现在，忍不住一遍遍默念。这一夜，他的脑海里风驰电掣，晃悠着一个女孩。他奇怪那梦中之人并非徐安然，而是个陌生人。那人在前，他尾随其后，只两三步之遥。女孩不时拧过头微笑。当她的双臂环住他的脖颈，交缠如蛇时，他发现她异常蛮横。女孩不断变化姿势，左扭右扭，简直想把自己供奉在他的两肋间。他惊恐至极——他辨不清这女孩到底是谁。尽管努力拼凑，结果总是甚为模糊。他感觉和女孩的交媾像乱伦般可耻——好像不是和一个，而是和多个。

他冲到卫生间，打开莲蓬头，让流水冲刷下来。现在，他要努力收拢好那些前女友，让那些混乱版本各有位分，然后再紧密地封上盖。他察猜不定，不晓得要将哪个前女友拎出来见人，索性还是将她们全都关了禁闭，不能放她们出来捣乱——他已饱尝女人结盟后的恶果。

好吧，他真的做到了。他尽力忍住不去回头张望，让自己表演一个诚心实意的追求者。他平静地坦白：“我只谈过一个女朋友，因性格不合而分手。”这句话没有一点厚度和分量，如风中衬衫般轻飘空荡。在他看来，“性格不合”属中性词，不褒不贬，无所憎无所惧。他真的没办法交代清楚他的系列情史，那些场面会让女孩陡然变色，转身就走。为避免出现这一幕，他选择了撒谎。他真的想在塑胶厂有个好状态——好好工作，好好恋爱。他敞开心扉，亮出窗户外整块的天光云影，期待对方也拿出同等的诚意。

细眼厚唇的徐安然好温柔，只静静凝视靓仔，轻轻喟叹。女孩坦言自己在塑胶厂两年，也交过一个男友，但因父母不同意而分手。其后又遇到胖瘦两位男士，皆因“感觉不合适”而未果，但她并未因此丧失信心，仍执拗地期待着——其执拗性堪比植物的向光性——期待能遇到奇迹。

他继续啜饮青苹果奶昔，说着各种话题，以有步骤的诱惑，缓慢激发起对方的荷尔蒙，以期它以涟漪方式扩展。一来二往后，男人终于觉得有了把握，开玩笑般单刀直入：“你看，我合不合适当你的男朋友？”那女孩像原始初民被闪电袭击，也玩笑般地回复：“啊？很合适啊！”话一出口，两人都觉万分尴尬，匆忙道别后，各自返回宿舍。

深夜，男人瞪大眼睡不着，揣测对方亦在辗转，索性登录QQ，挥舞手指留言——“我是真心的！希望你能做我的女朋友！”他知道自己并不爱她——爱情之火太苛刻，需长时间、高浓度、恰到好处的机遇才能点燃——他现在只想把那具活生生的女体搂在怀，吸吮其鲜活嘴唇，拉扯其柔嫩手指，感受其浑身颤抖。现在，他要的是实实在在，懒得多花时间。他目测这女孩如木头般实打实，刚好用来取暖。没有爱意的拥抱也能产生热量，也能抵御孤寒。

女孩大惊：“不要！不要拿姐开玩笑！”

他想象得出，女孩一定激动得透不过气来，像被一根带毒的刺扎住。她一定很自卑——超龄三岁，相貌普通，哪哪都配不上这青春逼人的靓仔。她一定被痛苦的辔头引导，像匹鬃毛纷乱的母马。可徐安然再丑，也好过郭云芳。不，徐安然算不上丑，只是平庸而已。他想起母亲见到郭云芳后脸色大变，忍不住叱问"从哪里找来个怪东西"时，那声调里充满刀锋。那声调依然羁绊耳侧，提醒他不要一不小心，就变成了蚁人狼人。可现在的日子简直是深渊谷底，若不扔出条绳子套住自己，那肉身便会无止尽坠落下去——所以，他着魔似的想结交新欢。

他在暗夜的宿舍难以入睡，及至失神点烟，让灰烬长长一截烧到滤嘴。再也不能这样过。小弟的离去，让他的孤单赤裸凸显。每天下班归来，随便扒拉两口饭，往床上一躺，他能清晰闻到自己身上的流浪味。"我是认真的。"这男人如婴孩般无邪。他知道自己仍保持着未被触动的独立——这是他一贯的情感原则。这种独立性要求他，千万不要陷入紊乱之境。

徐安然的父母在清溪的五金厂当普工，哥哥当保安。十六岁外出打工后，她的运气一直好过哥哥。为避免冲突，她离家来到樟木头。徐安然坦白父母对女婿的标准："有房有车，彩礼不少于二十万元。"男人的嘴角弯出招牌笑容——别说二十万元，就是回老家办酒席的钱，他也得向自己的母亲借。他的不快犹如暗疾。他能明显地感到女孩常陷入恍神。那具躯体离自己那么近，但蕴藏其中的心却从未贴近自己。

女孩返回后，端起杯子，啜饮奶茶。

所有的饮料里，她对奶茶情有独钟——不要咖啡！不要果汁！不要冰沙！

调情也是一门学问。和调情词语配套的那种暧昧眼神——那脱离了写实性而具有卡通效果的眼神——需经长时间酝酿，乃至发酵，才能如酒缸揭盖，释放出乙醚奇幻味。雌雄二体，要将那相遇、相知和分离时的点点滴滴，在心底一遍遍回味，如临帖演练般，一遍遍提前进入情色状，才能酝酿出见面时，弥漫眼眸牵动嘴角的别样情致。那瞬刻，从瞳孔里释放出的热量，如烛火晃摇，让双方同时体味到电击般的快乐。然而，错了，他们两个人都错了。他俩的恋情，根本不是调情盛宴，而是两盘速成的快餐，看起来什么都有——米饭、蔬菜、肉和汤——但因没有经过时间的熬煮，吃起来无滋无味。

他俩在一起时，他变得沉闷起来，只侧耳聆听。他俩像恋人般约着会，但却没有恋人间的浓情蜜意。他无法说服自己再回到从前——没看到那些照片之前。他总能感觉到另一个男人的存在——像黝黑而冰凉的影子，一直黏附着那女体。然而，他却无法展开追问。如果他开始查她的“前男友”，那他的“前女友”也将暴露无遗。他揣测，这个女孩和自己在一起时要多别扭有多别扭，而和那个男人在一起时，要多舒畅有多舒畅。也许，和美男子谈恋爱对平庸女人来说是场灾难——她的平衡感被打破后，在自卑的压榨下，会挤出更多的焦虑。

他俩一起逛街，女孩显得心不在焉。在大排档前，无论是生的冷的油的腻的，她逮着什么吃什么，模样贪婪而愤恨。有一次见面，他发现她的眼睛发红，眼皮堆出几道褶，很明显是哭过。她叹息摇头，只说父母打电话来催婚。父母说她不是年纪大了，而是老了。她也承认自己是老了。可怎么办？然后，她盯住对面的这个男人。

那一刻，空气凝固起来。

他感觉女孩的鼻息在移动、缩小和退后，继而，又像猎物般出动。他知道自己的沉默会让对方恼怒，但却无法脱口而出“我们结婚吧”。

结婚吗？不，还不到时候。

第十八章　又变成了普工

两次开厂失败，不仅让母亲害怕，连他自己都怕了，好像身体里有什么东西“啪”地给折断。

那个周末向南方去看母亲时，约徐安然同去。

下午六点出发时，工厂路已夜幕低垂，路灯下行道树是团团黑影。出租车司机将车速控制在三十码（30 公里每小时），避开左冲右突的货柜车后，才开始提速。十几分钟后遇到个岔路口，拐入右侧后便进入了清溪镇。

迎面短街被绿化带隔开，左右空荡，无一车一人。整条街像个密闭船舱，闷热黏湿。这里的一切都和工厂路不同。工厂路是混杂的——各种琐碎之声，各类晃动人群，各条曲线直线交杂。而这条街，无农民房、花园小区和集市，两边全是密密匝匝的工厂。此时正是晚班时间，这里静寂无声，像被咒魇控制住。远处的灯光似鬼火，能把人的三魂七魄给吸去。

路过汽车站后，街道阔绰起来——人群稠密如蜂巢，密密麻麻的彩灯招牌，堆满橘子香蕉的水果摊，摆着红塑料凳的沙县小吃、湖南大碗菜，深绿色垃圾筒，穿工装的男男女女。

向南方朝一条小路指去："凯旋厂就在那。"

他向女孩解释他不愿回清溪的原因是——表叔曾叮嘱保安不让他进厂！好像，好像他这个表侄曾抡起铁锤，一下下砸痛了他，直痛到骨髓深处。所以那保安一直在等，等那窄肩窄髋骨男孩现身，咧开嘴，冷眉冷眼邪笑——"老板交代过，不让你进厂哦！"

那一刻，向南方恨不得让自己人间蒸发。他太熟悉那种不屑一顾的神情了。那瞬刻，表叔让保安的手在意念中扬起，狠狠掴出一记耳光；那瞬刻，黑色怨念如沥青将男孩裹覆，几近窒息。他只是，只是想回来看望一下母亲啊。讪讪离去时，他的身体在发抖，像赤脚走在十二月的雪地里。

他想起第一天——他到达这里时，表叔的声音如糖浆，徐徐灌入他的耳蜗："好好干，什么都会有的！"那时他的胸腔里燃着一团火，噗噗跳动，整个人像要融化掉。到现在他才明白，他遇到的狠角色不是表叔，而是命运。他背熟了老板的台词，可被强光一照，整个人便陷入恍神，根本无法继续表演。唉，他想当老板的模样，就像一只想要饮火的飞蛾。他以为自己能侥幸上位，然而，那场梦仿佛一场地下情，见光即灭！现在，他只有老老实实当他的普工。

丽都酒店挤在灰暗小店间，巍峨楼体被华美灯光裹覆，璀璨异常，像一块立体的灯光蛋糕。保安穿雪白制服戴酱紫贝雷帽，训练有素地站着。乘玻璃电梯而上，餐厅像一页巨大、扁平而光滑的图画——顶部水晶灯似天堂穹顶，圆桌靠背椅被镶着金边的红布包裹，旋转大桌的中央是盆蝴蝶兰。临窗而坐，能看到楼下工装人熙来攘往，如热锅水饺。

母亲还是那样精神——齐眉短发、白色蕾丝衬衣外套、黑色半长风衣、黑裤黑鞋。母亲的神态总让人有点惋惜——明明面目姣好，却总喜板着脸横着眉。母亲点了四个菜：炖牛肉、家常豆腐、肉片木耳、炒青菜。她几乎不动筷子，只不断劝徐安然多吃，说自己已在厂里吃过晚饭。唉，母亲实在好强——选这样浮夸的地方见面，只为让她的儿子脸上有光。

当母亲小心翼翼捡拾话头时，眼里饱含着幽怨。母亲忆起君子一年诞下婴儿后，根本不想外出打工，可她好胜心强，看别人家已盖起了新房，便一跺脚，去了火车站。在深圳，每次她都能从别的小孩身上看到自己儿子的特征。她晓得这种比照是虚妄的，但眼神还是止不住盯着那孩子看。回到出租屋，她胡乱踱步，吃不下饭，躺在床上嘤嘤抽泣。唉，生育之痛哪能比得上离别之痛！这种痛是明晃晃的，像一记重拳将肋骨打断，肝脏打爆，胃囊打凹。

母亲忆起春节时赶火车，在人流中拥挤，几乎要背过气去。把箱子塞进行李架后，浑身都是汗。整个行程她一直都是站着的。等下了火车坐上长途汽车到家，见了孩子后，又像有几世恩仇似的瞪着眼，没得话说。

唉，残酷的现实如破碎瓦片，完全无法捡拾成形。她和自己的孩子，已确定地生活在两个完全不同的世界。母亲说每次春节离家前，她都会痛哭一场——可儿子根本不记得母亲的眼泪，只记得皮鞋尖。母亲说刚到深圳时找工作很难，所以只要能找到，再受气也不想转厂。工资拿到一千元时，觉得真是可以啦！后来涨到两千三千元。她住在出租屋里，夏天靠舀水冲凉，硬是攒下钱，在家里盖起座三层小楼。好不容易熬到孩子长大，以为好日子就要来临，可她年龄大了，不能干重活，只好从深圳大厂转到清溪的凯旋厂，在厨房里帮工。

她说自己苦点累点都不怕，只希望儿子能好好上学。听到儿子在电话里说“我也要打工”时，母亲难过得要哭出来。“应该读书的人不读书，却出来打工！”她宁愿自己苦点，也希望儿子能读书！可儿子的脑袋里像是被放了卫星定位系统，在“南方”的指引下，千里大迁徙，也加入打工一族。

母亲在深圳见到儿子时，他低着头，一双脚外侧着地，和年轻时的丈夫一模一样——他们父子都习惯让脚的轻微扭曲来分走一部分压力，一部分难为情。别扭是一点点显影的。当母亲的训诫汹涌而来时，儿子左耳进右耳出，沉闷无反应，不愿打开心扉交流。唉，错过了养育的黄金时间点，重逢的两代人共同陷入尴尬。此前日日夜夜想要团圆，可面对面时，又因有着太多刺屑，令母子俩各自受伤难受。两代人皆不明白——这到底是怎么回事嘛！难道自母亲选择离家之日起，母子间的情感交流之河便奇幻地停滞？

因匮乏长时间依偎共处，这种母子的关系已趋于伤害。当母亲试图行使权威时，遭到儿子的激烈反抗。每次发生争执后，母亲都异常后悔。唉，原来那些亲昵、撒娇、宠溺和爱抚——那些上帝赐予母子的神秘礼物——如果没有及时领取，便会霉变癌变。

母亲希望儿子安心当普工，不要东想西想，赶快结婚。“我吃盐多过你吃米。”“你过得好我才放心，我的希望都在你身上。”向南方忍无可忍：“你以为我能过什么日子！一个破普工！”而母亲却陷入神经质唠叨：“你不能自己看不起自己！你要努力！要争取！你再也不能瞎胡闹了！”母亲抬眼看着徐安然，顺嘴就说了出来：“他总是瞎胡闹！以前找了个女朋友，可人家都定过亲啦……”

向南方大吼：“妈！”男人的脸颊抽搐，呼吸粗重，手指捏紧。母亲不仅粗暴地碾碎了儿子的初恋，还让本来就寒凉的母子关系又进入冷冻地带。母亲根本不知道，那个大三岁的女人出现时，正是儿子最孤独难熬之时。从那个女性眼神里荡出的水光，令儿子多么温暖。那是向南方第一次对异性生出爱恋之意啊。时过境迁，现在的他不仅为初恋女友，还为自己悲哀。那是何其辉煌的一种情感啊。这辈子，再也不会有人用那种方式爱他了。初恋女友对他是那样全心全意，不求回报。

母亲说起那时手头紧，一天只能吃一顿饭。她四处找厂，有时就栖身在桥洞下，身旁是一坨坨黑色垃圾袋，一支支空酒瓶。雨天被淋个透湿，咳嗽了一个多月，硬扛着不去医院。母亲的血泪故事像剪接机出了故障，亮白画面既无逻辑，又粒质粗糙，模糊跳动，而儿子完全处在另一个世界，根本无法理解，也无从切入。“我小时候父母也没管过我，但我知道他们辛苦，都原谅了他们！”母亲把谴责藏在话音里，眼皮一眨不眨地盯住向南方：“你不能跟别人比，你也用不着跟别人比。”母亲劝他安心做普工，攒点钱是正经。口袋没钱，干什么都束手束脚。她提及曾阻止儿子去南通打工，“哎呀，前面就是陷阱，他也要去试一下！”向南方再次惨烈大吼：“妈！”

返回的路上，他满脸凝重地对女友徐安然坦白：“现在，我是真的没资本去搏了！”两次开厂失败，不仅让母亲害怕，连他自己都怕了，好像身体里有什么东西“啪”地给折断。唉，从起点到终点，兜了一个大圈子，他又变成了普工。可是，别忘了，他毕竟当过老板，见过世面，即便一穷二白，也是个高档穷光蛋。

紧挨着的周一早晨，向南方给徐安然打电话时，声音微颤：“我被老大放鸽子了……”据他此前的说法，似乎已和老大达成某种协议。可怜他那样信任那中年妇女，拿她随意的一句话当圣旨。而那个悍妇，根本就是逗他玩。现在，他被莫名搁在半空，道歉没有，解释也没有。

那一天，当他和小七兴冲冲重返塑胶厂时，感觉阳光格外灿烂，榕树格外油绿，甚至连垃圾桶也顺眼许多——可等他们被保安挡住，根本不让进厂，急赤白脸地给老大打电话，对方慢悠悠回答“现在厂里人多，等过完年再来吧”后，所有的光度和色调都像发生了移动，变得和从前不同——阳光里充满了汽车排放的废气，榕树上挂满枯干长须，垃圾桶里释放着霉臭味。

向南方的脸像一张空白复印纸。“搞什么搞！”他憋着口气，半天才缓缓吐出。老大何以这样放他鸽子？他全身像起了红疹，谴责语言已沦为谵语。如果老大没有那样的信誓旦旦，他和小七完全可以用临时工身份干到春节。可现在，离春节只剩两周，各个厂都在裁人，哪能即刻就找上工作！可这些话，他怎么讲给老大听？他所能做的，只是转身离去。

向南方用残存的意志走向提款机，一查，他的头发根都竖了起来！他给劳务公司的人打电话，对方说再等两天，便“咔嗒”挂断。等他再打，对方居然根本不接听！站在街道上，兜头炸白的流火烤得他脑门直冒白烟。仅仅过了个周末，他的日子便跌入低谷——没有工作！没有宿舍！工资没到账！整条工厂路像地震后的废墟，他需用带血的手指一点点扒开，从瓦砾中找出条缝，慢慢探出脑袋，呼吸口新鲜空气。不，不能坐以待毙。

那排榕树下的建筑物四方四正，“樟木头镇人力资源局”几个字金光闪闪。不知为什么，当他置身于这个整洁有序的环境时，显得心慌意乱，好像他已习惯了窄促斗室，突然间的宽松敞亮，反而让他难受。

一楼大厅那些操作员先让投诉者“不要着急”，然后记下他的遭遇，拿起电话，联系遥远之处的遥远机构，督促对方尽快办理。二十分钟后等来结果——是的，劳务公司会尽快发工资；是的，塑胶厂会监督落实；是的，塑胶厂是大厂，不会为这点小钱坏了名声。

对投诉者来说，这已是最好的结果，但推开玻璃门往外走时，向南方的身子如棉花般虚飘。啊，曾经那个充满朝气，带嘲讽微笑的青春男孩已经慢慢隐遁，正在朝忧郁颓废的中年迈去。

“不能苦等工资，要赶快找厂啊！”徐安然告诫他。其实，他也知道哪怕是当临时工，十天也能挣一千多元。然而，在工厂路走了一圈，每个厂的回答都像商量好似的：“不招人！春节后再来吧！”夜里盘亘网吧，他不看电影，不听音乐，不打游戏，只用力搜索招聘信息。在海量的文字里游泳，他要奋力地抓到个救生圈。可信息实在太多，多得简直变态，根本不知哪一条有用。盯着屏幕的人变成瞽人，茫然无所从。

终于他看到了那条——深圳宝安区福永镇一家电子厂在招

人，可做临时工，春节后还能签长期合同。若春节不回家，帮厂里照看车间，还有额外奖励。厂里提供宿舍，但三餐自理。那瞬刻，男人不是没有犹豫——离开樟木头，离开东莞，他和徐安然的感情如何维持？单靠打电话、发短信、QQ 留言，能保持多久？唉，和吃饭睡觉相比，恋爱实在太过奢侈。他一拍大腿——去！

可到了福永，他只干了一天便决定辞工。在返回樟木头的长途汽车上，他给徐安然打电话："不习惯，辞工了，怎么感觉深圳比东莞还冷……"

一旦进入深圳地界，东莞便用另一种方式呼唤他。

东莞啊东莞。

在"东莞"这两个字的笔画里，似乎隐藏着一种毛茸茸的温暖，像蠓虫飞舞在金黄色光线里。原来，东莞不仅是他的打工之地，还是他的情感老家！原来，他已无可救药地依恋起这座城市来！当他像鲁滨孙降临到荒芜陌地，日复一日地、赤手空拳地耕作后，他便已与这片土地血肉相连起来。这深情他并不自知。离去后再返回，那情感才强烈浮凸出来。他终于看清了自己心底的隐秘——他根本不想离开东莞。

从踏入深圳地界的那瞬起，他便像得了怪病，浑身瘙痒难忍——好像深圳是道红线，千万千万不能踩过那个边界。一旦过线，便会即刻化身为疯子傻子，成为"中邪的人"。当大巴车的车轮一点点向前碾压时，他进入的不是"未来之城"，而是"昨日之城"。他脑袋里的控制室打开后，看到的一切景象都带着忧郁的阴影。那些灰色工装人，大排档的小贩，街角的白色餐盒，残破的红色塑料凳……他好像已见过千万次。那种熟悉的感觉，像油漆在他心上又厚厚刷了一层，让他整个人变得沉重，呼吸困难。

进入福永镇工厂宿舍，扑面而来的全是当年被软禁的气息。他像看了场旧电影，一幅幅黑白画面接连浮现。他记得那逼仄人行道旁的逼仄楼梯，逼仄房屋里的逼仄时光。那些痛的、酸的、辣的感受拧成麻绳，让他的手脚被束缚，僵尸般挺立，豚鲸般搁浅。他以为在这里的记忆已被时间洗白，一切都恢复如常，然而，深夜辗转在宿舍铁架床上，他瞪大眼珠，难以入眠。

在拉线上只干了一天，在宿舍里只躺了一夜，他的忍耐便达到顶点。

“走！一定要走！”他真的没法对小七据实说出原因。他以为自己已忘记六楼小屋散发出的味道，但整个夜晚，他都痛苦不已，想呕吐又吐不出，反反复复折腾。在他记忆的磁盘中，清楚地拷贝着那一刻的感受——当房门“哐啷”被反锁，年仅十五岁的他与真实街区被断开后，那种难受如闭气泅游，四周全是浓稠黑液，怎么都驱赶不走。他陷入巨大悲恸——他母亲宣称他“中邪”了，所以根本没人敢来解救他。

他对着窗户深吸一口气，胸腔急速膨胀，然后发出怒吼。那嗓音极凄厉，穿云裂帛。唉，他就是在那个洞穴里，渐渐地失去了人类形貌，最终变成妖变成魔的啊。他清楚地看到自己四肢着地，匍匐爬行。外面的音乐声、脚步声、说话声，像来自另一个世界。呜呼哀哉。他像蛛网里的昆虫，惊惶四顾，左冲右撞，怎么都挣不断那些冥冥丝线。

他努力劝慰自己——拜托别这样，过去的都已经过去了，OK？可一睁眼，又好像看到了那张布满雀斑的面孔——那眼睛瞪视着他，随时都会启动喉咙，嘶喊出“快来救我”。他猛然意识到，如果留在深圳，自己的身体会像台灯，被一只手慢慢转动旋钮，最终让生命变得暗淡晦涩，丧失掉全部亮光。

当他提出建议时，小七吓了一跳。“真的要走？”买票的钱先不说，还买了新被褥……而且，春节值班还有加班费，春节后还能当长期工……但小七到底是小弟，朝他用力点头：“你说走我就走。”

关于打架的事，是他事后说漏了嘴，徐安然才知晓的。事实上，在女孩面前他一直都戴着面具。每次见面，他都像演员上场，必冲凉清洗，必将头发梳得整齐，必将鞋子擦得干净，必将裤子熨得笔挺。所以，他怀着深刻的羞耻之心，不想让女孩知道他在那个夜晚曾做过那样一件事。

从深圳回到工厂路，他去网吧，小七去了老乡的便利店打麻将。在愈来愈白痴的状态下，小七痛失一千两百元。可老乡根本不信那承诺——“我一发薪就还啊”，强行扣押下他的身份证，逼他赶快借钱还债。向南方气不过：“领了工资就还哦，不要逼人太甚！”可店老板黑着面孔：“不行！”一种细小而熟悉的情绪鼓涨了起来，好像鱼身上的鳞片，在不以为意时被刮除，但那种曾有过闪亮晶体的记忆，却一直交缠在脑海深处。他向小弟保证：“别怕！肯定能拿回来！”

在向南方的情感天平上，小七并不比那个店老板更重。其实，那个瘦黑店老板对他相当客气，还请他吃过烤鱼。可那一刻，他闻到自己肾上腺素飙升的气味。他 × 的，在这个世界上，我们这些打工的就像一张破纸飘来飞去，谁理会我们的委屈，可老乡还来欺负老乡，怎么都说不过去。他腾地站起，瞪眼捏拳。当大哥的，就要像家乡的刚哥那样，重义气、慷慨、打架不怯场、不欺负弱小。他让小七去告诉店老板，晚上十点路灯下还钱，又约了三个男工当帮手："不用打，用报纸包上木棍站在后面就行。"然后，他盯视那三人："敢不敢？"

他并不觉得自己是恶童，正在组织斗殴，反而觉得是在伸张正义。他还做了战前动员，那架势像现代版《水浒传》："小七欠钱是不对，可他的工资没领到，没钱是事实。扣着身份证，让他没法去找工作，这就是老乡过分了！"他看过法律书，知道斗殴的处罚并不严重——"只要没拿刀，不砍人，最多拘留十五天。"

于是，他们五个男人便枭怪横行地走来，等在路灯下。老乡一现身，看到他们那报纸里裹着的物件，知道坏了，脸色土灰，膝盖颠颤。大哥说"把身份证拿出来"时，口气很轻，可听上去，那几个字比主人更愤怒。那枯瘦骨架的家伙嘴还挺硬，脖颈一抬，皱眉喊道："不给钱就别想拿！"大哥朝对方盯视，看到他鬓角处的头发有些花白。按理，老乡有便利店，还偷摆麻将桌，应该活得比普工更自在更舒适，可那一撮白发，却毁掉了这个"有钱人"的形象。

"到底给不给？"大哥如国王般倨傲。而听到"先拿钱来！"大哥像老戏骨般不带任何障碍，即刻穿越，变成机甲战士上场格斗。他用尽全力跳起，踹出一脚，看到对方倒地后，便从那人上衣口袋掏出钱包，找出身份证，又一顿狂踹。这时的他，完全不受华丽外表的控制，变成了一只粗野狗熊。他的脚已经非常饱了，可他的眼却还很饿。当脚尖向下纵深时，看起来迅疾如闪电，但在他眼里，却是个极艰难的慢动作。旷日费时，旷日费时，那脚尖终于触到了嶙峋肋骨，腴软肚腩，单薄肩膀，再一一破坏那些物体的线条。

事实上他异常感伤。他发现自己正置身于三岁时的那个场景——那瞬间仿佛是他的肋骨、肚腩和肩膀，在遭遇脚尖的蹂躏。唉，那些母亲 DNA 中的暴力元素，已神秘地流进了他的血液。倒在地上的男人，鼻梁、眉骨和耳朵，皆瘀青撕裂。他哆嗦着摸到手机，用血肿嘴唇大吼："快来，他们就要跑了！"

可恶！这家伙早就报了案。

两辆警车开来，下来七八个穿制服的人。大哥的手臂上唰啦起了层鸡皮疙瘩，喘气比踹人时还急促。他们五个人就这样被关了一夜。到了那个逼仄房间，无论穿制服的说什么话，大哥都使劲儿点头嗯嗯。应付这种情况，他已积累了足够多的经验。他知道在别人眼中，他们是恶臭小混混，输成负数的烂仔，所以他要拿出谦恭至极的姿态才行。第二天凌晨众人散去时，他微笑着挥手告别，确保大哥形象屹立不倒。

2015 年的春节，向南方是在医院度过的。

他的日子真是大开大合，毫无计划性。他总是一心想要水晶玻璃，可拿到手上的却是粗瓷烂瓦。母亲是疼到牙关紧闭，浑身筛糠，面如蜡纸时，才被搀扶到医院的。医生的责备像手术刀般锐利："怎么这么晚才来！"医院让他浑身发凉，像被神秘邪灵侵入，心底有种毛茸茸的恐怖感。这里的气味不仅发臭发腥，还有种特殊的甜腻，像汗衫的酸味、底裤的尿膻、口腔的馊气、肉里的细菌全都混合在了一起。

看到那白色灯光、白色过道、白色药片以及手术后母亲白色的嘴唇时，他无法不想起郭云芳——到最后，她连眼神都变白了。他瞅着那女孩躺下后，顽健身躯恍如蜕壳龙虾。以前女孩精神气十足，连做饭洗衣都哼着歌。一切是突然停滞下来的——突然，生活遭遇腰斩，变得和从前不一样。而那些啮咬过郭云芳的病菌从未离场，一直在飘荡和繁殖，现在，全都集中到了母亲身上。

母亲变成了佝偻影子，需时时搀扶。他给母亲喂饭，让她喝药，劝她睡觉时，感觉对方像得了老年痴呆症。更多的时候，他枯坐床边，散漫地看着那具昏睡人形——那是他的母亲——可他对那个女人的头发、面孔和肩膀，全都那么陌生。当他打量那白被单下的曲线时，又分明感到他和她的关系那样可怕——那样的不分青红皂白，又那样的血肉相连，甚而血肉模糊。

春节后，他在 QQ 空间发了张自拍照：在一溜大排档旁的榕树下翘起嘴角，虽然笑得十分恓惶，但仍然在坚持笑。他和小七去同样隶属东莞的桥头镇工业区找工作，小七留下了，他无功而返。

那个厂的规模虽然不小，但像他们这样贸然找上去的，只能从临时工开始干起。进车间要穿防尘服——那样厚实地一裹，所有的人都变成了膨胀白篮球，只剩眼珠子转悠。样子难看倒是其次，主要是浑身泌汗，呼吸困难，人变成了老式空调，从胸腔里发出沉闷的嗡嗡声。他有种强烈的预感，觉得自己撑不下来。要不干就趁早！他已提前看到了溃败——他早晚会厌烦，而那时，他已被那身衣服套牢，挣脱不掉，只能束手束脚，煎熬在蜂窝状的空间里，让自己变成蚕蛹。

桥头的工厂区和樟木头的工厂路异常相似——脚下也是腐败

菜茎，发黑香蕉皮，惨白塑料袋，压扁纸箱，枯干树叶；身旁也是灰扑扑的人影，迟滞面孔，僵硬双腿。他和小七坐在破烂棚屋下吃刀削面。开始，两个人只忙着呼哧呼哧咀嚼，等放下碗来一抬眼，才愣怔住。对面那棵树的身量巨硕，像从原始森林挪移而来。树干威猛健硕，树穹似超级大伞，叶片反射着簇簇亮光，须子像无数根手指。

返回樟木头的路有点弯弯绕，大巴车司机就像是在驯龙。向南方坐在车尾，被颠簸的车身甩得七荤八素，满脑子都是小七那张脸。小七身型枯瘦，像只大虾米，总喜欢喋喋不休，又嗜赌如命……但这些都不是他和姜国强的不同之处。姜国强视他为神龛里的一尊佛，凡事都听大哥的；可小七表面上唯唯诺诺，背地里却自以为是，永远都在做着计划，无大气魄又无大能力，只会算蝇头小利的碎账。

听说大哥要走，小七顷刻间萎靡下来。外出打工的男人总喜欢结对子。不管到哪个镇哪家厂，身旁有个伴儿便不觉得难熬。

唉，并非大哥冷漠，实在是他们这对临时组合的情感太单薄。小七的声音像破风琴："大哥，你走好啊。"向南方拍了拍他的肩，像安慰一个跌倒后又爬起的孩子。

第十九章　房子是万恶之源

他对工厂的态度逐渐软化，不再像一头箭猪似的总浑身绷紧，总感觉到处不满意。他再也——再也——不能任性地耍脾气了。

在温馨宾馆三〇三房住下后，向南方开始一个人找厂——厂子不难找，难的是找个好厂。春节一过，工厂路又旺了起来——人流密度增大，货柜车变得拥挤，大排档塑料凳密匝匝摆满路边，小宾馆亚克力招牌晶亮。这条路的喧嚣声势浩大，简直到了聒噪的程度。这里就像个原始丛林——工人和工厂面对面瞪视，一切都赤裸裸地摊开，就晾晒在那里。

重返樟木头，他并未感到爱情的温馨。他和徐安然的感情像根抛物线，确确实实有个起点，然而在中间阶段像是要高起来，却又低下去，一直低，低到模糊不清，完全看不见终点。有时，他回来得早，躺在床上翻来覆去，自然会想到两公里外的女人，想到她衣领下的膨胀部位，不觉呼吸紧促下体燥热。恍惚间，他仿佛看到她坐在红色塑料凳上，前凸后翘。她俯下身来，用嘴唇收紧吸管，发出细微刺啦声。他就坐在她的身旁，却什么都不想说，全身意念集中在手指上。那十个甲虫慢慢蠕动，向上攀爬，就要爬过腰肢，爬到那片高地了。

“晚上一起喝奶茶？”“明天要早起上班啊！”“星期天去镇中心玩吧？”“等放假再说啦！”他发出的请求，十有八九都被义正词严地断然拒绝。虽然没人看到，可男人脸上的尴尬还是被手机屏幕照得一清二楚。那女人把自己当成很金贵的东西，似乎等着坐地抬价。

这变化让他猝不及防，像一个笨小孩遭到冷不防攻击，一脸措手不及。他的血管里像交响乐般跳腾，脸阴了下来。唉！到底是我泡妞还是妞泡我？一个男人和他的女友之间，到底有着怎样的桃红柳绿莺莺燕燕，他能不懂！搞搞清楚，他女朋友名单能排出一条长龙哦！搞搞清楚，他是谁！可那个身上囤着圈肥肉、单眼皮宽鼻翼的女人，却不断地拒绝着他！

他疑心徐安然根本不喜欢自己，但又不想明说，只是先吊着，拿他当备胎；他疑心她的拒绝，也许是为了打消他的傲气，让他变得更驯服……不管怎样，他胸口处总积着股热流，不知往哪宣泄。这哪是谈恋爱，简直是斗牛士挥舞红布，你来我往中透着股“看谁先死”的狠劲。他在炼狱里煎熬，每日都穷途末路，无处可逃，她怎能坐视不管？太可笑了。他在街上游目四顾，感觉每个女人都有点像徐安然，好像她已被分解成碎片，隐匿于各个女体之中。她那样诡秘地避讳着他，是在和别的男人约会吧？否则，谁能相信，一对恋人的距离是两公里，却像隔着两千公里般靠发短信联系。这是笑话！这是谎言！这是病得不轻！

他被焦躁笼罩。白天，一个人荒烟蔓草地行走、吃饭；傍晚，坐在麻辣烫大锅前抽烟，听旁人讲黄段子；深夜，孤独返回温馨宾馆三〇三。在户外晃荡一天，心力交瘁，而那黑黝黝的台阶像是通了灵，脚还没踩上去，就已听到鞋底发出吱嘎声。一抬头，铁皮门顶上的数字瞪大猩红眼珠。

这房间的内部太过逼仄，将各类声音放大了几十倍——生锈的门关节哧啦哧啦，厕所的水龙头滴答滴答，日光灯管吱呀吱呀。但这个房间的“伤害核心”并非视觉而是嗅觉。一进门，租客就发现自己从鼻腔到肠胃被怪味包裹——淡淡的尿骚味（卫生间用半截水泥墙隔出个窄档，可顶部却是相通的），湿衣服的霉味（房间没有阳台，衣服就挂在卫生间的铁丝上），床垫上积累下来的混合味。倒在窄床上，颓然摊成大字，一点不想动。就让屋子的寂静更深一些吧，就让肉体的腐蚀更快一些吧。

有时一整夜，他都在噼啪打蚊子——抹风油精，点蚊香，搔痒，擦汗。失眠像漂浮在水上的皮球，不管怎么用力，都无法让它沉到水底。那些暗处的往事，被丝丝缕缕牵扯出来。有时，睡意刚刚降临，隔壁却传来欲仙欲死的呻吟。他想要爆粗口又觉气短半截，索性拿出手机，用外放的手机音乐去反击那声浪。对方并不隐忍，反而更加大声。

但他却不想换房。他知道不管去到哪里，每一家小宾馆都一模一样——都有一个黑门洞，一节窄楼梯，一个小房间，一张窄床，一扇小窗。傍晚，总有几个踩拖鞋的女人在走廊里抽烟聊天。每一家小宾馆都是如此相似，甚至每一条工厂路，每一个工业区，每一个工业小镇。所以，他并不想搬去别处。

连日奔波令他烦不胜烦，遂暗下决心——只要进到一个差不多的厂，便一定扎下根来，先解决吃喝。他发现厂子和女人差不多：好厂的模样不一定妖娆，但所承诺的都能实打实兑现；坏厂各有各的坏法，但无一例外，都散发着妖气——先蛊惑你，诱你进来，再牵制你，讹诈你，让你后悔不迭。

“要有光，于是就有了光。”

进入飞腾电子厂，被分配到电子部做LED灯后，他狠狠赌咒——再也不轻易跳厂！这是一家中型厂，比此前的电子厂，塑胶厂规模都小，但比一般小厂又大，看起来像模像样。于是，男工向南方的日子又开始走向正轨——上班、下班、吃饭、睡觉。这种生活原本他恨得要死，可经过春节医院里的折腾，桥头大厂防尘服的刺激，现在觉得要特别珍惜。

他对工厂的态度逐渐软化，不再像一头箭猪似的总浑身绷紧，总感觉到处不满意。他再也——再也——不能任性地耍脾气了。现在，他满眼都是还可以啦，还行啦，只能这样啦。现在，他内心里的杂念像青草，被压在水泥板下，根本钻不出来。可他并没起念搬进宿舍——他已足够寒碜，不想再堕入多人混居的状态。

周末睡到饿，下楼去找饭时，在流动人潮的景观里，他居然看到了小曾——就走在街对面。他瞪大眼仔细辨认——确实，是那张巴掌大的黄脸，头发黏糊，眉眼暗淡。小曾的身形似乎又瘦了一圈，像有蠹虫将他体内能量蛀空了一大半。那黄T恤洗得泛白，黑裤子皱成老人脸，背上是龟壳双肩包，手里拽着四方拉杆箱。一看便知是没工作的人！那拉杆箱硕大，男孩便歪着上半身来抵抗箱子的重力，每走一段路就要换另一只手。

听到喊声，小曾驻足。看到是向南方，不禁莞尔。学生腔的小曾居然孤单单一个人在找工作！他抱怨说厂里只招熟手和女工，像他这样的总排不上号。他的声音浮肿苍老，间或还夹杂着几声咳嗽。向南方习惯性地扮大哥，一迭声劝慰，耐心点啦，机灵点啦，总能找上的啦，但心里却盘算着另一件事——是否，是否要结束这孤灯投影的日子，留小曾当小弟？

小曾拖着拉杆箱来到三〇三，坐在床畔，举起冰红茶，仰头咕嘟。于是，在反复汗湿后的床垫、干瘪的枕头、卫生间凹槽等物件散发的味道中，又增添了一股饮料的甜腥味。

虽然向南方有心招小弟，但却不能表现得太过热情——如果鸟儿要归巢，它自己会懂时机的，无须风雨提醒。小曾喝完饮料，又稀里哗啦撒了泡尿，便起身告辞。向南方挺直腰板，深吸一口气，像把斗室里所有的光明都吸进肺里，再缓缓吐出。年长男子点点头："饭也不吃了？""不了。"年轻人咬着牙龈，眼睛微凸，像要挤出强大意志力才能让自己离开这间屋。报应啊报应——大哥离开小七时有多决绝，小曾离开他时便有多决绝。

当小曾把拉杆箱暂时留下，背着双肩包离开后，整个三〇三安静如雪野。不，小曾不想到飞腾厂；不，小曾不想成为向南方的小弟。电子厂别过后，这男孩到底遭遇了怎样的历练，在怎样的跌宕中遍体鳞伤，向南方不得而知，他只是感觉男孩除面孔依稀可辨外，其内部零件全被偷偷换掉。那男孩笃定离开，是为了某个女孩，还是已有了大哥？唉，做兄弟和做情侣一样，也要有心灵感应——向南方再有当大哥的心思，小曾不感应也是白搭。当年轻人旋风般刮走后，大哥突然念起姜国强的好来。唉，那个憨子，那个傻子。

飞腾厂的日子规律极了，像拉线上的履带，每天都被发电机带着嗡嗡转。你不知道那机器为什么嗡嗡，只需跟着节奏合唱便好。你不相信这世间还有这样的牢房——门不上锁，街道敞开，饭食随意，但一切行为都有时间限制，你要在规定的时间里做完该做的。

晃荡的日子太久了，被机器带着转动，虽心里惧怕着从那里发出的狮吼虎啸，但却比空荡荡没着落好。一股怪诞的活力在男工向南方体内滋生，他终于不再慵懒易怒，颓废阴郁，反倒将日子过得紧巴巴兴冲冲。早晨，他习惯性地凝视那面镜子，检查他一天比一天发黑的面孔。干苦力当然不好——出臭汗，吃糙饭——但却强过当一块腐肉。唉，再不动就要烂掉了。走出三〇三，天光虽刺目，但却有生的希望。

又一个周末，小曾来取拉杆箱时，说要去同样隶属东莞的石龙镇。向南方意味深长地点点头："哦。"小曾并不像表面上看起来那么可怜——一头乱发，积垢的面庞，软塌塌的衣衫——突然觅到的工作机会，让他两眼射出熠熠光芒。小曾已拽着拉杆箱，走到门口处又嘀咕了一句，说刚接到小周的电话。向南方愣怔，遂哑声询问："什么？"

小周就在电子厂附近，说想和小曾一起吃饭。向南方的脑后像有刀锋掠过——那么，姜国强也在！

想到马上就要见到小弟，向南方火烧火燎地下了楼，脸色涨红。打一开始，他就和小周不对眼——他讨厌小周大话连篇，而小周亦不喜欢他冷傲霸气。他对那烂俗三国故事嗤之以鼻，而小周亦拿他那创业史当笑料。

经过几个月的折腾，他对小周何止是不喜欢，简直是厌恶至极，就像看到糖糕上的贪婪苍蝇。自塑胶厂一别，他和小弟再没见过面。他给小周发短信，让他转告姜国强和自己联系，但毫无回音。姜国强像是从地球上消失了，而他只能束手无策地等下去，直等得心发凉气变粗。不管工作咋个样，来个电话报一下平安啊。但他即刻又陷入了原谅。唉，那个人就是个榆木疙瘩。

虽然才三月，可岭南已提前进入了夏季。阳光暴晒着工厂路，让路面腾起热乎乎的沙尘烟雾。一只被货柜车碾死的老鼠，烙饼似的在路面上枯干着。行人的面孔稀薄，像一团团浓雾。那个身形是慢慢显现的——小脸小身子，仓皇得像一只失亲的孤鸟。终于，看清楚了额头、眼睛、鼻梁和嘴唇。唉，是他。奇怪极了，小弟的眼眶和脸颊都深深凹陷，面色呈现出一抹青苍，头顶的小波浪也变成了烂毡子。

“大哥……”

没有任何事任何人能阻挡这个人喊出“大哥”。这一天，向南方着一身白衫白裤，站在阳光下的街边，像有魔力附身，生动光彩至极。那捏着烟头弹去烟灰的姿势，说不出的潇洒。他们俩一眼就认出了对方，可目光相接的一瞬，小弟又腼腆地别过脸。小弟难过得想哭出来。他像沉睡大地突然醒来，熔岩从地心里翻涌而出，浑身都洋溢着克制不住的炽热。“我不走了。”“嗯……”大哥点头，一派往事不必再提的模样。于是，小弟欢快地笑了，像脚板心被羊舌舔到。

当小弟复述清溪生活时，大哥一直翘着嘴角微笑。早知今日，何必当初。那整个过程，简直像飞蛾扑火。可那样的傻，那样的蠢，却根本无法阻止。姜国强跟着小周到达清溪后，两个人被现实吓得惶惶如丧家犬。那里和工厂路一样，都沉浸在即将过年的氛围里。他们一路找过去，都是“不招”“不招”的回答。两个人每日汲汲营营，只吃一顿饭，惨淡煎熬。好不容易进了家五金厂，但那厂却格外奇葩——开始总没活干，冷冷淡淡，根本没法混饱肚子；后来，活又多得要命，每天持续干十三个小时。苦苦挣扎到春节，每个人挣了一千多元。

可整个春节，姜国强还是穷得筛糠。发了工资后，小周笑眯眯地说“一起嘛”。一起吃饭一起去网吧一起买日用品。当姜国强山穷水尽后，小周却宣称自己也没钱了。“真的没有了啊”，他还拍了拍裤兜。路灯把他的全部阴影都雕塑了出来，让眼眶上挂着两个黑洞，颧骨下空空荡荡，牙床变得微凸。那瞬刻，小周如黑猩猩般狰狞；那瞬刻，姜国强憋得眼泪都快流了出来。姜国强一直没钱充话费，手机变成了摆设。小周接到向南方的短信后，像根本没看到——他愿意有个跟班尾随。他们每天加班到深夜，等下班后出厂，街上找不到一家公用电话。挣扎了两个月，姜国强愣是没打出一个电话！

春节后，姜国强提议到樟木头来找工作。他不敢明打明地离开小周——当时他连坐车的钱都没有了。可是，小周和姜国强被电子厂无情拒绝——厂里有记录，凡在这里工作不满一个月就离开的，不能被再次雇用。真是作死啊！当初那么轻易地离开，这会儿又巴巴地折返！

小周和小曾要去石龙镇，想让姜国强跟着，可小弟连连摇头——他建议他们都去大哥打工的飞腾厂。小周自觉理亏，满脸尴尬，坚决摇头。于是，四个人便一拍两散。

姜国强根本没钱单独租房，只好先搬进向南方的房间。两个人挤一张床，颠倒着睡，互相忍受着对方的臭脚。挤是挤了点，但奇怪的是，向南方很快便进入了沉睡。第二天，小弟到飞腾厂应聘：填表格，面试。第三天，他已穿上工衣，进入车间。

他们重新粘成了一个整体：一个是实体，一个是影子。没有兄弟的日子像肩上扛着个石灰袋；有了兄弟后，那袋子还在，但石灰已漏掉。而行走在工厂路的男工女工，看起来像本书般真实地摊在那里，但其实，那书是分上下卷的——上卷暴露在阳光下，下卷暗藏在黑影里，必须调动起眼睛后面的眼睛，才能看透这出戏剧。

周末在湖南大碗菜，向南方发现小弟有了变化。虽然还是以前的白衬衫、黑裤子、黄卷发，但整个人变胖了、白了。以前的小弟总像根木头，滞重笨气，生涩刻板，而现在，却气足神旺。支腮聆听时，眼里闪着笑，像刚吃过糖，喜滋滋的味道直往外冒。

小弟的日子是芝麻开花节节高——找到了大哥，有了工作，还给手机充了值。最重要的是——找回了被腾讯公司封了的 QQ 号！小弟曾在火车上玩 QQ，被腾讯发现短时间内在不同地方登录，怀疑密码被盗，便把他的号给封了。这几个月，他一遍遍发申诉邮件，但都没有回信。春节后返回工厂路，他不抱任何希望地又发了封邮件，居然真的给找了回来！

工厂路的男工女工根本不心疼手机号——两三个月便要换厂换城市，手机号全是临时一用。他们不太喜欢玩微博微信，而只钟情于 QQ。他们这一整代人，从内陆迁徙至海边，经历着猝不及防的新生活、新麻烦和新绝望。他们光手光脚而来，连最起码的装备都无，参考系统也无，支援系统也无，根本不知如何在波涛里生存。所幸，QQ 出现了。

随你怎么换城市、工厂和宿舍，只要 QQ 不换，便坐实了自己尚在人间的传闻。天呀，要消灭一个人，只需封掉他的 QQ。QQ 号被封，噼噼啪啪，群鸟惊飞，只剩枯枝败叶。QQ 不是号码，不是数字，而是维生素。夜晚，登录 QQ，一个个丢失散落的星星，熠熠闪光地亮了起来，亲爱的，最亲爱的，亮了哦，那企鹅图像变成了彩色哦！茫茫古今，是的，我在这里。姜国强讪讪地笑傻了，直笑到身子虚软。那浑身洋溢的满足，胜过任何一场欢爱。

而老大却暮气沉沉。在飞腾厂干了半个月，他总是放不下塑胶厂。他自然是去联系过的。然而，春节后找工作的人太多，塑胶厂牛气冲天地宣布——不招男工！那一刻，他像醉鬼般眯起眼，嘴角抽搐，脸颊潮红，后背僵硬。紧绷在皮肤内的自我，被高温灼烫成液体，正试图从哪个孔洞流泻而出。唉，他懊丧地挪动双脚，努力地维持着身形，不让它瘫痪走样。

不招男工！这世界真是太幽默太搞笑了。不过是一瞬间，男人已从云端跌入地狱。如果这根盲肠如此无用，何不早早割掉！向南方陷入忧郁，甚而陷入比忧郁更忧郁的悲观中。他简直要疯掉了。他知道工厂路这样鄙视男性的局面只是暂时，这一切都会过去，在未来，男工依旧会受到欢迎和娇宠，但此时此刻，他被晦暗裹挟，根本难以撼动这残酷现实的一丝一毫。

是到了女孩“以牙还牙”的时候了吗？在工厂森林，男工早已不是一棵树，而是听到训斥就乖乖趴伏的牧羊犬，不敢吠叫，只能从瞳孔中泄露哀伤。若遇到不快之事，就猛敲自己的脑袋，让自己清醒过来——笨蛋！你这个臭男人！你已成为另一个人种。记住你是男人！你是俗蠢不堪的东西！活该被贬损被嘲笑被遗弃！进塑胶厂当长期工的梦想，就这样破灭了。这对他，其实是双重毁灭——他和女友徐安然无法再次成为同事。

三个月前，他还揣测自己要“女大三抱金砖”，而此刻，他心里已冒出“分开”的稗草。徐安然对他的态度可谓冰火两重天——一面结婚狂般急煎煎催他去“领证”；一面又老大姐般斥责他“不成熟”“像小孩”。她坦言，父母希望男友将房买在成都市附近；车如果没有新的，买辆二手的也行。

“咱们先谈着，以后慢慢努力买不行吗？”“我爸妈不同意。”他有些气恼，心想如果我有房有车，干吗找你这个普通女工？你相貌平平，家境不好，凭什么给我提那么多要求？“我虽然没钱，但我可以真心对你好啊！”

“先买房再说吧。”

一句话出口，这女人已变成了他的仇敌。

他厌恶眼前所见的一切——女人、街道、厂房、小宾馆——就是这些东西在联手逼他，而房子是万恶之源。房子！房子！有时，房子是照耀躯体的太阳；有时，房子又是刺向心脏的利剑。他将如何告诉徐安然，其实，他根本连一个多余的子儿都没有。成都附近的房子少说也要五十万元，而他母亲刚动过手术，花费了十几万元，出院后母亲将很长时间无法工作，哪有什么钱。他想他若这样坦白，那女人定会用手捂住心脏，发出哀鸣：“哦，天哪！”

抛开“有房有车”这些俗事，男人惊诧地发现——这女主角的戏，演得太过火了吧？连小弟都哧哧低笑：“她怎么处处都要压倒你？”向南方总是被女友抢白，陷入尴尬僵硬的状态。时间久了，他居然发生了异变，变得松弛，变得满不在乎。他甚至还懂得了如何报复她——不再主动打电话、发短信、给QQ留言。如果她偶然打来电话，他也接，但语调懒洋洋的。他对她的好感是在一次次碰壁后消磨殆尽的。

在他和徐安然之间，总阻隔着忽明忽暗的雾障，总处在躲猫猫隔空调情的把戏中。可笑的是，他俩住在同一条街，前后相距两公里！

第二十章　遭遇结婚狂

在工厂帝国，男工的位置已被放在最低那一格——那身处的、末梢的、暗黑中的地方。

终于等到了周末，向南方和徐安然终于见了面。

冷饮店在工厂路最西头——十平方米开外的移动板房外，另置了三张塑料圆桌。几对男女喝着咖啡、奶茶和果汁。入夜的空气里混合着烤香肠的油腻味，货柜车扬起的粉尘味，从工厂院墙飘出的塑胶味，垃圾桶里的腐烂味。路灯散发着晕黄光芒，将两侧房屋照得影影绰绰，半空“网吧”二字璀璨如月。

她静静地看着他的脸：“你还是青苹果奶昔哦。”

“是啊。”他垂下眼皮。当然，她，还是永远的奶茶。

徐安然对自己的形象真是太不上心了——明黄T恤、粉红大衣、黑裙黑袜、蓝鞋白包，简直像个颜色大杂烩，肉和菜胡七胡八地切一通，刀工粗糙，该煮的不该煮的全炖在一起。可奇怪的是，如此混杂的色彩和那张涂着口红的嘴唇，以及大大咧咧的举止，反而有种奇异的和谐感。

难道她真看不出自己和男友何其不称吗？！男人垂下眼皮，

将瞳孔里的温度慢慢调低。在漫长而自闭的青春时光中，他从电视里学习着都市生活的奥秘。他那样珍惜自己的形象。若出门，必冲凉，必换干净衣衫，必以黑、白、灰等高冷色调为主色系，必让皮鞋一尘不染，呈现出一丝不苟的完美。

而现在的约会真是古怪至极——没有带电流的喘息，也没有神采飞扬的悸动，更没有穿透鼻腔渗入脑神经，使人为之发麻、颤抖、恍惚，全身上下漾起触电般的快感——一切都不对味儿。那女人的脸像被雾气罩住，山遥水远，朦朦胧胧。才过了三个月，这对恋人似乎就已变老，像两块戈壁顽石，蛮荒亘古。

男人皱紧眉头，听到自己的呼吸很轻，简直轻如发丝。他无法从石头躯壳中突破而出，只闷闷呆坐。他希望发生那样的场景——女孩握住他的手，用清澈眼神望着他说："我明白，我懂的，重新一起开始。"然而！两三句寒暄后，女人启动红唇，直奔主题——"结还是不结？！"

燥热的风吹刮过来，让男人的面孔烫得发红，目光似磷火。唉！她以为所有的男人都患有精虫冲脑症吗？即便荷尔蒙飙升，也犯不着用结婚来治愈吧！男人喉头一紧，肩头的筋拉扯得更僵硬。他甚至闻到风中有股死老鼠的味道。他在这个城市待得足够久，已能辨析出那种难以形容，却像一把细线里藏着一根针的味道。

他终于明白，这女人根本不想将时间耗在"谈"上。若真的开始"谈恋爱"，一两年后谈崩了，男人没太大损失，可女人的年龄又明晃晃地增大了。她总是在算账，怕自己吃亏。一想到吃亏，眼神里便有了种难掩的急切，举止便越发焦躁。她的身形像灌了铅，格外滞重。当女人说起"我们将来"或"以后我们要"

之类的设想时，男人毫无同感。虽然他也竭力想象结婚后的好处，但却总能提前感受到窒息。

徐安然虽打工多年，但骨子里仍是个乡村悍妇，既不温柔，也不贤惠，且言语粗俗。她总喜欢把那句话挂在嘴边：“老娘嫁给你以后你要听老娘管哦！”她是谁的老娘！也不照照镜子！唉。他所期待的女性在恋爱期的乖顺、娇羞、绵软……在她身上全然不见。他陷入阴郁，一言不发。他并非不想进入婚姻，可女人越焦急，他便越按兵不动。

唉！徐安然这个结婚狂根本不知自己已激怒了对方！现在你已经是“老娘”，嫁了后“老娘”就会变成“老天爷”吧？那时的生活就变成了拳击场吧？一下砸过来，一下又砸过去，直至双方都破损爆破，无法卒睹。唉，这女人从头到尾都错了。她那样渴嫁，便应装出矜持，摆出温柔，拿出耐心以柔克刚，哪能用威胁、要挟和裹挟的法子呢！想想看，她力气大不过男人，她那里凹人家凸，她不能让阴变成阳，所以她就不能耍蛮争强。

男人知道，支撑女人霸气的，其实就是那句——“不招男工”！在工厂帝国，男工的位置已被放在最低那一格——那身处的、末梢的、暗黑中的地方。年轻女工却如女王般倨傲，将脑袋抬高，下巴冲天——她们工作效率高，提拔快，工资多，在厂里出尽风头。只要她是“阴性”，她就具有优势——欢迎欢迎。

然而，徐安然一想到年龄，整个心又揪成一团，目光含混起来。二十五岁哇！这简直是把明晃晃的利刃！她难道不知道自己一年老于一年？她难道不明白，即便通过擦爽肤水、润肤霜、遮瑕膏，通过描眼线，烫头发，换半罩杯全罩杯肉色黑色胸罩，穿丁字状蕾丝花边或卡通图案短裤，都不能停留在十八岁吗？最终，她还得屈尊找个男人嫁了，否则，皱纹日渐深刻，乳房日渐干瘪。

“快领证吧。”荒置甚久的女人额头，刻着隐隐大字：“快领证吧……”听听！是领证哦！不是手拉手嘴对嘴，或开房过夜，而是直奔核心——领证！

男人摇头：“等等吧。”啊？！女人瞪大眼珠，从瞳孔深处射出硬邦邦的利箭。表面上，她一直凝立高处，冷傲霸气；可内里，二十五岁高龄却让她毫无优势，根本已被归类于残花败柳之列。她当然明白，眼前这白肤男人，四肢轻盈，眉眼清秀，若不抓紧锁定，早晚会被别人掳走。然而，她越是急切渴望“领证”，越显现出那个秘密——在她的内心深处，并未对他生出真正的爱意。

这男人早已是情场高手，所以笃定吐出——“等等吧”。陡然间，海洋解冻，冰山游移，男女位置发生了改变。男人燃烟叼在嘴上，让白雾将自己裹住。他当然看到女人满脸都写着渴望——那渴望让她的面孔发红，连耳际线都更深了。然而，他还是选择了“等等吧”。

“等等吧”——多么可怕！这三个字的难堪类同于——女人自己褪下衣衫，仰面躺好，而男人却不想让自己的泥鳅探入对方的深穴。哦！这真是羞耻至极的一刻！女人呼吸粗重，整个人像置于一个超级大的浓稠糖浆缸，手脚用不上力。等她终于捋顺了自己，便冰河开裂般骂了起来——“你以为我是口香糖，滋味没了就吐掉，再换上新的？”

当这对男女起身，往各自住处走去时，整个小镇像被大火焚烧过，呈现一派黑乎乎模样。“网吧”像导航塔上的灯光，静蛰不动地飘浮在黑天空中。这也算约会？现在，他只差说出另外的三个字——分手吧。

返回温馨宾馆，他懒懒地瘫在床上，腐肉一堆。当他吞下此前医生开的药时，其实，并不是想睡着，而是希望消失。他想从自己身上消失，从床上消失，从工厂路消失，从人世间消失。

飞腾厂离樟洋市场很近，工人下班后的活动中心，便从工厂路转移到了这个市场。樟洋市场的主街是条两千米长六七米宽的大道，两侧各有七八条小巷，连缀起二三十栋小楼。这个市场长着都市女孩的模样，但走进内里，却发现还是个地道的乡村小妞。每条街道内都塞满各类小店，到处人挤人，车挨车，香蕉皮菠萝皮甘蔗皮黏成一片，T 恤衫牛仔裤塑料盆混为一堆。

向南方提议吃火锅——大铁锅底部装着烹饪好的鹅肉，吃得差不多时倒入汤汁再涮菜。四方桌上铺着绿白相间的格子布，餐具是包着塑料膜的成套碗碟。如果点大罐啤酒，可再赠送一中杯。但他却摇摇头，点了蓝莓汁。他越来越不喜欢喝酒，连啤酒也不喜欢，一喝就脸红上头。

肉不错，菜不错，蓝莓汁也不错，可小弟姜国强却吃得食不知味。他总是不断地看手机，兀自发笑，用手指飞快地按着键盘，整个脸庞沉浸在屏幕的反光中。他躁动不安，吃美食如同嚼蜡，像三魂丢了两魄的原因是——他谈恋爱了！

几天前，小弟让大哥帮他拍照片——他坐在拉线旁的工位上忙碌，旁边是个女孩的背影，脑后扎着一束马尾。小弟的嘴角泛起微笑——能和钟馨儿的背影拍在一起也是幸福的。他把照片发在了 QQ 空间，并配上一段文字：“建一个甜蜜温馨的爱情码头，只愿你顾盼的眼眸停留，不要错漏了我的真切追求，愿一生与你共享人生的快乐烦忧，从此幸福奔腾不休！”照片生动地反映了小弟的那一瞬刻状态——除了钟馨儿，什么都不存在。

小弟说钟馨儿就在旁边逛街。大哥锐声道：“你千万别过去啊！”大哥说有个男孩不知女孩买衣服有多可怕，跟着进去后，被价格吓得要尿裤子。小弟抿嘴笑，双手抱着手机，一个劲地看屏幕。每一次刷屏，眼角眉梢都喜不自胜。大哥实在忍不住：“嗨，那就让她过来，一起吃啊！”小弟抬头，粲然一笑，即刻在手机上飞快地摁起来。来来往往几次后，他郑重宣布：“他们马上到！”他们？哦，不仅有钟馨儿，还有女孩沈安娜和小曾。

小曾到了石龙镇后就给向南方打电话，说和小周合不来。向南方说，飞腾厂不错，来了就能上班。进厂后，他发狠买了辆自行车，说“有车好泡妞”。果然，他很快就钓上了沈安娜。这女孩腰肢粗大，戴黑框眼镜，眼皮微肿，一说一笑。两个人站在一起，不像恋人，也不像姐弟，倒像一对母子。可小曾不知哪根神经搭错了，就是看上了她。

和肥婆沈安娜比，钟馨儿简直是袖珍小美女——个头不到一米六，体型纤弱，瘦而无骨。她的五官比常人要小一号，但搭配精良。扎着一丛马尾，厚刘海罩过眉毛，大眼睛闪光。她在白T恤外套了件牛仔短装，黑色紧腿裤，秀气而矜持。

钟馨儿来自云南大理，以前在老家卖衣服。春节后，她第一次外出打工，进的第一个厂就是飞腾。进厂后十几天，姜国强也进来了。小弟不知发了什么癫，即刻便盯上了这个身形和自己相配的女孩。“我总想和她多说几句话，哪怕是听她说话也好。”

小弟已陷入暗恋状态，但却又不敢太撩拨人家。他畏首畏尾，辗转反侧。可时间越长，恋情烧得越旺。

此时此刻的餐桌上，小弟直勾勾盯视钟馨儿，而对方却目光下视，像捧着满杯白开水，小心不要泼出来。钟馨儿说的是普通话，语调轻飘飘的，像朵白云挂在半空。她的眼睛是两个小黑珠，一转，就射出亮晶晶光芒。她觉得打工又孤单又疲惫。她没住厂里的宿舍，而是租住在小宾馆。巧得很，她住的“甜蜜”和“温馨”只相隔二十米。于是，钟馨儿力邀向南方和姜国强去她那里吃饭。她说自己买了六套碗筷，可以随时请客哦。

小曾和沈安娜总是形影不离，总有一箩筐接一箩筐的悄悄话。小弟像是受了刺激，不断举起杯子敬酒，还嚷嚷着干了干了，于是，钟馨儿便仰头真的干了。当向南方提议周末去爬宝山时，大伙都嚷着说好，只有钟馨儿不表态。昏黄的灯光下，女孩的脸白得有些神经质，鼻尖渗着细密汗珠。小弟抬眼看她，她硬是不说去，也不说不去。

晚上回到住处，向南方怂恿小弟赶快表白，而小弟却摇头，认为“用不着”。大哥笑得喷出声来：“恋爱是要出声谈的，嘴上没有，心里就更没有啦！”小弟领情地笑着：“嗯。”大哥提高了调门儿：“人家可从没说过喜欢你哦！”“喜欢是不需要说出来的！”小弟垂下眼皮。小弟觉得自己和钟馨儿，像藤蔓长须般，头顶有两根 V 字天线——他每发报一次，都能从对方那里得到反馈。于是，他看到的不是钟馨儿本人，而是被他的信息增添了风采的女神。

向南方有些伤心——他已提前看到这场恋情的悲剧结果。但他怎能把这话挑明？这是小弟的初恋。小弟像第一次拿到冰棍，吮到那种清凉甘甜的滋味，你怎么忍心把冰棍给夺走？大哥嘲笑小弟——愿陪女孩干任何事，甚至包括去买方便面或榨菜，又嘲笑他总喜欢往女人堆里扎，连阿姨大妈说话也要听。大哥越说越来气："你的眼里只有女人啊！我和你说话你根本听不见啊！男人要有女人，也要有兄弟啊！"

小弟目瞪口呆——他心中的完美大哥，正一层层撕下伪装，变得蛮横不讲理。他微微蹙眉，头偏向一边，嘴巴抿成一条缝，艰难辩解："男人堆有什么好扎的？跑跑腿买东西，我愿意！我听见女人说话就觉得舒服！"大哥的嘴角挂起招牌微笑——免战！

周末一早收到钟馨儿的短信，说要去看望个病人，无法爬山。向南方不知她是早就打定主意不去，还是临时起意，但他也不便追问。赶到樟洋市场，和小弟、小曾、沈安娜一起，吃了碗兰州拉面，便坐上中巴车，赶去宝山。

上山的石板路仅有一米宽，坡度很浅，二十分钟便已爬到山腰。因前一天刚下过雨，山谷一派绿灰相间。山路两侧井然有序——修剪过的草坡，绿油油的蕨类植物，摇曳在木栅栏内的芦苇，字体清晰的防火标识牌。斜坡上简陋的小径被藤蔓侵蚀，不知通向何处。越往前走，天空越低，空气越凝滞，太阳的光点越在树叶间跳跃。

相对于山路、植物和阳光，他们更感兴趣的是那些房子——南北通透的洋房，带院子的地下花园，联排别墅，独栋别墅。这些房子无论面积大小，外墙瓷砖一律砖红色，掩映在树丛中，很像画册上的图片。

大家走走停停，很快就形成了两对组合——向南方与姜国强，小曾与沈安娜；而后一组总是互相说悄悄话，总是笑成一团。难道那两个人真的已陷入热恋？大哥惊诧于小弟的拖鞋——那昼夜服务的拖鞋啊——此刻，啪嗒啪嗒，一点也不松懈。而他却恰恰相反——从不穿拖鞋出门。现在，那双运动鞋的鞋帮白得耀眼，配上深蓝牛仔裤、白色V领和短袖T恤，整个人清爽利落。

突然间冒出片山坡，骇人一跳。每棵树都像被灼烧过，遍体鳞伤。这里的树木不是鲜活的墨绿色，而是枯干的焦黑色。大伙儿探讨着，不知是不是因闪电引起了火灾。这时，向南方的电话响了——是爷爷询问他的婚事。爷爷说前几天接到他妈的电话，让把老家的房子收拾一下，他放心不下，专门问一问。孙子用家乡话回答爷爷时，语调和顺，浑身透着乖巧。他让爷爷放心，说虽然现在还没找到女朋友，但正在找。他的回答让小弟大吃一惊——不是有徐安然吗？但大哥黯然低头："感觉和她已经走到了尽头。"难怪大哥最近总是落落寡欢。

和小弟被"热恋"烧得发烫相反，大哥被恋爱折磨得浑身冰凉，连眼神都变得不那么明亮。也许，这场恋爱失败的根源在于懒惰——情感的懒惰。大哥累了，倦了，遂降低标准，不再像以前那样凶猛主动；然而，妥协并没有带来意外的收获。他可不是小弟，看什么都晕乎乎。大哥强烈地预感到，这段感情正在不可遏制地倾颓，只差最后摊牌。现在，他的身心完全不是处于恋爱状态，而是被一股莫名力量侵占，浑身狼藉——就像刚刚走过的那片焦黑树林。

陡然间，电话再次响了。这一次，向南方避开小弟，走到山路拐弯处。接爷爷电话时，他虽声调柔和，但身形没有太大改变；可这个电话令他低下头，弯着腰，像进入了私密暗道。只有女人的电话才会让他变成这个样子。谁？苏小苏！居然——约他今晚见面！

他忍不住对小弟坦白——上个月，他曾在夜里十二点接到苏小苏的短信——“能否帮忙找个工作？”那些字像水晶，像谜语，像符咒，他不知该如何回复，索性不理会。苏小苏应是他那些前女友行列中的头牌吧！是的，他和她曾非常亲密；是的，他和她之间的关系是“亲密”而非“相爱”。他和她不是日剧韩剧中所表演的那样——一对男女疯狂相爱，互相在对方的生命里占据满格，然后被迫分离，音讯全无，恍如此人已开过追悼会。不，不是那样的。他和她的感情没有那么深。其实，他和她早已互不联系。

而现在，这短信像炸弹冲开了男人的心堤。他浑身一抖，想起那句咒语：“你们是死结。”可怕的老天爷早已通过计算机大屏幕掐算出，他和她的缘分是一年，他和她必将分手，他和她之间是死结。后来，苏小苏还打来电话，问他借钱。他摸不清这女人到底要的什么心眼，只觉耳边轰隆隆直响。他在心里咒骂——你的大房子呢？提拉米苏呢？长裙子呢？白浴缸呢？他的声音变了调：“你会没钱？！你不是很有钱吗！”她平缓地解释：“唉，在家里待久了，想出来做事。”

家里？！

世界静静地爆炸着，云淡风轻。他替她发窘！替她心酸！他当然记得那间房子！她没有结婚，也没有住在老家父母的屋子里，那么，那间房子算怎么回事！那房子的拥有者一定有名有姓有钱，但那人却从不现身。那瞬刻，他像是她的老父亲，不忍心揭穿她！许久许久，他动用了强大的意志力，才调顺呼吸，让自己平静下来。

男人讪笑回答："我没钱，真的没钱。"苏小苏应了声"哦"，并不生气。她说她再去找别的朋友问问。她说她已经到了清溪，等找到工作后再和他联系。果然，一个月后的今天，她约他见面。

"你和她要和好吗？"小弟追问。他肃然摇头："分开一年多了，彼此伤害得那么深，没办法在一起了。"这一年，他俩相互撤出了对方的生活后，又在各自的命运里任性奔跑，分别找了别的情人，开始了别的恋情。

唉，都是他的错。是他在狂妒中痛打了自己的女友，使她逃离而去。他的每一记耳光都如长钉，贯穿过女友身体，将她钉在耻辱柱上。她不会原谅他的，更不可能再回到他身旁，即便海洋枯成沙漠，城堡化为灰烬，那伤痛都无法消除。他和她的感情已灯尽油干，他和她的距离是咫尺天涯。

第二十一章　任性辞工的代价

若第一个月干不满就辞工，工厂是有损失的，所以工厂便会采取惩罚方式——不足一个月辞工按半个月工资计算。他能理解，他完全能理解……

从山顶俯瞰樟木头，这个工业小镇像夹在群山襁褓中的婴儿。那些在山皱褶中出现的房屋，堆叠再堆叠，好像这里是世界的尽头也没关系，人还是能把自己给安顿下来。那些高高低低的红房子，杵在那里旷日旷时，耐心地守候着宝山，等待着主人。

向南方久久凝视。这张底片虽琳琅满目，但却只显影出个大概轮廓，而他希望看得更清楚。他找不到樟洋社区，找不到工厂路，找不到电子厂和塑胶厂。于是，他咧嘴露出幼稚笑容感叹："这里的味道和樟洋确实不一样哦！"

树木、青草、鲜花和溪水混合在一起，散发出一股清香味，激活了鼻黏膜，让头脑清爽；而樟洋的味道，是阳光把沥青的地油榨出来，沾着粉尘后形成的刺鼻味，又苦又咸，像一管巨大的鞋油没拧上盖。

路过别墅区时，向南方放慢脚步。这些建筑被高大围墙包裹，是一栋栋单独的四层小楼。有的楼宇尚未装修，院内长满芦苇，停车场是个大黑洞，赤裸着水泥地面。但装修过的就完全不同：砖红色外墙，乳白色窗帘，院子的地面铺着瓷砖，车库内停着豪车。

突然，他变得激动起来——比站在山顶时还激动——“松树！”他的声音变了调，“以前，我只是在画册上见过哦！”两棵松树从别墅院墙内探出，好像人类并不真正拥有它们，而不过是暂时借用而已。这男工又发现别墅其实有两个大门：一个对着主楼入口，另一个则对着车库。他甚至还发现廊檐上装着摄像头。“那里有！那里也有！”他若迟钝一点，也许会更快乐一点，而他着实是个极敏感的人。那些松树、大门和摄像头……此前从未出现在他的世界，而现在，它们闪着光发着亮地被他发现。他在这些发现之后，又变得沮丧起来。

下山后，他惊觉目光所及的莞樟路那样嘈杂——汽车喇叭潮水般鸣响，人群像灌木丛般晃动，大排档破破烂烂脏兮兮。此前，这条路已存在生锈、发霉和碎裂的细节，而这时，这些缺点变得异常突兀。他忍不住感叹：“山上山下真是不一样啊。”

从宝山返回樟洋，向南方说要去清溪看望母亲，小弟就和小曾到钟馨儿房间去玩。等向南方深夜返回“温馨”，看到有个身影在楼道里伸着指头骂：“他 × 的你是谁！给我滚远点！”那人一连说了三遍，搅起了他的火，便伸脚踹了过去。

没想到小曾顺着墙角滑下来，顷刻间瘫倒在地。拉扯他的手时，凉硬如姜，而身子已如烂泥，根本扶不起来。向南方赶忙去找小弟，发现他软在卫生间，一样扶不起来。大哥急了，赶忙拨打 110。警察来了后对他说："你把他们背下去，放在路边就清醒了！"他又打了 120。救护车到后，把两个人拉到医院，一检查，"急性酒精中毒"。

沈安娜知道向南方踹了小曾一脚，立刻板起脸，整天不和他说话。向南方觉得这个女人有病——女人对小曾的情感已趋于变态，像老母鸡护小鸡，有着太高的敏感度，太低的燃点。"我们男人都没生气，她倒是气得不行！"看沈安娜板起的面孔，向南方愤怒地在 QQ 上把她删了。唉，他何以混乱中踹了别人？实在是，那晚他过得太悲惨。

在见母亲之前，他见了苏小苏。还是那张荔枝白皙脸，滴溜溜黑眼睛和润嘴唇，蛛丝一样的细黑长发，一切都搭配得美轮美奂。好像那张脸没有经历任何风霜，所以也看不出任何欠缺与遗憾，看不出任何扭曲与忧伤。他像第一次看清这个女人，这个曾经不仅喜欢他甚至崇拜他的女人。这样的时刻——解除了情人关系后的松弛时刻——他反而更加清楚地看到对方冰清玉洁的美。

这么短的时间，在女人身上就发生了这么多的变化！"我已经找到工作了！在一家大厂当中层领导！薪水是普工的三倍！还有奖金和分红！"前男友向南方除了低低哀叹外，浑身无力。在打工族群中，年轻女工永远都是宝，都是香饽饽，而男工永远是破砖烂瓦，烫手山芋。男工纵有上天入地的本事，却总像被大网罩住，施展不开手脚。讲什么"男女平等"，真是痴人说梦，女人早就走到前头了。

看到前女友春风得意，他忍不住多嘴："我们重新开始吧？"女人斜视着他无语。怎么可能？女人和他不是没有到过天涯海角，然而，泥沙飞扬，将海面填得无风无浪，像塔克拉玛干沙漠般死寂。她先把头向左摇，然后再向右摇。那个时候，当她掌心的热力透过皮肤渗进尚未隆起的腹部时，她小心翼翼地问“结还是不结”；那个时候，她不是一个人在说话，是和她的崽儿一起说话；那个时候，她还没学会顶嘴和抬杠；那个时候，她为自己设计了十几种人生，但没有一种是和她一见钟情的男人分手。

女人摇头：“不可能了。”过去的大厦已一面墙一面墙地被拆卸了下来。男人也预感到不可能，但被这样硬生拒绝，难堪得如面皮被扯下来一层。他并不是不努力的人。他从不随便找女人开房，不喜欢喝酒，不赌博，不嗑药，为什么收获的是这个结果？

暮色中向南方走出咖啡馆，拐入荔枝路旁的小巷子。他和母亲约好在这里见面。从巷子的这头走到那头，全是一家挨一家的小餐馆，里面散发着剩菜的味道。从二十世纪八十年代起，它们就是这派粗陋模样。幸亏有这样一些小馆子，才能让那些走出工厂的人打打牙祭。

荔枝路啊荔枝路。

他在荔枝路遇到的那些女孩，为什么都像蒲公英，一下子被风吹得无影无踪？现在，他和苏小苏的距离是山高水远。如果当初他不要一意孤行，那么现在，他不仅美妻在侧，且孩子绕膝。然而，和苏小苏分手后，他不仅恋爱无果，且还在普工位置上苦苦挣扎，不知何时才能出头。吃饭时他绝口不提见过苏小苏。即便不提，母亲也一样会唠叨。想到母亲不久前给爷爷打电话，说他很快就会结婚，做儿子的便把头低得更低，简直要趴在菜盘子上。

窝着这样一团火返回温馨宾馆，看到有个身影在楼道里指着他乱骂，便忍不住飞起一脚。发现小曾像倒空半截的口袋软软塌下时，他才打了个激灵，意识到——出大事了！小曾和姜国强休息了一天后继续上班，一切似乎又变得正常起来。虽然小曾说是自己喝多了说胡话，说向南方不是故意踢他的，可那一脚，还是让沈安娜恨上了他。

钟馨儿后悔不迭——不该那样任性地辞工。可那几天，她实在忍不住，抽风般不想干活。意气之下，说辞就辞。碰巧那天生产主管的心情也不好，懒得劝她。那天，车间里依旧空气陈腐，弥漫着橡胶烧着的味道。主管的嗓音嘶哑，像是一夜未睡。他用手指敲打桌面，瞪大眼睛："工资只能算一半哦——"他懒得告诉她，再干四天就能拿到全工资；而她，也不知道要多多咨询主管。那天，女孩和主管都没什么好心情。

钟馨儿在厂门口给姜国强打电话，打不通后，又给向南方打。她把委托书递给向南方，请他在工资结算日帮她领一下钱，她要去同属东莞市的常平镇的亲戚家转几天。到了发薪这天，姜国强所在的拉线要赶货，向南方便去给钟馨儿送钱。傍晚的工厂路阳光炽烈，一切都像烧着了似的——柏油路面踩上去有些发软，楼房的阴影退缩到了墙根边。这天火虽然烧得很旺，但却已显露出衰微姿态。其实，"甜蜜"和"温馨"这两家宾馆差不多，不过是一栋农民房，可向南方从未从一个他者的角度打量这些建筑物。现在，当他驻足凝视，不觉倒抽口凉气。

宾馆是标准的长方形盒子，六层高，水泥结构。这样的盒子一个挨一个，万花筒碎片般粘连在一起，将工厂路至樟洋市场的街道两侧全部填满。地面潮气爬上墙角，长出鲜绿苔藓。日子久了，那鲜绿变得暗黑，让整栋屋子都逃不脱发霉生锈的命运。竖在路旁的灯箱广告上，张贴着一幅幅彩色照片。那些图片上没有一丝灰尘和一点垃圾。

进入又窄又暗的楼道后，一股闷热气味扑面而来：灰尘味、食油味、脏衣服味、油漆味和木柴味。二楼靠窗的平台上，有座矿泉水瓶堆起的小山，拐角处是被遗弃的折叠椅和旧沙发。三楼楼梯口装了铁栅栏门，显得很是森严，但被钟馨儿的圆形小币一刷，便自动打开了。七八级台阶后，是条暗黑走廊，左右各四扇门，皆一米宽。钟馨儿解释：光线太暗，所以晚上经常有人推错门；所以，这种门进去后必须马上反锁——先把插销插上，再挂上大铁锁。

小屋长宽四五米，窗户和门都没有木头镶边，像是从墙上直接挖出来的洞。天花板是用某种压缩过的硬纸板铺成，有些地方鼓凸出来。房间最瞩目的就是一点二米宽的床，床头是张半米小桌。水泥墙隔开的卫生间没有门，就那么豁然洞开，甚至能看到凹槽。靠着后窗的木板上，摆着电饭煲、电磁炉和一堆碗筷。木板下有袋大米，侧旁是棵大白菜，而电饭锅的盖子擦得锃亮。墙角是三张折叠小凳、一个垃圾桶。各种零碎皆吊挂——加热棒挂在门背后，衣衫挂在卫生间的铁丝上。

这屋子乍看混乱，实则有序。出现在这里的每一个物件都确实有用。屋子没有阳台，后窗的玻璃洞开——风就那么直挺挺吹进来。钟馨儿脸色蜡黄，眼圈发黑，太阳穴像是两个污点。她工作了二十六天，有时还加班到晚上九点半，可只领到了七百六十三元。女孩的嘴唇微微颤抖，血液在身体里上下翻涌。“太少了！太亏了！”她不断地喃喃——“太少了！太亏了！”

可这，就是她一时发疯的代价。

女孩说前几天太闷热，就把那块玻璃给卸了下来。窗户上没有了玻璃，确实通风，但因没有纱窗阻挡，也没有挂蚊帐，蚊子便整晚进攻，宛若日寇轰炸机。顺着窗框和墙缝弥漫而来的潮气，让屋里的一切都变得黏答答，让皮肤瘙痒难忍，总想呕吐。她说东莞的天气实在太闷热，让她喘不上气来。她打小就体质弱，待在这间屋子时，总觉氧气不够用，人要晕倒过去。所以，她动不动就想回老家。那一天，她实在没忍住，便跑去辞工，可没想到，工资竟会扣一半。在这个女孩的词汇中，“这里”和“老家”是两个对立的世界——“这里”环境糟糕，心情抑郁；而在“老家”有父母呵护，气候也适宜。于是，她总是处于挣扎状态——何必在这间小屋里受罪？

钟馨儿拎起电饭煲里的锅，准备淘米做饭。这屋子的水龙头只有一个，就在卫生间——所以，她要拎着锅进入那个洞，在一堆湿衣服的底部，拧开水龙头。向南方赶忙摆手：“别忙了。”女孩不解：“东西都齐全，做饭很方便啊。”向南方按住锅：“太麻烦了！”女孩的脸色黯淡了下来，说她可能会搬到常平舅舅那边去。如果那样，她就要和男朋友分开了。“男朋友！”让向南方惊讶的是她的坦率而不是她有男友这个事实。她点点头：“他不愿让我去。”可她偏要去——她对他很不满。不仅仅因为他脾气暴，她想逃开他，还有别的原因。她说姜国强的脾气好，是她在飞腾厂认识的第一个好朋友。她当然知道姜国强喜欢她，但却又无法马上和男友分手。左右为难让她越发心浮气躁，也成为草率辞工的导火线。她设想过如果和男友分开一段时间，他也许会改变——他那样小心眼、喜发火、动不动挥拳头。而她的痛苦远甚于对粗暴男友的不满——她更害怕这个陌生之地。她常半夜被吓得惊醒，大口大口喘气。

说起小曾喝醉的事，女孩委屈辩解——姜国强和小曾确实在她这里吃了饭，可只喝了三瓶啤酒。后来，他们回去又喝了白酒。她用手比画："用这么大的碗喝的啊！"她好奇询问："你们在山上玩得怎样？""很好啊……"向南方安慰她："过几天我们再一起去！"她粲然一笑："好啊！"

其实，她和男友认识的时间并不长——有一次在朋友的聚会上相识后，便住在了一起。作为恋人，他俩还不到三个月，但她已心生厌倦。他总喜欢追问她，限制她。然而，她却无法立刻下决心分手——"他妈妈对我很好"，而且，"他妈妈就住在旁边房间"。向南方大惊——她的生活里不仅有男朋友，还有男朋友的妈妈！她男友在六岁时，父母便离了婚。母亲没有再嫁，日子过得紧巴巴。春节后，男友便带着母亲和钟馨儿一起外出打工。

向南方的心里激烈翻涌——这都是些什么事！

这个甜甜小女孩，骨骼纤细，看起来总处于惊恐不安状态，眼神里充满被保护的渴望。那渴望会让你想抱抱她，或者甚至，干脆打她一巴掌。这样的女孩就是一场瘟疫啊！他如何向小弟说明这一切？

岭南的雨说下就下。三个男人在冷饮店刚坐定，把饮料端起来，就听到外面噼啪作响，风雨交加。可既来之则安之，等急雨过后再回去吧。

金天业回老家相亲失败后，又千回百转地到处找工作，皆未成正果，便给向南方打电话。好办——来樟木头！进飞腾厂！

姜国强陷入失恋后，一脸苦相——眼睛发红，嘴唇起皱，眼神像蒙了层白雾。向南方则从失恋中解脱出来，恢复了元气，精神抖擞，黑白分明的瞳仁里闪着骨瓷蓝。

金天业劝姜国强："兄弟，女孩子多得很。"向南方咯咯地笑："你不要安慰他了，他早就解脱出来了。"金天业吃惊："又喜欢上别的了？"向南方大笑："他喜欢所有的女孩，所有的女人！"可小弟根本不否认："男人有什么好！"小弟的眼睛越发黑红，眼眶里满是委屈泪水，半张的嘴巴往下垮。

两个年龄大的男人相视默笑。向南方攻击小弟"太喜欢女人""总是往女人堆里凑""任何一个女人说话都能听得如痴如狂"……而小弟却说："早上起来后，整个人都像死了一样，很闷啊！"小弟的意思是，唯有和女人说话，身体才能被解冻，才能让僵硬和沉闷消散而去。向南方嘲笑小弟的耳朵——"根本听不到男人的声音"。小弟不断翻白眼，虽嘴上不反抗，但满脸不高兴。

向南方和金天业却心心相印，好些看法一拍即合——

看法一：找女人不能看外表。他们都过了"哄个女孩睡一觉是赚了"的阶段，现在要找和自己长期过日子的人——不能太好看，不能太娇太嗲，温柔懂事最好。

看法二：当普工也挺好。两个人对视后会心一笑。创业打拼，不仅费心费力，还要冒着血本无归的风险。当普工，"干一天有一天的收入""想干就干，不想干再换个厂"。最重要的是，"精神上没压力"。

看法三：等以后有机会了，要再学个技术——或电焊，或印刷。有技能的人同样可以获得尊重。

他们不是没有对“另一种生活”有过向往——他们观察过那些穿戴整齐出入酒店的人；观察过别墅里的摄像头，真正的松树；他们知道用钱可以买来优雅、整洁和体面。与此同时，他们深刻地感到自己离“那种”体面有相当距离。如果总纠缠在这个距离中，人就会变得焦躁不安，不如踏踏实实过好现在。

说起钟馨儿只拿到七百六十三元，向南方一点都不替她叫屈——新员工到工厂的第一个月，因技术不熟练，工厂根本赚不到钱。若第一个月干不满就辞工，工厂是有损失的，所以工厂便会采取惩罚方式——不足一个月辞工按半个月工资计算。他能理解，他完全能理解，就像他理解塑胶厂为何要开除姜国强一样。

说起在清溪见到苏小苏的情形，向南方亢奋起来：“小苏真的变了，变得比我还能说，我根本说不过她……”她现在更加务实，更加干练。而他和她却无法重新开始。他叹息：“分开的这一年，她找了男朋友，我也找了女朋友，真的没法再在一起了！”小弟问他和徐安然的关系如何，他坦言“分开了”。“我已经把话挑明了……”大哥懊恼，“我从来没谈过这样别扭的恋爱！”在他所经历的各场恋爱里，和徐安然在一起的日子最没意思。徐安然长得何止不美——甚至还有点凶。她有着一双犀利的眼睛，一张厚唇和两道粗硬的眉毛。她的外表强势，话语粗暴，让她的性别日趋模糊——她是比男人还男人的女人！

表面上，房子是他们的纠结所在；实际上，徐安然只是为了结婚而找个对象，并未全身心地喜欢他。徐安然总处于分裂状态——她居高临下，觉得这个男人根本不成熟，但又催逼着他赶快买房，赶快领证，否则就赶快分手，别耽误了她！焦虑耗尽了那女人的柔情，让她只当他是个救生圈。女人的种种行为让男人越发清醒——和她在一起生活，不是美梦，而是噩梦。连他母亲都摇头："幸亏你没答应领证！"

外面的雨下得实在太大。雨像从风箱里吹出来，一股又一股，频率稳定，极有后劲地飘落着。似乎，每一滴雨都同样的尺寸，同样的重量；似乎，每一滴雨都不是落下来的，而是发射下来的。雨声湮没了厢式货车的引擎声，湮没了电子厂发动机的轰隆声。摇摆的棕榈树像凶悍大鸟，盘旋半空，不肯离去。那树怎么看都像是假的，就像此时此刻的工厂路，三个男人没带伞，又等不到雨停，只能冒着雨跑回"温馨"。

第二天凌晨醒来，向南方站在窗前，居然在棕榈树的叶缝间看到了一颗硕大的星星，正一眨一眨地闪亮着。

第二十二章　厂无完厂

以前，他一个月要换好几个厂！现在，一定要争取做长一点！只有稳定下来，才能存住钱。

向南方迷上了唱歌——他从网上下载 K 歌软件，点自己喜欢的歌，对着手机唱，再录下来播放。他每天唱两首，放在 QQ 空间上，效果意外精彩——不断有人点赞。金天业说："你太牛了，天天出专辑。"他却板着脸纠正："是推新单曲啊。"

嗨，不如去 KTV 真正地唱一次啦！

周六晚八点，一个身影出现在"温馨"楼下——白色短袖棉 T 恤、白长裤、白色运动鞋。唉，当然是他向南方。白衣胜雪的他走出门洞后置身在傍晚的霞光中，浑身五色流彩。他知道自己美，美得能杀人。

从"温馨"到樟洋市场有半公里的路程，两侧皆为蔬菜店、便利店、修理店等小店铺。奇怪的是，最近这些店铺外多了排玻璃小房。向南方笑着对金天业说："这也是 KTV。"进入后，空间逼仄如卫生间。无论是塑料椅、木板小桌、音响、麦克风，都格外粗陋。当茶几用的木板，表面泛着白灰，四处毛糙。将硬币投入机器，选中喜欢的歌，拿起麦克风就唱——一首一元。两个人虽吃力地对着麦克风，喉间疙瘩上下滚动，可挤出来的声音却粗粝干燥，如野蜂乱飞。

工厂路的小老板很懂工人们的诉求——每个人，不分愚智贤肖，体内储存的生命活水，都渴望通过某个渠道排泄。这个简陋装置无须专人看管，只要将硬币投入便可。一块钱就能让你荡气回肠！可以天天都来唱，怎么唱都不会破产。

每天从傍晚六点至次日凌晨两点，加勒比 KTV 是樟洋这条河里最湍急的漩涡——整栋大楼被装饰成巨大的电视屏幕，顶部撑起个王冠般的三角形。一个啤酒瓶倾斜着，倒出淡黄色液体——那瓶身就一直那样倒啊倒，那液体就一直那样流啊流。那些点缀其上的“KTV”“量贩式”“酒吧”等字样由彩灯绘制，发射出耀眼光芒，似能穿透亿万年的时间长廊。大门口拉起的红底白字横幅——本场所严禁黄、赌、毒——像一记榔头，敲打着消费者不要造次。

这里的收费算中等——小包厢三百元包括两个果盘、四碟小菜、一打啤酒、一壶茶、一盘瓜子，唱至关门。包厢看着也像模像样——深色花纹墙纸，大屏幕电视占据视觉中心，墙角吊挂着音响，黑皮大沙发，宽阔玻璃茶几。

这个天地比起路边玻璃房自然强过万倍，可和镇中心 KTV 相比，又矮下去几分。向南方难忘第一次跟着表叔去唱歌的印象——四五米高的走廊上，粉红色水晶灯如海底水母般闪光。在那种颜色的映照下，每个女人都凤眼吊梢，胭脂绯红，嘴唇潋滟。他一壁向前走一边细掂量。包厢整洁至极，像星级宾馆准备迎接上级检查。各种光芒交相闪耀——门框闪耀，杯盘闪耀，眼眸闪耀。长条茶几上放着各类吃食，随意拿取。三四个长腿纱裙美女，或轻手倒酒，或擦拭烟灰缸，或含笑点歌。而樟洋市场的加勒比，唉，可怜的加勒比最多算是个赝品。

这里的服务员，虽然也冲着客人点头，可都是些面色稚嫩手足无措的毛头小伙，问什么都像是第一次听说，完全不知如何处理，只忙着回头找穿西服的经理。这里的消费者大多是周边工人，还有些小老板、小经理和小市民。这些三五成群的男人，踢踏着十字拖，裤子皱巴，面色黝黑地走出家门。他们穿过小镇边缘那壅塞杂乱的柏油路，穿过乱糟糟的店铺，穿过低矮的农民房，穿过挂着雨痕的阳台，穿过密如蛛网的电线，穿过张贴着小广告的路灯，终于，终于来到了加勒比。他们终于摆脱了工厂，摆脱了拉线，摆脱了黄脸婆，进入欢乐之花的蕊部。

向南方接了个电话后起身，说去接个人。金天业以为他是去接姜国强，可过了一会儿，来了个蓝长裙黑长发的女孩。这女孩叫晏小青，小鼻子细眼薄唇，谈不上多出彩，但眉宇间倒也带着几分韵味。她的身材乏善可陈，胸部像荷包蛋加红豆。夹着十字拖的脚骨架纤细，倒像是全身最动人的地方。进到包厢后，她只蛰伏沙发边角，独自默默地玩手机。

金天业能把高音唱得像钢丝抛到半空，从惊心动魄直至毛骨悚然。那种非男非女的高音，听着别扭而邪恶。他唱了几首后，姜国强才到。小弟的嘴角挂着笑，脚上依然是那双永远的深蓝色拖鞋。他甚至还穿着工装——浅蓝色衬衫的左胸处刺着厂名“飞腾”。

金天业问姜国强唱什么，他回答：“大哥会唱的我都会。”

嗨，这正是典型的“小弟式”回答！当向南方把话筒塞过来时，小弟虽一脸皱缩，但也磕磕绊绊地把一首歌演绎得全须全尾。金天业夸姜国强嗓音好，是天生的男中音。小弟两眼放光，“真的？”接着含羞低头，“其实，这是我第一次在 KTV 唱歌。”啊？！小弟说此前也跟着别人去过 KTV，但一直不敢开口——今天是他的“处女唱”哦！金天业怂恿小弟多唱几首。唱着唱着，小弟变成了麦霸，抱着麦克风不松手。唉，平日里小弟活得小心而委屈，像只虫子躲躲藏藏，今天，第一次把胸腔里的声音嘶吼出来。

论唱歌，向南方的功底最好，但却表现得最谦和——即便碰到自己擅长的歌，也尽量让别人唱，并用力鼓掌。嗨，大哥到底是大哥——什么时候都不会忘形。金天业能让高音飞起来，直飞到惊悚之地，但若唱中音，便即刻输给了姜国强。两个人你一首高音，我一首中音，让包厢气氛渐入佳境。

金天业以为晏小青是向南方新交的女友，但看他俩说话的模样，似乎并不亲昵（沈安娜和小曾说话时，总是将嘴唇凑在对方耳畔）。女孩似乎并不在意唱歌，只顾玩手机游戏，且兀自嘿嘿发笑。那是一款测定年龄的游戏——将脸对着屏幕，能显示出年龄。而显示的年龄总是比本人大许多——十九岁的姜国强变成了二十四岁，大家笑得发抖。

《伤心太平洋》——向南方再熟悉不过，私下唱过不止一百遍，但他还是将话筒推给了小弟；等到了《沧海一声笑》和《兄弟》，他又让金天业唱。直至，直至——《流着泪的你的脸》。他拿着麦克风开口，其余三人皆停止手上动作，静静聆听。

最后一班地下铁
你含着泪说再见
我知道 你不会太远
但这个多雨城市
至少还有一个人
今夜 将为你失眠

我们短暂的爱情
在午夜划下句点
你决定 回到他身边
但你说你会永远
记得有另一个人
依然 令你感到眷恋

流着泪的你的脸
在我脑中不断的盘旋
许多话没向你说
但我已没有勇气回头

流着泪的你的脸
倒映整个城市的灯火
其中孤独的一盏是我
片片梦碎的声音 也是我

歌声里没有具体的时间，没有具体的地点，没有具体的故事，只呈现出一些情感碎片。和歌曲相配的MV画面异常精美——那嘴角倔强、眉毛粗黑、头发舞动的男主角，实在桀骜不驯。他生得太美，因此，他必须把眼帘放下，将目光衔在帘间。他十分综艺地站在阳台上，背后是万千灯火。他爱的女孩一直处于恍惚状态——那朦胧的五官，那缥缈的身影。周围的环境亦浮动不定——那地铁外不断变化的窗景，那炽烈缠绵后又恢复原状的房间，那蜂窝般像插了亿万根针尖的街道。

看不出来，平时冷峻的大哥，心里却有个好柔软好脆弱的地方。从那里流出来的热水汩汩流淌，让整个包厢都变成了温泉。向南方根本无须模仿原唱，也不用回忆歌词，那些音符顺嘴而下，婉转低沉，徐徐推进，像血液打着节拍般自然顺畅。唉，他那少年时的逞强斗狠，漂泊时的寒酸艰辛，创业时的彷徨迷离……在每一个关节点上，他都无所依傍，他都只能靠自己。

第二天中午吃饭时，金天业忍不住打听：“找到女朋友了？”向南方错愕抬眼：“哪里啊！叫她来就是活跃一下气氛。”他说昨晚送晏小青回去时，看到街对面十几个男人连成一排走来，心里轰隆一下，以为自己招惹了这女孩，触了本地大哥的霉头。可那些人居然不看他们，从身旁稀里哗啦走过。看金天业不语，他扑哧一笑：“她的酒量很大哦。”金天业不服：“一个女孩子，能有多大量啊！”向南方像是被开水烫着般嚷道：“哎哟，我们三个加起来也不如她！”

向南方对晏小青的好奇达到了沸点。他说晏小青抽烟喝酒样样都来；说昨晚在回去的路上她抱怨喝得不尽兴。听厂里保安讲，那女孩常三更半夜跟男人出去消夜，男人们喝得醉醺醺，她倒像没事。可向南方最不喜欢喝白酒。他讨厌那种把人喝趴下的事——“那不是喝酒，是瞎整，只有低层次的人才会那样做。”可晏小青昨晚直愣愣责问——“你们是不是男人？”向南方于是愤愤然：“男人再能喝，扛不起责任还不是废物？！”她摇摇头：“我觉得能喝就是男人！”

他好像很在乎她的感受？那么，他已动了要追她的心思？“追她？！”他截住金天业的话——“太没难度了！太没成就感了！”“真的不追？”他朗朗接话：“她根本不用追，发一个短信就能搞掂。”

他在江湖上混了这么久，早已精通寻花问柳的路数。只要他想得到的女人，他可以想出各种办法来。他有着让男人和女人共同妒恨的妩媚——男人的妩媚，张国荣般的妩媚。他会根据对方的性格，调整自己的战术，让对方主动感受到自己的魅力。他真有这个特殊本事。他那么眉清目秀，风流倜傥，往人堆里一站，就像站在舞台的聚光灯下，浑身熠熠闪光！

他知道晏小青看到自己第一眼后，已萌生出爱意。是的，第一眼。她那无限依恋的样子，早已说明了一切。她身体的各个部位，都在想着各种办法贴近他。她根本没有醉，他很清楚。她调动各种细胞于无声中呼喊，喊得仓促急切——我会乖乖的，你难道看不出我有多乖吗？但是不。男人不愿这么做。他显得好无情。但他却振振有词——这样的无情正说明我是个有情人。

如果为了面子，他可以先和兄弟们返回小宾馆，半小时后给女孩发短信——“到我这里来吧。”她一定会来。他知道对待她，根本无须像对待杜米亚那般，可他却热情全无。他已不想在肉体森林里冒险了。随便上床？对不起，你愿意我还不愿意呢。我已不稀罕什么艳遇了。不想做，什么都不想做。此时此刻，我宁愿睡我的素觉。

他没有告诉金天业，那女孩到底有多大胆。在暗黑的包厢里，他被她面不改色的演技吓了一跳——那大胆的调情，让他畏惧而刺激。是右脚吧？沿着他的胫骨慢慢提拉，像被一根看不见的绳子操纵，上升至男人的大腿内侧。他的脑袋像开水沸腾，双手捏成拳状。

她以为在那样的挑逗之下，男人定会提枪上阵。但是向南方把持住了，他面前的这具女体，是座微型的阴性森林，内里有各种奇花异草，藤蔓野茎。但是，不。他礼貌地离开了那只脚，让她尽量觉得还有面子，但拒绝的信号却坚定无比——不。他再也不想轻易进入那个高潮之后的冷酷异境了。

晏小青是广西阳朔人，此前就曾在飞腾厂打过工，这几天刚从老家回来。她就住在厂里宿舍，说没钱在外租房子。可住宿舍实在可怕——什么事都瞒不过保安！但晏小青似乎并不在意她的“名声”。此前，保安在不同傍晚看到过不同的她——和一个男人挽着胳膊，和另一个男人勾着肩膀，和又一个男人撑着一把伞……个个都鹣鲽情浓。保安不知道她到底是谁的女友。所以——出来玩叫她，只是活跃一下气氛，别的时间不能叫，免得惹祸上身！否则，走在路上被人打，都不知是咋回事！

金天业替晏小青叫屈，说昨晚和她聊了几句，知道她“感情曾受过伤害”——说她去年养了个小男友，那男的什么事都不做，全靠她的工资过活。她对那男的一心一意，可后来那男的却不告而别——跑了。向南方点点头——保安也曾对他讲过这件事。可他根本不打算施以同情，嘴角反而衔起一贯冷笑：“谁没受过感情的伤害啊？你也要找找自己的原因哦！”在他看来，受了伤害就该更加谨慎，瞪大眼睛看人，怎么能越发随便呢？而且，是不是因为女孩没给男友带来安全感，人家才跑的？

看金天业迷惑瞪眼，他遂倾囊以授，不吝贡献自己的发现——嗨，现在的女孩说“在一起”，不是只建立恋爱关系，而是要“住在一个屋檐下，一起上班，一起下班”。现在的女孩可不像过去那样要追很久。“今天遇见了有好感，明天就住在了一起。”他痛苦地皱起眉，说起烦心事——有个刚进厂的女工，没两天就和一个男工好上了，晚上开房就开在自己隔壁房间！那酒浓意软缠绵不休的声音，简直像是在惊涛骇浪中死去又复活。他彻夜难眠，恨得想捶墙爆粗口。他懊恼现在的女人上床实在容易，更懊恼自己一直没找到理想女友。

他发现自己现在的年龄真是好尴尬——眼前晃动的异性，小的太小，大的太大。女孩们初中毕业离家，在厂里长势凶猛，不用几年就熟透了，哪里等得到他来寻。铁打的事实令他苦苦生恨——现在的女孩和原来的完全不同。他曾看上过一个女孩，对方说自己没男友，后来才知道，对方其实有！他惊出了一头汗，气愤不已！“有男友怕什么！”金天业不解，“你可以竞争啊！”“啊？！”向南方瞪眼看金天业。完了！金天业像触犯了秘仪禁忌。“她是和男友住在一起的啊！”“已经住在一起了？”“所以，她愿意我去争，我还不愿意呢！”

他还看上了另一个女孩，问人家有没有男友，对方摇头。当他准备表白时，旁人大笑，说她已结婚七年了。“好惊险啊！”他的声音里带着愤怒。“为什么呢？！”金天业陷入痴呆状。“她就是想要耍着玩一下，反正人家也没什么损失！”向南方恨得牙痒痒：“所以从一开始，女人就在撒谎，她们就是想要享受被追求的感觉！”“你没办法发现对方已婚或有男友吗？”“肯定没办法啊！”他如鲠在喉，“她们的男人不一定在这个厂啊！”

现在，要在厂里寻找一个没有男友的女孩，比登天还难！向南方说钟馨儿才十七岁，又是第一次进厂，没人会想到她已有男友。后来才发现，她不仅有男友，而且还和男友一起同居。另一个例子是沈安娜和小曾——他们在短时间内陷入热恋，现在已像连体婴儿，任何时候都亲密无间，不愿分离半秒。小曾骑着自行车，每天都送沈安娜回出租屋。至于是否留宿，大家便意味深长地一笑。

“绝对是热恋！”向南方一脸嘲讽，“沈安娜已经把自己当成小曾的女人了！但结婚是根本不可能的！”向南方皱眉，“小曾的年龄还那么小！”但沈安娜也许只是玩一玩，开心一下。问题就在这里——这个女人哪怕真的只是玩一玩，也不会耽误她和别人结婚。

明天就要发工资了！

姜国强进厂晚，干了二十天，预计可拿到一千八百元。他早就有了谋划——用一千元买个手机！有了手机就能好好练歌，就能玩 QQ 空间，还能打游戏。这对于他，就算是有了一切。向南方盘算——上个月加班少，晚上最迟九点半就下班了，还有四个完整的休息日，居然发了三千元！这个月晚上加班到十点，中午还上连班，应该有三千八百元！这工资让他觉得很不好意思：“我对不起老板，我对厂里没做什么特殊贡献。”他每天都像个闲人，在厂里自由走动，这里磨一下那里蹭一下，时间很快晃过去了。

向南方一脸严肃："嗨，我坚持了五十天哦！"他直直地瞪着金天业，"从去年到现在，我在飞腾厂干的时间最长！""五十天，我真不知是怎么熬过来的！"千回百转，蛹在蜕变，在成熟，终于成为蝴蝶，可振翅起飞。这男普工终于明白了自己的处境：一斗芝麻添一颗，有你不多，无你不少，那条拉线照样从早转到黑！

姜国强一脸委屈："还是小厂好！"昨天有人犯了他曾犯过的错，可经理只是扣了拉长两百元，员工五十元，就算了结。可怜的姜国强，却被塑胶厂直接开除！小弟认为飞腾比塑胶厂还好！理由是，"干了这么久，还没被领导骂过！"

但从管理的角度考量，飞腾就不如塑胶厂。塑胶厂一个车间一百多人，只有三个管理人员，却管得井井有条；但在飞腾，一天到晚忙着换工位，浪费了很多时间。塑胶厂的工人要完成规定任务，所以干活特别麻利；飞腾的工人只要到了车间，即便是混时间，也能拿到钱。

总之，厂无完厂！总之，飞腾已创造了向南方打工史上的奇迹——干的时间最长！以前，他一个月要换好几个厂！现在，一定要争取做长一点！只有稳定下来，才能存住钱。只要抓住了钱，就抓住了命根子！

第二十三章　当拉长的烦恼

当他一次次闲逛进别人的花园时，一次次疼惜的却是他自己。他们的童年那样残缺，所以长大后更害羞，更不知所措。

在飞腾厂，向南方两个月之内连升两级——从作业员到物料员再到拉长！工资涨了又涨！可他好怀念当物料员的那段时间——可以全厂跑，不忙时还能躲到仓库里睡觉。当了拉长，每天都是晚上十点后才下班，心里装着沉甸甸的责任——怎么管好手下的人？怎么不出错？怎么按时交货？

他渐渐地发现，原来这个厂的全部业务都围绕着"鱼"进行——一楼做鱼缸，二楼三楼做渔具，四楼做加热棒——不是超市里二十几块的简易型，而是自动调节鱼缸温度的豪华型——一个卖六七百元，工艺精良，出口日本。他们干活的车间要求很高：温度不超过二十四，湿度不超过百分之三十。如果在里面连续待两个小时，便觉浑身凉飕飕，甚而会发抖。中午走出车间，他被阳光晒得睁不开眼，立刻冒出一身大汗。这样一冷一热很容易感冒，但是，和升职加薪比，这算什么！在这样的厂里，一步一个台阶——组长上面有主管、经理，一个比一个高，高一级工资就多好几百元！

物料员的班被金天业接了——他虽然比姜国强晚到，但又勤快又有眼色，所以很快就升了一级。而姜国强呢？吃饭时没见到他，向南方的心便往下一沉。果然，他又去网吧了！他现在比在塑胶厂时还变本加厉——每隔一天就熬一个通宵！身体怎能吃得消！

小弟在网吧熬了一个通宵后，第二天上班还一本正经，根本不像一夜未睡。但实在熬不住时，他就向主管请假："我忘带钥匙了，就在门口一直站到天亮，现在太瞌睡了，想请假……"向南方听着心里发急，这是什么破理由！果然，主管不准假。小弟急了，被迫喊出来："我昨天上网了！"主管瞪大眼睛盯视他，最后居然——准了假。

姜国强的日子如疯如魔——居然，上班时戴着耳塞听音乐！向南方拍拍他瘦削的肩头："低调点行吗？"小弟把衣领竖起来，以为别人看不见，可领子那么短，根本就是掩耳盗铃。向南方不禁皱起眉头——唉，这行为简直是明目张胆的挑衅！若被抓了典型，即便不解雇，老板那里的印象分也减了不少。如果有提拔的机会，肯定轮不上你。

休息时，小弟来找向南方，嘴里嚷嚷着"去吸烟室吧"，可手已经把烟拿了出来，点着后塞进嘴里。向南方脸色大变，赶忙揪下来踩灭，环顾四周，庆幸没人看到。他忍不住训斥小弟："在车间里点烟不是找死吗！被人看到就彻底完蛋了！"

小弟的行为真是罄竹难书——他居然，贷款两千五百元买了个手机！在厂里开了"工作证明"后，他给手机店先付了五百元，余款和利息分九个月还，每月还三百元。向南方说："你不是打算好买一千元的吗？不要过负债的日子啊！”小弟不听。向南方又劝：“如果你要花两千五百元买个手机，不如干脆买台电脑，反正你的目的是打游戏。”小弟依旧不听，每日携带手机如君子佩玉，一丝不苟。

小弟坦白：“昨晚，我去她家喝了瓶啤酒。”“谁家？”“钟馨儿和她男朋友分手了！”原来，钟馨儿在外面晃了几天，又回到了“甜蜜”；原来，她和姜国强还藕断丝连。金天业听着好奇：“昨晚？分手？那你们……”小弟用力瞪眼：“你以为我是你那样的人啊！”金天业涨红了脸：“我是哪样的人啊！”向南方劝小弟：“要不就放弃，或者干脆生米做成熟饭？”“不！”小弟并不想对钟馨儿做什么，包括“那样子”。在小弟看来，“爱一个人，不一定要那样啊！”“那样”是很不好的行为，所以，不能对心爱的女人“那样”。小弟突然蹦出句没头没尾的话：“我要私奔！”金天业扑哧一笑：“你又没结婚，哪来的私奔！”向南方直摇头——“听他说！”

向南方深知小弟无任何行动能力，前怕狼后怕虎，横草不拿竖草不掂，只在心里热火几下就算了。而且，小弟真的就比钟馨儿的男友更好？嗨，这世上怕没有比向南方更了解小弟的人了——邋遢！懒惰！自卑！闷骚！小弟在“温馨”的房间根本不用上锁——没必要。推门进入，一股臭味扑面而来：床上是衣服堆，地上是垃圾堆。小弟还有个本事谁都比不上——早晨一起床，眼睛一眨巴，嘴里便喊了起来：“走！”小弟能不洗脸、不刷牙、不穿袜子，踩上拖鞋就出门。唉，小弟野生野长，把一切都能大无畏地给省略掉。

小曾和沈安娜爱火炽烈，烧得大红大绿，唯恐天下不知。向南方调沈安娜去干别的活，她拉长声调："这样好吗？你忍心把我俩拆散吗？"她嘀咕着扭身而去，用后脑勺射出千万根毒箭，恨不得将向南方前胸刺出一片斑斓。

金天业的工位离这对男女最近，眼看着他们总是挤在一起黏糊，实在是活受罪。有一次，胶水粘在了女人手上，她便拖长尾音喊："小曾，快给我找块布来哦！我快不行了啊！"那发嗲的语气，能让金天业把早饭全吐出来。可一转身，沈安娜看到情郎后，即刻装清纯："哎呀小曾，今晚我们干什么呢？"金天业忍不住插话："该干什么干什么！"那女人突然板下脸来，冷冷地横过一眼。她简直想用眼神的刀片割了金天业的喉。

金天业的耳膜总被肉麻词语撩拨，根本没法集中精力干活，便强烈要求换工位！现在，全厂上下都在议论"二十一减去十六等于几"，可小曾却充耳不闻。向南方撇嘴："那个女的在四楼，没哪个男人对她有兴趣，除了小曾！"沈安娜的长相一般，性格霸道，大多数男人都敬而远之。她认识小曾后，发现这是个机会，便拼命地对他好。小曾的年龄那么小，觉得有人对我好，何乐而不为？小曾觉得沈安娜是丑了点，可是心眼好。而且那男孩还认真地宣布——"其实关了灯，女人都一样。"向南方笑得眼泪都涌了出来——他才十六岁半啊！

向南方知道这一定是场悲剧，但却比姜国强和钟馨儿还要喜剧一点。小曾和沈安娜在一起，是需要拿出"巨大勇气"的！虽然小曾已变成绯闻明星，但他根本不在乎，整日里对女友"包接包送"，姜国强哪里敢！可怜金天业还是孤单一人："唉，整个四楼没有适合我的。"向南方调侃："江一南的个头有一米七，和你很配，你去关心一下，肯定能好上！”向南方说有一天看到江一南的男友没来接她下班，便顺嘴问了一句，可对方回答说“以后都不会来了”。金天业固执地摇头：“我看上的我会去找，看不上的不能勉强。”

谁都没想到，晏小青成了向南方的女朋友！以前，她和向南方水是水，油是油，现在，已水乳一家。她替男人刷碗筷，夹菜，顺手扯平他的衣袖。女人就是这么可怕，有着与生俱来的危机感，总觉得她的天下不稳当，须长出一万个心眼，一刻不停地绊住男人才算胜出。

“事情的变化就在一瞬间啊！”

在加勒比唱歌后的一个夜晚，向南方请主管去吃夜宵时，叫上了晏小青。第二天，全厂人都知道他俩一起吃过饭了。无论是四楼或五楼，或一、二、三楼的，人人都在问他：“什么时候请吃喜糖？”向南方心高气傲，赶忙辩解，“我们就是吃了个夜宵”，可没人相信。向南方五内俱焚，感觉蚊子在脑壳里嗡嗡叫。晏小青那样的人，浮萍杨柳般晃荡，半点朱唇万客尝，怎能成自己的女友！他要好整以暇，以不变应万变，找她摊开了谈——于是，他约她一个人去吃夜宵。

傍晚的天空看上去很奇幻，云彩一会儿紫一会儿红。向南方招呼女人坐下后，笑眯眯的目光如水波，浸润过女人裸出的额头，又漫向蓝衬衫下的乳房，白裙子卡出的腰身。她讲述的“过去”和传说中的完全不同——好像人们把她的故事传来传去后，经过层层渲染，最终增生异变，演化得和最初完全不同。她坐在他的对面，眼眶里像是有两把断了线的透明珠子，掉下来时不是一颗一颗，而是一串一串。这是晏小青第一次亮出她的哭功夫。这一哭，让男人鼻头发红，脸颊发痒。这样不顾一切的哭必然丑陋，可男人却没见过谁能哭得这么好。

一种崭新而陌生的感觉侵入了他。确实，她曾有过男友，但分手的原因，是那男人总逼着她回去结婚，她觉得年龄还小，等过几年再说，可男友说“弟弟都结了婚，自己好没面子”。女孩听出男友结婚是为了面子，更加不干；确实——她和男工们勾肩搭背地出去了，吃了饭喝了酒，但那都是闹着好玩，她和他们“没什么”；确实——她一直都在找，找一个真正懂她的人。

晏小青的身世真的好可怜——半岁时，老爸就跑了，丢下她和可怜老妈。讲起老妈，她又哭得稀里哗啦。她说她妈总是爱上相同类型的男人——同样的酗酒、嗜赌、偷盗，但同样的英俊。那些男人个个都舌灿莲花，让母亲飞蛾扑火。他们一个挨一个接龙出现，中间几乎没有断档。他们总会带来各式各样的伤害。伤害纠缠着女孩，让她表面看起来文文静静，内心却燃着愤怒的火焰。

直到有一天，她老妈的新男友在她身上胡摸乱蹭还不过瘾，居然把她绑在椅子上，将两腿分开。她发狂地喊叫，可那男人却涎着脸说：“看一下嘛……”那男人狰狞的表情，让她内心荒寒如坟墓。老妈知道吗？她想老妈是知道的，但为了留住这个男人，她假装睡着了。老妈竟是没有男人就活不下去的女人吗？她只能走；她必须走；除了走，她没有别的选择。

晏小青挣了钱寄回家，以为老妈会过得好一点，等春节回家才知道，钱被老妈的男朋友悉数骗走。后来，老妈在家里开设地下赌场，自己也养成了饮酒的习惯，简直是那些男人的再版。老妈选择整形让眉眼吊梢，胸乳膨胀，试图年轻起来，但越整越凶恶。老妈依旧恋慕着那些落魄的浪荡子，一心想用钱将他们留在身边。老妈并不是不喜欢女儿，而是更喜欢那些男人。她说等自己有钱了，一定要把老妈接过来，让老妈要吃有吃，要穿有穿。

有些事被称为秘密，是那些事你宁愿自己不知道；可如果对方是你的亲爱之人，是你自己引发了那个秘密的坦露，你便只能硬着头皮承担后果。“你小时候过得怎样？”向南方哪知这句话会引发核爆。

他俩如此相似——童年被一双大手粗暴地夺走，像保险丝被烧断。他和晏小青都是在小时候失去了父亲，都是半个孤儿。这样的小孩，完全不被嗅出异状地混在人群中长大，并不是因为获得了怜惜关爱和慈悲，而是他们将自己与脏兮兮的大地混为一团，根本无从分辨，所以才能浑水摸鱼地长大。他们一点都不怀念童年，因为在那个阶段里充满了暴力。当其时，他们并没有觉得自己活得那样糟，以为大家都这样。那种痛心的感觉，是长大后才发现的。

向南方眼角一飞，觉得她如雨打扶桑，浑身散发着奇异的蛊惑力。女人已如此坦白，男人是不是该做点什么？要去爱她吗？要用加倍的爱，去弥补那童年的黑洞吗？在男人的身体里，突然有了层悬心的深度。他不明白自己是从哪一刻开始，涌起了这奇怪的怜惜？是从这女人给了他特权，让他饕餮般享用了她的私生活开始吗？或者，是他从那些混合着泪水的词语里，嗅到股自己熟悉的贫穷味？他的耳朵里听着女人的故事，眼睛里看到的却是自己——那男孩踯躅于乡间小路，被同学殴打时抱着脑袋低低哀号。

真是可怜啊。

向南方知道在沉默的现实背后，还有个更残暴冷酷的世界，所以，他是不会对这个现实世界撒娇的。可她呢？她才十八岁，此前的行为即便是率性而为，又能错到哪里？而人们只愿看到他们想象中的那一面。他大惊自己发了善心——难道他已被感动？唉，路灯下那张面孔被精简成小小的一块黄金。他不认为这面孔是美丽的，但他认为这面孔是熟悉的。

他俩又约会了好几次——慢慢地谈，慢慢地讲。当他一次次闲逛进别人的花园时，一次次疼惜的却是他自己。他们的童年那样残缺，所以长大后更害羞，更不知所措。没有人教他们怎么去爱，怎么去生活。面对硕大都市，他们既充满孺慕又紧张兮兮。他们真像一对失散的兄妹。

显然，在他和她之间，晏小青是最先晕浪的那个。她看着他，每个眼锋都发出奉献的暗示。他太了解这种暗示了，但他害怕匆忙会让大家都受伤。他向她摊牌，让她好好考虑两天，是不是真的要“在一起”。“你要考虑清楚哦……”他神情肃穆。她的眼珠一转，赔着笑脸，声音像白糖里掺进蜂蜜：“我知道，我知道。”他扪心自问——自己谈过那么多女友，最后还是一个人，又怎能苛求别人的过去？他的声音发着抖：“以前你做了什么我都不管，但和我在一起，脾气是要改改的。”女人的睫毛闪闪，点头再点头。她那样局促紧张，难道已深陷爱河？

晏小青跟着他来到了小宾馆。

向南方看起来像是个浪子，可对她却那样温柔。他非常惶恐，怕一不小心，会伤害到她。而她清晰地说，她——“要”。

这句台词他并不陌生。这句话让他的求欢举动从猥亵中抽拔了出来——他不再是浪子，而是恋人。当他翻身而起，旌旗猎猎，图穷匕现时，其举动简直像是去杀人。当她的指尖划过他的肌肤，在他的脖颈和胸脯上布满抓痕时，她是个女魔头，不管不顾，有股拼命抵死的味道。

他和她像两条蛇缠绕吮吸，两只蟹咬啮嵌插。她和他交往的那些女人全然不同——她可不是什么小姑娘，而是凭感觉存活的阴性动物，早就洞穿了世事。这纤细女体的举止并不优雅，反而粗野爽利，像女屠夫手起刀落，绝不拖泥带水，也不装腔作势。她有种神奇的本事，好像无论多大的力量施与她，都能被反弹回来。她凭感觉行事，忽高忽低，忽左忽右，让男人仿佛灵魂出窍。

晏小青当然爱他——简直一望既知。唉，他那张比女人还标致的瓷白脸！而他爱她吗？他不知该如何定义这段感情。一开始他曾那样抗拒，可后来，身体的某个开关不知怎的，“啪嗒”被触动了，之后，他对女孩有了呵护的冲动。然而，这算是爱情吗？他来不及厘清。他任由自己陷入迷糊的本能，只搂抱，只亲吻，只深入，而不管心灵是否已接纳了这份情感。唉，郭云芳太土，苏小苏太冷，杜米亚太怪，她们都没晏小青简单直率。他是个懒得装的人，而晏小青根本不会装，所以他俩一拍即合。她在狂乱中一迭声大喊大叫，七魄悠悠，三魂渺渺，其体会到的激爽显然远胜于他，令他嫉妒万分。

“你不是第一次啊！”他喷出个烟圈。

“可我是第一次谈恋爱！”她郑重其事。好奇怪听到她这样的回答。好奇怪啊。难道他在意她不是处女？不，他并不在意。

她是不是处女不是重点，重点是——她从未试图表白过自己有多清纯；她毫不羞怯，也不紧张，更不掩饰。她从头到尾都坦荡荡地表达着——我喜欢，我愿意，我快乐。

这对男女是疯了。上班的路上，两个人突然停住脚步，眼神闪烁，躲进树丛里去接吻，好像要在清晨的路边交合。上班时，远远地瞥见彼此，像吃了巧克力般满脸堆笑，于是就连闷煞人的夏天也变得可爱。一浪又一浪的甜蜜感，冲击着他俩的心弦。他俩就是对方的心头肉啊——爱煞这个人，想煞这个人。

快到中午休息时，两个人眼神一对便明白了。厂房外的那些热带植物——大王椰、棕榈树、杧果树、芭蕉树、龙眼树、荔枝树——好像是一种绿色的液体，遍地流淌着，流到哪里，哪里就被淹没。那些绿色植物不仅在风中摇曳晃动，还在交配，在生殖，在成熟。腐叶上开出大红花，荷塘里晃动着水草，虫子寄居在树丛中。这就是岭南，有着旺盛生殖力的岭南。这里的爱欲行为更多的是率性而为，而非生死相许。这里实在太热了，所以物种们早熟早衰。

此时此刻的缠绵就是全部的缠绵。此时此刻，那对男女穿过浓荫，钻进仓库。这里堆着备用的胶箱，淘汰后那舍不得丢掉的大风扇，等待拉去废品站的不良电子板。那些塑胶、钢丝、电线和铁钉，被暑热蒸腾着，冒着一股股厚重的味道。两个人的呼吸被那味道给封住了，可心脏还在跃动。

这样的感情应该就是爱情了吧？

第二十四章　被迫辞工

换一次厂就损失一笔钱！换厂太多，很难存住钱！所以他一直劝自己，好好干，坚持下去。可为什么这样辛苦，最终还是一场无用功？

六月的岭南，天气异常闷热，大地像韩式烤肉炉的铁板被无限放大，向南方明显瘦了——整个身型缩了一圈，脸只剩巴掌大，脸色发黑，唇边挂着圈胡茬，完全丧失了白净如玉的气质。这个月，他简直像孕妇，白天吃点东西就想吐，晚上翻来覆去睡不着。每天上班，他都严阵以待，心跳怦怦。货呢？这句嗫嚅听起来更像是感叹句，而不是疑问句。

飞腾的坏处日益显现。这个厂的宿舍和车间是分开的，各为一栋五层楼——宿舍的不同楼层上住着男工女工，车间的不同楼层上设着拉线，线上配备着拉长、助拉、QC（Quality Control 的缩写，意为品质控制人员）、QA（Quality Assurance 的缩写，意为品质保证人员）、机修工、物料员……可因管理混乱，制度纠缠，责任不清，致使整个车间像毛线团般乱糟糟。

看起来一切都很正常——助拉在第一时间盘查和清点配件，

与物料员联系，让他及时供应。可是，这个厂的物料员却像个倒霉的司机，开车在腔肠弄巷里送货时，不是被陷在拐弯处，就是被半截路堵死，或者货被搞错了，甚至干脆货被偷了……总之，物料员很难做到“三不”——不错：笔笔有账，账、卡、物相符；不坏：物物可用，质量确保；不乱：井然有序，一目了然。

向南方向金天业抱怨——“昨天清货，一个一千八百元的货找不到，搞得老子中午都吃不下饭！”“今天，又一个五百元的货不见了！我到处找到处找，好在IC（Integrated Circuit的缩写，意为集成电路）还在，就那么一小板，就值五千块！”他用手指比画出正方形，满脸愤懑。他真的无法详述自己的工作——那毛细血管般的狭窄弄巷阻挡着他，让他根本无法突围。

向南方真是太倒霉了。刚接手物料员时，他就做得很辛苦——哪里有人带你！全是边干边想办法。他随身带着个小本子，拿着单子领了货后，让脑袋像照相机一样拍摄下精微图，尽量不遗漏各种烦琐特征，再把型号记到本子上。可是办交接时，他却像潜水艇在深海失去了动力——货呢？

问题是，他说得清自己经手的货，怎么说得清前两任的？那两个家伙都是宁可不要工资，自己主动离职，一甩手就走了，丢下个烂摊子，害得他现在要全部交接清楚。于是，他像福尔摩斯步步追踪，直追到去年、前年。可是，他是今年才进的厂。理了二十天，他还困在阴暗巷道中，像后脑勺被人用棒球棍殴击过，完全想不起曾给哪些便利店送过货。他像得了失忆症般，眼神雾蒙蒙。货怎么会丢？他有些懵懂，眯着眼，失神点烟，满脑子都是问号。

飞腾应该有个单独放物料的地方，而不是满车间去找！可现在，厂里的物料间小得像洗手间，领来的配件就堆在拉线旁。物料员原本是领够了料的，但员工缺料时，顺手便从拉线旁一拿，没填单也不记账——若是大厂，拿超领单去领货时，就把罚款单一并递上——超领的东西要自己买单！所以人人都不敢随便丢东西。可在这里，超领单也批！

此前，他曾干过各种苦活累活，只需用力做便好。偶然碰到难对付的，他也能溯流而上找到源头，而现在，摊在他面前的是一幅迷宫地图，到处是隐蔽山坳、晦涩暗房。“我不知道啊！”对方说。“弄错了吧？”对方眼睛睁得大大的，满脸孩子般诚实，甚而有点小委屈，好像你硬赖在他头上。“你就是性子太急了……”对方眯起眼凝视他，“你要慢慢理，从头开始理，一点一点地理……”得找到毛线团最初的那个线头……

现在，他置身怪异空间，悲愤羞恼。唉，空转了近一个月，他依旧困在那个摆脱不了的怪梦中——他快被那些霉臭小巷逼疯了。晚上他恹恹无语，大段时间抽烟发傻，手抖得厉害，眼要冒出火星来。

“货呢？”他像困在黑吃黑的电影里不能自拔。他做梦都嘀咕着“货呢”。货不见了，理由可以有千百种，可他却如盲眼福尔摩斯，无法确定哪个时刻是关键点，只看到人影交叠，却找不到出口。货呢！他是被自己的大叫声惊醒的。他做了噩梦。这些梦根本不连贯，像是在暧昧的色情中，又穿插了惊悚的凶杀。唉，一切根源都在那两个字——货呢！

小弟忍不住恶意嗤笑：“啊哈，谁让你不愿当普工！”姜国强只想做一名安静的普工，这样才更安全，不用承担任何风险，没有压力，没有责任。小弟甘愿平庸，不愿拔尖或卓越。若是以前，听小弟这样唠叨，向南方定会翘起嘴角，挂出招牌讥讽笑容，然后不客气地挖苦他两句，可现在，疲惫像黑云，整个儿罩住了他。

“哎呀，我怎么这么倒霉！”他一心想好好干，不愿换厂折腾，可没想到，这山芋如此烫手！他像看到前两任物料员翘着嘴角微笑——他们何等聪明，发现这是个烂摊子，即刻选择自离，省得查来查去，在白眼和诘难中生不如死。可他现在已上了贼船，劳心劳力得太久，再选择辞工就亏大了，只能咬牙硬扛。

每天都像酒店旋转门般滴溜转，他实在是太累了。他根本不敢细看那个镜中人——腰身枯瘦，眼神枯槁。石化的过程是逐渐的。现在，他的胸腔像团花岗岩，双腿也不那么灵便，这之后，心脏的跳动也会变得缓慢吗？他的母亲总让他不要想东想西，在一个厂安顿下来，好好攒点钱，他也痛定思痛地要定下来，但总有种古怪的力量在排挤他——出去！出去！

金天业却喜气洋洋。向南方嫉妒极了：“是不是！是不是在一起啦！”对方不断摆手：“没有没有……”可谁都看得出来，那男人完全是坠入爱河的模样——脸颊绯红，眼神晶亮，皮肤紧绷，呼吸炽烈。现在，这高个儿男的心情着实不错，可他到底是经历过江湖的，懂得给自己留余地：“以后的事情说不定啊！也许平静的海面下藏着暴风雨呢！”

两周前，江一南撑着一把簇新的紫花伞走出厂门。偏偏那一天的阳光特别毒辣，晒得柏油路像镜面般反光。金天业便快走了两步，硬是凑到女孩的伞下：“太热了，太热了。”虽然他的心脏跳得乱七八糟，额头渗出一层汗，可还是及时地向女孩亮出个流浪汉加浪荡鬼的笑容。这男人像影剧里的那些疯狂的追求者，毫无理由，就那么直愣愣地闯过来，并不怕别人嘀咕他犯贱讨褒姒一笑。

厂门口类似一座敞开的舞台——任何男女的暧昧行为，都会被观众所察觉，继而变成茶余饭后的作料。江一南不想高声痛骂，也不想伸手就推。不。任何过激的举动都会引人侧目。她退缩出一片空间，匀给身旁这个男人。那男人把脸拉扯得平平展展，无一点乘人之危的得意。可这对男女到底共用了一把紫花伞——也到底成了大伙的饭后作料。这对男女——男的像向日葵吸足荷尔蒙，每个细胞都放着光；女的浑翘结实，根本是等着被宠被疼爱的熟女啊。

工厂像个大闷罐，每天都挤满人，狭小的空间最大限度地训练了人的视觉、嗅觉和触觉。因为总感觉憋闷，一旦离开那个环境，每个人就都变得格外轻松，像长了翅膀的雄鹰高飞半空——到处看！到处听！到处闻！

其实，金天业和江一南走到街对面便散了伙——女人去吃粉，男人去吃面。可老鹰们却心知肚明——恋爱，从来都是从假模假样开始的。那情欲依附在人体的内部，必须要刺激它，触动它，它才会开口说话，讲出真相。总之，一开始都是要装一装的。

不出所料，第二天傍晚，这对男女又夹带着姜国强一起逛街。三人行令全厂人都笑翻了——装！好好地装吧！“又搞上了啊！”“真是渴得慌啊！”江一南不用细听，都知道他们掰着指头计算——女人才失恋几天呦！每个侦查员看她一眼，她脸上的面皮便被揭掉一层。一层一层揭下来，她都快变成血人了。唉！

她也想表演坚贞，可失恋后的空白真的很难打发。况且，这追求者高高大大，堂堂正正，并不比原来那个差。

第三天早晨，每个看到金天业的人都在问："啥时候办事啊？"小厂的弊端日益显现——电影才刚拉开序幕，就被观众预测到了高潮，弄得男主角很是恼火，好像他不是在和女人谈恋爱，而是在和一群老鹰谈。那鹰之眼就像X光，能透过男女的胳膊和小腿，头发和眼睛，看到情欲在半空中震动。那鹰之眼就等着下一刻的到来——那男女互相剥下文明的外衣，推倒意识的篱障，释放出荷尔蒙气味，致使阴阳交合，似仙似魔。观众们这样不放松，弄得女主角像逃犯——总是想跑。她心事重重，畏首畏尾，总怕被别人看到，对追求者的态度也忽冷忽热，患得患失。而男人却坦荡至极，大手一挥："让他们去无限遐想吧！"

他们两个人去吃担担面，吃出了一头汗。饭毕，男人说，不如到我房里歇歇吧。"温馨"就在面摊背后，所以女人便进了金天业的屋。高个儿男去敲姜国强的门，用自己的小风扇换他的大风扇，又给女人倒了杯水，叮嘱她躺下休息后，自己退到姜国强的屋里。可不到五分钟，接到短信后，他又电击般弹跳起来——女人说躺下也睡不着，不如一起聊聊天。男人把自己像箭一般射了出去。

向南方艳羡至极："女大男小，最适合过日子。"江一南本来是他盯上的姑娘，大眼长发长腿，性情恬静，但他却没有行动，左思右想之后还是选择了放弃。那女人身高一米六八，和一米七五的他站在一起，倒把他给比矮了；可站在一米八的金天业身旁，反而把他给衬高了。所以，他不断怂恿金天业去追——

“她刚和男朋友分手，正处在虚弱状态，一追一个准。”

唉，猎艳的方式如此简单而老套。两头雄性狮子在洞穴里商议，揣测那雌性新近落单，正处彷徨期，此刻下手，不消多费手段，只温柔体贴，跟前跟后，甜言蜜语，定能得手。

看金天业爱得大红大紫，让向南方既开心又嫉妒。现在的他，正处于情感的尴尬期——虽未和晏小青完全决裂，却已生出分手之念。他黯然摇头：“小女孩真的不合适当女友。”和晏小青闪电同居后，刚开始日子还算甜蜜，可时间一长，反而不如单身时洒脱，处处要受限制。

有天夜里，女孩睡着后，他便去找金天业聊天，她醒来后恼火万分，认定男友背着她，到楼梯间和别的女人“讲电话”。他辩解说在金天业的房里，女孩便冲过去对证。金天业开玩笑地否认——没有啊！可这晕头女人听不出是调侃，返回后即刻大吵大闹，吓得金天业赶忙过来道歉。女孩面红耳赤，挥手让金天业滚出去。男人刚走出门，屋里便飞出个矿泉水瓶，差点砸到脑袋上。

向南方觉得女孩有些蛮横娇痴可以理解，但没想到，这女孩的脾气变本加厉地坏下去。他也想忍，可越忍，心头的浪越大。好几次，那浪就要澎湃发作，被他硬生生按捺下去。其实，他真的很容易和女人翻脸；其实，他真的不怎么喜欢女人。对异性的厌恶像一剂毒药，打三岁遭遇母亲皮鞋尖的攻击后，便深埋于他内里的肌肤。他标榜自己和男性相处得都很好——他对木讷的姜国强能无限容忍，时时挂心；他将金天业引为知己，坦露心迹，各种好处都想着让给他；就是小七，他也会为他出头打架；但他对所有的女友，都匮乏应有的耐心。

金天业过生日，大家约着去加勒比唱歌。向南方让晏小青先去，自己等姜国强从网吧回来后再一起去。晏小青到后十分钟，连续打来三个电话质问他。等到了加勒比，女友即刻发飙——骗子！撒谎！你是故意的！你就是想背着我干点什么吧！你说你都干了些什么！

他把女人扯到一边低声道："回去后再吵啦！"可女人依旧数落个不停。

谈恋爱真是件虐心的苦差事，根本就是自讨苦吃。若晏小青少爱他一点，便不会这般神经质，而她已深陷热恋，故而病得不轻。这洞穴母狮总处警觉状，视其余雌狮皆为敌人。她瞪大环眼，四处搜寻，即便闻到股缥缈气流，也能汗毛倒竖，满心妒恨。

金天业叹息："谁让你长得这么帅？！"唉，"帅"——是他的紧箍咒。谁赐予他那样一张好看的脸，好山好水，错落有致，酷眼神能一秒击毙目击者？可这华丽外表对男工来说，着实是个荒谬的玩笑。他像误闯进一个完全不属于自己的时空，所经过的街道，目睹的黄昏和清晨，皆被罩在一种发黄的光晕中。唉，他从来都没有校准过自己的位置。错就错在那个字——帅。

晏小青只是貌似成为他的女朋友，于是她时时紧张，总觉别人在觊觎这块美玉。不安侵蚀着她，让她的行为日趋变态。她害怕有"别的女人"存在。甚至在车间，当看到向南方和江一南谈工作，她都恼火万分。向南方不禁皱眉："金天业都没意见，你有啥意见？！"他根本不认可晏小青对自己的感情是爱！她解释自己发飙的原因是爱他，所以受不了他有"别的女人"，可在男人看来，那些乖戾行为全是神经病发作。

周六晚，金天业约了向南方出去吃饭，令晏小青大怒。“说好了陪我去看衣服！”她拉下脸来，“一提吃饭，你就把我忘到九霄云外！你还是不是男人！说话算不算数！”向南方耐心劝解：“明天休息，一整天都可以去啊！”“可你答应过我了啊！”“可那时还没吃饭这档事啊！”

向南方跟金天业抱怨时，对方哈哈大笑。向南方恨得直皱眉：“你小子别笑得太早！我的今天就是你的明天！”金天业同情地摇摇头：“唉，晏小青还是年龄太小了！”这女孩刚过十八岁生日，行为举止冒冒失失，完全不能自控。向南方长叹一口气：“我已没耐心等她长大了。”

向南方说他和女孩刚搬到一起时还觉得挺甜蜜，可过了一周，便这也吵那也吵。又过了一周，吵架频率大幅度提高——一天一小吵，两天一大吵。他陷入哀怨：“这是在挑战我的忍耐极限哦。”他的情绪日渐暗黑，似乎已提前看到了可怕的未来。也许有一天，他不想吵了，她想怎样就怎样吧。

他和女孩的美好时刻那样短暂，简直像流星一闪。男人眼瞅着女孩日日蜕变，从公主到女巫，从娇滴滴到河东狮吼。“唉，没住在一起就不叫真正的相处。住在一起，就什么都明白了。”他对女孩的喜欢已消磨殆尽：“她真的很会吵架哦，胡扯起来好强势。”这对男女总是虎视眈眈地对视，总觉得对方不可理喻。女孩——你为什么总让我生气？男人——你为什么总是无理取闹！女孩——你心里有鬼！男人——是你有病吧！

天哪！晏小青考察他的一切行踪。只要有电话必会追问——

谁！她已陷入疯狂幻觉，总感觉那“别的女人”即便不打电话，也会用短信或 QQ 和自己的男人谈恋爱。那些密麻麻词语在死去活来后，虽被偷偷删除，但仍在半空存留下淫荡后的迷离快感。她总想要控制他，最好二十四小时不离视线。她像女王般下达诏令——上班时不能和别的女人说话，下班后不能晚回出租屋；晚上和金天业聊天，不得超过半小时……唉，他骇愕低吟。又犯病了。这女人总是这般神经兮兮。奇怪，她是从什么时候变成这样的？早知她如此霸道，还不如不在一起。

他和晏小青之间的距离越来越远，像身处两块大陆板块，底部冰层用力向相反方向推送。难道她也预感到这种疏离，才陷入疯狂？难道她是用躁狂症的表现，先折磨别人，再折磨自己？他真的不想再继续了。停。停下来好吗。但他脑海中不时闪现出那幅画面——女孩满脸濡湿，一脸惊恐，说“你要我做你的女朋友吗”。那瞬刻，他体内涌起迟到的宠溺。“要，要。”他想要抱紧她，吻她，进入她的深处。他对晏小青表现得那样耐心，连自己都惊诧。他这样一个冷漠寡情的人，怎么会改了性情？

可是……可是……疏离的过程细致而难以察觉。如今，这个唠叨泼妇根本不是他喜欢的那个人。最多再给她一次机会。等她下次再无理取闹时，就是分手之时。不要逼我。不，他根本不怕失恋。以前，他若失恋会痛苦一个月，现在，也就是一个星期吧。他翘起嘴角，以满不在乎的笑容来掩饰伤痛。晏小青太闹，徐安然太冷，这两个人真是冰火两重天啊。

虽然徐安然总是板着面孔，让恋爱谈得寡淡寒凉，但他和她之间最大的默契就是——你不联系我，我就不联系你。虽然他们没有正式宣告分手，但当他在 QQ 空间抱怨“请不要对我忽冷忽热”后，看对方无任何反应，便认定他们的恋情已终结。现在他突然转念——要不，再回去找徐安然？然后又猛地摇头：哦！不！徐安然是他垫底用的备胎，不到万不得已，绝不拿出来。

没想到一周后，四个人全部辞了工！

向南方终于千辛万苦地办完交接，由金天业接任了物料员，自己荣升为拉长。可拉长也不好当——物料员管的是货，拉长管的是人。有个黑瘦员工不服管，还和他顶嘴，他便照实汇报给经理，经理说“开罚单，罚五十元”。没想到，正是这根导火索，引发了最后的激烈爆炸——被罚的员工是仓库管理员的小舅子。

那天下午，拉线上缺货，经理让向南方去仓库拿货，他便和金天业一起去。不巧，库管不在。“现在拉线上等着用哦！”他和库管手下的四个人商量，先拿五十二个二极管（一角一个），等库管来了再补单。第二天上班，接到罚款三百元的单子时，他的头都蒙了。原来，自那次他罚了黑瘦男普工后，库管便怀恨在心。一上班，库管直接找厂长告黑状：“向南方没开单就拿走了货！”厂长询问了其余四人，他们都说不知道。

公告贴出来后，向南方心里很是不爽。他向金天业抱怨：“这样搞得我又像偷又像抢！”可无论是偷或抢，那货也没拿到自己家；况且，有金天业目睹了一切；况且，那四个人明明在说谎。可直到这时，他都没想过要辞工。但小厂的可怕就在这里——大家已开始风言风语起来。话传话，变成了他们几个要通过辞工来威胁经理。他一听，头脑一热，真的去找经理说想辞工。

经理有张枯瘦如刀的面孔，一双多疑焦灼的眼睛，嘴角挂着戒备的浅笑。一听“辞工”，即刻皱眉：“我很看重你的哦，没想到你会这样！”向南方摊牌：“我是被冤枉的！”他自然委屈——他没有拿货，却像个在钱眼里翻跟斗的小丑。经理拍拍他的肩：“忍一忍就过去了。”那掌心里有种尖锐的寒气，让他打了个哆嗦。他不服：“凭什么是我忍？”经理惊诧：“厂长都批了啊！难道你让厂长说自己错了吗？”向南方执拗瞪眼：“我不服。”经理只好煞出张凶脸：“你好好想一下，想得通就干，想不通就别干。”

是经理提拔他当拉长的，可事实上，向南方手下也没几个可以管的人。同在四楼的另一位拉长是经理的小三，骄横跋扈，看谁都显得多余，好像整个四楼都是她家的。本来都是拉长，可无论那女人做什么，经理都向着她。慢慢地，向南方对经理也心存芥蒂。同时，他对厂长亦深感失望——这样不分青红皂白地罚款，真是不公平。可厂长是大老板的亲戚，虽工作能力很差，但一直稳稳地坐在这个位置。

“我要辞工。”

经理看挽回无望，口气便锐利起来：“厂里现在是淡季，你们要走就一起走，我一起批，不要一个一个走。”向南方震惊得说不出话来。虽然是夏日正午，可他却感到肃杀的寒凉从地底蹿出，浸透到脚背，再钻入骨髓和血液。他是为了工作才拿了二极管，老于世故的经理怎么会不懂？可经理有经理的考虑——这几个人已和库管闹翻，以后工作起来很麻烦。若让他们都回去做普工，他们肯定会不平衡。两相权衡，不如让他们走，省得斗来斗去。

向南方的心一阵闷痛，像被大脚狠踹了几下——他已看出这幅钩心斗角株连图。他们如果想在飞腾厂再干下去，除非库管不在。关系已经搞僵了，再做下去会很累的。虽然他已不当物料员，但库管却可以天天折磨金天业，让他拿着单子找各个领导签字。想一想，这库管其实非常阴毒——前两位物料员应该都是被他逼走的。

换一次厂就损失一笔钱！换厂太多，很难存住钱！所以他一直劝自己，好好干，坚持下去。可为什么这样辛苦，最终还是一场无用功？也许早走比晚走要好！只要不扣工资就行。凝固的血液再次流通起来。

第二十五章　失业加失恋

下班后即刻吃饭睡觉的生活，很适合中老年人，可他们下班后总要玩一玩、走一走、聊一聊的……

向南方辞工当晚，晏小青也走了。

多奇异啊这个连锁反应——失业后紧接着女朋友便离去？！

但事情并非一秒钟突然激变。此前许久，他已明显地感到那破洞明晃晃出现——或许女孩也看到了，只是假装眼盲。两个人都在等待，强忍着百般汹涌的厌烦情绪。要知道他俩“在一起”才两个月。他俩才两个月就已完成了初恋、热恋乃至厌弃、分手的全部历程。他俩简直是用自己的意志力在召唤——分手吧，分手吧。

那晚，这对男女在发生了激烈冲突后，女人拽着拉杆箱愤然离去。怎么回事？怎么这么快？这个疯狂结果的导火索，居然是手机上的一声“嘀嗒”。

“嘀嗒”——有人在QQ空间留言。当时，两个人正坐在沙发上看电视。她一直怀疑他有“别的女人”，这声“嘀嗒”简直是肥美猎物蹒跚而来，让她浑身一紧，伸手便去捞他的手机。那瞬刻，他喉咙里涌起好多唾液。

在这之前他可否有刹车机会？有……有太多的机会……可他都没有踩刹车。也许他的潜意识渴望分手早点到来——他知道，早晚要分。他对一个女人的耐心已缩至两个月？从她搬到“温馨”，到那一声“嘀嗒”只过了六十天，而他们之间的情绪已发生了巨变。他哪有耐心等着两个人“坐在摇椅上一起摇”，然后，“慢慢变老”？

“在干什么呢，亲，好想你，你的电话号码是多少？”

晏小青如获至宝，审讯官般板起面孔劈头就喊：“谁！”他含糊其词地说是以前的同事。女孩的脸色坏到冰点，盯着他的眼睛看，像要从那脸上的切口处看到灵魂深处：“同事还能管你叫亲！”女孩像丛荆棘，浑身长满尖利的刺。她催逼得紧迫，让男人没有回旋余地。男人索性将视线移到电视屏幕上，轻描淡写地打着哈哈：“哎呀，现在连快递公司都说亲哦。”

女孩恨恨瞪他。她曾为他那立体大眼而动情，现在，却深感那两汪泉水的可怕。她很蠢地逼他“说清楚”，而他懒得搭话，拿起遥控器换台，不予理睬。女孩忍不住恐惧起来——她要假装没听见没看见息事宁人，还是坚决侦破直至查得鱼死网破？她决定去越界。于是，她拿过男人的手机，十指翻飞，敏捷地按下了他的电话号码。等他来抢手机时，一切已经晚了。

电话打来，对方说——我是徐安然啊，你怎么换号码了？

晏小青脸色大变。她一直都有种可怕的预感——感觉舞台上她不是女一号，还有“别的女人”。虽然她被男人斥责为“神经病”，可她的神经系统却那样发达犀利。现在，这男人像是为了掩饰什么，索性大方地聊起来——你好啊……我是换了新号码……我还在老地方……以后再约啊……

晏小青用力拧男人的大腿，低声狮吼：“你还聊！你还聊！”可恶啊——可恶！他居然当着她的面，和“别的女人”聊得那么欢，简直当她是空气。所以当男人斯文道“再见”后，女孩整个炸开，跳起来用脚踢翻茶几，摔碎遥控器，用靠垫追打他。他的行为完全属于背德。虽然他们没有婚约，但两人同居一室，总要尊重一下对方吧。这明晃晃的调情算什么？她悲哀思忖，其实自己一直都处在被侮辱与被伤害的状态中，而现在，这种状态彻底公开化了。一切都不可靠，她根本就是个傻瓜。

她拼命吼叫——“骗谁啊！你骗谁啊！你骗得了别人骗不了我！你明明有别的女人，还说我是神经病！你才是神经病啊！你病得不轻！”她不能容忍他用抚摸别人的方式抚摸自己，用亲吻别人的方式亲吻自己，用进入别人的方式进入自己。她认定自己和“别的女人”不同。她不能在接受一个男人的亲密的同时，还要接受那关系中的侵略与残忍。

为什么不是——我和你？

而是——我和你和“别的女人”？

界限对她十分重要——名不正言不顺——只有确认了关系，她才能心安。

晏小青浑身颤抖着，深刻地感觉到自己正在遭受侮辱，这侮辱远胜于小时候遭受的任何伤痛。在她看来，这毕竟是第一次全身心投入的恋爱！

是她先捶来一拳。

她真的干了那件可怕的事——捶来一拳，还捶中了。她变得暴烈执拗，不断踢打。她号叫：“你根本不爱我，所以你看不见我的痛苦！”男人试图制止，但她依旧挣扎，继续踢打咒骂。他抱着任她踢任她骂的信念，一声不吭。直到这时，他认为自己对她都还是有情有义的。这是种怎样的感情呢？不像爱情那样精致，却有点骨肉相连，像一对连体人。而现在，她要挣脱开这个联盟。

她终于踢累了骂累了。

但真正惹恼男人的，并非踢和骂，而是她开始伸手抓衣物，准备塞进拉杆箱。难道她准备遗弃他？他试图按住她的手臂，按住她的焦躁，按住她的出走……然而，她却执迷不悟。陡然间，男人变得胸腹激荡，心跳颠震，咬牙切齿到引起三叉神经紧绷，脑袋一片空白。

他的脸冷了下来。他浑身僵硬，如一块戈壁巨石。突然，他跳了起来。啪！晏小青的左脸挨了一巴掌。他和女孩四目相对。女孩震惊得浑身颤抖。她没有号啕，只将一迭声咒骂如地窖蝙蝠放飞出来。那男人被彻底激怒，抓住她头发，对她实施了全方位、大规模、持续性的拳打脚踢。在那个瞬刻，男人的手臂像是木偶，被线一扯便提了起来，再用力抡出巴掌，来来回回，很多次。女孩的脑袋像黄铜灯芯，在风中左一下右一下。她脸上的表情，是那种无法拼上最后一块图形的茫然。

晏小青的声音飘在半空：“干得好，你干得真好。”女孩蓬头乱颜眯起眼，简直不敢相信眼前这野人，就是——亲吻过她，抚摸过她的那个男人。现在，她已确定他一直在偷情——他的本性就是花心风流的浪子。

女孩不知男人体内藏着头猛暴大兽；不知自己一次次激怒的不是他，而是它；不知他根本管不住它，到了一定时刻，只能放它出笼，为虐四方。当那附着在他身上的大兽离开后，他又恢复了人的意识，知道大事不好，忙一声道歉——“对不起，我晕了，是我不好……”但其实，他和她都非常明白——迟了，太迟了。他和女孩之间已没有误解，而只有犯罪。他看到女孩的脸抽搐着，泪水滑落而下，弄得眼睛一眨一眨。

在这个瞬刻，男人陡然想起杜米亚的眼神——那瞳孔里像是装着层毛玻璃，释放出来的眼神比一般人更缓慢。直到现在他才恍然大悟——那眼神是一种防御装置，可让主人的感觉变得钝化，保护主人不受伤害啊！可晏小青的瞳孔里装的不是磨砂镜片，而是放大镜，这便让她总处于高度敏感状态。

女孩穿好外套蹬上鞋子拉起箱子后，转身盯住男人，遣词造句里有股遗言味：“如果你没有打我，也许我不会走……”她制止不了牙齿咯咯碰响：“可你动了手！我对你的爱连最后一点都没有了。”女孩还是不甘心，最后发狠地提问：“你爱过我吗？”

又是那句“你爱过我吗”！

男人哆嗦了一下，像口吃患者般淤塞。女孩皱眉，像他身体内部已发出浓烈烂疮恶臭味。她瞪着他，X 光般将他照得前心透后背——真是个没用的东西！现在，她开始蔑视他了——到了这时刻，他还是无法正视自己的感情。懦夫啊懦夫。女孩环顾小屋，满坑满谷都是核爆炸后的七零八落。她冷冷甩下最后一句话，“和你一起过，真的……”她大力地吞下一口气，“很恐怖！”

深夜这样出门，他并不为她担心。她原来的生活就是东一下西一下没个准头，现在，也许她会租住别的小宾馆，过几天伤好了再去上班。她是那种贴着地皮爬着长的草，即便没有水和光，也能不断地往前伸。

向南方在手机 K 歌 App 里唱了一首《下定决心忘记你》。

走在彷徨的路上
我的心情暗自伤
多少快乐的往事
都随风儿去远方
说好不悲伤
为何泪红了眼眶
只因对你情太深

曾经相爱到放弃
如果继续也没有意义
曾经迷失了我自己
我会离开你远去

走到海角天边
刻骨铭心这份真情
含泪默默哭泣
下定决心忘记你

他忍不住说了一句："唉，实在不行，找徐安然算了。"

“徐安然！”金天业和姜国强异口同声。

他和徐安然不是——已经——分手了吗？

“其实啊……”他抬起下巴，欲言又止。他以为自己不再联系她，便是分手的表示，但他和女人之间并没有宣布决裂的标志性事件。当徐安然获悉他的新手机号后，居然经常打电话过来。有一次还低声道歉，说以前是自己不对，太强势，太不理解他。

金天业和姜国强突然清醒了过来。原来——晏小青的暴怒并非空穴来风——确实，他有“别的女人”！确实，他一直在偷情！确实，他经常给另一个女人发短信或QQ留言！确实，他常常在走廊里打电话！天哪，晏小青简直是福尔摩斯。

怎么可以这样——他明知道晏小青喜欢他迷恋他，他俩同居一室，可他又怎么可以放不下另一个女人。难道他是那种技艺高超的人，须在高难度的挑战下才能获得快感？他也曾那样善妒，曾不断检查苏小苏的身体和坤包，可轮到自己，却又那样放任自流。

“唉，真的不要问我喜欢谁。”他挑了挑眉毛，不以为意，带着男性的势利和优越。唉，除了这身华彩皮囊，他不过是个破普工！所以他根本无须挣扎，张嘴就告诉你答案：“我其实哪个都不喜欢。”

女人啊女人。来到他身边的女人真的是太多了——都是她们自己愿意来的。她们拼命地说她们爱他，却只是给他带来更多的痛苦。他和女人是两种不相干的物种，只是在某个瞬刻触须碰撞了一下。不要当真哦。真的，请不要当真。他需要的不是爱情而是温情。他是个猎人，技艺纯熟，有一套绝不失手的狩猎办法。他会花时间和女人缠绵，整个过程里还会关切地询问对方的感受。然而，就像两条河交叉后分离，他和她们，只是皮肤与皮肤的触摸，而没有注入深情、怜爱和珍惜。

向南方的母亲来看他——圆头黑皮鞋、黑裤、白衬衫——像舞台上的钢琴般正义凛然。她上下打量着儿子，忍不住批评："人家年龄那么小，你就不能让一下吗？"他满脸羞愧，但嘴上并不告饶："本来就是她不对！"母亲用力地抽了口烟，用眼神挖他："再怎么不对，都不能打啊！"他痛苦地抵赖："是她先动手的。"母亲喷烟冷笑："她力气能有多大！"

他抱怨他们不是相差四岁而是十岁。他十四岁半就出来闯，可女孩十七岁才出来。他已经历了那么多，可她却浑然不知。"再怎么着，都不能打女人啊。"母亲简直替他羞愧。但顷刻间，她又皱眉，转移话题："再差，也不能找比你大的。"向南方浑身一抖，以为母亲已看出他想拿徐安然兜底。

领到薪水交完房租后，他们手上的票子只剩薄薄几张。

三个男人缩在暑气熏蒸的屋里，从深夜聊到凌晨。天花板上的灯亮度不够，明明灭灭地造成视觉错乱，甚至让那些话题也晦暗不清。

能到公司跑业务当然最好，白衬衫黑领带，坐在小隔间办公室，不管是销售汽车还是五金或是房产，每个人都皮肤白净稳重斯文，甚至令熟女客户生出勾搭欲念；当普工是下下策，加班加点每月才三四千元，刚够吃住，根本存不下钱，又学不到技术，更谈不上建立人际关系。

可跑业务需要专业知识——工程、机械、建材或食品，这些行业都有专业术语，都有潜规则，他们一窍不通。摆地摊去卖雨伞、太阳镜和长筒袜吗？好像这是大妈的专利。去卖水果，碰到雨天捂烂了怎么办？如果卖麻辣烫，还得先租个摊位，买大铁锅和竹签，菜要洗干净后才能穿起来……唉，他们像体内被原子弹炸过，看什么都是一片废墟，感觉自己与现实之间的距离，实在是太巨大，根本难以突破。向南方咬着嘴皮一笑："说来说去，还是要先进厂，攒点钱再干别的。"

工厂路和几个月前一模一样——街面自然铺了柏油路，自然被厢式货车、公交车和出租车碾出许多条裂缝，路边自然丢着白色塑料饭盒、方便筷和香蕉皮，农民房的阳台上自然搭着胸罩袜子和底裤，小菜市场自然臭气熏天，混着鸡鸭鹅的粪便味和河鱼海鱼的生鲜味。他们跑遍了工厂路的几个大厂——电子厂、塑胶厂、服装厂和纸箱厂；又去了其余小厂——眼镜厂、五金厂、手袋厂。这些厂从头一家到末一家，全都紧紧挨着，无丁点儿空隙。闷热的阳光下，他们穿行在暑气熏天的街面上，企图将身体挤进那些硕大机器中，当它的螺丝钉，当它的小齿轮。

有的厂直接问："焊锡焊了几年？"他们面面相觑。他们的状态是——焊过锡，却根本不熟练。他们在拉线上积累的经验不多，又因学历和资历有限，无法申请到更高职务，只干过比普工稍高一点的工作，像物料员、库管、助拉、拉长之类。但这类工作没太多技术性，很容易招到人。这个时候并非春节后的招工黄金期，各个厂都处于满员状态。厂里不想招生手，只要那种技艺娴熟的年轻女工。"我们不招男工啊！""春节后才招男工的！""先填个表吧，回去等电话！""临时工干吗？女的一小时十一块，男的九块。"被当成"废物"指指点点时，他们将目光盯住自己的鞋尖——你们，就是你们这些男人！是从什么时候开始——将求职的青年男子等同于麻风病或私生子，而将他们规划到另类？从昨天还是前天开始？这种排挤的规模那样浩大。

最先崩溃的，是他们中个子最高的金天业。他神情黯淡，脸上挂着两个明显的黑眼圈，像挨了强悍绑匪一顿拳打脚踢。原来，他遭遇到的是双重遗弃——被工厂遗弃，被女人遗弃。他摆手解释——“那不叫恋爱哦！”他没怎么表白，对方也没怎么接受！江一南对他的态度一直忽冷忽热，那根本不是他想要的！他恢复笃定状：“不谈也好，就当普通朋友吧。”若他继续留在飞腾厂，也许一切都会有所改变。然而，离厂导致的下场就像玉石落地，两个人的关系顿时碎成两半。他们那点可怜的小感情，本来就懵懵懂懂，像幼苗需要滋润，可如果分开了，则预示着完全不可能。

江一南冷冷地瞥了他一眼，挺直了脊背，放下了筷子，不再说话。她没有安慰他，也没有给他任何承诺。她现在唯一担忧的，是那些长舌妇又该计算她失恋的日子了。男人恋恋不舍——“以后多联系哦。”而女人却聪明到无以复加，瞪着双平淡的眼睛，沉默不语。“离厂就是分手”——她知道自己根本无力破除这个咒语。

三个男人在工厂路上跑来跑去没结果，手头的钱却越来越少。以前抽烟的标准是二十块，后来降到五块，现在连两块五都觉得贵。姜国强提议去清溪看看，但向南方即刻摇头。不，打死他都不会回去的——清溪是他永远的痛。他们去了同属东莞的两个镇——塘厦和凤岗，发现那边的待遇还不如樟木头，便又重返了工厂路。

一句话：降低标准，先进厂再说！

电镀厂的宣传单看起来很不错：车间宽大，宿舍整洁。三个人走完照相和填简历这两道流程后，即获准第二天上班。向南方和姜国强被分到一条拉线上，干了两个小时后，相互交换了一下眼神，便选择了离开。金天业在另一条线上，愣是干足了一上午，到中午看到短信后才离开。

三个人在刀削面馆碰头后，向南方吃惊地问："你怎么能忍那么久！"那灯光、那地板、那仓库，和照片上八九不离十；那工作——工人像一部永动机，每天十一个小时在方圆半平方米的地方，重复成千上万次相同的动作——也和预料中差不多；可谁都没想到，车间里弥漫着一股臭轮胎的味道。

那味道黏稠古怪，实在难以形容——是混合了旧的、脏的、霉的味道后，又掺杂了苍老的、野蛮的、腥气的味道。那味道像头野兽，被困在洞穴深处，年深日久，虽没死去，却越发吊诡乖戾。那味道像食肉兽张口打出的饱嗝，糅杂了污血和腐肉的腥味。从开始的温暾气闷到后来的窒息难耐，甚而几乎要昏死过去，整个人像中毒一般！他们感到喉咙痛，胃里翻卷，想要呕吐。向南方使劲地掐着虎口，才不致心神离散。他预感到自己不可能坚持下去。如果继续干下去，就会像醉酒的女人躺在床上，只能任由对方蹂躏。

台资电子厂也要照相和填表，耗费了一天，上班后发现待遇虽然和别的厂差不多，但要求却极为严苛——要上夜班！周日也要加班！必须要穿防尘服！向南方的汗毛竖了起来——春节后他和小七到桥头镇找厂，曾在无尘更衣室里穿过那种衣服——风衣般宽大；上衣、裤子、鞋套连成一体，走路时要用手提着裆；戴上帽子、手套和口罩后，只剩眼珠子转悠。不好看倒也罢了，关键是没法呼吸！

他们差一点就错过了鼎盛电子厂。

那天，吃完刀削面后攒了点力气，三个人便一直往前走，在迷宫巷弄里看到条小街，气质和主街完全不搭——虽然两侧也是车间和厂房，但路边栽种了扶桑，绿叶汹涌，花蕊艳红，有种舞台的华美和艳丽。向南方不知怎么起了心动念头，建议进去看看。其余两人对他这种无厘头的固执行为早已不陌生——“嗨，看看就看看呗。”

果然，鼎盛厂门口贴着“招工启事”，可正在玩手机的保安懒得搭理他们，挥手说“招满了招满了”。已经走出小巷十几米，向南方又不甘心地顿足，说等一等。他反身回到厂门口，细看那张红纸，确定簇新黑字没被风吹雨淋，应是刚贴上去不久。于是心里一动，捏着手机的掌心发烫。他拨通了电话，听到话筒里说“过来面试一下”后，心跳得飞快。填表后被带去见拉长。粗腰中年妇女上下打量，问他们——“有无安排过生产？”“线上的物料见过吗？”她怕有些人是冒牌货，来了不能干活。

鼎盛厂比飞腾厂大五六倍，单员工就五百多号，厂房和宿舍都更阔气。向南方干助拉，金天业干物料员，姜国强干普工——三个人各得其所。然而工作九天，向南方便后悔了九天。他又生出了想逃的念头——根本熬不到春节哦。

鼎盛厂的老板是湛江人，心思根本不在拉线上，从不到车间巡查。有的员工干了十几年，还从未见过老板一面。厂里的大小领导都是老板的亲戚，所以这里和飞腾厂一样，管理混乱，职责不分。拉长也管物料，物料员也管产线——到处纠缠不清。

鼎盛厂和飞腾厂都做 LED 灯——鼎盛的灯是装在天花板上的，飞腾的灯是装在鱼缸里的。鼎盛的技术难度不大，但一个能卖到四百元；飞腾的灯精度要求高，程序复杂，几乎一半的货都要返工，可一个灯才能卖两百元，区别就在于鼎盛的销售能力强，跟单的人又多，所以订单不断。厂里每天出两个货柜，吞吐量大，利润也高。

但是在鼎盛厂，向南方感觉自己一点机会都没有，做什么都不对劲——既不能像领导那样甩着手啥都不干，也不能像普工那样随便怠工。车间里员工员工无精打采，懒散懈怠，让他管也不是，不管也不是——有些员工磨洋工已过分到让人忍无可忍。

在飞腾厂，转拉（从制作 A 产品换成制作 B 产品）只需十分钟，而在鼎盛却要磨蹭半个多小时。没活干时，工人们不是看手机、斗地主，就是剪指甲、掏耳朵。那场面让他无法去看，又无法不看，只能咬紧牙关忍着。可他分明感觉自己实在忍不住——早上四小时，下午四小时，晚上四小时，全天工作十二个小时！这种下班后即刻吃饭睡觉的生活，很适合中老年人，可他们下班后总要玩一玩、走一走、聊一聊的。等夜里三点多睡下后，早晨七点就要起床。

上班时总想偷懒，找个地方打盹。有时躲在库房里，一闭眼一睁眼，发现两小时已飘忽过去。无论他干什么、吃什么、喝什么，瞳孔里的影像都是恍恍惚惚的，脑袋像没有动力的轴承。除了想睡觉，还是想睡觉。有一天实在熬不住，他便请了假，从早睡到晚，睡了个透。

果然应了那句诅咒——跳一次厂降一个档次，越跳越落后。现在，向南方每个月要多上三四十个小时的班，可这里的工资却不如飞腾厂的工资。虽然他比普工高一个等级，但每月只多拿两百四十元奖金。因为没有绩效奖，拉长也懒得去管员工。想要从助拉变成拉长，大约需要七八年，他哪能熬得住！而且，做了拉长又怎样——一个月工资三千六百元，普工若加班也能拿到三千六百元。

鼎盛厂的坏处日渐暴露。刚到樟木头时进的电子厂很不好，要站着上班！可上班时间集中，到傍晚七点半就下班，有保底工资，周日还可休息；塑胶厂也不好，每天都要加班，工作长达十一个小时，但工资却很高；飞腾厂也不好，到处是裙带关系，但只要努力干，还有上升的空间。这些厂再不好，却都比鼎盛厂好。

错了，错了，从一开始就错了。

第二十六章　不习惯说出“爱”

当男人撤掉温情之水后，女人就变成了沙滩上的黄鱼。他根本不理会她眼里的委屈和幽怨，而只是一步步逼近。

在鼎盛厂上班第一天，听到别人叫自己身旁女工“老板娘”时，向南方吓了一跳，以为是大老板的老婆，后来才知是拉长的。他预感到待不下去——他已无意中得罪了她。他问她：“刚才和你说话的那老头是谁？”看她脸色哐当掉了下来时，他还不解，现在才明白，那个老相的男人就是她丈夫！

他不断地听到身旁那女人打小报告，声音像恐怖电影里的特效——“那小孩跑东跑西，晃来晃去的，不好好干活！”“晚上出去玩，白天打瞌睡，都是你把他们惯坏了！”“货是怎么丢的，还不是他偷懒！”“整天想着看手机，上厕所都装着！”

母亲来看他，不知他已换厂，在飞腾厂门口站了许久还未见人影，便打来电话。见面后知道他又换了厂，当即破口大骂：“你这个臭小子，老娘以后再也不管你了！”他还嘴硬：“换厂是为了更好的发展。”老妈冷笑：“别人都是先找好厂再跳，你找厂花了两个星期，进厂后又一个月没钱，这不是白白少了四千块嘛！”“钱钱钱！除了钱还能说点别的吗？”他的嗓音不自觉地提了上去。母亲的话让他想起一种猿猴，在电视里能经常见到——又小又黑，浑身长毛，手臂吊在树藤上，瞪着两只大眼睛，一眨一眨，永远无辜而茫然。

六月底，他从鼎盛厂辞工时，力劝金天业和姜国强不要走——“跳来跳去不好”，他的声音沙哑。他已得罪了拉长的老婆，再干下去会和飞腾厂一样坏，不如早点离开。他去了家小型塑胶厂，没干三天就选择了离开。那里的老员工总是催促“搞快点搞快点”，主管也对他不满——“你这种速度哪能行”“你到底会不会干活”，可他满心委屈——我一直都在做啊！一天做十二个小时，已累得要死了啊！顶不住！真的顶不住！

第二、第三、第四家厂子都去过了，有的干了一周，有的两周，但都没定下来。艳阳天下，他一个人走在工厂路上——一直走，一直走，他的身子虚虚地摇晃着，无助地望一家挨一家的厂牌，像看着一座挨一座的坟茔。他知道这种找厂的法子劳神费力，他却什么都改变不了。他只能认领那个可怕的符咒——普工！他盼望九月赶快到来。那时，学生工如大海般退潮，沙滩上总会留下几个贝壳。工厂喜欢征用学生工——工资低又不敢有怨言。忍到春节后吧——哪怕在天桥上卖伞也比在厂里好。

七月初收到杜米亚的短信，说要来看他，男人对此不知该哭还是该笑。还是深圳宝安机场，还是黑衣黑裤黑短发，还是V字手势，还是那嗲声嗲气的“耶”，还是粉钻的幽香……他不明白女孩为什么还是那样高兴，或者，总是那样高兴。他望着她那双只有孩子才有的眼睛——那样的黑白分明，清澈至极，全无一点渣滓——心里倒抽口凉气。经历了那么多，她怎么还能拥有那样的明眸？

一进屋，他便把女孩撂倒在床上。他满怀怨气，觉得这世上的一草一木都得罪了他。现在，他终于变成了个毫无愧疚感的浪荡子；现在，他已将人世间的男女看得透透彻彻——就那么回事！现在，他算是彻底明白了——人人都想碰，人人都想被碰，可人人都在抵赖着这个“想”，标榜自己根本没有想，从来不去干；现在，他清楚地知道——互相“碰”的事时时发生，处处发生，有时在白天，有时在夜晚，有时在屋里，有时在屋外。什么爱不爱的，不过是碰来碰去而已。别人碰得，我也碰得。

当男人撤掉温情之水后，女孩就变成了沙滩上的黄鱼。他根本不理会她眼里的委屈和幽怨，而只是一步步逼近。他自觉没有半点理亏，倒是她，反像小偷被捉了现行，狼狈而尴尬。某个瞬刻，他认为自己这样轻贱她的行为会遭遇她的反抗——她一定会说出刻毒话，甚而会跳蹿起来，甩出一个耳光。她有着太多报复他的理由，可她却一派乖顺。

是什么东西能让这个女人能厚颜到如此程度，耐得住这样的羞辱？男人看着她，目光里的分量简直像铅球砸下，越看越重。以前他和女孩总有说不完的情话，在任何时候，任何地方；以前，他和她当然渴望进入对方的体内，但那只是恋爱的一部分；而现在，他删除了枝蔓前戏，直奔主题。为何？他为何要关闭身体里的那个机关，关闭浪漫和柔情，而让躯体直接导向活塞动作？他的眼睛变得盲目，他的手指变得枯干，他的鼻孔像重感冒患者般堵塞。

在某种看不见但确实存在的物质——也许是“爱情因子”吧——被抽取后，他和女孩变成了另一种型号的运动体。现在，他俩只是简单地模拟做爱，而没有真正地融为一体。他俩的身体紧紧相嵌，但却像路人般并不交集灵魂。他俩像离婚后偶遇的老夫妻，套路是熟悉的，偶尔也会在脸上浮出一抹慌神，然而，那种环绕脑际的迷离味（粉钻味加乙醚味），已变得淡而又淡。干燥啊干燥。那种干燥像身处高原，四周都弥漫着黄土沙尘，逃不脱，摆不掉。现在，他俩的神经是一根根发红的铁丝，哧哧冒着白烟。

天上地下，今夕何夕。

当他勒住缰绳清醒过来，想到的居然是——即刻起身！即刻冲凉！即刻套上衣服！

他不愿当赤裸的兽，而要迅疾地变回人。

向南方燃起根烟，将雾徐徐吐出。香烟真是香啊。这种香，不抽烟的人哪里能懂！那层烟飘荡到女孩的脸颊一带，像是覆盖了一层面膜。他内心的嫉妒与憎恨，已达到难以克制的地步。他对她还残留着热情，而这又让他异常羞恼。于是，他变成了审判官：“你说，为啥要骗我！”

没想到杜米亚也摸过香烟，抽出一根叼在嘴上。她是什么时候学会的？看她那样子，像是抽了很久啊。唉，他觉得自己真是好残忍。这女孩软软地靠着他，身体像没骨头似的。他刚离开她的私人游乐场，在历经了旋转木马和海盗船的激越后，居然即刻便翻脸不认人。

女孩的眼睛睁大，沉吟——“嗯，秘密。”

她真是不可思议。她的一举一动都带着美感，毫不造作，极其自然。她在那样地戏耍过他之后，他还是觉得她很可爱。然而，一想到自己为这“可爱”吃尽了苦头，他就萌生出更大的憎恨。他真想撬开那个漂亮的小脑袋，看看里头究竟藏着怎样细致层叠的物质。是啊，他是如何被她突然抛下，像自行车轮胎的气门芯被拔掉，陡然间变得干瘪的？

“不行，一定要说出来……”他的声音严厉起来，视线也锐利起来。“我答应过别人……”女孩抿了抿恢复血色的嘴唇，“要保密……”他陡然暴怒，一下子翻身，发狠将手掌扣住女孩脖颈——只差一用力，她便会像天鹅般垂下脑袋——“谁是别人！”

女孩并不挣扎，眼睛眯成一条细缝。当男人松开手掌后，她便咳嗽起来。在咳嗽与咳嗽之间，她大力地喘着气。男人看不过眼，想到自己到底是主人，便翻身下床，倒来杯温水。唉，他是谁！他何曾给女人倒过水！她和他曾同居一室，哪里不知道他的习性！她一言不发，捧住水杯，一口口啜饮。眼瞅着女人全部喝完，男人又用眼神黏住她，一字一句发狠：“你要不说，甭想离开！”

他使用的词语还是那样暴戾，可语气已温柔了许多。女孩紧闭的嘴唇，让男人感到束手无策。他知道自己这样歇斯底里，完全是嫉妒得发狂——他不仅嫉妒女孩年轻漂亮，更嫉妒她有人宠溺，从不为生计发愁，想坐飞机就坐飞机，想到哪里就到哪里。自己虽为男人，可被穷困束缚，举步维艰，寒酸瑟缩。

唉，那一刻，他认定“别人”一定是女孩的“大姐”。他在她的手机里见过“大姐”——那个已过不惑之年而嘴角挂着难堪皱纹的阴森女人，浑身都散发着强烈动物味。他的心里飘来层厚实的云团，让五脏六腑都罩在灰色里。那女人知道他在诱拐杜米亚。她什么都知道。他怎能斗得过那样的女人？经验丰富，手头阔绰。在那女人的目光扫描中，他这样的人完全是生物链最低等级的爬行动物，根本没资格和有翅膀的天使共居一室。

“你要是不说，我死不瞑目！”他几乎哽咽。女孩的眼神里放射出一种晶亮的光芒。此刻的她是贪婪的——她正贪婪地吸吮着男人投注在她身上的爱意。她对他的丝缕温情都甘之如饴。她知道他一定要找到那个出口才肯罢休。

僵持了几分钟，女孩艰涩地吐出了那个名字——苏小苏。

啊！他怒目圆睁，视线如箭。从他的鼻尖到嘴角，全都写着冷冷的“不相信”。“可真的不是我大姐哦……”男人的身体变成木架上的藤萝，被风吹得不停摇晃。他虽然还是不相信，但已隐约意识到杜米亚不会撒谎。她是那种款型的女孩——要么不说，要说就是真的，因为她不屑撒谎，也懒得撒谎。

往事，往事如电亦如露！那具瓷白如大理石雕塑的身躯慢慢显影后，慢慢复活，眯起眼凝视着前男友，态度温和而不失威严——是的，那身影是苏小苏；是的，女人一直在恨他。那个女人的内眼角，和鱼鳃有着相似的颜色。那里潜藏着的怨毒，是冰冷的，也是潮湿的。

苏小苏的怨毒信息就像个 U 盘，往杜米亚的脑袋主机里一插，那些密麻麻的符咒便全都拷贝过去——早晚有一天你会被他打！对不起，我不是质疑他爱不爱你，而是他作为男人嗜打成性！我说的是另一件事，是你根本不可能不被他打，因为他就是个见异思迁、喜新厌旧、善于嫉妒、充满暴力的烂仔！

唉，苏小苏就是飘来荡去的鬼魂。这女人恨他又放不下他。唉，她要有多恨他，才能想出这“血债血偿”的计谋；她要有多恨他，才会耗费如此精力，大规模清洗杜米亚的记忆，致使女孩对男人的感情完全剥落流失。最终，杜米亚选择了跟他不告而别。没有人骂没有人打，没有人拿刀子逼她，是她自己要离开的。

可现在，小魔女杜米亚又回来了。

为什么会这样？向南方用力地深呼吸，试图吹走胸口的大石。他像看了场电影，猜到了上半场的情节，却猜不到下半场的结局。以前，他就预感到在杜米亚身上一定发生了什么事，才让她那样不告而别，而这一次返回，定是她旧情难忘。

显然，她是爱我的。

她曾在他的抚触下鲜活灵动，在他的撞击下火花四射，从不躲避，全然接纳。那样的感觉，怎么可能作假？他内心的灯全部亮了起来——她是爱我的！那样的爱火，怎么可能说烧完就烧完！

然而，慢；然而，停。然而——接下来的一切都实在诡异！

原来，女孩此行并没打算和他恢复恋爱关系，而只是顺道拐来“看看他”；原来她真正的目的地是清溪，她真正要见的人是苏小苏——“她是我的好姐妹啊。”

他一跃而起——真他 × 的狗血！满腔嫉妒的毒液，强烈地腐蚀着他的内脏，让他激烈摆手——“不要去，不要去，求你了不要去……”而当女孩说“一定要去”时，他的脸上像挨了一记重拳，整个扭曲。

奇怪的是，他越是阻止，她越显得坚定。她的表情就像只要她到达清溪，就会获得一份意外的厚礼般笃定。原来，这的确是一趟修补之旅，只不过修补的不是“男女之情”，而是“姐妹之情”。可是，如果她是怀着见恋人的冲动去清溪看姐妹，又何必来看他？

他激烈地抓挠着自己的头发，将手掌抡在墙上——砰！砰！砰！他简直要爆炸开。上苍如果要罚他，也不要用这种方式！他到底做错了什么，要经受这样混乱加混乱、错误加错误的折磨？现在，好像所有的人都是无罪之人，只有他，是那个犯下滔天罪行的人！

她凝望着他：“你爱过她吗？”他面皮的表层像被硬生生扯下来，疼得眉头紧锁：“关你屁事！”苏小苏在他的记忆里，已有点模糊，像一首歌里有一个区段被洗掉了。他知道那是选择性记忆的结果，是他自己想把那个女人忘记。“那你……你爱过我吗？”“发什么神经！”他暴怒发火，“你怎么能这样怀疑我！”她悲哀地叹息：“我觉得你从来都没有爱过我。”

男人的身体像掉进锅炉房的沸水，舞动手臂大叫：“你知道我有过多少女人吗？都是她们自己来找我的。只有你——”他瞪着血红双眼，“只有你，是我追来的啊！”女孩点点头：“你是追过我，可问题是，你爱过我吗？”

“你爱过我吗？”

怎么世间所有的女人都要纠缠在这个问题上！

这句话怎么听都是一句让人羞愧欲死的烂俗电视剧台词啊！

他再一次张口结舌。在欢爱中，他根本不是她的对手。而他是谁！而他追过谁！在他的心里，追女人已是他爱上女人的具体表现。可他太不习惯说出“爱”这个字，所以此时此刻，他张口结舌，双目圆瞪。唉，他爱她吗？他那样渴慕和她上床，猛烈地交缠，激烈地需索，呢喃地低语，仿佛宇宙间只剩下他们两个。那种将他们粘贴在一起的力量，难道不是爱情？

女孩凄凉一笑：“小苏问你你不回答，我问你你也不回答，看来，你当真是不会爱了！”

他的脸色渐变，指尖发冷，简直后悔那“爱”曾从自己心尖升起。他是真的生气——她这样不信他。那么现在，再表白他“爱”她，又有何意义？

他哽咽：“你真的不留下来吗？”

他像老父亲宠溺女儿，一径劝阻：“你和她根本是两路人，不要去，真的不要去。”然而，对方却“一定要去”。那女孩没有任何含糊，早已铁了心——一定要去！她就是一根筋，一定要亲眼见见这个网上的好姐姐。

他承认自己是最糟糕的男友，但也不应遭受这样的侮辱嘛。这份尴尬与羞恼，根本就是无法启齿的。

爱情啊爱情。爱情怎么可能这么混乱而无法分辨出天与地。不，真正的爱情不会是这个样子。

他发现她在自欺欺人——那女人根本不爱她自己。可如果她不爱自己，这样做又是为了什么？苏小苏和她，一个是刀片一个是蜜糖，一个是北极一个是赤道，完全不搭界，不同款啊。

杜米亚讲出了一堆“去看小苏姐”的理由，说“以后出来就不方便了”。她说那段时间，她大量地喝白酒，整夜不睡觉，血糖不稳，扁桃腺和眼睛都出现了炎症，哮喘也犯了，就像掉进大海找不到救生圈。是小苏姐帮了她，让她停止了混乱，回归到正常。小苏姐说她就是个火球，必须通过燃烧来释放热量，热量耗光了，她才会安定下来。后来，她只是周末才喝一点。再后来，她便忘记了世界上还有酒。

第二十七章　辗转打工

在这个大厂，他的“帅”失去了魅力。打卡时，他瞅见有几个好看的女工，可一进车间就石沉大海。

那么，杜米亚还是在乎他的？

向南方的身体像被通了电，窃喜的光环出现在脑袋四周。仿佛自小腹的某个开关处，汩汩涌流出温泉，瞬间将他全身浸泡。他用手捧起女孩的脸，将它拉近自己，然后闭起眼睛嗅闻，好像她是个美味的诱饵。他害怕得发抖。他在努力呼唤理智。

这个女孩是他用心用情追来的啊。而他是谁！他追过谁！只有在她的身上，他才展露出百分之百的激情。他实在是太压抑太滚烫了，必须有合适的器皿承载才不致自燃。只有她唤醒过他内心满满当当的怜爱。

他和女孩——到底是谁在折磨谁？只有她才能带给他那看不见的高点。那抛物线用力甩出后，最巅峰的，别人以为根本不存在的，极致的高点——只有她才能创造出来。虽然极乐的旁边是万丈深渊，一步之遥便会粉身碎骨，可他却不知好歹地贪恋着。

“你不要怪我大姐……”女孩的话犹如某种咒语，钻进男人耳膜。

突然，她对面的男人挺直了身板，瞪直了眼睛——因为她紧接着说：“其实，我大姐就是我妈……”

原来，她的“大姐”早年外出打工，未婚先孕，便回到乡下和母亲商量，演出了一场戏——孩子称呼外婆为妈妈，称呼妈妈为大姐。所以，大姐才像母狼母虎母蛇般护自己的犊子啊！大姐虽没有母亲名分，却倾注全力溺爱杜米亚。一切温暖的、美丽的、发光的东西，只要孩子喜欢，大姐都会把它们弄来。

大姐自己受过苦，便坚决不让女儿再受苦。所以，杜米亚虽然貌似一个来自乡下的打工女，实则，是一个中产阶级的私生女。所以，即便她什么都不干，也有吃有喝；所以，即便她爱这个男人爱得发狂，也无法逾越那根换日线，真的和他一起过打工的苦日子。

清晨，送女孩去车站时，男人神情黯然：“该说的我都说完了。”他叮嘱她——不要用耳朵听，而要用眼睛看，用心想；他叮嘱她——少抽点烟，抽多了很容易显老，以后生出来的崽是怪胎啊。她点头再点头。唉，那瞬刻，他恨不能在她的胸腔处打印上“莫失莫忘”。他往她的手里塞了个盒子——粉钻。当这个女孩真的要离开时，男人才猛然惊觉——自己对她的感情应该是“爱情”吧？而其余的，统统只能是“喜欢”？在他的世界里，从来都是别人爱他，直到他遇到她，他爱别人的那颗嫩芽才萌发出来。然而，这样一场星光灿烂的激情，终于在黎明前归于黯淡。

那根他用来从女孩朦胧眼神里品咂甜蜜的吸管，被他弄得丢失了。那个皮肤蜜黄，有着圆圆肩膀和胸脯的女孩，被挡在另外一间屋子里，而房门被紧紧地关上了。除了放弃，他没有任何办法。或者连放弃，都是这女孩的告别演出。他根本就是一片浮尘中的颗粒，自顾都不暇，哪有能量惠及女孩？然而，他却因这场“放弃演出”，再次确认了爱情的存在。那个看不见但能感觉到的东西，是沉甸甸、暖乎乎的，像热水袋但又比热水袋更宝贵的东西。

半个小时后，女孩发来短信——到了。仅仅只有这两个字：到了。这是一艘船沉没时，最后浮起的一个黄色救生圈：到了。他的心尖生痛。现在，她“到了”或者“没到”，于他，又有何意义？若世间没有对错，没有爱恨，那该多好。现在，苏小苏是他的过去式，而杜米亚，也彻底成为他的过去式。所有的女人，都是他的过去式。他只剩下他自己。

三天后，他接到苏小苏的短信：“要不要来清溪喝咖啡？”这几天他睡眠很差，整日昏昏沉沉，意识无法集中。可那瞬刻，他浑身打了个激灵，脑袋里像有个锥子在戳啊戳。

“我在深圳。”“深圳哪里啊？我和米亚去找你哦！”他懒得回答，便给杜米亚打电话，却是苏小苏接的。“杜米亚呢？”“出去了。”“她回来后给我电话。”他闻到自己口中有股焦煳味，整个身子仿佛都触了电。可是没有。没有。像鸽子飞出牢笼，再也没有任何信息——那种重新来过的美好事情，不可能在他身上发生了。

他所受的苦，他不能说，好像一张嘴，那苦就会变成双倍或多倍，变成一条他无法管理和控制的多米诺骨牌。那种伤痛真是锐利而古怪。他的脑海里闪现出多个场景——两个女孩，一个高冷一个甜美，手携手逛街，买衣服鞋子坤包，吃双皮奶榴梿酥蛋挞，到美容院做脸推油美甲，看夜场电影嚼爆米花喝可乐，穿碎花睡衣脸凑脸看手机上的搞笑视频……他不明白，为什么别人那样快乐而他却那样痛苦？他明知道她们不过是换胆交心的“好姐妹”，可女孩们的笑声为什么像凌迟的刀片？

她们——他的前女友和前前女友——胜利会师后，一定会喋喋不休。她们发现这个男人说了太多的谎言，简直是她们见过的最蹩脚的演员；她们大叫我们怎么会和他扯上，最后她们决定谁都不要他。这真是古今中外如出一辙的悲剧！

他的那些女人千万不能碰头。不然，见面暗号一对，完了，谁都不要他了。

她们发现他根本不爱女人——他只是利用每一个女人当配角，帮他搭戏进入高潮。他越爱自己便越觉得这个世界对不起他。他对待女人的方法就是打击、打击、再打击。他的心情越来越糟糕。他的问题谁都解决不了。最后的办法只能是，她们离开他，不要让他伤害自己。后来她们干脆不提他，谈自己喜欢吃的玩的。

三天后，两个女人突然又想起了他。苏小苏提议，逗逗他？于是向他发去短信：“要不要来清溪喝咖啡？”

错了，错了，从一开始就错了。世界之大为什么女人要看到我，爱上我，然后恨我，最后还不放过我？唉，他试图回到误解的源头，将杂乱线团理顺抚平。他知道苏小苏是他一生的死结。他当然不是存心要让她痛苦，然而，那苦已如砒霜，渗入女体之骨髓。她因痛苦而无情。现在，她的无情已让他惊悚。以前，他恨杜米亚不告而别戏耍他。现在，他发现苏小苏实在阴险，根本就是在整他。他驱动手指，将苏小苏的 QQ 号和手机号都删掉了。这是他最狠、最狠、最狠的方式了。

他并没有对苏小苏说谎，他确实在深圳。

小七又回来了，又黑又瘦。小七问向南方干不干工地，他咬着牙点点头。既没有文凭也没技术，只能靠力气吃饭。在深圳罗湖的建筑工地上，他从七月十五日干到了二十三日。几百个人在一个露天场地上，完全听拿对讲机的工头安排。有时上班后却不知该去哪里——因为带队的组长还没有来。有时搬东西，有时在太阳底下熬着等活，有时又用斗车送灰。有的坡很陡，即便个子高力气大的人，也得努把劲才能推过去，他得拼尽全力才行；有时干抹灰，虽然也靠力气，但劳动强度没送灰那么大。在师傅的指导下，他慢慢掌握了技巧，尽量让平整度能达标。

晚上十点睡，早上六点醒，一天工作八小时，时间一晃就过去了。然而，他却一直瞒着他母亲，不敢对她说是在工地上卖力气。其实，“干工地”很充实——有活的时候抓紧干，没活的时候抽烟、聊天、上厕所。如果制度能更完善些，如果环境能更好些，这种单纯出力的活也没什么不好，只是说出去不好听。

然而，他却又想到了那个字——走。

在工厂打工，一样出力干活，一样伙食粗陋，但月月能拿到钱。工地不像工厂那样要打卡——这非常可怕——工时如果没有报就算不了工资。他们在工地上总是被调来调去，签名没有固定的地方。有时一天签两次，有时签六次，有一天居然签了十二次。即便这样，还是有四天没有被登记上，算白干了。

另一个更可怕的隐患，是建筑行业拖欠工程款和工资已司空见惯。当他得知一起干活的人中，有个工友为帮老板追回工程欠款，竟和电视新闻里播的一样，独自站在高楼楼顶以自杀相要挟，那瞬刻他满脑子轰然炸响了那个字——走！

八月初至九月初，他和小七进了东莞东坑镇的鹏程电子厂。以前他觉得樟木头的电子厂规模大，但却不如这个厂男工宿舍的一角。这个厂是目前他所进的工厂里规模最大的——全厂七万人，而且男多女少。年轻男工一窝蜂挤进电子厂，进入车间的第一句话就是“里面女的多不多”。二十几岁的男工急着找女友，可还有很多三十多岁的光棍，急得两眼冒火。

他干的活是“查外观”——把电子元件拿到显微镜下查看有无瑕疵。他以为干这活最难受的器官是眼睛，却没想到是耳朵。第一天上班时，拿到厂里发的耳塞还莫名惊诧，等进入车间才恍然大悟。车间面积如候机楼般辽阔，两千人一起工作，说话根本听不清，加上机器整日嘣嚓嘣嚓，根本就是个大工地。一天下来，眼睛酸胀，耳朵又痒又痛，连带着太阳穴深处也痛。这种痛真是奇怪——他越想回避，感觉越强烈。

车间里整日吹着空调，和屋外温差甚大。一天到晚晒不到太阳，浑身都像起了霉。干工地时，他一顿能吃两大碗饭，而现在，却吃不下一小碗。仅仅干了四天，他便得了感冒。进车间时别人穿短袖，他穿长袖还发抖。晚上缩在被子里，盖两层还觉得冷。他想，还不如扎根在樟木头。

时间越长，他越绝望——在这里找女友根本是自欺欺人。以前，他只需站在女孩面前，她们便会自动被他吸引。而在这个大厂，他的“帅”失去了魅力。打卡时，他瞅见有几个好看的女工，可一进车间就石沉大海。穿上工装后，人人都成了包子，根本没什么曲线。要追自己拉线上的女孩，竞争实在太激烈！这条线共六十人，有二十名女工，其中十个是三十岁以上结过婚的，九个是二十至三十岁的（有男友有老公），只剩一个十九岁的女孩没男友，虽长相普通体型精瘦，可已有十几个男工在摩拳擦掌。不，这样追女人他拉不下面子。

况且，他一直在与病魔作斗争。他抚摸着自己的手腕和脚踝，忍不住发出叹息。天哪，他不仅让自己变成丑陋的包子，还变成瑟瑟发抖的落汤鸡。他努力压制着“走”的想法，直至干满一个月。辞工后他根本不敢给母亲讲。他像已听到了那些破口大骂——臭小子，你以为打工是旅游啊，从这个厂进那个厂出！老娘根本没你这样的儿子！老娘再也不管你了！为何什么事到了他这里都变得异常艰难——找女友和找工作都那么劳心劳力？为何他总是处于莫名降临的荒谬处境中——挥霍爱情像富人挥霍金钱，丢弃机会像孩子丢弃玩具？

经过几个月的冷战，徐安然突然变得热络起来。以前她一两周都不打一次电话，现在却一天打两三次。这女人的温柔异常古怪。她说她现在换了工作，在搞销售，上午工作两小时，下午工作两小时，让他也去。“哎呀就缺你了！”“哎呀你来了就知道了！”“哎呀不是有我在这里吗！”“你什么都不用考虑，拎上包来就行了，幸福生活指日可待！”听说公司在一个叫“北海”的地方时，他哑然失语。

北海！有多少人描述过那里的种种，他哪能不知道？唉，骗谁啊！你骗谁啊！你去骗全世界的人干吗要来骗我？而且，还是打着谈恋爱的旗号！何以这个塑胶厂的优秀QC（质检员），每月工资三千六，这么快就被传销腐化？唉，那道算术题他也曾解过——三年百分之百赚一千万；唉，那套程序他早已知晓——每日端正身子读书，嘴里念叨“我是×××，通过×××进入这个行业的”“我是个奇迹，上帝创造了我，我就要有所作为”。每天都要上课，老师来自不同职业，虽然讲述的语调各不相同，但内容都极为一致：我是教授/医生/老板/律师，我都相信，你有什么理由不相信？你相信了就好。先投入七万元，再给亲戚朋友打电话，让他们也来投。你叫来六百多个人，那六百多个人再叫来三百多个人，你就能拿到一千万。

徐安然到达北海后，非但没有看出这是个骗局，还把她父母和哥哥都叫了过去。完了！完了！她一个人瞎了七万不说，还把整个家庭都搭了进去，简直是疯了！可那女人却公然嘲笑当普工的他：“在厂里又累钱又少，还是我这里好，时间多挣钱多，想去哪里旅游都可以。”后来，看到是她的电话他就按掉。如此几次后，她还是不死心，以发短信来诱惑——“你现在相信还来得及，不要以后才后悔哦。”他对徐安然只是回避，并不恶语相向。他知道做了这行的人压力很大，非常孤僻，总认为自己是正确的，而别人拒绝自己是错误的。

小七从街上回来，眯着眼叹息：“哎呀大哥，有件事不知该不该说。”“什么意思？”小七说得又急又快：“你的女朋友被小周撬走了！”他朗声大笑：“女朋友！我女朋友多了去了！”小七急了："就是塑胶厂的那个！"徐安然吗？他和她是怎么认识的？是谁先开的头？他和她像黄河与长江，根本不搭界啊，不过两个人都很实际，都喜欢赤裸裸谈钱。小七说小周到处发展人，请人吃饭。别人听了他的"发财经"只是耸肩一笑——谁手上有七万块啊？可徐安然有。小周三番五次地游说，不仅搜刮了她的钱袋子，还攻占了她的肉身。之后，两个人便双双投奔了北海。

那个口口声声爱他要和他领证的人，居然跟了小周！难道她看不出那男人的本色？那个觍着蠢笨猪脸，眨着狡黠小眼，说着《三国演义》词汇的家伙，根本就是个不学无术的江湖佬啊。向南方忍不住皱眉，随后若无其事地说："天要下雨，娘要嫁人，随她去吧。"当他耷拉下眼角，抽烟时却猛地被呛了一口，陡然咳嗽了起来。一双手柔柔地拍打着他的肩头，一股寒凉的、不男不女的声音抖抖颤颤："什么女朋友，根本靠不住！不过大哥，你还有我啊！"

你还有我啊！——这听起来很平实的对白，从那个人口中吐出，怎么全然变了味。那只轻薄的手突然发起了袭击，从肩头向下滑动。向南方一躲闪，一切就都明晃晃起来。他的脸咣当掉了下来——不好！他总以为自己和小七之间是兄弟情，可现在却陡然一惊——那个人的整个神貌都发生了改变。那双手从后面拢过来，无限怜爱地贴住他的腰眼，试探地坚定地按住后，将一股热力传导出来；那声音泛着油腻，比扶桑还娇娆——"你还有我啊……"他 × 的，这演的是哪一出荒唐戏！向南方浑身僵硬，本能地反感，要挣脱那蛇臂的捆缚。一转身，像撞见鬼，他的脸一沉，一个巴掌拍了过去："滚！"小七还不死心："大哥——"他愤怒地大喊："你不要脸，以为别人也都不要吗！"

这箭射得正中红心，让对方羞赧至极。向南方一口唾沫呸出去："滚！滚得越远越好！""大哥我不走……"小七的意思是——我一个人怎么活。向南方是在这当儿想起刚哥的。唉，做大哥就要有大哥的范儿。虽然他和小七的缘分已到了尽头，但他还是不能失了那范儿。他从包里掏出两百元甩出去："你去广元吧，阿荣前几天打电话来说要人。"

他拍拍小七的肩头："那边包吃包住，你熬一熬就出头了。"

向南方去利来鞋厂上班，只坚持了五天。鞋厂要粘胶水，但车间里通风不好，又没人发口罩，一天干下来，鼻孔像是塞满了辣椒面般难受。他身旁的男人，四十出头，面孔和脖颈的皮肤都发黄。这个人看起来像是个正常男人，可只有坐在他身旁的人方才知道，那人根本是个大粪坑。

从远处看，那个中年男工是个泰然干活的老实人——可乌云的雨滴只落在有阴影的地方。那卑躬屈膝的身体像是发报机，发出持续不断的、咬牙切齿的咒骂。每天上班十三个小时，向南方便要忍受污水管十三个小时的喷射。他先好言好语劝阻那人，然后脸色难看地发出警告。到了第五天，他忍不住火起来："你再说一句，信不信我揍你！"对方回应："你来啊你来啊！"

开厂二十五年来，利来鞋厂第一次出现工人在车间里打架的情况。五天领了工资七百六，但却罚款了一百元。他并非一时冲动。在第三天时，他曾找主管要求换工位，说自己眼睛痛，但主管不同意："谁的眼睛不痛你指给我看看！"那时，他已知自己体内豢养的猛暴大兽在蠢蠢欲动。他知道车间里五六十号人都是那家伙的贵州老乡，可还是忍不住。

挥拳过去，正中那张姜黄瘦脸，等对方试图蹲下拿凳子时，又一脚将其踹倒，追上去加了两拳，看鲜血从嘴角汩汩流出。他浑身充满戾气像个加油站，一点火星就能烧着。他就是要这样的结果——摔碎！破碎！粉碎！他就是要疼痛！流血！呻吟！他想搞破坏的心情，就像长期生活在密闭空间并且一举一动都被全程监控的那些动物，终于用毛茸茸带指甲的巴掌将动物园的墙拍出个洞。

这世界当真只剩下他一个人啊。

他仿佛看到当年那个医生说，年纪还这么小，干吗这么紧张。那个凯旋厂得了失眠症的小男工瞥了一眼那医生——一个圆脸圆肚的中年男人，戴着金丝边眼镜，看起来像个医学博士。那医生说："你只有放松了，事情才能变得好起来。"

躺在床上，向南方回想起了过往看病的这一幕，不觉神色黯然。掐指一算，仿佛已过去了好多年。

第二十八章　孕妇的故事

他已饿成一只鹰，两束目光只往钱上聚焦。只要能进厂，他就惜福知足了。

向南方的母亲打电话说要来看他。他以为能吃顿好的，没想到在路边，母亲满脸愁苦，一口气训了他两个小时——这几年你收获了什么！整天东换西换，不好好在一家厂里做！你做事为什么不能专心点！为什么混了这么多年，还是这样！凯旋厂的那些人有存款十几万的，出去旅游时带着老婆，到香港澳门转，要多风光有多风光……他干巴巴地坐着，像关在笼子里的小白鼠，眼瞳大而空茫，嘴唇紧闭。

这一年，除了在飞腾厂干够了三个月，在塑胶厂和鹏程厂各干了一个月外，其余厂不是干了一周两周，就是三五天。他总有这样或那样的原因无法克服。这样频繁地跳厂，连他自己都纳闷儿——他是开过厂当过老板的，那时大事小事都要自己做，每天熬到夜里三点才躺下，早晨七点就起床进车间，他也不是不懂厂子的秘密。

母亲伸过脖颈，以极近距离看他，身影膨胀到硕大。他几乎相信下一秒她就要开揍了，可母亲却说：“你生在我们这样的家庭，就是当普工的命啊。”可他偏就不服。做普工能挣多少钱？怎么拼命还不是那点！就算混到管理层又怎样？拉长、主管比普工就多几百块，那些工资还是买不起房买不起车。所以，打工根本不是什么好出路。可现在，别说母亲不让，就连他自己都不敢想创业的事。什么项目不需要投资啊！而且，现在的竞争更强于以往！他叹息自己的一生就要这样混过去了，却总是有劲使不出。

母亲让他坚持干到春节，攒点钱去驾校学车，拿到驾照后她出钱买辆二手车。母亲的脸色暖起来，近乎讨好地说：“有了车可以拉人拉货，追女孩也方便啊。”母亲是过来人，懂得那些女孩就像鸟儿，逮住之前总得先抛出把谷子。这是圈套——驾照和车都是圈套。母亲就是想让他定下来，好好干活，好好存钱。

母亲走时已近傍晚，天色阴沉沉的，向南方沉浸在一种莫名的恍惚中，总觉得要发生点什么事。果然——在返回“温馨”的路上，他收到了一条短信——“我在工厂路”。唉，虽然他从通讯录里删掉了苏小苏的手机号，可那号码却一直铭刻心头。

一身乳白色西装套裙，肉色长筒袜，黑色高跟鞋，黑色圆发髻。哦，这大厂销售部的得力干将，如此利落倔强，眉宇间透着一股英气——这气质根本不属于美少女，而是美少年。男人摘下墨镜，稳了稳嗓音说道：“怎么有时间来看我？”女人说她来樟木头办事，出租车路过工厂路时，突然就想下来看看。

她收拢起长腿，端正地坐在冷饮店的塑料凳上。她喝着美式咖啡，而他依然是青苹果奶昔。唉，近距离的她依然耐看，白皙的脸上鼻梁挺直，嘴唇的弧形圆润饱满。这张面孔曾痴迷地凝望着他，夹杂着激赏，可很快那爱情之灯便熄灭了。现在他定睛凝视的女人，完全是个陌生人。唉，她不是一般的美女。她的五官、皮肤、头发和体型都像是“美丽”这个词的注脚，但全部细节组合在一起，又透露着一种古怪的违和感。她的美是尖锐而冰凉的。在她的一颦一笑里，总隐藏着某种幽微的悲伤。

“工作还顺利吗？”她翘起嘴角微笑地说：“这个厂主营浴缸……”她瞥了他一眼，“唉，以前我那么喜欢浴缸，可现在满眼都是，大大小小，各式各样，看得只想吐。”这个像刀片般的女人，突然软和下来：“你过得怎样？”男人落寞一笑：“就那样……”女人顺着自己的思维脱口而出：“当初，你为什么要找我？”男人微微不快，耸耸肩：“无聊呗。”女人叹息：“知道我为什么喜欢你吗？因为你从来都不说假话。”男人像是受了刺激：“知道我为什么总是说真话吗？因为我一点也不在乎你！”

女人赫然一笑：“那我再问你一次，你爱过我吗？”男人愣怔。哦，又是“你爱过我吗”！他忍不住厌烦：“你发什么神经……”分手都分了那么久，还纠缠在爱不爱上，有何意义！她点点头：“你不爱我，我不怪你……”接着她坦言：“可你知道我有多爱你吗！”这样的话出现在这样的场合，非但不显得甜蜜，反而有些苦涩。她像是在凭吊——凭吊那个她曾深深眷恋、借此生存、但又已不复存在的虚幻形象。她的眼神变成了X射线，让他显出原形——透过华美外表，男人不过是个平庸普工！女人抬起眼皮冷冷道：“可我爱我现在的男友，比爱你多多了。”

向南方有种时空错乱之感。爱可以分成当初和现在吗？爱可以量化到用天平去称吗？怎样才算多，又怎样才算少？他努力回忆当初——他受到双重夹击，工厂资金链告急，求自己的母亲帮忙带孩子失败，他用拳头砸脑门。一切都像是被绑架了。可他真的不是偷懒不是软弱不是没担当啊。你看不到他一周工作七天，醒着的每一分钟都在干活，每晚要喝药才能入睡吗？

他的胃里一阵抽搐，感觉喝下去的奶昔要逆流而上，从口腔里喷出。他满腹怨艾——我真的有那么庸俗丑陋吗？你对我的否定难道不是对自己的否定吗？你挑衅我羞辱我报复我，难道不是你放不下我的证据吗？

“我真是傻啊……”她陷入回忆的模样，让他感觉怪异。这样不停地纠缠有何意义？而她却那样不能自拔：“其实，你也挺可怜的。发现自己爱的人可怜，是不是真的不爱了？”

他终于按捺不住：“说这些还有什么意思！”她浑身一个激灵，像是清醒了过来：“说句对不起就那么难吗？”他的脑海像风车般旋转，但声音就是出不来。这一切不都过去了吗？他现在这个样子，不已经遭到报应了吗？是他不好，让女人受了疼得了病，可这些话已经说过很多遍了，他真的不想再说了。

他猛地站起身：“我是欠了你的，你想要怎么还你就来拿吧！”他拍打着胸腔：“这里有心，还有肺，你想要什么你就来拿吧！”他嘶喊起来：“但是，请你离我的女朋友远一点！”妒火已烧焦了他：“难道我不爱你，你就去爱我的女朋友吗？”这话像烙铁，吓了她一跳：“你胡说什么！”男人横了她一眼：“你和杜米亚……”她不客气地锐声制止：“别瞎说！我们只是好姐妹！”

她若有所思：“唉，幸福不是别人给的，是自己争取的，我明白得太晚了……”她叹息：“以前我总是不开心，感觉生活是一团垃圾，其实，人是可以更开心一点的……”她的语调不再高八度，而是以平常声调淡然道出——“我要结婚了。”他恼怒起来：“和我有关系吗！”她摆出一脸天真吃惊状，“你会不会来参加我的婚礼？”他皱眉咧嘴：“我算哪根葱啊。”

她也笑了起来，居然提了个好幼稚的问题：“说说看，你的理想是什么？”他困惑低语：“你真想知道啊？”这问题本应在他们欢爱后的床上提出。太晚了，一切都太晚了。他们完全是肉体先行——分手后这么久，才想起到对方的心灵深处看一看。他喉头紧缩：“其实，我一直都想当演员……”他长得那么像张国荣——标致的五官，白皙的皮肤，迷离的神情，浑身都是电影《胭脂扣》男主角的模样。他反问：“你呢？”她一怔：“我只想当个好老婆，生个好孩子。”

这谈话若发生在相恋之初，也许他们的感情便不会那么脆薄，而他们却没有沉住气，任由荷尔蒙牵引，直接奔到了床上。也许爱情应该是情爱——先有情，后有爱。苏小苏对男人坦言——自己在流产后的那段时间，总是想跳楼。但想想那种死相太难看，就又去买了两瓶“安定”，可怎么都咽不下去。后来，她就给电台打热线电话，说了自己的困惑。热线电话？他骇异到捂住口。那些“热线电话”在曾经的他听来，却是鬼鬼祟祟的偷情电话！当快快挥手告别，各自退隐于黑夜后，男人感觉心尖的某个部位，像被钢丝拧着般锐痛。

姜国强突然玩起人间蒸发。“他这样一走，好像是我对不起他哦。”向南方的心乍乍一裂。他在利来厂因打架离厂后，小弟也嘟囔着想要离开鼎盛厂。大哥劝他不要随便出厂，可他根本不听，还是走了。当向南方到班迪厂上班后，便介绍小弟进厂，还为他写了担保书。可进厂后的第三天，小弟便选择了离开——说干不来扭螺丝的活，也等不及向南方找拉长去调换。之后的两周时间，小弟全然消失，电话也因欠费停机。

向南方知道小弟是去了网吧。自从和钟馨儿的恋爱无果后，小弟便像雕塑身上有了细微裂纹，完全无力阻止坏的扩散，只能任由自己一天比一天坏下去。小弟逃避绝望的办法就是去网吧。他现在白天晚上都是"英雄联盟"，连做梦都在说"英雄联盟"。两周后，小弟重返"温馨"宾馆，瓮声瓮气地向大哥借钱。那一瞬刻，向南方的身子僵硬着，感觉喉咙里有无数句话在涌动，却吐不出一个字。

眼前这个人像一具从地狱里跑出来的僵尸——因长时间没洗澡而散发出一股臭味，衣服皱巴得像面袋，五官七零八落，眼神涣散得无法聚焦。向南方在生出怜悯的同时，也生出了厌恶。多么奇怪啊！在这一刻，他突然又想到了刚哥。他是到了这个时候才明白什么叫"大哥"的——"大哥"就是什么都经过，什么都明白，可什么都不说的那个男人。大哥知道说了也没用，所有的苦都要你自己尝了才懂。

金天业忍不住劝说："节约一点嘛，不要总是去上网，弄得山穷水尽。"可小弟却冷冰冰反驳："不要你管！"金天业直皱眉头："那你倒是把自己管好啊！"小弟的脸上快要掉下冰碴子："不要你管！"金天业把拳头捏了起来："你是猪脑子啊，好坏不分啊！"对方还是那句话："不要你管！"

向南方的心里涌起股复杂难辨的情绪——他知道小弟对他有怨气。自从金天业返回樟木头后，小弟便如冷宫嫔妃，觉得自己被排挤了。和钟馨儿恋爱时，小弟浑身都散发着一种特殊的光彩，可自那女孩回了老家，他就全变了。将两百元塞进掌心，又拍了拍他的肩头——向南方没再说什么。

第二天下班后，看到小弟的房门大敞——他居然选择了不告而别。向南方忍不住抱怨："他这样一走，好像是我对不起他哦。"他揣测小弟应该是去了清溪的广元厂，因为他知道阿荣打电话来找人。金天业忍不住吐露，原来小弟热恋钟馨儿时，那女孩不仅和男友同居，还怀着孕。

还怀着孕!

怪不得那天商量去爬宝山时，那女孩左右为难。那时，他们鼓动姜国强和女孩的男友竞争，而其实，钟馨儿已经定过亲。女孩喜欢姜国强但又离不开男友，便左右都吊着，弄得所有的人都神经兮兮。那段时间，老大嘱咐小弟和金天业拎着铁棍上班，时刻保持警惕。那段时间，小弟像是发烧的病人，语无伦次，目光涣散，动不动就宣称自己要私奔，但其实，他知道钟馨儿有男友，且正在同居，可他根本不在乎。唉，小弟就是那么看低自己。

金天业在鼎盛厂坚持了半年——奇迹哦奇迹。时间越长，他变得越有经验——在厂里打工就是卖青春，虽然没什么前途，但在找到更好的活之前干干也无妨；在厂里打工就像坐监狱，不要东想西想才能熬下去。不能太认真，认真了就干不下来。就是要混，时间才能过得快一点。

他干的是物料员，总能找到机会去仓库睡觉——只需将纸皮往身上一扣。有一次被主管抓了个现行，恨恨地问他："要不要送床被子来？”他嘿嘿地笑：“被子就不用了，有枕头就好。”他已成了厂油子——白天在厂里的各个角落晃悠，和各色人等打交道，将各种套路摸得门清，晚饭后坐在楼宇最高处观天象，神思飞扬。

八月，一个叫温晓梅的女孩被分配到他所在的车间当QC（质检员）时，他惊诧不已——太像江一南了！也是大眼长发长腿！其实，离开飞腾厂后，江一南还发短信约过他，但他感觉这种暧昧拉扯已没啥意思，便回复说没时间。后来他惊悚获悉，那段时间和江一南保持“浅恋爱关系”的，一共有三人。居然有三人！若不是亲耳听到，他真的不敢相信——沈安娜租住的那栋农民房要搞装修，她和小曾便搬进“温馨”——姜国强空出的房间，随后小曾向金天业低语说出这一消息。那一刻，他几乎要失控，心里装满懊恼。

江一南实在太聪明太懂得操纵人性——她精准地知道男人喜欢的女性形象，所以扮演得惟妙惟肖。她是偶像剧看多了，还是觉得多一个备胎多一份保障——就像买保险？她怎么那样懂得遮掩和退让，以此激起男性的嫉妒，撩拨男性的欲望？她那个样子——好像根本不懂做爱——让男人觉得自己在守护一座坚贞的城堡。而其实，她是从盘丝洞里走出的妖精，巫术熟练而地道——从最初的约会到最后的短信，从来都是她在操控全局。她对男人欲望的了解简直达到了半毫不差的程度——知道如何利用空间和时间，完美地安排三个男人轮岗。她的模样那样安静低调，眼神那样透明坦然，她知道何时柔何时刚，从不让男人感到有束缚，于是他们便一点点加重了爱的筹码。

温晓梅活泼健谈，不说话时充满女人味，开了口又让人觉得爽朗大气。确定这女孩也是四川的、小自己两岁、没男友，金天业的心涨满幸福——绝不能让这个美女跑了。原来，他孤寂地滞留在鼎盛厂，就是为了等待这一刻。留电话，加 QQ，鞍前马后，注意这小心那，早点和夜宵……他诚心实意地追她。他的表白坦率至极——“我看上你了，你看上我没有？”他不知从哪获得的自信，笃定地认为女孩已提前“看上”他了。他当然不会莽撞行事。他注意到女人面孔上发生的细微变化，解读着那些变化后的信息。他渐渐窥到机会，像一缕轻烟，倏地钻进女人的灵魂深处。

决定吻她的那夜，他站在顶楼观天象——天空不是墨黑色的，而近乎宝蓝，星星非常稀疏，东一颗西一颗。他在等她下班。少顷，他将那个上楼的人拽到阴影处，用嘴唇吮吸花瓣耳垂……这一切做起来并不困难。从拥抱接吻到上床——三周搞定！

到了圣诞节，金天业用十块钱买了一个苹果和一束玫瑰花。看到别的女孩还捏着巧克力，温晓梅就拽他去超市。唉，不是巧克力有问题，是女人有问题。“哎哟，女人！”金天业坦言，刚开始“在一起”时还挺新鲜，可过了两个月就烦了。向南方嘿嘿一笑：“我十几天就烦了。”

女人是多么奇怪的软体动物，总那么黏糊糊，总是要让男人陪。拜托，白天在一个车间里干活，晚上在一张床上躺着还不行吗？不行！想下班后找别人聊天——绝对不行！因为那“别人”很可能是“别的女人”。“哎哟，”向南方大笑，“怎么和晏小青一个毛病！”“嗨，所有的女人都有毛病，因为她们都打过胎！”

金天业脱口而出。“都堕过胎？”向南方浑身一抖。

那些信息先储存在沈安娜处，被她大大咧咧地传给小曾，小曾又传给金天业。那些信息像从记忆裂缝里伸出的铁钩子，在向南方的心上狠狠地划了几道。最初，他并不想自责，但自责却来得那样强烈。

沈安娜打过两次胎，分别由钟馨儿和晏小青陪同；而沈安娜，也分别陪同过她们。钟馨儿原本是那种清汤挂面的体形，从医院返回后脸色苍白，眼神茫然，性情大变。姜国强来找她时，女孩雷霆般怒吼——滚！我谁都不要，谁都不选！晏小青被向南方揍了一顿后，在沈安娜处住了一周，等脸伤恢复到不吓人的程度才去了医院。原本喋喋不休如麻雀般聒噪的她，后来全然安静。一个人若心灰意懒到极点，便会像一滴水落入大海，烟波浩渺，空茫一片。

天哪！他完全不能想象沉默中的晏小青是个什么模样。他眼里的那个女孩，总是穷凶极恶，母兽般霸着巢穴，对各种暗黑的阴影进行剖析，警惕各种有姿容的雌性动物。现在，他简直折服于她——那个他完全不了解的女孩——根本不告诉他，便决然杀死了他的胚胎。

错了，又错了。

他仿佛看到苏小苏披头散发，幽幽地对他说“有两个孩子在纠缠”。他用力将冷水泼在自己脸上，看到镜子里的面孔又暴增了几条皱纹。他试图回忆他和晏小青在一起时的情境，好像差不多都是围绕着吃什么打转转。那段时间她胃口不好，冷不丁会想起要吃个怪东西时，他总是不置可否，竟根本没意识到这女人怀了孕。

唉，她是孕妇……向南方的这一夜，是被热泪灼伤眼睛而无法成眠的一夜。“我的肚子里有你的孩子……”她为什么不启动嘴唇，说出这个秘密！如果她这样做，也许事情真的会有转机。然而，她却选择了黯然离开。在他的印象里，晏小青说出的话不是火就是冰，不是烫人就是伤人，从来没有温柔过。如果她能撕心裂肺地喊出这句话，他们之间的漏洞一定会被修补起来。他们的生活里根本没有什么“别的女人”，而只有“这个孩子”！然后，他会和世间所有的准爸爸一样，傻傻地等，痴痴地笑。

晏小青只是冷静地拽着拉杆箱，决然离去……这个晏小青根本不是他此前认识的那个女孩。真是个傻瓜女人啊……他痛得无法启齿——他再次错失了当父亲的机会。也许在门口凝立的那个瞬间，晏小青发觉自己变成了和她母亲一样的人，爱上的是那些“叔叔们”的年轻版——浪荡、颓废而薄情。所以，她最终选择了离开。手起刀落，一拍两散。有时，女人比男人更坚强，更能迅速地从一场无望的恋爱中活出来。当她拽着箱子离开时，心情一定趋于平静，没有太多的不舍。

他爱过苏小苏吗？他爱过晏小青吗？她们都曾是他未来得及出生的孩子的母亲！如果他现在跑到女人面前说——“我和你发生的是一场误会，其实，我是爱你的，但我对自己也有误会，我以为我不会爱，直到现在我才明白，我也是会爱的。”然而晚了，一切都晚了。他紧锁眉头——确实晚了。他那时认为如果自己没有“追”过她，那就是他不爱她。他以为他的爱像一种很珍贵的汁液，要经过挤压才能诞生；他以为太容易得到的，都算不上爱——所以他一直以为自己爱过的女人，只有杜米亚。

晚了，一切都晚了。

“两千二百块，干不干？”

“干啊，干！”他朗声大喊。他已饿成一只鹰，两束目光只往钱上聚焦。只要能进厂，他就惜福知足了。

于是，他进入了昌荣厂。天啊！掐指一算，他到达樟木头镇已整整一年。其间，他换了十几个厂，越换越差；工资一路下跌，从三千六百元跌至三千三百元、三千元，一直到两千七百元、两千四百元。可现在他一定要干这两千二百元的活，而且要坚持干到春节。若再晃荡几日进厂，工资便在节前拿不到。

钱！钱！钱！钱就像桌子上的馒头，你已饥肠辘辘，怎能不变成落水狗？饥饿能把人逼进狭巷斗室，无一点腾挪余地。没钱就没法回老家；没钱，春节后回来找厂还要处处受限。唉，一个月两千二！但凡有三寸宽的门路，他也不愿接这个活，可现在，他点头再点头，牙齿咬着嘴唇，半环青白上显出异色。

去年的这一天，他以为很快就能赚到钱，所以他大大咧咧地跳槽，一个接一个。挨挨延延，一年下来，居然比最初还不如。不甘心啊不甘心——他不信自己已沦落到这个程度。他跳来跳去，总以为有新的机遇新的女友，可行情却一跌再跌，他已跌入谷底。

他被钱追着、逼着、赶着。一整年后，他还是个穷光蛋，还孑然一身。他根本不敢问母亲要钱，因为那样不仅自己颜面上过不去，还会惹得她怒火冲天。算了算了，先接下这个活，哪怕是受刑，也要挨到春节前。

第二十九章　真相原来是这样

他一直迷惑不解，如今他幡然清醒，得到了真正的答案。这答案如此奇特简直让他想放声大哭！

向南方在床上刷屏，看到 QQ 空间里的一张照片时，惊得下巴都要掉下来！

那是一张产妇抱着婴儿的照片！可是等一等。他仔细察看，那婴儿肥的产妇确实是……杜米亚？！不是她又会是谁呢？就是烧成灰化成沫他也认得。可婴儿是怎么回事？

他惨着脸不解——到底是怎么回事嘛？

他皱眉掂量，气管变成风箱里的活塞，从肺里抽不出一丝风来。他的头脑里一明一暗，完全搞不懂何以会出现这乱针刺绣的场景！思前想后，这浪子拨通了初恋女友叶丹凤的电话。“都好，一切都好。”叶丹凤早已安于妻母角色，将日子过得平淡平静。她的儿子已能开口说话，老公亦不再打她。不知怎的，捏着电话的男人突然自卑起来——就连这么平常的日子，他都没有能力给她。他眯起眼睛，鼻腔泛起一股酸水。

当他提起杜米亚时，电话那头的女人果然像竹筒倒豆子般，噼里啪啦讲个不停。

“哎呀，她结婚了，嫁给了老板。虽然是个瘸子，可家里有大把的钱，以后安稳当少奶，吃香的喝辣的，一辈子享福……”

男人的后脑勺像挨了一记棒槌。不对劲，现在的一切都那么不对劲，他必须调整好心态，不要刻意回避，静心凝神，才能厘清头绪。现在，他要瞪大眼，将和女孩交往的每个局部都拆开看，就像手里拿着遥控器，不断地暂停，慢慢察看每一个细节，一寸寸一厘厘。那些缠绕在他身旁的杂草矮了下去，一条弯曲路径显露了出来，他终于拼凑起整幅画面。

掰着手指算算月份——那么，杜米亚来找他时，已有两个多月的身孕。

他浑身一抖——那么，她那样执拗地去清溪找苏小苏，只是因为对方能理解孕妇的处境？苏小苏一定劝她保住孩子赶快结婚，一定滴下一连串泪珠，哀哀地说，生孩子可不是想生就能生的……他身上的疮已经结了疤，这一刻，又被硬生生扯拽下来。

错了，又错了。

为什么他总是以错误的方式，做出错误的决定，收获错误的结果？

他想起那个女孩——到目前为止他最爱的女孩——在那些欢爱时刻，杜米亚总是满脸陶醉。他真的无法理解那些陶醉，而她确实在陶醉着。

晏小青的容貌略逊于杜米亚，但一样青春可人，可晏小青的问题是全部快乐都直接来自感官。晏小青很会享受欢愉，但不懂得制造欢愉，挽留欢愉。她像夏天一样炽烈，但缺乏余韵。而当他和杜米亚拥吻时，躯体里会生发出物理和化学的连锁反应，脑际中会释放出色情因子，令整个空间变得柔靡异常。

不，不仅仅只是这些。杜米亚不只是标致可爱，机敏聪慧，她还有另一样让其他女人都妒恨得发抖——狐媚之气。那气息求之而不可得，非得从娘胎里带来。那气息看不见但又确实存在。好比一个客厅，各种家具、茶盘、水果、字画一应俱全，但却算不上完美，非要有股香气缭绕，才算真正的周全。

在整个过程中——他爱她又恨她，试图挽留她又再度失去她——他却只是站在自己的角度打量她，从未想到过置换。直至现在！他设想自己就是她——她并不喜欢她的“大姐”介绍的男友，而是爱上了另一个男人。她的爱那样真切。她追来与他同居，返回时已有身孕。在她举棋不定时，那个男人的表现不尽如人意。流产后她不再与他联系。她答应了那门婚事。再次有了身孕后，她还是放不下前面那个帅哥，又赶过来找他。她欲言又止、欲言又止，最终却又什么都没说，选择了翩然离去。

那么，她是爱我的？她当然是爱我的！

这答案来得如此之晚，到了此刻已丧失了任何意义！

戏台上照样是英雄美人，可男主角已换成了别人。啊，那样的威风凛凛，千娇百媚，但和他本人已没有了太大关系。丧失是从什么时候开始的？丧失一定开始于他意识到这一切之前。当他被嫉妒和猜疑控制时，他所做的每一个动作，都是把他爱着的人往外推。

照片上那个小脸红彤彤的婴孩，原本应该嗲嗲地叫他爸爸啊。他又开始吃多年前医生开的那种药了。即便吃了药，也只能勉强地睡上两三个小时。时间被无限地延长和放大，他瞪大眼通宵挣扎。于是，他的那张脸便从卓尔不群变得木讷呆滞。

姜国强打来电话："大哥……"

这一刻终于到来。向南方一口气松懈了下来，从嘴边取下烟，接住话茬："你在哪？都还好吧？"果然他在广元厂——果然！小弟在电话里闷声嚷着，说有事要找他。当那些词语通过空气，传递到耳膜时，向南方皱起了眉头，身体像被火把点燃。他听到"苏小苏"后面跟着"阿荣"，还跟着"结婚"。

苏小苏要嫁的人是阿荣？那个冷面老痞！那个瘪三！他惊讶至极，头顶如炸开响雷，浑身抖得厉害。那些词语像钉子，一下子深深地扎入他的血肉，再用力也拔不出来。举起烟，他哆嗦着吸了一口。老天是看他碎得还不够，还要再来上这样一记？苏小苏是谁！是熠熠发光的女神啊！什么时候变成普通妇人，下嫁给那又老又丑的小老板？她应住在别墅，摇着花开富贵的扇子，莺娇燕懒地靠在帅哥怀中啊。

眼前的街景变得不再真实——从柏油路面蒸腾而起的热气，让行道树变得歪歪斜斜，叶片叠印着影子，错综恍惚。那幅画面慢慢地清晰了起来——苏小苏和那个男人在一起。其实，她始终都和某个男人在一起，只是现在，那男人不再是模糊的影子，而变得十分真切。她将赤裸身躯摊放在床面，长胳膊长腿泛着白银光芒，嘴角挂着粼粼微笑。这样一尊华美躯体，居然，要被那粗黑木棍抚弄？男人的心头浮起乌云般的悲哀——不能啊，不能啊。他把烟头丢在地上，用脚尖碾灭，但那个念头如雨痕爬满阳台："真的不能啊……"他的表现像是老父亲——受不了乖女儿被骗。他对着手机下达命令："想办法给我查清楚！"

他决计去清溪时已想好了——先快意地掴阿荣一个耳光，再泼妇般骂他个痛快，一吐心中所有块垒。阿荣是什么癞蛤蟆，也不照镜子看仔细点！那就是个伪君子恶小人！有了点钱以为是大爷啊！可一切都那样让向南方诧异，诧异得张口结舌——广元厂还在旧址，但面积已扩大了三倍，把旁边的厂也兼并了过来之后，无论车间、仓库和宿舍，都变得有模有样。

只是阿荣不在，苏小苏也不在——这对新人去国外旅行了。

他是到了宿舍后才发现，原来姜国强住的还是以前他们住的那个屋，而小七睡的就是他以前的那张床。三个男人坐在床沿边，对着板凳上的一包花生米，三瓶白酒，各自调整着心情和呼吸。

嘟嘟嘟，响起了敲门声，进来的居然是老赵。老赵嘴里的苏小苏，完全是另一个人，是向南方根本不认识的一个女人——就好像在搜索平台上键入“苏小苏”后，一堆疯狂资料和链接网站便排山倒海地涌来，海洋般看不到边际，令他头晕脑涨到气闭。

老赵几乎是一气呵成地讲完了这个故事——这个时而让人冒冷汗，时而让人冒热气的故事。在那个可怕的世界里，所有的理性都如多米诺骨牌，稀里哗啦地倾覆倒塌。爱不是阳光，而是霍乱。爱是这个故事的导演。爱让每个人各就各位，拉开帷幕。

从哪一天上场呢？那一天，当他游荡在街上，“碰巧”遇到了阿荣……

阿荣找他当生产主管，根本不是一时兴起，而是还他的表叔梁总一个人情。那姓梁的总是吹嘘那件事——有个女人来找他帮忙，说给男友搞点订单，他诓她说喝了这杯酒再说，她就喝了。她喝了迷药后，追着他满屋子跑。后来，他干脆就包了这女人。可没过多久，她还是跑了。跑了就跑了吧，他也没去追。

啊！向南方骇异到捂住口，脸色烧得像火炉，胸腔狂鼓不已！他能感觉到尖锐的痛，但却无法动弹！他感觉头晕恶心。他喝醉了吗？为什么他总想扯住别人说“来，快给我一刀”。

他仿佛看到女孩在最后的时刻，还在试图寻找衣服，但她被空气中那股甜丝丝的味道熏染，变得柔弱无骨。渐渐地，她不再觉得裸着身子有何羞愧。那瞬刻，她想推开男人，可偏偏手却抬不起来，眼也睁不开，身子不断往下沉。迷幻药水令她崩裂溃散，歪歪扭扭，于是，她便追着那个男人跑了起来。

她分裂成两个人——一个纯洁，一个淫荡；一个是人，一个是兽。她不能原谅自己，更不能原谅让自己喝下药的那个男人啊。不能原谅！清醒后，她决意要死。要跳楼还是要喝药，她想过好多遍，但总是放不下男友，想着要给他找条活路。于是，她便又去找那个她恨透了的男人。

“你帮帮他，要不，我就告你强奸。”表叔眨着眼嘿嘿笑：“你去告呀！搞清楚没有，是你追着我满屋子跑的。”女孩抡起啤酒瓶哐当砸碎，将利齿对准自己的喉咙：“帮还是不帮？！”在那样暴乱的场合中，男人目睹到女孩眼里射出的晶光，心头不觉一动。那种羚羊闪电般窜逃，拼死也要找出条活路的劲儿，多么像年轻时的他！活难，死亦不易。那个瞬刻，表叔为之一动。以他的财力、物力和关系网，不是搞不定一具娱乐场所的女尸，但在那瞬刻，这男人被一种古怪情绪所俘虏，敛住霸气，扯住女孩。

“我帮还不行吗！”

表叔给阿荣打电话，让他去找向南方，安排他当生产主管，工资不少于五千元。他还将阿荣的手机号发给女孩，让她去监督。

而人竟然可以这样！原本她恨死这个姓梁的，可后来，居然当了他的小三。即便是他忘不了她在混沌中散发迷媚的模样，她也不能在最艰难的那一刻，自己软了下来啊！那个时候，她真的是身无分文，走投无路了吗？所以，她已丧失了痛感，不再害怕堕落。堕落就堕落吧。心脏已死，断手断脚又如何？

而人竟然可以这样！他和姓梁的原本已泾渭分明，可后来却搅成一团。那姓梁的约她见面后，丢来一沓捆扎好的现金。男人说女孩不同意当小三也没关系，这三万元算是“诚意费”。“诚意费”？他拿她当紧俏楼盘吗？而她真的在静默中点头答应了？真的——她同意钻进豪华样板房做一只金丝雀？

啊……那双曾奋力推开男人肩膀的双手，居然，又软软地搂住了同一款肩膀！

可苏小苏终归还是不喜欢这样的结局，最后还是选择了逃离。唉，从进入那扇门到走出那扇门，中间的曲折反复，堪比一道奥数题。她就那样推门而出，茫然地坐上公交车，茫然地抵达终点站，在暗黑马路牙子边哭泣。那一刻的时光真是好安静，能听得到鸟叫蝉鸣，壁虎扑簌簌爬动。

身无分文的她，拨通了阿荣的电话，

于是，穿西装套裙蹬高跟鞋的机会就来了。梦想几步之遥便可成真——真的太容易了。像她这样的女人，早晚会发光。

阿荣帮她租房子，买家具，搬电脑，拉网线，请她吃饭，给她信用卡。

阿荣像偶像剧里那些疯狂的追求者那般，不计任何成本任何代价。

阿荣愿做一切讨好她的事而不怕别人笑话。是他的厂子做大了，所以人也变得自信，突然爆发出山洪般的爱意吗？他鼓励她欣赏她赞美她，像一台精密仪器般地照顾她。

在她那间整洁的小屋里，阿荣颤巍巍奉上钻戒，怯生生提出请求——“嫁给我吧。”这样的女人不该囚在出租屋里。这样的女人应该住在花园小区，早晨一睁眼就看到杧果树荔枝树鸡蛋花树。可女人睫毛闪闪，摇头再摇头，像在为什么人守贞：“不，我是残花败柳……”她并不打算隐瞒过去。可阿荣说，“过去的都过去了，我要的是现在……”这男人的话终于触碰到女人的心灵。

向南方听完老赵讲的故事目瞪口呆，整个人都傻掉了。他根本无法进入状态，像走错影院的观众，只疏离地看着屏幕上晃动的人影，自己却束手无策。此前他一直迷惑不解，如今他幡然清醒，得到了真正的答案。这答案如此奇特简直让他想放声大哭！

那时，他器宇轩昂，以为幸福生活就在明天。然而，刹那间，他的人生发生了翻转——失去了孩子，失去了工厂，失去了女友。他像拔掉电池的玩具熊，再也无法走动，陷入混沌麻木中。他一点点回忆与核对，抽丝剥茧地补充那些残缺部分。当看到那些被忽略的幽暗细节时，他的嘴巴扭曲着，试图上下开合，却没有挤出一丝声音。

原谅我，小苏。我总是义正词严地训斥你，总怀疑你和别人暗通款曲，总臆想你在护卫着一个暧昧的秘密，可我从来没有想到过，那秘密的核心就是我。

对不起自己他耸耸肩就算了，可他当真是对不起苏小苏。那个他揣度她朝三暮四，和别的男人有一腿的女人，根本，根本只爱他一个人啊。那个羸弱的女孩望着月亮，脊背抽动着流泪。他非但没有抚慰她，反而用一种可怕的暴力，将她推远至天边。

细节，细节。那时，他只纠缠在细节上，只希望能听到细节。而细节终于来了，活灵活现地展现出来后，他的眼睛却分外灼痛。他奇怪自己为什么一直没有流泪，难道体液已枯干，连眼泪也没有了库存？错了，错了，一开始错结果还是错啊！唉，谁真正地爱过他？而他又真正地爱过谁？他糊涂了，只感觉天地变了模样，额前金星乱冒。

终于，他终于想到了表叔。啊——表叔！他要去找表叔算账！睡女人有一千一万种办法，只有最无能的人才会去迷奸。这样的人根本无须审判，应该像阉猪般把他阉掉，再丢进大粪池里沤肥。

荔枝路上的行人那么少，几乎接近空寂。向南方的脚步细碎踉跄，被兜头阳光一照，整个人愣怔住。他像掉进个大酱缸，里面混合着黑色、紫色和青色。他试图奋力地游啊游，却被各种阻力困扰。他想让手掌变成刀变成戟，砍过去杀出去，却虚弱得连喘息的气力都没有。

他要豁出去——真正地豁出去。

网站新闻以超粗黑字体宣告——

身家过亿的富豪从七楼坠落身亡，原因不明。

邻居们潦草地描述着那个过程——富豪和客人在屋内发生了

口角，有人砸碎了杯子。纠缠了二十几分钟后，富豪从七楼阳台跌落，当场毙命。网友们表示奇怪——是表侄在盛怒之下砸碎茶杯，又奋力将表叔推下阳台吗？可另一种声音又阴阳怪气地作对——是不是老板喝了酒，想倚靠在阳台的栏杆上，但没扶稳，自己栽了下去？

那个瞬刻就像是电影情节——荒诞而又天衣无缝。

那天下午，天空本来灰沉沉的，可后来居然出现了一缕血色，红得简直不像话。就在那瞬刻，像魔咒被启动，有具男体端直地从楼上坠落，一点点穿过大王椰顶部乱蓬蓬的头发，抵达水泥地坪——砰！向南方只想要“算账”，并没有想要杀人。然而，地到无边天作界，表叔真的死了！惨叫划破黄昏，听得人心惊肉跳。太可怕了！

表叔变了——不是变老，而是变怪变丑。

这哪里是表叔，简直是一张老照片上的斑驳人影——不只是头发稀疏，皱纹深刻，举止邋遢，最可怕的是右半边脸整个歪斜塌掉。唉，脸到底是什么玩意！一个人可以凭着好看的脸过上好日子，可另一个人也会因难看的脸而像在炼狱里煎熬。

表叔翕动着嘴唇，虽然可以说出完整的话，但口腔内冒出的臭味却异常强烈。他费劲说出的每一个字，都破破烂烂，像电子板线路受了损。表叔用枯槁低音讲述着自己的病——“三叉神经痛”。这“天下第一痛”果然可怕——先吃卡马西平止痛，但那种发作性剧痛越来越明显，像闪电、像刀割、像火烧，只能做手术，切断神经。要么痛，要么丑——在这两者之间，表叔根本无法选择。

现在，这张丑脸的主人并不与年轻人正面交锋，而只是虚眼看他。向南方声音发抖地问道："你怎么能那样对待苏小苏？"

表叔的眉毛垮着，嘴角抽动："用得着你管？"

"你太卑鄙了！"向南方说话的声音，比自己原来想用的高了许多。可表叔是谁！就是变丑了变怪了，还是大佬！他根本不愧疚，反而回问："比你好些吧？"向南方血气上涌："你根本不是人，是畜生！"表叔"哼"了一声，泼辣劲出来了，拉长声调："可你连畜生都不如！"向南方盯着那张歪脸发狠："你就不怕有报应？"

表叔眯起眼，仿佛看着一头蛮牛。他一迭声辩解——是她自己来找我帮忙的，是她自己愿意让我包的，是她自己说要脱离苦海的……向南方大吼："跟我到公安局！""公安局？"表叔怪叫，"笑话！我犯罪了吗！"向南方伸手去拉扯，手碰翻了茶几上的杯子。向南方扑到表叔身上，两个人扭打了起来，呼哧呼哧地僵持着，胳膊卡着胳膊，谁都无法动弹。那张丑脸那样近距离地贴近，让向南方像被烙铁烫了一下，赶忙扭过头去。

表叔突然爆发出古怪笑声。哈哈哈哈……他松开手臂，长叹了一口气，兀自坐回沙发。

"你听我说。"表叔说，"你喝多了，赶快回去找你妈吧。我是个病人，我还要去治病。我的病你也看见了，我的痛说给你听你也不懂。我们是亲戚，不是吗？要是你对我有怨恨，我可以赔偿。你说你需要多少钱？"

向南方看到地上的杯子，伸手捞起来，用力砸下去："我不要赔偿，我要你死！"

表叔从沙发上跳了起来，惊骇大叫："滚出去！你给我滚出去！这是我家！你怎么进来的！"表叔突然扑过来，两手死死掐住向南方的脖颈："要死的人应该是你，不是我！"这丑男人陷入巨大悲愤，忍不住咆哮："你这个蠢货，一拍脑袋就要开厂，自己没本事，还让女朋友到处求人！"

向南方将面孔仰了起来："我是蠢货，我是没本事，可你居然给女人下迷药！还公开包小三！别指望你老婆不知道这些！"

表叔听到这话倒是镇定："哦，你要是能把那臭婆娘从地缝里抠出来，算你有本事！"

向南方抽了口凉气——表婶跑了？他来不及整理信息，不甘心地大喊："我要到公安局去告你！"

表叔怪叫："好啊，欢迎！然后你会发现网上有苏小苏的大批裸照，全是她变态的前男友贴的。"

"你卑鄙！"

"你幼稚！"

向南方突然笑了："我是幼稚，可也好过你这个丑东西！你现在比妖怪还丑，你不知道吗？"

"他 × 的，当初你爷爷就应该把你淹死！"

向南方瞪大眼问道："什么意思！"

"啊哈，你不知道你有个双胞胎哥哥？"

多年前，在永安乡，有个女人生了对双胞胎，都是男孩。因孩子们的父亲遭遇了车祸，爷爷便摊牌说只能养活一个——若其中有个是女婴就好了。

爷爷思忖良久，和儿媳商量说第二胎好养，产妇便点点头。原来，向南方一直活在错误的时间计量中。若早出生一会儿，那他就是那个溺毙的婴儿。表侄好像看到两根细长的胳膊，如植物花茎，抵抗着水的阻力后，扣住木桶边缘，试图爬上来。那个跟他一模一样的婴孩，代替他死去，而把活路留给了他。

表叔怒吼："该死的人应该是你……"

"该死的人应该是我？该死的人应该是我？"向南方陷入咒语难以自拔。

死神就是这样被召唤来的吗？死神已迈出沉重步伐，一点点接近到这里；死神已瞪大眼珠，盯住了目标。

当向南方陷溺于咒语魔障时，表叔像受到了奇异蛊惑，突然地站起身来，摇晃着朝前，一步一步走向阳台。大老板梁总是自己一步一步，走向阳台的。没有人推，没有人搡。他的背后只有空气。风轻云淡，海阔天空。表叔一步一步径直走到阳台，又向前一步，越过了栏杆。

砰！那丑男人如大鸟般坠落而下。

灰色水泥地板上蜿蜒着条条红线，似一窝小蛇从洞穴爬出，滑溜溜朝低洼钻去。

第三十章　找回爱的力量

那些他走过的道路塑造了他，他品尝过的疼痛哺育了他，他滴下的血滴、汗滴和泪滴滋养了他，让他变成了现在的他。

时间一秒又一秒地过去。一秒又一秒，累积成一大片又一大片。时间像放了酵母的面团，不断地扩张。不可预测的时间，不可预测的未来。大局已经定了吗？他已跌入谷底了吗？他的命运为何总是这样大起大落——得意时如一块布，做成帽子高升了；失意时帽子跌入泥地，被亿万只脚踩踏，连垃圾还不如。

向南方的头像铅笔被削般痛，灼苦地煎熬，等待上天裁判。他知自己命悬一线却毫无办法——唉，嫩鸟哪能敌得过秃鹰？他要怎么辩解别人才信——表叔是自己不小心掉下去的……“我没有推……我真的没有推……”唉，这话他说了一万遍，可茫茫四野无救兵。他感觉双手双脚全不作数，根本无法使上力，像困在一个醒不来又挣不脱的怪梦里。

当他从黑洞房间里走出后，下意识地闭了闭眼，等再睁开面对律师手机中的照片时，有些恍神。那女人好面熟，却又那样陌生——一头短发，肩头瘦削，英气中夹杂着稚气，如嫦娥下九重。男人瞪大眼，慢慢地恢复了意识——这女人不就是那个……他在心里拨拉着算盘珠子，慢慢地定格下来——“吴香瑞？！”

手臂上的软毛倒竖了起来，喘息像披风般裹住他。吴香瑞哦？！这就是那只他丢在旷野然后自己走掉的小羊羔吗？中年男律师凝视着他：“这位女士让我转告你，有人爱你！”

“有人爱你！”

这话像承诺也像誓言，更像一句解除封印的咒语。这礼物实在太重了，他根本领受不起。递给他的东西里，除了一条烟外，还有一套睡衣和两条底裤。唉，她已在扮女友的角色！唉，人生为什么总是这样滑稽，不知道什么时候应该合，什么时候应该分，到处都是错错错。有人爱你而你却不自知，是粗心还是幼稚？是故意视而不见还是刻意逃避？

他在心里一遍遍重复——“有人爱你”。他将面孔侧转四分之一——因为这个角度的他最英俊。“那位女士说，她相信不是你干的。”他不觉悲从心来——“真的不是我干的……”他喉头哽咽，但却哭不出来，只默默地耸动着肩膀，用手掌捂住面颊。

每个人都是自己的导演。他以为他的戏份到了那瞬刻——表叔从阳台跌落——便戛然而止了。他被巨大的恐惧笼罩着。这是场意外吗？也许根本就是表叔有预谋地要拉他下水？他悲愤地发誓——如果一切可以重来，我一定会重新修补我的历史。

母亲从表叔母处获悉——针孔摄像头就藏在吊灯里！

他根本不敢奢望自己会被捞上来。他以为要苦熬苦煎很久，却没想到，那么快就能重见天日了。那摄像头被藏得十分隐秘，所以此前没被警察发觉。调出来的画面真真切切——是主人自己一步一步，径直走向阳台，径直越过栏杆，径直跌落下去的……一切都是他自己所为，与向南方无关。

在那种光线下，在那个视角里，那个丑男人——真的如老鹰般兀自坠落。

母亲还带来了另一个消息——和表婶一起卷走所有资产留下大笔债务的人，是刚哥。

刚哥啊刚哥，那个高头大马、声如洪钟的男人，那个曾在永安乡里处处罩着他的大哥。他的脑海里“扑哧扑哧”闪出两个完全不相干的片段：刚哥曾不经意地问他——“你表叔干得怎样？”而表婶也曾不经意地问他——“刚哥过得怎样？”原来，刚哥和表婶不仅是同学，还是恋人！原来，杀死表叔的不仅是丑陋，还有债务，以及羞耻。若这三样是一件件找来寻衅滋事，表叔或许还能以王者之姿抵挡一阵，然而，三箭齐发，便命中靶心。

“可是……”向南方的眼睛像探照灯般转向母亲，“妈，我当真还有个哥哥！”

这不是疑问句，而是感叹句。母亲燃起烟，缓慢点头：“我是没法子啊……”她的面孔像石头般一动不动，但眼泪却汹涌地淌出来。她说你爷爷让我选，可心是心，肝是肝，我怎么都是疼。你爷爷说，第二个好养，我就点头了。

大儿子死后，仿佛变成一只冰冷的蛾，就藏在母亲的胸口。那只蛾一直活着，总在积攒力量，等待有一天扇动翅膀，鼓起台风。那只蛾的活动从未平息过。母亲颤着手指去找烟，不是一根一根地抽，而是一盒一盒地抽。“妈妈也是凶手……”那只蛾的低语哪里都能听得到。白天干活时能听到，夜里躺在床上也能听到，半夜翻身还能听到。天哪，母亲一直都在服刑，在一个看不见的监狱里挣扎，以致她经常视线模糊，脾气火暴。

突然间，手铐出现了！在小儿子被带走的那个夜晚，母亲从昏聩中醒来，打了个激灵——大的已然失去，若再失去这小的，这个家的血脉便要断了。她怎么给地下的丈夫交代。虽然儿子的处境像箍条，紧紧地箍住她的胸腔，让她简直无法呼吸，但直觉告诉她，解开谜团的钥匙也许在老家。果然，在她的眼泪攻势下，逼问出了针孔摄像头！

向南方禁不住叹息——最后还得是我的亲妈啊，亲得不能再亲的妈。

六年过去了。

记忆像漫天飞花，朝一个看不见的洞穴旋转而去。他模模糊糊地找到了一些影像，一些残痕。他辨认出了这个女人——吴香瑞啊。她像从一张弄错了方位的地图中走了出来——还是那张小巧瓜子脸，眉形远山淡影，皮肤紧致细腻。他的脑海奔涌着一堆疑问——我将是她的什么人？她又会是我的什么人？我和她会有怎样的结果？

“是我！”他和她何以相遇在如此不可思议的时间点上？当他和她分开后，像两个根本不可能交集的流星，怎么会有再一次？他记得那女孩曾目光灼灼地盯视他，而他却选择了明确的拒绝——“我们分手吧？是我配不上你啦。我们不合适。”

“是我。”唉，那些被偷走的时间，那些消逝了的抒情画面，被这两个字一点点召回。女孩的嘴唇翕动，睫毛帘子般遮住眼睛，兀自感伤了起来。她颤声道——“其实，我一直都在找你。”

可他不是早已全面退出了她的世界吗？不，没有，在她建造的小世界里，他一直完好无损地存在着。她说她一直在找他。当在网上看到那个消息时，她陡然打了个激灵，意识到那个清溪镇的富豪就是他的表叔梁总，而那个表侄就是他时，整个人霍地从椅子上站了起来。她的眼里闪着野野的星芒，说她在那瞬刻就知道——不是他干的。不可能是他。

自从分开后，吴香瑞遭遇了太多的事情，需一章章一节节细细梳理，才能千回百转地来到这里，而向南方在她的世界里，从来都是个活生生的人，从来都不曾离去。当她言之凿凿地强调她一直在找他时，他不好反驳，只沉默聆听，身体僵硬成一座冰山，直至她点开自己的QQ空间，让他看到每一篇“说说”的日期。

这哪里是随手而记的文字，这是她灵魂高速运转后泄露而出的思念。这些思念密密麻麻，确确实实，散发着烧焦的煳味。她像是在给一个亲密的笔友写信，却从不期待收到回复。那些句子短短长长，像高烧病人的呓语。每隔几天，她就上传一篇。一年又一年，“说说”如雪花般漫天飞舞。虽然这些文字描述了不同街道、不同饮食和不同人物，但万变不离其宗的核心却是——“我在思念你”。无论来到哪条街，换到哪家工厂，遇到了哪些人，吃了哪些饭，她都忘不了那个玉树临风的少年。

这个故事完全出乎意料——“你简直疯了！”

这女人根本不知他已更换了多少女友，而只是痴痴地思念着。他的心脏“扑通扑通”地响着，像上满发条的闹钟。不，这份感情大礼包实在贵重，压得他喘不上气。

吴香瑞瞪大眼睛："我从来都没有忘记你，我一直都在等你……"

她这是在说电视剧台词吗？而她完全沉浸于剧情，根本无法自拔。她说他已渗透进她的生活、她的梦境和她的回忆；他一直住在她的心里，虽然别人看不见。原本，她会和大多数乡村女孩一样，找个适龄男子结婚生子。偏偏她那么能干，以一人之力给家里盖起座三层小楼，故而父母总是谦让着她，不好催婚催得太紧。所以，她便一个人晃悠了六年。

为什么男主角会是我？为什么这般美好的情形竟属于我？他有点失控，下颌微抖，努力忍住汹涌情绪，分辨这女人对他施与的情感是爱还是同情。可他是谁！他哪里配！他自卑得想把脑袋塞进胸膛里。女人说，她一直都看好他，他需要的就是机会。像他这样的男人，生命能量饱满，又机灵又肯吃苦，只要有个合适的机会，便能一飞冲天。他羞愧得面红耳赤。当他把她放倒在床上时，她忍不住"噢"了一声，像被什么东西捅疼了般。此前她像坚守一个水晶信约，满怀宗教赤诚地度过了六年，而他，要拿出怎样匹配的东西来补偿？

老天，请帮帮我，让我找回爱的力量。

他用手指细细抚摸她的一寸寸领地。原来的纤细孱弱全然不见，现在，这是尊瓷瓶，线条流畅，质地温润。他的手掌持久地停留在高地，试图将热力全部传递出去。他还嫌不够，索性将整个面部深埋进峰底，闻嗅那里的馨香。他的脑海里连续发生着多起微型爆炸。

我可以爱你更多一点。我本来就应该爱你更多一点。我一直都可以爱你更多一点。

六年前，他不过是个不经世事的少年，哪知女人需这般疼爱，这样抚触，这种怜惜？那些他走过的道路塑造了他，他品尝过的疼痛哺育了他，他滴下的血滴、汗滴和泪滴滋养了他，让他变成了现在的他。他终于明白，要得到多少快乐，就要付出多少奉献。他将千言万语堆砌指尖，一寸寸地传达。吧嗒吧嗒，他打开所有皮肤的开关，让整个女体灯火通明。

他惊诧自己还能这样去爱——这样温柔地去爱。这爱里包含着怜惜的呵护。

他这样一个浪荡子，因为背负着混乱、复杂和不堪的情史，于是以为自己永远要煎熬在暗黑的甬道深处，永无出头之日，而现在，他体内的污垢涤荡一空，变得清明而简单。他一下又一下地炸裂着，脊背像琴弓跃动，高音、低音、中音，几乎要将她一分为二。他的身体呼应着节奏，舞蹈起来。那最深处的部分也被搅动起来。他“哇”地大叫一声，像看到了传说中的极光。

向南方燃起根烟。

他要怎么设计“我们”的未来？他感叹自己总是运气不好，做什么什么不成，到头来手上还是没有活钱。女人轻轻抚摸着男人的手指。这双手是粗陋的，比脸更诚实地道出主人生活的艰难。女人抚摸着每一根手指，试图让男人平静下来。

她开口说起“我们”。她的声音平静而沉稳，说吉利厂来找她，给出的条件很优惠。

“吉利厂？”他问得很清淡，眼里却燃起两团火。

凯旋厂破产后，吉利厂就是清溪电子行业中当之无愧的龙头老大。以前的它是艘看起来不错的轮船，现在，已是航空母舰。电感原本是个无生命的小产品，可到了吴香瑞的嘴里，却变得像玫瑰、扶桑和薰衣草般芬芳。这鲜嫩的小可爱最好种在珠江三角洲——没必要在国外培育（技术难度不高），也无须在东南亚或内地繁衍（无须大批员工）。现在，电感的需求量一径上升，处于供不应求的状态。

男人艰难地调整着声调，希望将颤抖过滤掉："可这和我有什么关系？"

"生产主管？"她说她让吉利厂再提供一个生产主管的岗位，他的脸顿时作烧，被心里的那点痴心妄想给吓到。他害怕那些蟹螯般的毒刺会写实地刺穿自己——他这个失败的前老板！他这个让母亲头疼的败家子！他这个让女人伤心的浪荡子！可到了吴香瑞这里，那个已掉入黑洞的男人并非不能复活。

"你开过电感厂，既懂生产又懂销售，干生产主管没问题……"看他犹豫着不回答，女人越发耐心："做熟不做生啊！你的长项是电感，不要一朝被蛇咬，十年怕井绳。"她细细抚摸他的手指："那边包吃住，工资奖金都不少。咱们一起存钱，过上两三年，买房子交首付不成问题。"女人笃定地凝望他："我相信你。"

男人的心跳得扑通扑通，有点无耻地快乐起来。他从来没有松弛泰然过，无论何时都紧张哆嗦，像蚂蚁搬运着与自己体重不合比例的重物，他已不抱翻身希望了。他只是个平凡得近乎蝼蚁的男人，晃晃悠悠，飘飘荡荡，内里背负着无法清偿的罪咎，常年处于寒酸与颠簸状态，而此刻，却被这个女人全方位地"相信"着。在她的脸上看不到任何愤懑，她就那么平静地微笑着，觉得自己现在非常好。那种安稳与知足，他在别处从未看到。

他张开双臂，舒展开襟怀，环住小小的她。他的脸颊变得濡湿了起来。

离开永安乡八年后的某一天，向南方来到樟木头火车站。

此时，冬日的东莞街头，一切都是灰蒙蒙的。楼房、树木、公交车和行人，都被寒冷冻得失去了颜色。裹挟在人流中，从验票闸口挤进，他还是来时的那一身——黑呢外套，黑窄腿裤，黑墨镜，龟壳双肩包，方形拉杆箱。他身旁跟着的女人，身形单薄似孩童，苍白的脸上瞪着双黑眼珠。当他俩按惯性轨道朝前走时，没有人会介意他俩，就像没有人会介意一滴水融入大海。

火车轰隆而来。火车的声音总会让他感到兴奋。从第一次离家到现在，他已坐过许多趟火车。每一次，他都感觉自己在为“自由”挣扎。此刻，他“自由”了吗？现在，当他的手被另一双牵着时，他感到的居然也是自由啊。

火车像个男人，巨大的呼吸在胸腔内上下起伏。火车将要带着他和她，奔向另一个彼岸。玻璃窗外迅疾地闪过楼房，又闪过芭蕉树和棕榈树，继而闪过疏朗草坡。他仿佛看到那个十四岁半的少年，夜深了还是不肯睡，一直趴在车厢的玻璃窗前，好奇地辨认着站牌上的每一个字。那少年伸出手指抚摸玻璃，那冰冷而光滑的感觉，一直凝结在指尖。

男人凝视着车窗玻璃上的自己。以前，他最爱端详那镜中的美色。无论是向左转还是向右转，无论是浅笑深笑或严肃深沉，那张面孔都异常惊艳。那种眼角暗飞，那种柔靡飘荡，是能让城与国灰飞烟灭的。而这样的明媚延宕了几时？

他的美是逐渐丧失掉的。

现在，他早已不是少年裘马、屐履风流的美男子，而只是一个普通的男人。现在，他用力捏紧掌心里的那只手，像捏住自己灵魂的一部分。他再也不能让女人如玉镯般滑脱、跌落与粉碎了。那个他曾像摆脱噩梦般要努力摆脱的人，如今，是他最亲的亲人。

向南方问身旁的女人："你真的喜欢我啊？"

可吴香瑞却回答说——"不是喜欢，是爱。"她说在"爱"的内容里包括"喜欢"，还包括其他。"喜欢"会因为吵架而变质，会因为不在一起而变淡，但"爱"却不会。真正的"爱"就是等待和理解，是过了很久很久，还和最初一模一样。

此前，向南方对待女友的方式，就像买回来一台全自动洗衣机，按一下开关便撂开，只等着自动洗好收衣服。事实上，他不是个称职的男友，而是个软弱的男人。他嫉妒所有爱上他的女人——她们都会爱，她们都有爱的勇气和能力，而他却总是冷冰冰软绵绵地提不起劲。她们都爱他，可他却干了些什么？伤害，伤害，再伤害。

这些年，他飘荡颠簸，因粗心和任性，因骄傲和误会，造成了多少不可挽回的损失。这一路，他不断地遭遇失去和割舍，遭遇冷战和背叛，就像一张破渔网，漏掉了太多的真情。他将伤害一次次复制，让爱他的她们一个个变得破碎凌乱，哀伤不止，而她们却以自己的方式承受住了伤害，最终幸运地没有走向万劫不复的深渊。

最终，因为她们中的一个人，一个叫吴香瑞的女人，他和她们都没有被毁灭。

神的复眼在高空悬挂，如吊灯上的针孔摄像头。

后 记

我一直难忘第一次见到他的情形。

那是在一间极为普通的男工宿舍，但六个人中的他却让我眼前一亮——他的脸太过标致。我更惊诧于他的眼神，从高处射下，睥睨、不屑，甚至刻薄。这眼神流露出比讽刺更多的悲伤，一种敏感至极的悲伤。

在我的非虚构长篇《工厂女孩》和《工厂男孩》中，我一直试图描述珠江三角洲新生代农民工群体的生存状态，并将思考放在乡村与城市的疏离、撕裂和断层上，而在遇到这个男工的瞬刻，我陡然起了这样一个念头——也许我可以集中精力描述一个人。于是，经过数年的写作，长篇小说《工厂爱情》得以诞生。

我为长篇小说《工厂爱情》的主人公取名“向南方”。我想我这一生都很难忘记那些场景——他讲述，我记录。我那样小心翼翼，生怕掏本子、拿钢笔的动作会吓到他。在东莞樟木头镇的工厂路上，我深度地参与到“向南方”的生活中，面对面聊天、时不时打电话、在QQ空间留言。那段时间，我们互相承担着“最好的倾诉者”与“最佳的聆听者”的角色。

最初的“向南方”是拘谨的，等我们日渐熟悉后，他整个人便亮堂了起来，那挂在嘴角的微笑也从冰凉变得和煦。他真是让我惊诧至极！他总是活泛而不安分，试图创业，折腾出一条新路，急于站在人尖上，然而却总是以失败告终。当他在讲述个人经历时，有着一种独特的调门，非常平静而理性，好像是在说某个电视剧的情节。但有时，他也会“理直词穷”。静默片刻后，又急中生智，突然地蹦出一个词来。

在从传统到现代、乡村到城市的转型中，乡村青年进城的命运也许是一个时代的隐喻。在《工厂爱情》这部作品中，我试图以改革开放数十年岭南巨变的历史图景为依托，追溯“向南方”这名“90后”工厂男孩的情感史，以其恋爱轨迹和求职经历为线索，力图展现改革大潮中个体命运的起伏跌宕考察新生代农民工的生存境况，窥视当代中国在南方发生的巨变。

事实上，“90后”工厂男孩的情感史就是一部身体解放史。他们的父辈从农村来到城市打工，身体变得可以移动起来；但是到了他们这一代，身体获得了更大的自由度。曾设在东莞樟木头镇的收容所，是所有农民工心头的噩梦——如果没有暂住证，会被拉到这里来。然而，等“向南方”外出打工时，收容制度已被取消，故而他的选择变得宽松许多。然而，自由移动便意味着身体的全面解放吗？“向南方”的遭遇，比之父辈，反而更复杂诡异。

“90后”工厂男孩的情感史同时还是一部伤害史。作为留守儿童的“向南方”曾是受害者，但后来，他也伤害着别人。在这个“伤害链条”中，无一人能够幸免。三岁时，他被母亲的皮鞋尖踢倒在地后，进入到一场因果报应的狗血剧中，备受折磨。他因匮乏爱而渴望爱，因害怕爱而不会爱，因不懂得表达爱而让爱泛滥。虽然大多数时候，他是个热情、善良、重义气的男工，但他却无法建立起一种正常的恋爱心态，无法形成一种相对稳固的爱情观，致使他一直都处于晃晃悠悠的飘荡状态。

“90后”工厂男孩的情感史还是一部成长史。在“向南方”的成长历程中，饱含着卑微、损毁和反抗。当我像剥洋葱那样，剥开层层屏障，试图看到他内心深处到底藏了什么秘密时，我找到了“留守儿童”这个症结所在。因在成长期父母关爱匮乏，因知识积累薄弱，没有什么突出的技术，再加上没有足够的勇气和眼光去构想，故而大多数农村青年很难找到高工资和高技能的工作，只能从一个厂换到另一个厂，可选择空间非常狭窄。有时，他们也会为自己设定一些梦想，但因蓝图过于宏伟，根本难以实现，就像脑袋在云层中，而双脚还在烂泥里那般。

在中国工业化进程中，整个珠江三角洲一带发生的变化，就像江河汇入大海时产生的震动与摩擦，异常剧烈而惊悚。像“向南方”这样的一代人，被紧紧地抓捏着、撕扯着、割裂着。他们像从入海口回溯至东江的水浮莲，一会儿向左，一会儿向右，在没有安全感的茫然中，凭本能挣扎。虽然“向南方”总是濒临深渊，走入绝境，但最终，他却奇迹般地站立了起来。事实上，“向南方”的成长与出路，已和中国最广大的青年构成了一种同构关系，故而，不应以简化的方式来考察“向南方”的命运。从某种意义上来讲，“向南方”也是现实生活中的强者。

丁燕

2023年5月

图书在版编目（CIP）数据

工厂爱情 / 丁燕著. —北京：中国工人出版社，2023.9
ISBN 978-7-5008-8250-3

Ⅰ. ①工…　Ⅱ. ①丁…　Ⅲ. ①长篇小说－中国－当代　Ⅳ. ①I247.5

中国国家版本馆CIP数据核字（2023）第154610号

工厂爱情

出 版 人　董　宽
责任编辑　陈培城
责任校对　张　彦
责任印制　黄　丽
出版发行　中国工人出版社
地　　址　北京市东城区鼓楼外大街45号　邮编：100120
网　　址　http://www.wp-china.com
电　　话　（010）62005043（总编室）
　　　　　（010）62005039（印制管理中心）
　　　　　（010）62379038（社科文艺分社）
发行热线　（010）82029051　62383056
经　　销　各地书店
印　　刷　北京市密东印刷有限公司
开　　本　880毫米×1230毫米　1/32
印　　张　11.5
字　　数　268千字
版　　次　2023年10月第1版　2023年10月第1次印刷
定　　价　58.00元